중학생 소설 1

초판 1쇄 발행 2006년 1월 5일
초판 13쇄 발행 2018년 4월 13일

엮은이 구인환
펴낸이 신원영
펴낸곳 (주)신원문화사
책임편집 최광희
편집진행 이선희 | 박은희 | 박소연
디자인 박아영 | 신정님

주 소 서울시 구로구 가마산로 27길 14 (신원빌딩 10층)
전 화 3664-2131~4
팩 스 3664-2130
출판등록 1976년 9월 16일 제5-68호

ISBN 89-359-1322-7 44810
ISBN 89-359-1321-9 (세트)

중학생 소설 1

구인환 | 서울대 명예교수 엮음 |

좋은 책 좋은 독자를 만드는 –
㈜신원문화사

독서의 즐거움, 상상과 사고력의 신장

계절은 쉬지 않고 변한다. 온 산하를 붉게 물들이고 드높은 하늘이 푸르른 가을이 지나고 하얀 눈이 산과 들을 뒤덮는 겨울의 문턱을 넘어서고 있다. 그 겨울의 모진 추위를 견디며 버들강아지가 부풀고 온 산하가 연두색으로 물들어 진달래 개나리가 흐드러지게 피는 봄의 향연이 펼쳐질 것이다. 이렇게 사계(四季)가 분명한 이 강산에 산다는 것은 얼마나 복된 일인가. 더구나 중학교에 다니면서 새롭고 보람찬 나날을 보낸다는 것은 더욱 복된 일이다.

초등학생처럼 어머니의 손을 잡고 다니지 않아서 좋고, 고등학생처럼 대학 입시를 위한 어려운 공부를 안 해도 되니 이 얼마나 즐거운 일인가. 코 흘리는 시절을 벗어 낳고 수염은 아직 나지 않았으니, 마음대로 뛰어놀고 마음대로 돌아다니며 마음대로 공부를 할 수 있으니 이 세상이 중학생의 몫인 것

같다. 친구들과 박물관에 가서 고려 청자, 조선 백자, 그리고 왕관 등 찬란히 빛나는 문화재를 볼 수 있고, 가까운 산기슭에 들러 산수유의 노랑꽃을 보면서 아름다운 이 강산을 소요할 수도 있으며 재미있는 책을 마음대로 읽을 수도 있을 것이다.

그 가운데에서도 책을 읽는 일은 아주 쉽고도 재미있는 일이다. 혼자 한 권의 책을 들고 우주 여행을 할 수도 있고, 역사의 뒤안길을 산책할 수도 있으며, 사람들이 사랑하고 서로 갈등을 느끼며 가슴 아파하는 재미있는 소설이나 아름다움에 감동케 하는 시를 읽으면서 가슴이 짜릿해지는 것은 즐거운 일인지 모른다.

옛 선비들은 남자는 모름지기 다섯 수레의 책을 읽어야 한다고 말해 왔다. 적어도 어엿한 한 사람으로 성장하려면 그만한 책을 읽어야 한다는 말이다. 《젊은 베르테르의 슬픔》과 《파우스트》로 유명한 괴테는 책은 지식의 보고(寶庫)라고 말하면서 책을 읽고 감동하는 것이 사람이 사람으로 커 가는 지름길이라고 했다. 하지만 아무 책이나 마구 읽는 것은 안 읽는 것만 못하다. 제대로 안내를 받아 읽어야 그 책을 제대로 이해하고 자기 것으로 만들 수 있다. 책을 제대로 읽으면 상상력이 풍부해지고 사고력이 자신도 모르게 길러지게 된다.

이에 다음 같은 점에 유의하면서 《중학생 소설》을 펴낸다.

1. 한국 근 · 현대 소설에서 중학생이 읽어 상상력과 사고력이 자신도 모르는 사이에 길러질 수 있는 작품을 선정하고, 외국 작품 중에서 널리 읽혀지는 유명한 작품을 선정해 감상의 폭을 넓혔다.
2. 각 작품마다 '작품을 읽기 전에' 를 두어 작품의 의미를 파악하면서 독서를 할 수 있도록 하였고, '작품 이해 및 논술 다지기' 를 통해 작품을 심층적으로 감상하고, 상상력과 사고력을 기르도록 유도했다.

3. 각 작품마다 단답형 서술 문제 및 논술 문제와 예시 답안을 실어 작품의 이해와 감상의 정도를 알고 표현력과 분석력, 문장력을 기를 수 있도록 하였다.
4. 작품을 읽는데 도움이 되도록 어려운 낱말이나 특수한 말, 소설의 기법 등에 대해 각주를 달아 설명했다.

이러한 의도로 엮어진 이 소설집이 자유롭게 공부하고 뛰어노는 중학생의 재미있고 유익한 길잡이가 되고 즐거운 반려가 되기를 기대한다. 또한 소설 속에서 살아가는 삶의 희비극을 이해하고 삶의 흐름과 그 여러 모습을 감상하면서 소설의 예술미를 감상하는 안목을 키우고 상상력과 사고력이 길러질 것으로 믿는다.

독서는, 세 살 버릇 여든까지 간다는 말과 같이 어려서부터 책을 읽는 것이 밥 먹듯이 습관화되어야 언제나 책을 읽게 된다. 이 비결이 실천될 때에 비로소 풍부한 상상과 깊은 사고로 세상을 보고, 고교 생활의 기틀이 마련될 것이다.

끝으로 디지털의 상업성으로 기우는 출판 문화에서 중학생의 바른 독서 안내를 위해 《중학생 소설》을 내는 신원영 사장님에게 감사하고, 총괄하는 윤석원 상무와 그리고 편집에 수고한 최광희 부장, 편집부 여러분들에게 감사드리며, 이 책이 중학생들의 친근한 벗이 되고 길라잡이가 되기를 기대한다.

구 인 환

일러두기

1. 표기는 현재의 맞춤법에 따랐다. 다만, 방언이나 속어는 가능한 한 그대로 두었으며 작가와 작품의 의도를 해치지 않기 위해서 대화체에서는 옛 표기를 최대한 살렸다.
2. 외래어는 현재의 표기법에 맞춰 고쳤으며, 원문에서 일본어 등 외국어로 씌어진 것은 음독 표기하고 괄호 안에 우리말로 번역해 놓았다.

차 · 례

아랑의 정조

박종화

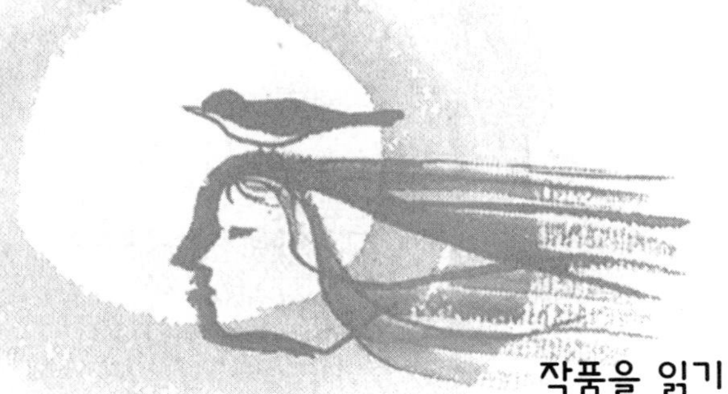

작품을 읽기 전에

〈아랑의 정조〉는 1940년 《문장》에 발표된 단편으로, 《삼국사기》〈열전〉에 기록된 '도미 설화'에서 취재한 일종의 단편 역사물이다. 극한 상황에서도 정조를 지키는 도미와 그와 함께 탈출하는 아랑의 이야기이다. 도미와 아랑의 사랑이 오늘날 우리에게 주는 의미가 무엇인지 생각하며 읽어 보자.

아랑의 정조

1

아랑—아랑은 백제의 새악시다. 아랑의 어여쁜 소문은 서울 북한 및 천호 장안에 자자하게 퍼졌다. 아랑의 남편인 도미는 솜씨 있는 목수로 그의 이름이 백제 서울에 유명했지마는, 그보다는 어여쁜 아내 아랑을 가진 복성스런 청년 도미로 이름이 더 높았다.

'저 사람이 유명한 목수 도미야.'

할 때보다도,

'저 사람의 아내 아랑은 여간 어여쁜 것이 아니야. 왜 그 아내를 잘 두었다는 목수 도미란 사람 있지 않어? 바로 그 도미야.'

듣는 데서나 아니 듣는 데서나 사람들은 이렇게 도미를 소개했다.

자기의 천직[1]인 목수보다도 반드시 어여쁜 아내를 잘 두었다는……, 그것을 먼저 입초수[2]에 올렸다. 자기의 재주가 인정되어 세상에 유명해졌다는 것보다도 자기 아내의 아름다운 것 때문으로 해서 자기의 이름이 세상에 인정된다는 것은, 장인으로서의 그다지 마음 즐길 일이 아닌 것이 보통 심경일 것이지마는 도미는 여기에 대해서 조금도 불복이 없었다.[3]

불복이 없을 뿐만이 아니라 이런 소리를 들을 때마다 도미는 오히려 빙긋 웃어 입이 슬그머니 벌려지고 말았다. 무척 사람이 좋은 때문도 되지마는 나라에 제일 가는 아름다운 여자를 아내로 두었다는 행복스런 느낌이 도미의 가슴에 뻐근히 찼음이리라.

아닌게아니라 아랑은 무척 잘생긴 여자였다. 어여쁘다 해도 그대로 아기자기하게 어여쁜 편만이 아니다. 맑은 눈매하며 빚어 붙인 듯한 결곡[4]하고도 구멍이 드러나지 않는 폭 싸인 아름답고 고운 코는 백제 여자들에게서 흔히 볼 수 있는 특수한 매력을 풍기는 미(美)지마는, 비둘기 알을 오뚝이 세워 놓은 듯한 동글 갸름한 얼굴판에 숱이 적지도 않고 많지도 않은 알맞은 눈썹과, 방긋이 웃을 때마다 반짝하고 드러나는 고르고 흰 이빨은 두껍지도 않고 얇지도 않은 하얀 귓불과 함께 홀로 아랑만이 가지고 있을 수 있는, 사람을 넋 잃게 할 매력이었다.

여기다가 아랑의 옷거리는 더욱 좋았다. 외로 여민 저고리 위의 날아갈 듯한 어깨판하며 거듬거듬 주름잡은 눈빛 같은 흰 치맛자락엔 여위지도 않고 살찌지도 않은, 건강하고 젊음을 풍기는 탄력 있는 살결이 도마뱀처럼 물결쳐 흘렀다. 그러나 이것만으로 해서 아랑이 백제 서울에 제일 가는 미

중요 어구 풀이

1) 천직 : 타고난 직업이나 직분.
2) 입초수 : '입길'의 잘못. 이러쿵저러쿵 남의 흉을 보는 입의 놀림.
3) 장인으로서의 그다지 ~ 없었다 : 아내에 대한 도미의 지극한 사랑을 엿볼 수 있다.
4) 결곡 : 얼굴 생김새나 마음씨가 깨끗하고 여무져서 빈틈이 없다.

인이 될 수는 없었다.

아랑의 반듯한 이맛전 아래 고르게 벌여진 눈썹과 호수같이 맑은 눈매 근처에는 무어라 형언할 수 없는 부드러우면서도 서릿발 같은, 사람이 감히 호락호락히 범하지 못할 맑고 맑은 기쁨이 떠돌았다.

여자란 흔히 아름다우면 음기를 품기가 쉬운 것이다.[5]

그렇지 않고 처절하게 어여쁘다면 독기를 품기 쉬운 것이다. 그러나 부드러우면서도 기품이 드러나고, 어여쁘면서도 결곡하기는 가장 드문 일이다. 억지로 우리가 구해 본다면 성스러운 관음보살의 얼굴에서나 적이 이 고결한 매력을 느낄 수 있는 것이다.

이렇기 때문에 아랑을 한 번 본 사람은 백제 서울에 제일 가는 미인이라 떠들었고, 아랑을 한 번도 못 본 사람이라도 떠도는 소문만 듣고 도미의 아내 아랑은 나라의 첫손을 꼽을 미인이라고 덩달아서 칭찬했다.

도미는 사실 행복스러웠다. 아내 아랑이 백제 서울 안에서 제일 가는 미인이 된다는 것도 사나이로 앉아서 즐거움의 하나지마는, 사실 아랑은 얼굴뿐만이 아니라 마음씨도 착하고 집안일도 잘 보살폈다.

도미가 솜씨 있는 목수로 나날이 예 간다, 제 간다 하고 으리으리한 대궐 이룩하는 일이나 대갓집 고래등 같은 기와집 짓기에 비두[6]로 뽑혀 가는 동안은, 아랑은 길쌈을 짠다, 빨래한다, 온종일 부지런히 집안일을 보살피기에 분주했다.

이리하다가 해가 설핏[7]해서 서산에 걸릴라치면 또다시 부엌 속으로 뛰어 들어가서 저녁밥을 잦히고[8] 된장찌개를 끓여서 돌아오는 남편을 기다리고

중요 어구 풀이

5) 여자란 흔히 ~ 것이다 : 아름다운 여인은 행실이 음란하기 쉽다는 의미다.
6) 비두 : 첫째.
7) 설핏 : 해의 밝은 빛이 약해진 모양.

있었다.

해가 땅거미가 질 무렵, 도미가 일터에서 일을 마치고 아랑이 혼자서 기다릴 생각을 하고는 걸음을 빨리하여 휘파람을 불면서 동구 앞으로 들어서면, 아랑은 물 묻은 손을 행주치마에 씻으면서 부리나케 삽작문[9] 밖까지 쫓아 나가서 쌍긋 흰 이빨을 드러내 웃으며,

"도미! 어서 와요."

하고 반갑게 도미의 팔뚝을 끌어안는다. 이럴라치면 도미는 온종일 그립던 아랑이 반가워서,

"아랑! 퍽 기다렸지?"

하고 마주 아랑을 껴안으며 아랑의 그 맑은 눈을 정열이 타오르는 도미의 눈으로 쓰다듬어 위로해 준다.

이럴 때마다 아랑의 길고 검은 속눈썹에는 반가움과 행복감에 넘치는 안개 같은 눈물이 촉촉히 서리곤 한다.

도미가 먼지를 털고 세수를 하고 일터 옷을 벗어서 고운 옷과 바꾸어 입은 뒤에 밥상을 받고 앉을라치면, 아랑은 상머리 맡에서 배추김치를 찢어 주고 식어 가는 된장찌개를 다시 데워다 준다.

"밥 가지구 와, 우리 같이 먹어."

도미가 이렇게 말할라치면 아랑은 새색시같이 부끄러워했다.

"이따 임자 상이 나거들랑."

"저거 왜 밤낮 저 모양이야. 아랑이 밥 안 가지구 오면 나두 안 먹을 테야."

중요 어구 풀이

8) 잦히다 : 밥이 끓은 뒤에 불을 약하게 하여 물이 졸아들게 하다.
9) 삽작문 : '사립문'의 방언(강원, 경상). 사립짝을 달아서 만든 문.

도미는 머슴애처럼 골을 내고 숟가락을 내던졌다. 흘기는 눈에는 담뿍 정열을 싣고.

아랑은 못 이겨서 봉당[10]에 내려가 숟갈 하나와 밥 한 사발을 들고 왔다. 오기는 왔으나 밥사발을 도미의 소반 위에는 올려놓지 않는다. 방바닥에 놓고 조심조심 숟가락을 옮긴다. 아무리 남편의 앞일지언정 행여 입 안의 밥알이 보일까 하고.

날마다 하루 한 때 이 때부터가 도미와 아랑이 가장 행복을 느끼는 때였다.

밥상을 물리고 나서 도미와 아랑은 마주 앉아서 온종일 지낸 일을 서로 이야기했다.

"도미, 오늘도 대궐 일 했소?"

"그럼, 대궐 짓기가 그렇게 쉬운가. 오늘은 전각에 들보를 올렸지. 참 재목 좋드라. 바루 유주목인데, 천 년은 묵었을 거야. 내 아름으로 네 아름은 되거든. 바루 아차산 꼭대기에서 벤 나문데, 소 사람 얼러서 오백 명 품[11]이나 먹여서 끌어왔어. 나뭇결이 어떻게 좋은지 대패가 힘 안 들이고 잘 나가거든. 아무리 장인의 솜씨가 좋다손 치더라도 재목이 나쁘면 신이 나지 않거든!"

"아유, 천 년 묵은 나무! 그 나무, 구경 좀 했으면."

"대궐을 다 지어 놓거든 내 솜씨도 보일 겸 한번 구경시켜 줄게, 아랑……."

"이런 여염집[12] 여자를 무어 함부로 들어가게 할 리가 있나……."

중요 어구 풀이

10) 봉당 : 안방과 건넌방 사이의 마루를 놓을 자리에 마루를 놓지 아니하고 흙바닥 그대로 둔 곳.
11) 품 : 어떤 일을 하는데 드는 힘.
12) 여염집 : 일반 백성의 살림집.

"도편수[13]한테 말하면 우리 아랑이야 못 구경시켜!"

"그럼 꼭 임자가 지은 대궐을 구경시켜 주어요. 도미!"

"염려 말어, 그까짓 거. 아랑! 오늘은 무어 했어?

"맞춰 보아."

아랑은 상긋이 웃으며 도미를 쳐다본다.

"글쎄……, 오늘은 전부터 짜던 삼승[14] 무명을 끝마쳤을 게다."

"아니야 틀렸어, 명주를 시작했어. 설날 입을 도미의 저고리 바지를 할 양으루."

"명주! 명주옷은 난생 처음이로구나, 아랑 덕에 명주옷을 다 입는다! 참 설날두 앞으로 서너 달밖에 안 남았지."

도미는 사실 정말로 즐거웠다. 도미는 아내의 손을 이끌어 쓰다듬는다.

"우리가 혼인을 한 지도 벌써 이태째가 되지?"

아랑은 방싯 웃음을 머금고 소리 없이 고개만 까딱거린다.

"그런데 아랑! 인제 어린애를 하나 낳아야지."

"듣기 싫어요."

아랑은 부끄러워 도미의 무릎을 주먹으로 탁 치고 얼굴이 홍당무가 되어 손을 뿌리치고 벌떡 일어서려 한다.

"못난이, 무에 부끄러워. 누가 있나베. 그런데 아랑, 가만 있어. 내 얘기 한 번 듣고 일어나."

도미는 아랑의 뿌리치는 손을 꽉 쥐고 놓아 주지 않았다.

"아이 아파……."

중요 어구 풀이

13) 도편수 : 목수의 우두머리.
14) 삼승 : 석새삼베. 240올의 날실로 짠 베라는 뜻으로, 성글고 굵은 베를 이르는 말.

아랑은 벌떡 다시 도미 앞에 주저앉아 버렸다.

"이거 봐, 아랑! 나는 암만해도 아랑 때문에 큰일났어. 목수 도미보다도 아내 아랑을 잘 둔 도미로 이름이 더 났단 말야. 누구든지 나를 보기만 하면 '오, 그 백제서 제일 가는 미인이라는 아랑의 남편 도미란 말야!' 하구 이렇게 내 얼굴을 뚫어지도록 보군 하거든. 그 소리를 들을 때마다 내 어깨는 막 으쓱해지지! 그런데 이거 봐요. 어떻게 아랑이 잘생겼다는 소문이 백제 서울에 자자한지, 하루는 대궐서 전각 들보 대패를 메기랴니까 역사[15]를 간역[16]하는 대신이 지나가다가 대패질하구 있는 나를 유심히 디려다보더니, '네 이름이 도미냐?' 하구 묻기에 '네, 그렇습니다.' 했드니, '오,.저 백제서 제일 가는 미인 아내를 두었다는 도미로구나.' 하구 한동안 내 곁에 서서 대패질하는 모양을 바라보다가, '어 참, 대패질 잘한다, 너는 백제서 제일 가는 팔자 좋은 사람이다.' 하구 한참 칭찬을 허구 가겠지. 내 코가 막 세 발이나 더 솟았지, 하하하."

"아이 어쩌면, 부끄러워라……."

아랑은 두 손으로 얼굴을 푹 가리었다.

2

도미와 아랑의 깨가 쏟아질 듯한 재미있는 살림은 나날이 더 깊어 갔다.

이와 정비례해서 목수 도미의 아내 아랑의 아름답다는 소문도 날이 갈수

중요 어구 풀이

15) 역사 : 토목·건축 등의 공사.
16) 간역 : 토목·건축 따위의 공사를 돌보다.

록 서울에 더 자자했다.

도미는 행복스런 중에도 요사이 와서는 차츰차츰 형언해 말할 수 없는 한 조각 엷은 불안을 가슴 속에 느끼게 되었다.[17]

그것은 아랑의 아름답다는 소문이 너무도 지나치게 널리 퍼지는 때문이다.

신라 사람 입에도 올랐다. 고구려 사람 입에도 올랐다.

도미는 오히려 조금씩 괴롭고 무서움을 느꼈다. 도미가 가지고 있는 불안과 공포는, 마치 보배로운 구슬을 가지고 있는 사람이 너무 소문이 지나치게 자자하기 때문에, 행여 모르는 사이에 구슬을 빼앗겨서 도적 맞을까 하는 근심과 비슷했다.

도미는 전과 같이 일터에서 돌아와서 저녁밥을 물린 뒤에 아랑과 함께 뜰을 거닐었다.

달이 환하게 중천에 높이 솟았다. 가을이나 낙엽 구르는 소리조차 없었다. 기왓골에는 싸늘한 서리가 유리같이 깔리기 시작한다. 도미와 아랑은 손을 잡고 거닐다가,

"아랑, 춥지 않어?"

하며 도미는 달빛 아래 아랑의 얼굴을 들여다본다.

"아니, 당신의 곁이면……."

"당신의 곁이면?"

도미가 되받아 물었다.

"언제든지 춥지 않어요."

중요 어구 풀이

17) 도미는 행복스런 ~ 되었다 : 도미는 여러 사람이 아랑의 미모에 대해 이야기한다는 사실에 불안해하고 있다. 앞으로 사건 진행의 방향을 암시한다.

이 순간 달빛 아래 해죽이 웃는 아랑의 얼굴은 정말 보배로운 구슬보다도 더 곱고 귀여웠다.

도미는 한 손으론 아랑의 손을 잡고 한 손으론 달빛 비치는 아랑의 웃는 뺨을 쓰다듬어 주었다. 도미는 이 고운 아내 아랑을 어떻게 주체해야 좋을지 몰랐다.

"아랑! 당신은 너무 예뻐."

도미는 한숨을 쉬고 고개를 뚝 떨어뜨린다. 아랑은 남편 도미의 심경을 알 리가 없다. 잠깐 동안 말없는 침묵이 흘렀다. 두 사람은 또다시 천천히 뜰을 거닐었다.

"아랑, 당신은 더 호강하구 싶지 않어?"

도미가 다시 말을 꺼낸다.

"당신의 곁이면."

아랑은 말을 마치고 고래를 살래살래 흔든다.

"이거 봐, 이 목수 도미의 아내가 되기에는 당신이 너무 예쁘단 말야. 저 고래등 같은 기와집의 재상의 아내가 되든지 그렇지 않으면 장잣집[18] 맏며느리가 되든지 해야 할 감이란 말야. 이 목수 놈 도미의 아내가 되기는 너무도 아깝단 말야."

"도미! 별안간 그것은 다 무슨 소리요. 나는 재상도 싫어. 장잣집 며느리도 소원이 아니야. 마음 편한 당신의 아내가 제일 좋아."

아랑의 얼굴엔 반듯한 기품이 서리었다.

"이거 봐, 아랑! 나는 겁이 나."

"도미, 무엇이!"

중요 어구 풀이

18) 장잣집 : 큰 부잣집.

"아랑이 너무 예뻐서 세도 좋은 재상이나 장잣집 아들에게 뺏길까 봐서."

말을 마친 도미의 고개는 기운 없이 수그러진다.

"뺏으면 뺏겨지우? 개돼지요!"

아랑은 싸늘하게 노했다.[19] 도미의 잡은 손을 뿌리친 채 마루를 향하고 올라선다. 달빛 속에 새침히 돌아서는 아랑의 뒤태도는 부어 내리는 서릿발보다도 더 차갑다.

3

목수 도미의 아내, 아랑의 어여쁘다는 소문은 이 나라 왕 개루의 귀까지 들어갔다. 개루는 나라를 잘 다스리고 정사를 잘 베풀었다. 백성의 부세[20]를 가볍게 하고 성과 연못을 잘 가꾸어 바깥 근심을 덜게 하였다.

그러나 이러한 영특한 임금이면서도 그에게는 한 가지 큰 병통[21]이 있었다. 그것은 다른 것이 아니라 색을 좋아해서 어여쁜 여자를 가까이 하는 일이었다. 한 사람 두 사람뿐만에 그치지 않았다. 그러나 왕 자신은 조금도 이것을 뉘우치지 않는다. '영웅은 색을 좋아한다.' 하는 옛말은 개루에게 있어서는 여간 아름다운 방패막이 거리가 아니다. 한 개의 말막음 거리가 될 뿐만이 아니라, 개루는 자기 자신이 색을 좋아함으로써 한 사람의 훌륭한 영웅인 것 같은 착각을 꿈꾸고 있었다.

중요 어구 풀이

19) 아랑은 싸늘하게 노했다 : 아랑은 약한 모습을 보이는 도미에게 노하고 있으며, 자신을 탐할 자들에 대해서도 노하고 있다.
20) 부세 : 세금을 매겨서 부과하다.
21) 병통 : 해가 되는 점. 병집.

어느 날 개루는 편전[22]에서 신하와 더불어 정사 일을 의논하다가 일이 끝난 다음에, 이야기가 한가로운 여염의 적은 일에 미쳤다. 개루가 색을 좋아하는지라 신하는 백제 서울 미인의 이야기를 하다가 말이 목수 도미의 아내 아랑에게 떨어졌다.

"백제의 첫 손가락을 꼽을 미인은 목수 도미의 아내 아랑일 겝니다."

하고 아뢰었다.

"목수로 어떻게 백제의 제일 가는 미인을 얻었소?"

개루는 기괴하게 생각했다.

"그게 다 연분입지요."

"연분? 아니야, 우연이지!"

강한 성격을 가진 개루는 운명을 부정했다.

"내 후궁에 그래 아랑만한 미인이 없을까."

색을 좋아하는지라 개루는 한 번 아랑의 말을 듣고 좀처럼 생각을 끊을 수 없었다.

"어찌 대왕 후궁에 아랑만한 미인이 없사오리까마는 세상에서 이르기는 아랑은 신라에도 없고 고구려에도 짝을 구할 수 없는 미인이라 하옵니다."

개루의 마음은 바짝 움직였다.

"한 번 불러 보게 하오."

우연한 이야기 한 마디가 일이 컸는지라 신하는 어찌할 줄을 몰랐다.

"부르시기야 어려운 노릇이 아니오이다마는 아랑이 올는지 의심스럽소이다."

"내가 부르는 마당에, 일개 목수의 계집이 아니 와?"

중요 어구 풀이

22) 편전 : 임금이 평상시에 거처하는 궁전.

개루의 성미는 부풀어 올랐다.

"세상의 전하는 말을 들으면 아랑의 고운 점은 관음보살의 고운 것과 같다 하옵니다. 고결하고 품위 있고……. 그렇기 때문에 사람들이 호락호락 넘보지 못한다 하옵니다."

"관음보살!"

개루의 호색하는 마음은 더욱 부채질 쳐진 셈이 되었다.

"관음보살은 왕의 신하가 아닌가!"[23]

개루는 호기롭게 배앝았다.

"잔말 말고 부르게 하오."

급한 사자[24]가 도미의 집으로 띄워졌다. 도미는 전과 같이 대궐에서 일할 때다. 홀로 아랑이 집에서 이 광경을 당했다. 사자를 대한 아랑은 차가울 대로 차가웠다. 단정히 벼루에 먹을 갈고 간지[25]를 펼쳐 글월을 썼다.

왕은 백성의 부모라, 어찌 부르시는 명을 거역하오리까마는 사나이 몸이 아니옵고 남편 있는 계집의 몸이라 남편의 허락이 없이는 까닭 없이 왕명을 받을 수 없소이다.

아랑은 쓰기를 마친 다음 간지를 봉하여 공손히 사자에게 전했다. 사자를 보내고 초조하게 하회[26]를 기다리고 있던 개루는 아랑의 정정당당한 구슬 같은 필적을 대하고 보니, 보지 못한 아랑이 더욱 그립고 잊을 수 없었

중요 어구 풀이

23) 관음보살은 왕의 신하가 아닌가! : 개루왕의 오만함과 아랑에 대한 욕심을 엿볼 수 있다.
24) 사자 : 명령이나 부탁을 받고 심부름하는 사람.
25) 간지 : 두껍고 품질이 좋은 편지지. 흔히 장지(壯紙)로 만드는데 정중한 편지에 썼으며 같은 장지로 된 편지 봉투에 넣었다.
26) 하회 : 윗사람이 내리는 회답.

다. 호화로운 왕의 위력으로 여태껏 수많은 여자를 다뤄 본 개루는 어디까지든 여자의 정조를 부인했다. 아랑—관음보살같이 결곡하고 아름답다는 도미의 처 아랑을 기어코 한 번 손아귀에 넣고 싶었다.

땅에 떨어진 뒤에 처음으로 개루는 고민의 맛을 느꼈다. 위력으로 군사를 풀어 연약한 여자 아랑 하나를 잡아들이기에는 개루의 체모[27]가 너무 깎여진다고밖에 뵈지 않는 때문에, 또한 백성들의 웃음을 사기도 쉽다. 어떻게 가만히 드러내 놓지 않고 아랑을 손 속에 넣을 것을 궁리했다. 정조—여자의 정조란 다 닥쳐 보면 결국 아무것도 아닌 것을 개루는 잘 아는 때문이다.

두어 시간 뒤에 목수 도미는 개루의 편전 아래 불려졌다.

"이 애, 네가 목수 도미냐?"

"네, 소인이 목수 도미올시다."

도미는 부들부들 떨며 대답했다. 도미는 대궐 짓는 데 무슨 잘못이 있었나 하고 마음 속으로 지난 일을 곰곰이 생각해 본다.

"네 아내가 백제의 제일 가는 미인이라지?"

도미의 가슴은 아뿔싸 하고 선뜻 내려앉았다. 그러나 대답은 아니 할 수도 없었다.

"남들이 그렇게 말하는지는 모르겠습니다."

비로소 도미는 개루의 얼굴을 잠깐 쳐다봤다.

"범절이 있고 지조가 높다지?"

도미는 어떻게 대답해야 옳은지 몰랐다. 멍하니 다시 힐끗 개루를 쳐다본다.

중요 어구 풀이

27) 체모 : 체면.

"여자 쳐놓고 지조가 있다는 계집을 내 여태 보지 못했다. 네 아내도 그러할 게다. 더욱이 예쁜 계집일수록!"

말을 마치고 개루는 빙글빙글 웃으며 도미를 내려다본다. 마치 아랑의 정조를 비웃는 듯이…….

도미의 순되고 젊은 기운이 우쩍 일어났다. 옥보다도 더 깨끗한 아랑의 몸에 애매한 누명을 얹는 것이 분했다.

"다른 여자는 모르겠소이다마는 소인의 계집은 죽을지언정 두 마음이 없을 게올시다."

도미의 머리에는, 지나간 달 밝은 가을밤에 아랑과 같이 뜰에 거닐던 생각이 번갯불같이 휙 지나갔다.[28]

"그럼 내 시험해 보랴?"

개루는 여전히 능갈치게[29] 소리 없는 웃음을 웃으며 도미를 내려다본다.

"시험해 봅시오."

결연히 말을 마치고 도미는 입술을 꼭 깨물었다. 도미의 몸은 처음과 같이 떨리지도 않았다.

4

뜻밖에 왕의 부름을 받았던 도미의 아내 아랑은 일단 거절하는 글월을 사자 편에 돌려보냈지마는 초조하고 불안하여 오히려 하회가 궁금했다. 어

중요 어구 풀이

28) 도미의 머리에는, ~ 지나갔다 : 도미는 아랑이 보였던 노여운 모습을 회상하여 아랑의 정조를 확신하고 있다.

29) 능갈치게 : 아주 능청스럽게.

찌 된 일인지 까닭을 알 수 없었다.

혹시 남편 도미가 죄를 짓지나 아니했나? 만일 죄를 지었다면 법소[30]가 따로 있으니 법소에서 채근하고 다스릴 일이지 왕이 친히 부를 까닭도 없는 일이다, 하고 이렇게 생각해 봤다.

남편이 하도 대궐 일을 잘 하니까 그이에게 상을 내리고 나까지 대궐로 들어오라 한 것인가? 하고 이렇게도 생각해 보았다.

어떻든 조마조마 마음을 졸여 가며 어서어서 남편 도미가 돌아오기를 일각이 삼추[31]처럼 고대했다.

해가 기울기 시작했다. 갈까마귀가 뒷산 밖에 어지럽게 날았다. 귀는 울타리 밖으로만 쏠려진다. 행여나 남편 도미가 돌아오는 씩씩하고 기운찬 발자취 소리가 들릴까 하고.

가을 해가 서산에 넘기는 토깽이보다도 재빨랐다. 그러나 아랑의, 남편을 기다리는 초조한 마음은 하루보다도 길었다. 땅거미가 완전히 동구를 어둡게 했다. 그러나 남편 도미의 돌아오는 휘파람 소리는 아직껏 들리지 않았다. 다른 날 같으면 벌써 도미와 밥상을 대하고 재미있게 술질[32]을 할 때다. 아랑은 배고픈 줄도 몰랐다.

유경[33]을 꺼내 놓고 심지에 불을 다렸다. 방 속에 환하게 불이 켜지니, 벽에 비치는 아랑 제 그림자에 남편 "도미가……." 하고 소스라쳐 놀래도 보았다. 한 식경[34] 두 식경 밤은 점점 깊어 갔다. 달도 없는 깊은 가을, 질

중요 어구 풀이

30) 법소 : 예전에 법을 집행하는 기관을 이르던 말.
31) 일각이 삼추 : 짧은 동안도 삼 년 같이 생각된다는 뜻으로, 기다리는 마음이 간절함을 비유적으로 이르는 말.
32) 술질 : 숟가락질.
33) 유경 : 놋쇠로 만든 등잔 받침. 유경 촛대.
34) 식경 : 밥을 먹을 동안이라는 뜻으로, 잠깐 동안을 이르는 말.

은 밤 앙상한 나뭇가지에 울고 남은 싸늘한 바람이 가끔가끔 쏴 하고 문풍지를 울렸다. 불똥을 튀기던 유경엔 심지조차 타 들어가서 불빛까지 희미했다. 아랑은 옥귀이개를 뽑아 심지를 돋우었다. 잠깐 불빛은 밝았으나 초조한 마음 속은 어찌할 도리가 없었다.

이내 아랑은 방문을 열고 뜰로 내려서서 삽짝문을 열고 여남은 걸음 떨어져 있는 이웃집 부전이를 찾았다. 부전이는 지난 해 남편을 잃은 홀어미다. 아랑의 부르는 소리에 부전이는 들창문을 열고 자던 눈을 쓱쓱 비비며,

"웬일요?"

하고 물었다.

"좀 나와요. 저, 도미가 여태 안 돌아왔어. 쓸쓸해 혼자 배길 수가 있어야지. 나하고 둘이 있어 응, 부전이!"

"그게 웬일유, 밤이 꽤 이슥했는데."

부전이는 일변 말하고 일변으론 부스럭거리며 치마를 두른 다음 문을 열고 아랑을 따라섰다.

지척을 분간하지 못할 어둠 속에 하늘에는 별빛만이 총총했다. 아랑과 부전이가 막 아랑의 집 방 속에 들어앉았을 때다. 동구 밖에 사람 소리가 두런두런하며 두서너 사람의 발자취 소리가 버적버적 들렸다.

"사람 소리가 나지?"

아랑은 부전의 얼굴을 쳐다본다.

"도미가 인제야 돌아오는 게지."

두 사람은 일시에 자리에서 일어나 뜰 아래로 내려섰다. 울타리 밖에는 횃불이 환하게 비치고 삽짝문이 스르르 열려졌다. 들어서는 사람은 도미가 아니요, 금관에 홍포를 찬란히 입은 왕 개루였다. 뒤에는 두어 사람의 시종이 따랐다. 아랑은 가슴이 출렁 떨어지고 부전이는 영문을 몰랐다.

횃불과 왕과 시종은 뜰 안으로 들어섰다.

"여기가 목수 도미의 집인가?"

시종 한 사람이 이렇게 물었다.

"네, 그렇습니다."

아랑은 설레는 가슴을 진정하며 이렇게 대답했다.

"도미의 아내 아랑이 누구인가?"

"제올시다."

아랑은 손을 마주 잡고 공손히 허리를 구부렸다. 횃불이 더욱 가까이 비쳐졌다. 불 아래 비치는 아랑의 고운 때깔은 과연 월궁의 항아[35]가 아니면 그림에 보는 관음보살이었다. 이윽이 아랑을 건너다보는 개루의 호화로운 얼굴에는 소리 없는 만족의 미소가 물결쳐 흘렀다.

"올라가자! 나는 이 나라의 왕 개루다."

처음으로 개루의 목소리가 떨어졌다.

아랑의 가슴은 더욱 설레었다. 그러나 왕을 아니 인도할 수도 없었다. 아랑은 모든 설레는 마음을 누르고 태연히, 참으로 태연히 공손하게 왕을 방 안으로 인도하고는,

"누추한 천민의 집에 옥가[36]를 멈추시니 황감[37]하오."

하고 문 밖에 고요히 서 있다.

"아랑아."

개루는 자리에 앉아 홀린 듯 아랑을 쳐다보다가 이렇게 아랑을 부른다. 아랑은 해사한 얼굴을 더욱이 단정히 가지고 허리를 굽혀 소리 없는 대답

중요 어구 풀이

35) 항아 : 달 속에 있다는 전설 속의 선녀. 절세미인을 비유한 말.
36) 옥가 : 임금이 타는 가마.
37) 황감 : 황송하고 감격스럽다.

을 보낸다.

“아까 낮에 너를 불러도 오지 않기에, 네 남편의 허락을 맡아 내가 온 길이다. 너는 오늘 밤부터 내 후궁이 돼야 한다. 내일 아침엔 일찍이 대궐로 데려갈 것이고…….”

모든 일을 아랑은 비로소 알았다. 그러나 아랑은 조금도 황겁하지 않았다. 맑고 맑은 눈에는 광채가 반짝하고 빛났다. 잠깐 동안 아랑은 새촘히 서 있다.

“싫으냐?”

“…….”

“싫으면 군사를 풀어 잡아갈 것이고…….”

“…….”

“네가 후궁으로 들어오기만 하는 날이면 호강이야 말할 거 있느냐, 백제 것이 모두 다 네 것이지.”

오뚝이 그림처럼 섰던 아랑은 깜짝하고 다시 눈동자를 굴리었다. 치맛자락이 가늘게 움직였다. 입에선 가벼운 한숨조차 나는 듯했다.

“정말이십니까?”

아랑의 말소리가 비로소 떨어졌다. 그러나 아랑의 눈은 차마 개루를 쳐다보지 못했다.

“그럼 내가 실없는 말을 할 리가 있느냐?”

아랑의 목소리를 듣자 개루의 입은 빙글빙글 벌려진다.

“시키시는 대로 거행하겠습니다. 횃불을 끄고 시종을 물리쳐 줍시오. 목욕을 하고 단장을 하겠습니다.”

횃불은 꺼지고 시종은 물러갔다. 삽짝문이 소리 없이 닫혀졌다.

한 시각 뒤, 칠보 단장을 꾸민 아랑이, 어서 들어오기를 고대하고 있는

개루가 앉은 방문 앞에서,

"유경의 불을 꺼 주옵시오. 남편 있는 몸이라 부끄럽사옵니다."

옥방울을 굴리는 듯한 아랑의 목소리가 닫혀진 방문 밖에 떨어졌다. 개루는 미칠 듯이 좋았다. 용포 자락으로 유경 불을 후리쳐 껐다.

이튿날 동이 환해서 흐벅진 졸음에서 눈을 떠 보니, 자리 옆에 코를 골고 누운 것은 관음보살 같은 아랑이 아니라 개기름이 얼굴에 지르르 흐르는 부전이었다. 개루는 발을 동동 굴렀다. 그러나 이미 소용이 없다. 아랑을 찾으니 간 곳이 없다. 건넛방은 덩그렇게 비었다. 증이 열화같이 일어난 개루는 모든 것이 목수 도미란 놈이 있는 탓이라 인정했다. 팔분 이상의 도미를 시새[38]는 마음도 섞였으리라.

대궐로 돌아오는 길로 개루는 도미를 역사를 잘못했다고 죄 주었다. 두 눈알을 뽑고 광나루 강으로 끌어다가 배에 태워 내쫓았다. 앞 못 보는 도미는 무슨 죄를 진지도 모르고 하늘을 우러러 호곡[39]해 울면서 바람 부는 대로 정처 없이 배에 실려 떠내려갔다.

한편으로 아랑은 부전이를 달래서 개루의 침실로 들여보낸 뒤에 집을 벗어나 동리 집 처마 끝에서 밤을 지새우고, 날이 훤하기 전에 도미의 소식을 듣기 위하여 대궐 도편수를 찾았다. 도미는 아직 대궐 안에 무사히 있다는 소식을 듣자 적이 가슴을 가라앉힌 지 반나절이 못 돼서, 대궐에 들어갔던 도편수에게서 아랑에게 하늘이 무너지고 땅이 꺼지는 듯한 기별을 전해 왔다.

도미를 두 눈알을 뽑아 광나루 강물 위에 내쫓았다고…….

중요 어구 풀이

38) 시새 : '샘'의 방언(경북). 남의 처지나 물건을 탐내거나, 자기보다 나은 처지에 있는 사람이나 적수를 미워하다. 또는 그런 마음.
39) 호곡 : 소리를 내어 슬피 욺. 또는 그런 울음.

그리고 아랑이 자기 집에 있으면 자기 도편수까지 벌을 당할 테니, 속히 다른 데로 피신을 해 달라는 부탁까지 있었다. 아랑은 정신이 아찔했다. 그러나 한시를 지체할 때가 아니었다. 앞뒤를 헤아려 보지 않고 눈물을 머금어 광나루 강가로 쫓아갔다. 젊은 여자, 더욱이 아랑같이 뛰어나게 예쁜 여자가 사람의 눈에 유표[40]하게 띄기는 쉬운 일이었다. 아랑은 강가에서 뱃사공 한 사람을 붙들고 도미의 소식을 다 캐어묻기도 전에 먼저 미리 배치해 두었던 개루의 군사에게 붙잡혀 버렸다. 앙탈도 소용 없었다. 뿌리치고 달아나자니 힘이 모자랐다. 아랑은 이내 대궐로 끌려갔다.

으리으리한 대궐, 화려한 전각 안에 아랑은 개루를 다시 대하게 되었다.

"네가 네 죄를 알겠니?"

개루의 목소리는 위엄스러웠다. 아랑은 똑바로 개루를 쳐다봤다. 눈에는 잠깐 살기가 떠돌았다. 남편 도미의 눈알을 뽑힌 생각을 하니 아무리 단단한 마음씨언만 다리팔이 가늘게 부들부들 떨린다. 순간 아랑은 얼른 분한 생각을 물리쳤다. 입 언저리에는 강잉히[41] 미소를 띠었다.

"죽을 때라 잘못했사옵니다."

가늘게 가늘게 떨리는 듯이 들렸다. 개루는 다시 아랑을 대하고 보니 지난 밤에 속았던 분한 생각도 봄눈 슬듯 스러졌다. 오히려 속았기 때문에 아랑이 더 귀여웠다.

"네 남편은 대궐 역사를 잘못 거행했기 때문에 나라 죄를 얻고 형벌을 당해서 바다 밖으로 내쫓겼다. 앞 못 보는 장님이 산다면 며칠이나 살겠니? 아마 오래지 않어 이 세상 사람이 아닐 게다. 아랑아, 그래도 내 후궁

중요 어구 풀이

40) 유표 : 여럿 가운데 두드러진 특징이 있다.
41) 강잉히 : 억지로 참음. 또는 마지못하여 그대로 함.

이 되기 싫으냐?"

"인제는 남편도 없고 의지할래야 의지할 곳도 없습니다! 간밤 모시지 못 하였지만, 오늘 이 모양이 된 뒤에야 어찌 다시 대왕의 말씀을 거역하오리까."

소근소근 하소연하는 듯 대답하는 아랑은 방울방울 눈물까지 흘렸다. 개루의 넋은 아랑의 탯거리[42]에 그대로 녹아 사라질 듯하다.

"물러가 있거라!"

궁녀 한 사람에게 호위되어 기운 없이 초연히 돌아서는 아랑의 뒷태도에는 만 가지 수심이 안개 끼듯 어리었다.

5

향기로운 젖물에 목욕하고 은마구리한[43] 장도칼로 손톱 발톱을 곱게 다스린 아랑은, 이 날 밤에 무명옷을 벗어 버리고 칠보 화관 족두리에 궁녀의 복색 화려한 당의를 입고 나인에게 인도되어 궁중 깊고 깊은 복도를 거쳐 개루의 침실로 들어갔다. 화려한 연둣빛 당의, 찬란한 붉은 치마에 금나비가 바르르 떠는 화관을 쓴 아랑의 때깔은 과연 이 세상 사람이 아닌 듯이 어여쁘다. 관음보살보다도 더 고왔고, 옥계[44]의 선녀보다도 더 예뻤다. 대혼[45] 촛불을 밝히고 비스듬히 안석[46]에 의지해 있던 개루는 자기도 모르는

중요 어구 풀이

42) 탯거리 : 일부러 꾸며 드러내려는 태도.
43) 은마구리한 : 은으로 기다란 물건 끝, 양쪽 끝을 막다.
44) 옥계 : 옥같이 맑은 물이 흐르는 계곡의 시내.
45) 대혼 : 임금이나 왕세자의 혼인.
46) 안석 : 벽에 세워 놓고 앉을 때 몸을 기대는 방석.

김에 몸을 일으켜 아랑을 맞았다.

궁녀는 물러가고 인적은 고요했다. 홍공단 두 채 이불이 화려한 봉베개[47]를 얹고 서리서리 펼쳐졌다. 개루는 벌떡 일어나 그림같이 서 있는 아랑의 손길을 탁 쥐었다.

"앉어라!"

아랑은 개루에게 손을 맡긴 채 보시시 앉는다.

"아직도 도미의 생각이 나니?"

"오늘 밤부터는 대왕의 사람이온데, 그까짓 눈 먼 천한 백성을 생각하면 무얼 합니까?"

아랑의 볼이 바시시 기어지며 방싯 웃음을 머금었다. 하얀 이빨이 꽃판 같은 입술 밑에 쫙 드러난다.

이튿날 개루와 아랑은 느직하게 침실에서 일어났다. 그러나 개루는 아랑과 사이에 한 금을 넘지 못했다. 마침 수라가 들어왔다. 아랑은 빈이 된 듯 모든 거행을 정성껏 받들었다. 밖에 있는 궁녀들이 아랑을 정말 빈으로 받들었다.

해가 기울고 다시 밤이 되었다. 아랑은 침실에서 여전히 개루를 곰살궂게 받들었다. 정말 아내가 남편을 대하듯이…….

그러나 몸때는 여전히 맑지 않았다. 하루 이틀 사흘 나흘이 지났다. 다만 아직 한 금을 넘지 않았을 뿐, 모든 것을 다 개루에게 맡긴 아랑의 다른 뜻 없는 진선 진미한 태도는 개루의 온갖 경계하는 마음을 차츰차츰 풀어지게 하고야 말았다. 개루는 손가락을 꼽아 다만 아랑의 몸 맑을 날을 그 날을 기다리고 있을 뿐이었다.

중요 어구 풀이

47) 봉베개 : 봉황이 수놓여진 베개.

아랑이 개루의 침실에서 묵은 지 이레째 되는 날 밤. 아랑은 개루의 이불 속에서 미끄러져 나왔다. 벗어 놓은 치마와 저고리 대신 개루의 옷과 바지를 입었다. 머리에는 화관 대신 꿩털 꽂힌 관을 얹었다. 개루가 나다닐 때 군사에게 보이는 병부까지 단단히 주머니 속에 넣었다.

아랑은 몇 번인지 개루의 코 고는 소리를 시험해 보고 방문을 연 뒤에 토깽이처럼 바시시 빠져 나갔다.

이레를 두고 보살펴 익혀 둔 길이라 막힐 것이 없었다. 지밀문[48]을 벗어난 아랑은 마지막 대도문에 이르자 파수지기 군사에게 말없이 병부를 내보였다. 대궐 문이 열려졌다가 스르르 닫혔다. 마침내 아랑은 세상 구경을 다시 하게 되었다. 아랑은 두 주먹을 쥐고 광나루로 달음질친다.

나룻가에서 아랑은 또다시 병부를 보이고 사공을 재촉해서 배 한 척을 얻었다. 아랑은 이레 전에 남편 도미가 떠내려간 곳을 따라 물결이 흐르는 대로 배를 저어 흘러간다.

6

해가 훤히 동천 하늘에 떠오르기 시작할 때 아랑의 배는 양화도를 지났고, 한낮이 겨워서는 강화도 갑고지물에 닿았다. 군데군데 갯가 사람들에게 이레 전에 지나간 눈먼 도미의 종적을 물으니 도미는 강화 쪽을 향하여 흘러간 것이 분명했다. 아랑은 뭍에 올라 또다시 사공들을 붙들고 눈먼 도미의 지나간 방향을 물으니 한 사람의 사공이 며칠 전에 눈먼 거지 장님을

중요 어구 풀이

48) 지밀문 : 지극히 은밀하고 비밀스럽다는 뜻에서, 임금이 늘 거처하던 곳의 문.

보았다 한다.

아랑의 가슴은 탈 듯이 조여졌다. 뒤에는 개루의 쫓는 군사가 반드시 있을 것이 무서웠다. 앞으로는 얼른 도미를 못 만나는 것에 마음 졸였다.

아랑은 또다시 배를 저어 승천포로 흘러갔다. 해는 다시 강 너머 서산으로 꺼지고 첫 가을 바람은 우거진 갈대 잎을 휘날릴 때, 승천포 포구 앞에는 갈대 피리를 불고 앉은 거러지 장님이 있었다. 아랑은 가슴이 출렁 떨어졌다. 배를 버리고 단숨에 땅 위로 뛰어올랐다. 구슬피 해 떨어지는 서풍에 갈대 피리를 불고 앉았는 장님 거러지는 갈 데 없는 자기 남편 도미였다.

"도미……."

아랑은 도미를 껴안았다. 구슬피 피리를 불고 앉았던 도미는 귀 익은 목소리에 놀라 알맹이 없는 눈을 희번덕거렸다.

"도미…… 나야. 아랑이야!"

아랑의 두 뺨엔 더운 눈물이 주르르 흘렀다.

"무어 아랑!"

도미는 더듬더듬 아랑의 몸을 찾았다. 도미가 아직도 촉각의 기억이 새로운 아랑의 손을 잡았을 때,

"어떻게 찾아왔소! 그래도 나를 안 버렸구려!"

도미는 겨우 한 마디를 마치고, 동자 없는 눈으로 눈물을 하염없이 쏟았다.

몇 달 뒤에 백제 서울에는 아랑의 소문이 자자하게 퍼졌다. 아랑이 눈먼 도미의 손을 이끌고 원수의 백제 땅을 영영 버린 뒤에 거러지가 되어 고구려 땅으로 들어갔다는 구슬픈 이야기가 떠돌았다.

작품 이해 및 논술 다지기

핵심 정리

- 갈래 : 단편 소설, 역사 소설
- 시점 : 3인칭 전지적 작가 시점
- 배경 : 시간적 — 백제 개루왕 때
  공간적 — 한강 유역
- 구성 : 순행적 구성
- 결말 : 아랑은 눈먼 도미와 함께 고구려로 피신함
- 제재 : 아랑에게 닥친 시련과 아랑의 절개
- 주제 : 굳은 절개와 기발한 지혜를 갖춘 여인의 모습

구성 단계

- 발단 : 목수 도미와 미인 아랑의 행복한 생활.
- 전개 : 아랑을 탐내는 개루왕과 기지를 발휘하여 위기를 넘기는 아랑.
- 위기 : 개루왕의 분노로 장님이 되어 쫓겨나는 도미와 대궐로 붙들려 가는 아랑.
- 절정 : 또다시 위기를 모면하고 대궐을 탈출하는 아랑.
- 결말 : 눈먼 도미와 아랑이 재회하여 고구려로 피신함.

등장 인물

- 도미 : 백제 개루왕 때의 목수. 순박하고 선량한 인물.
- 아랑 : 도미의 아내. 아름답고 절개가 곧은 여인으로 기지(奇智)를 발휘하여 개루왕의 위협에 대처하고 절개를 지킴.
- 개루 : 백제의 왕으로, 정치는 잘 하였으나 여색(女色)을 탐함.

줄거리

백제 개루왕 때 목수인 도미의 아내 아랑은 백제의 서울에서 제일 가는 미인으로 불렸다. 부부는 서로를 사랑하며 행복한 시간을 보낸다. 개루왕은 여색(女色)을 좋아하는 왕으로 아랑이 절세가인이라는 소문을 듣고 사자를 보내어 아랑을 청한다. 그러나 아랑은 이미 결혼한 몸이라며 개루왕의 제안을 거절한다. 이에 개루왕은 도미를 불러 아랑의 정조를 시험해 보자는 내기를 한다. 개루왕은 아랑을 위협하여 정조를 유린하려고 하지만, 아랑은 기지를 발휘하여 위기를 모면한다. 이에 개루왕은 크게 노해 도미의 두 눈알을 뽑고 궁에서 내쫓는다. 아랑은 피신하다 개루왕의 군사에게 붙잡혀 대궐로 끌려간다. 아랑은 꾀를 내어 달거리를 한다며 몸이 불결하다는 핑계로 몸을 보전하다가 이레째 되는 날 밤 개루가 잠든 틈을 타 병부를 훔쳐 대궐을 탈출한다. 그 후 아랑은 장님 거지가 된 도미를 만나게 되고, 도미는 아랑의 마음이 변치 않은 것을 보고 기뻐하며 고구려 땅으로 도망친다.

이해와 감상

1930년대 무렵 박종화는 한국의 역사와 전통에 관심을 갖기 시작하여 다수의 역사 소설을 창작한다. 그는 역사 소설을 통해 민족의 얼을 찾을 수 있다고 판단했던 것이다. 이러한 맥락에서 〈아랑의 정조〉가 탄생했다. 이 작품은 《삼국사기》의 〈열전〉 '도미 설화'를 근거로 하여 도미와 그의 부인과의 사랑 이야기를 다루고 있다. 작가는 도미의 부인에게 '아랑'이라는 이름을 부여하여 소설로 표현했다.

이 작품은 극한적인 상황 속에서도 자신의 절개를 지킨 '아랑'의 행적과 변하지 않는 부부애를 칭송하고 있다. 개루왕의 여인이 되어 윤택한 생활을 할 수 있음에도 불구하고 아랑은 그의 남편을 찾아 나선다. 장님이 된 남편과 만난 아랑은 고구려로 탈출해 여생을 함께 한다. 이러한 점을 볼 때 도미에 대한 아랑의 사랑은 우리 여성들의 전통적인 정조 의식의 상징으로 승화되었다.

또한 이 작품은 권력자 개루왕의 부당한 횡포에 고통받는 사회적 약자의 비애를 그리고 있다. 왕이라는 절대 권력을 가진 존재가 평범하게 살아가는 부부에게 폭력을 가한다. 이에 부부는 제대로 항변 한 번 하지 못하고 철저하게 고통을 당한다. 이들이 할 수 있는 방법은 기지를 발휘해서 위험의 순간을 모면하는 길밖에 없다. 〈아랑의 정조〉에서 '아랑'은 부당한 권력에 힘없이 쓰러지지 않고, 기지를 발휘해 위기를 모면한다. 절대 권력 앞에서는 나약할 수밖에 없다. 따라서 이 작품은 아랑과 도미의 이야기를 통해 부당한 권력에 희생당하는 서민들의 한을 형상화하고 있다고 볼 수 있다.

작가 소개

박종화(1901~1981)

호는 월탄(月灘). 서울 출생으로 1920년에 휘문 의숙(徽文義塾)을 졸업하고, 1921년에는 《장미촌(薔薇村)》지에 시 〈오뇌(懊惱)의 청춘〉, 〈우윳빛 거리〉 등을 발표하여 문단에 데뷔. 1922년에는 홍사용·이상화·나도향·박영희 등과 함께 낭만주의 성향의 잡지 《백조(白潮)》를 발행하여 한국 문단을 이끎. 단편, 평론, 수필 등 다방면에 걸쳐 활동했으나, 초기에는 주로 시인으로 활동. 사회

주의 계열의 카프 문학이 등장했을 때, 그는 민족과 역사에 대한 관심으로 문학의 색깔을 이어감. 주로 역사 소설을 썼는데, 〈금삼의 피〉, 〈대춘부〉 등이 있음. 그는 1930년대 중반부터 가중된 일제의 억압에 대응하여 민족적 소재를 선택하여 민족의 얼과 정신 그리고 민족 언어를 유지 보존하려 했음. 해방 이후 민족 진영 문학 운동의 지도자로서 중요한 역할을 담당. 주요 작품으로는 〈흑방비곡〉, 〈아랑의 정조〉 등이 있음.

연관 작품 더 읽기

- 〈금삼의 피〉(박종화) : 연산군의 생모인 윤 씨를 복위시키고자 일으킨 갑자사화(甲子士禍)를 다룬 장편 역사 소설이다. 연산군의 심리적인 파탄 과정과 궁궐 내의 후궁들 간의 암투, 그리고 당쟁과 사화를 다루고 있다. 질투와 음모와 복수의 비화로 얼룩진 궁중의 모습을 자세히 보여 주고 있다.
- 〈도미 설화〉 : 《삼국사기(三國史記)》 〈열전(列傳)〉에 수록되어 있는 설화로서 부인이 남편을 위하여 정절을 지킨 것을 내용으로 하고 있다. 도미 부부와 개루왕의 모습을 통해 서민이 권력의 횡포에 의해 침해를 받는 모습이 구체적으로 그려져 있다.

좀더 알아보기

- 백조 동인지 문학 : 《백조》는 1920년대에 박종화, 홍사용, 이상화 등이 만든 문단 잡지이다. 이들은 이전의 《창조》, 《폐허》, 《장미촌》에서 보여 준 퇴폐적 낭만주의와 허무적 감상주의를 그대로 이어받아 한과 애수에 가득 찬 센티멘탈한 작품을 창작했으며, 꿈과 환상의 세계에 대한 동경을 드러내는 문학적 경향을 나타낸다.

논술 맛보기

1. 이 작품에서 등장하는 인물들의 관계는 어떠한가?

➩ 이 작품에서 등장하는 인물들은 개성적인 성격을 지니고 있다기보다는 도식적인 선악(善惡) 구도에 의한 성격을 부여받고 있다. 즉 아랑과 도미는 고난에도 서로를 신뢰하는 선한 인물이며, 개루왕은 욕심을 앞세워 타인을 괴롭히는 악한 인물이다. 이와 같은 선악 구도로 인해 작품은 흥미를 확보하지만 도식에 갇혀 다른 작품과 변별되는 개성을 창출하기는 어렵다.

2. 이 작품은 역사 소설로서 《삼국사기》의 〈열전(列傳)〉에 기록된 '도미 설화'를 기반으로 쓰였다. 이러한 창작 방식을 통해 작가가 의도하고자 하는 것은 무엇인가?

➩ 이 작품의 작가인 박종화는 많은 역사 소설을 창작하였다. 이러한 창작 방식은 첫째, 역사 속에서 민족의 얼을 찾고, 둘째, 선과 악의 구도 속에서 인간성을 탐구하려는 작가의 의지의 산물이다. 하지만 작가의 의도와는 달리 선과 악의 구도는 도식적이기 때문에 인물과 사건을 정형화한다. 따라서 작품은 역사와 인간성을 탐구하기보다는 흥미에 치우치게 된다.

3. 이 작품의 작가인 박종화는 《백조》의 동인이었다. 《백조》는 '문학은 오직 그것 자체로서 독자적 존재 가치를 지니고 있으며 그 본질은 아름다움을 추구하는 데 있다.'고 하면서 예술 지상주의를 표방하였다. 이러한 《백조》의 정신은 작품에서 어떻게 형상화되고 있는가?

➩ 이 작품은 역사 소설을 표방하고 있지만 역사적 사실성보다는 낭만성이 두드러진다. 이 점은 아랑과 도미라는 부부와 절대 권력자인 개루왕의 대결과 그 결과에서도 확인할 수 있다. 즉 아랑이 개루왕을 속여 위기를 탈출하는 장면이나 도미와 만나는 장면 등은 현실성이 떨어진다. 이렇듯 이 작품의 작가

는 부부간의 애정을 이상적인 수준으로 승화시킴으로써 낭만성을 형상화하였다.

논술 다지기

다음 제시문은 남성 중심적 가부장 사회에서 드러날 수 있는 문제점을 설명하는 글이다. 이 설명을 참조하여 〈아랑의 정조〉에 등장하는 인물들의 사고방식에서 드러나는 의의나 한계점에 대하여 논술하라.

남성 중심적 가부장 사회에서 생겨나는 극단적인 병폐 중 하나는 여성을 인간이 아닌 사물처럼 취급하게 된다는 점이다. 여성보다는 남성이 주도권을 더 많이 갖고 있는 사회에서 여성은 남성과 대등한 지위와 인격을 지닌 사람으로서가 아니라, 남성이 소유할 수도 있고 버릴 수도 있는 물건처럼 취급되기 쉽다. 이처럼 여성을 남성의 선택에 의해 규정되는 존재로 여기는 사고방식은 여성을 '꽃'에 비유하곤 하는 우리 문화적 관습에서도 드러난다. 전통적으로 여성은 꽃처럼 '아름다운' 존재, 언제든 말없이 남성에 의해 '꺾일 수 있는 존재'로서 자신의 가치를 부여받곤 했던 것이다.

예시 답안

〈아랑의 정조〉에 등장하는 인물들은 남성과 여성의 관계나 위치에 대한 사고방식을 다양하게 보여 주고 있다. 우선 주인공 '아랑'은 아름다운 외모와 굳은 절개를 갖춘 긍정적 인물로 그려진다. 특히 그녀는 권력을 가진 남성의 요구에 복종하지 않고 자기 스스로의 용감한 선택에 따라 사랑의 대상을 선택한다는 점에서 능동적인 모습을 보여 준다. 그녀의 능동적이고 주체적인 모습을 보여 주는 장면으로, 그녀의 남편 '도미'가 아름다운 아내를 다른 사람에게 빼앗기게 될까 봐 걱정하자 아랑이 자신이 개나 돼지처럼 빼앗아도 되는 존재이냐며 항변하는 부분을 들 수 있다. 아랑의 이러한 항변은 남성이 여성을 선택하고 지배하는 한편 여성은 그러한 선택과 지배에 무조건적으로 복종해야 했던 당대의 남성 중심적 사회 분위기를 비판하는 말이기도 하다는 생각이 든다.

아랑이 남성의 지배와 힘에 복종하지 않는 능동적인 면모를 갖추었다는 점에서 의의를 지닌다면, '개루'는 여성을 자기가 원하는 만큼 소유할 수 있는 물건인 것처럼 여긴다는 점에서 한계가 있는 인물로 그려진다. 개루는 왕으로서의 권력을 이용하여 많은 여성을 거느렸던 왕인 동시에, 이미 남편이 있는 여자인 아랑을 차지하기 위해 자신의 권력을 남용하는 인물이다. 이러한 개루의 행동은 그가 여성을 감정과 개성을 존중해 주어야 할 인간으로서가 아닌 마음대로 소유하고 버릴 수 있는 사물로서 여기고 있음을 드러낸다. 제시문에서도 설명되었듯, 여성을 함부로 꺾을 수 있는 '아름다운 꽃' 정도로만 생각하고 있는 것이다.

개루의 이러한 사고방식은 결국 아랑과 진정한 인간적 관계를 맺어 갈 수 없도록 방해하는 요인이기도 하다. 여성과 남성에 대한 선입견에 사로잡혀 여성에게 진실된 마음을 보여 줄 수 없는 남성은 스스로도 불행해지는 것이다. 반면 아랑을 진정한 동반자이자 아내로 여기고 아껴 주었던 도미는 부당하게 시력까지 잃은 불행한 상황에서조차 아랑을 되찾는다. 이는 곧 여성을 대등하게 대우하지 않고 사물처럼 취급하는 사고방식이 모두에게 불행을 가져다 주는 방식인 반면, 남성과 여성이 대등하고 자유로운 위치를 찾는 것이 더 바람직한 방식임을 가르쳐 주는 결말이라고 생각한다.

붉은 산

김동인

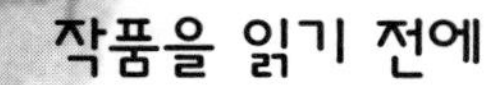

〈붉은 산〉은 김동인이 《삼천리(1932. 4.)》에 발표한 작품으로, 주인공 '삵'의 조국애가 잘 그려져 있다. 이 작품에서는 소설의 독특한 시점과, 삵이 애국가를 부르면서 숨지는 의미가 무엇인지 알아보자.

붉은 산

- 어떤 의사의 수기 -

그것은 여(余)[1]가 만주를 여행할 때 일이었다. 만주의 풍속도 좀 살필 겸 아직껏 문명의 세례를 받지 못한 그들 사이에 퍼져 있는 병(病)을 조사할 겸해서, 일 년의 기한을 예산하여 가지고 만주를 시시콜콜 다 돌아온 적이 있었다. 그 때는 ××촌이라 하는 조그만 촌에서 본 일을 여기에 적고자 한다.

××촌은 조선 사람 소작인만 사는 한 이십여 호 되는 작은 촌이었다. 사면을 둘러보아도 한 개의 산도 볼 수가 없는 광막한 만주 벌판 가운데 놓여 있는, 이름도 없는 작은 촌이었다.

몽고 사람 종자(從子)를 하나 데리고 노새를 타고 만주의 농촌을 돌아다

중요 어구 풀이

1) 여 : 여는 '나'의 한자어. 그러므로 일인칭 관찰자 시점 또는 액자 소설인 것을 알 수 있다.

니던 여가 그 ××촌에 이른 때는 가을도 다 가고 어느덧 광포[2]한 북극의 겨울이 만주를 찾아온 때였다.

만주의 어느 곳이나 조선 사람이 없는 곳은 없지만, 이러한 오지[3]에서 한 동네가 죄 조선 사람뿐으로 되어 있는 곳을 만나니 반가웠다. 더구나 그 동네는 비록 모두가 만주국인의 소작인이라 하나, 사람들이 비교적 온량하고 정직하여, 장성한 이들은 그래도 모두 천자문 한 권쯤은 읽은 사람들이었다. 살풍경한 만주, 그 가운데서 살풍경한 살림을 하는 만주국인이며 조선 사람의 동네를 근 일 년이나 돌아다니다가 비교적 평화스런 이런 동네를 만나면, 그것이 비록 외국인의 동네라 하여도 반갑겠거늘, 하물며 우리 같은 동족임에랴. 여는 그 동네에서 한 십여 일 이상을 일없이 매일 호별 방문을 하며 그들과 이야기로 날을 보내며, 오래간만에 맛보는 평화적 기분을 향락하고 있었다.

'삵'[4]이라는 별명을 가지고 있는 '정익호'라는 인물을 본 것이 여기서이다.

익호라는 인물의 고향이 어디인지는 ××촌에서 아무도 몰랐다. 사투리로 보아서 경기 사투리인 듯하지만 빠른 말로 재재거리는 때에는 영남 사투리가 보일 때도 있고, 싸움이라도 할 때는 서북 사투리가 보일 때도 있었다. 그런지라 사투리로써 그의 고향을 짐작할 수는 없었다. 쉬운 일본말도 알고, 한문 글자도 좀 알고, 중국말은 물론 꽤 하고, 쉬운 러시아 말도 할

중요 어구 풀이

2) 광포 : 미쳐 날뛰듯이 매우 거칠고 사납다.
3) 오지 : 해안이나 도시에서 멀리 떨어진 대륙 내부의 땅. '두메', '두메 산골'로 순화.
4) 삵 : 살쾡이의 준말. 고양잇과의 포유동물. 고양이와 비슷한데 몸의 길이는 55~90cm이며, 갈색 바탕에 검은 무늬가 있다. 꼬리는 길고 사지는 짧으며 발톱은 작고 날카롭다.

줄 아는 점 등등 이곳 저곳 숱하게 주워 먹은 것은 짐작이 가지만 그의 경력을 똑똑히 아는 사람은 없었다.

그는 여가 ××촌에 가기 일 년 전쯤 빈손으로 이웃이라도 오듯 후닥닥 ××촌에 나타났다 한다. 생김생김으로 보아서 얼굴이 쥐와 같고 날카로운 이빨이 있으며 눈에는 교활함과 독한 기운이 늘 나타나 있으며, 발룩한 코에는 코털이 밖으로까지 보이도록 길게 났고, 몸집은 작으나 민첩하게 되었고, 나이는 스물다섯에서 사십까지 임의로 볼 수 있으며, 그 몸이나 얼굴 생김이 어디로 보든 남에게 미움을 사고 근접지 못할 놈이라는 느낌을 갖게 한다.

그의 장기(長技)는 투전이 일쑤며, 싸움 잘하고, 트집을 잘 잡고, 칼부림을 잘하고, 색시에게 덤벼들기 잘하는 것이라고 한다.

생김생김이 벌써 남에게 미움을 사게 되었고, 거기다 하는 행동조차 변변치 못한 일뿐이라, ××촌에서도 아무도 그를 대접하는 사람이 없었다. 사람들은 모두 그를 피하였다. 집이 없는 그였으나 뉘 집에 잠이라도 자러 가면 그 집 주인은 두말 없이 다른 방으로 피하고 이부자리를 준비하여 주곤 하였다. 그러면 그는 이튿날 해가 낮이 되도록 실컷 잔 뒤에 마치 제 집에서 일어나듯 느직이 일어나서 조반을 청하여 먹고는 한 마디의 사례도 없이 나가 버린다.

그리고 만약 누구든 그의 이 청구에 응치 않으면 그는 그것을 트집으로 싸움을 시작하고, 싸움을 하면 반드시 칼부림을 하였다.

동네 처녀들이며 젊은 여인들은 익호가 이 동네에 들어온 뒤부터는 마음 놓고 나다니지를 못하였다. 철없이 나갔다가 봉변을 당한 사람도 몇 있었다.

'삵'.

이 별명은 누가 지었는지 모르지만 어느덧 ××촌에서는 익호를 익호라 부르지 않고 '삵' 이라고 부르게 되었다.

"삵이 뉘 집에서 묵었나?"

"김 서방네 집에서."

"다른 봉변은 없었다나?"

"요행히 없었다네."

그들은 아침에 깨면 서로 인사 대신으로 '삵' 의 거취를 알아보곤 하였다.

'삵' 은 이 동네에서 커다란 암종[5]이었다. '삵' 때문에 아무리 농사에 사람이 부족한 때라도 젊고 튼튼한 몇 사람은 동네의 젊은 부녀를 지키기 위하여 동네 안에 머물러 있지 않을 수가 없었다. '삵' 때문에 부녀와 아이들은 아무리 더운 여름 저녁에라도 길에 나서서 마음놓고 바람을 쏘여 보지를 못하였다. '삵' 때문에 동네에서는 닭의 가리며 돼지우리를 지키기 위하여 밤을 새지 않을 수가 없었다.

동네 노인이며 젊은이들은 몇 번을 모여서 '삵' 을 이 동리에서 내쫓기를 의논하였다. 물론 합의는 되었다. 그러나 내쫓는 데 선착할 사람이 없었다.

"첨지가 선착하면 뒤는 내가 담당하마."

"뒤는 걱정 말고 형님 먼저 말해 보시오."

제각기 '삵' 에게 먼저 달려들기를 피하였다.

이리하여 동리에서는 합의되었으나 '삵' 은 그냥 태연히 이 동네에 묵어 있게 되었다.

중요 어구 풀이

5) 암종 : 표피, 점막, 선 조직(腺組織) 따위의 상피 조직에서 생기는 악성 종양. 여기서는 있어서는 안 될 반사회적 존재를 의미한다.

"며늘 년들이 조반이나 지었나?"

"손자놈들이 잠자리나 준비했나?"

마치 그 동네의 모두가 자기 집 안인 것같이 '삵'은 마음대로 이집 저집을 드나들었다.

××촌에서는 사람이라도 죽으면 반드시 조상 대신으로, "삵이나 죽지 않고." 하는 한 마디 말을 잊지 않고 하였다. 누가 병이라도 나면, "에잇! 이놈의 병 '삵' 한테로 가거라."
고 하였다.

암종, 누구나 '삵'을 동정하거나 사랑하는 사람이 없었다.

'삵'도 남의 동정이나 사랑은 벌써 단념한 사람이었다. 누가 자기에게 아무런 대접을 하든 탓하지 않았다.

보이는 데서 보이는 푸대접을 하면 그 트집으로 반드시 칼부림까지 하는 그였지만, 뒤에서 아무런 말을 할지라도—그리고 그것이 '삵'의 귀에까지 갈지라도 탓하지 않았다.

"흥!"

이 한 마디는 그의 가장 큰 처세 철학이었다.

흔히 그는 곁동네 만주국인들의 투전판에 가서 투전을 하였다. 때때로 두들겨 맞고 피투성이가 되어서 돌아오는 일도 있었다. 그러나 그는 그 하소연을 하는 일이 없었다. 한다 할지라도 들을 사람도 없거니와, 아무리 무섭게 두들겨 맞은 뒤라도 하루만 샘물에 상처를 씻고 절룩절룩한 뒤에는 또 이튿날은 천연히 나다녔다.

여가 ××촌을 떠나기 전날이었다.

송 첨지라는 노인이 그 해 소출을 나귀에 실어 가지고 만주국인 지주가 있는 촌으로 갔다. 그러나 돌아올 때는 송장이 되었다. 소출이 좋지 못하다고 두들겨 맞아서 부러져 꺾어진 송 첨지는 나귀 등에 몸이 결박되어서 겨우 ××촌에 돌아왔다. 그리고 놀란 친척들이 나귀에서 몸을 내릴 때 절명[6] 하였다.

××촌에서는 왁자하였다.

"원수를 갚자!"

명 아닌 목숨을 끊은 송 첨지를 위하여 동네 젊은이는 모두 흥분하였다. 제각기 이제라도 들고 일어설 듯하였다.

그러나 그뿐이었다. 누구든 앞장을 서려는 사람이 없었다. 만약 이 때에 누구든 앞장을 서는 사람만 있었다면 그들은 곧 그 지주에게로 달려갔을지 모른다. 그러나 제가 앞장을 서겠노라고 나서는 사람은 없었다. 제각기 곁 사람을 돌아보았다.

연해 발을 굴렀다. 부르짖었다. 학대받는 인종의 고통을 호소하며 울었다. 그러나, 그저 그뿐이었다. 남의 일로 지주에게 반항하여 제 밥자리까지 떼이기를 꺼림인지, 용감히 앞서 나가는 사람은 없었다.[7]

여는 의사라는 자신의 직업상 송 첨지의 시체를 검시하였다. 돌아오는 길에 여는 '삵'을 만났다. 키가 작은 '삵'을 여는 내려다보았다. '삵'은 여를 쳐다보았다.

'가련한 인생아. 인종의 거머리야. 가치 없는 인생아. 밥버러지야. 기생충아!'

여는 '삵'에게 말하였다.

"송 첨지가 죽은 줄 아나?"

중요 어구 풀이

6) 절명 : 목숨이 끊어지다.
7) 남의 일로 ~ 없었다 : 마을 사람들의 무기력한 삶이 잘 드러나 있다. 마을 사람들은 지주의 횡포에 분노하고 있으나 자신을 버리고 앞장서서 저항할 만한 용기가 없는 것이다.

여의 말에 아직껏 여를 쳐다보고 있던 '삵'의 얼굴이 아래로 떨어졌다. 그리고 여가 발을 떼려는 순간 얼핏 '삵'의 얼굴에 나타난 비창한 표정을 여는 넘길 수가 없었다.[8]

고향을 떠난 만 리 밖에서 학대받는 인종의 가엾음을 생각하고 그 밤은 여도 잠을 못 이루었다.

그 억분함을 호소할 곳도 못 가진 우리의 처지를 생각하고, 여도 눈물을 금치 못하였다.

이튿날 아침이었다.

여를 깨우러 오는 사람의 소리에 여는 반사적으로 일어났다.

'삵'이 동구(洞口) 밖에서 피투성이가 되어 죽어 있다는 것이었다. 여는 '삵'이라는 말에 눈살을 찌푸렸다. 그러나 의사라는 직업상 곧 가방을 수습하여 가지고 '삵'이 넘어진 데까지 달려갔다. 송 첨지의 장례식 때문에 모였던 사람 몇은 여의 뒤를 따라왔다.

여는 보았다. '삵'의 허리가 기역자로 뒤로 부러져 밭고랑 위에 넘어져 있는 것을. 여는 달려가 보았다. 아직 약간의 온기는 있었다.

"익호! 익호!"

그러나 그는 정신을 못 차렸다. 여는 응급 수단을 취하였다. 그의 사지는 무섭게 경련되었다. 이윽고 그가 눈을 번쩍 떴다.

"익호! 정신 드나?"

그는 여의 얼굴을 보았다. 끝이 없이 한참을 쳐다보았다. 그의 눈동자가

중요 어구 풀이

8) 그리고 여가 ~ 없었다 : 익호의 태도 변화를 엿볼 수 있다. 앞으로의 사건을 암시한다.

움직였다.

겨우 처지를 깨달은 모양이었다.

"선생님, 저는 갔었습니다."

"어디를?"

"그놈…… 지주 놈의 집에……."

"무얼?"

여는 눈물 나오려는 눈을 힘있게 닫았다. 그리고 덥석 그의 벌써 식어 가는 손을 잡았다. 잠시 침묵이 계속되었다. 그의 사지에서는 무서운 경련이 끊임없이 일었다. 그것은 죽음의 경련이었다. 듣기 힘든 작은 소리가 또 그의 입에서 나왔다.

"선생님."

"왜?"

"보구 싶어요. 전 보구 싶……."

"뭣이?"

그는 입을 움직였다. 그러나 말이 안 나왔다. 기운이 부족한 모양이었다. 잠시 뒤에 그는 또다시 입을 움직였다. 무슨 소리가 그의 입에서 나왔다.

"무얼?"

"보구 싶어요. 붉은 산이…… 그리고 흰 옷이!"[9]

아아, 죽음에 임하여 그는 고국과 동포가 생각난 것이었다. 여는 힘있게 감았던 눈을 고즈넉이 떴다. 그 때 '삵'의 눈도 번쩍 뜨였다. 그는 손을 들려고 하였다. 그러나 이미 부러진 그의 손은 들리지 않았다. 그는 머리를 돌이키려 하였다. 그러나 그럴 힘이 없었다.

중요 어구 풀이

9) 붉은 산이 ~ 흰 옷이! : '붉은 산'과 '흰 옷'은 우리 국토와 겨레를 상징한다.

그는 마지막 힘을 혀끝에 모아 가지고 입을 열었다.

"선생님!"

"왜?"

"저것…… 저것……."

"무얼?"

"저기 붉은 산이…… 그리고 흰 옷이…… 선생님 저게 뭐예요?"

여는 돌아보았다. 그러나 거기는 황막한 만주 벌판이 전개되어 있을 뿐이었다.

"선생님 노래를 불러 주세요. 마지막 소원…… 노래를 해 주세요. 동해물과 백두산이 마르고 닳도록……."

여는 머리를 끄덕이고 눈을 감았다. 그리고 입을 열었다. 여의 입에서는 창가가 흘러나왔다.

여는 고즈넉이 불렀다.

"동해물과 백두산이……."

고즈넉이 부르는 여의 창가 소리에 뒤에 둘러섰던 다른 사람의 입에서도 숭엄한 코러스는 울려 나왔다.

무궁화 삼천리
화려 강산…….

광막한 겨울의 만주벌 한편 구석에서는 밥버러지 익호의 죽음을 조상하는 숭엄한 노래가 차차 크게 엄숙하게 울렸다. 그 가운데 익호의 몸은 점점 식어 갔다.

작품 이해 및 논술 다지기

핵심 정리

- 갈 래 : 단편 소설
- 시 점 : 1인칭 관찰자 시점
- 배 경 : 시간적 — 1930년대
  공간적 — 만주의 ××촌
- 구성 : 순행적 구성
- 제재 : 식민지 시대 만주 이주민의 생활상
- 주제 : 식민지 시대 만주 이주민들의 고통과 한 떠돌이 인간의 민족애

구성 단계

- 발단 : '여(余)'의 회상과 ××촌에 나타난 익호.
- 전개 : 익호의 횡포와 익호를 두려워하는 마을 사람들.
- 위기 : 지주에게 갔다가 죽어서 돌아오는 송 첨지와 분노는 느끼지만 무력함만을 보이는 마을 사람들.
- 절정 : 송 첨지의 죽음을 항의하러 갔다가 피투성이가 되어 죽어 가는 익호.
- 결말 : 익호의 죽음과 애국가로 그의 죽음을 추모하는 마을 사람들.

등장 인물

- 정익호 : '삵' 이라는 별명으로 불리우는, 매우 교활하고 패륜아적인 떠돌이. 마지막에 감동적인 민족애를 보여 줌.
- 여 : 의사. 서술자.
- 송 첨지 : 만주에서 소작하는 조선 사람.

줄거리

만주의 조선인촌, 거기에는 마을 사람들을 괴롭히는 암종과 같은 존재인 삵이 있다. 어느 날, 이 마을에 사는 송 첨지가 중국인 지주에게 갔다가 시체로 돌아온다. 마을 사람들은 모두 분노하지만 지주에게 찾아가 저항할 용기를 지닌 사람은 없었다. 정작 지주를 찾아갔다가 맞아 죽은 것은 삵이었다. 임종의 자리에서 삵은 조국을 그리워하며, 애국가를 청해 듣고 그 노랫가락 속에서 죽어 간다

이해와 감상

이 소설은 발표 당시부터 민족주의적 저항 정신을 표현한 것으로 주목을 받았으나, 김동인 소설의 주 경향과는 거리가 먼 작품이다.

이 소설에서 '여(余)', 즉 '나' 는 관찰자일 따름이다(1인칭 관찰자 시점). 중심에 놓여 있는 인물은 삵이라는 별명을 가진 정익호로, 외모에서부터 행동거지 하나하나에 이르기까지 '버러지 같은 인간' 이라는 인상을 안겨 주는 사람이다. 소설 중반까지 익호의 인상은 다른 이들에 의해 ― 예컨대 '여' 나 마을 사람들의 판단에 의해 ― 조명되고 있으며, 그의 성격은 외모나 행동의 제시를 통해 간접적으로만 묘사된다. 이 때의 익호는 철두철미한 악인으로, 선한

일면이라든가 내면의 갈등은 전연 보이지 않는다. 그러나 한 마을의 송 첨지가 중국인 지주에게 맞아 죽었다는 사실을 알게 되었을 때, 익호는 극적인 변모를 보인다. "송 첨지가 죽은 줄 아나?"라는 '나'의 말에 '비창한 표정'을 지으며, 더 나아가 홀로 지주의 집에 갔다가 맞아 죽는 것이다. 익호의 변모는, 마을의 다른 사람들이 송 첨지의 죽음에 분노를 터뜨리면서도 어떤 반항조차 하지 못하는 것과 대비되어 뚜렷하게 부각된다.

그러나 소설의 전반부에서 익호가 '암종'이라는 일면에서만 조명되고 그의 다면성이나 갈등을 보여 주지 않았기 때문에, 그의 변모는 충분히 현실적으로 다가오지 않는다. 송 첨지의 죽음에 의해 촉발된 감상성이라는 측면이 여기에서는 더 크다. 다른 이들이 실리를 잃을까 하는 두려움 때문에 반항하지 못할 때 혼자 반항할 수 있는, 지주—소작인이라는 이익 관계로부터 자유로운 익호라는 인간형은 이 감상성에 대응되는 것이다. 감상적인 민족주의가 〈붉은 산〉의 종결부를 압도하고 있는데 익호가 애국가를 들려 달라면서 숨을 거둘 때 이는 절정에 이른다. 그러나 당시는 이러한 민족주의조차도 드문 때였으므로, 〈붉은 산〉이 관심을 끌 수 있었고, 또 소설로서의 의의를 깊이 할 수 있었다.

작가 소개

김동인(1900~1951)

호는 금동(琴童). 평양 출생. 숭덕 소학교를 졸업하고 숭실 중학에 입학, 곧 중퇴. 1914년, 일본으로 건너가 메이지 학원을 졸업했으며, 1918년에는 미술에 뜻을 두고 가와바다 미술 학교에 입학. 1919년에, 주요한 등과 함께 문예동인지 《창조》를 낸 후 귀국했고, 3·1운동 즈음에는 출판법 위반 혐의로 6개월 간 징역을 살기도 함. 그는 《창조》에 발표한 처녀작 〈약한 자의 슬픔〉을 비롯해 〈붉은 산〉, 〈배따라기〉, 〈감자〉, 〈김연실전〉 등 자연주의 경향의 작품을 다소 발표하였고, 한편으로는 〈광화사〉, 〈광염 소나타〉처럼 탐미주의·예술 지상주의적인 소설을 쓰기도 했음. 1930년대 이후로는 역사 소설의 창작에 주력하여 〈운현궁의 봄〉, 〈젊은 그들〉, 〈대수양〉 등의 작품을 남겼으며, 《야담》이라는 월간지를 발간하는 등 통속적인 경향으로도 흐름. 《목숨》, 《감자》, 《김동인 단편집》 등 많은 소설집과 평론집 《춘원 연구》를 남김. 그의 문학적 업적을 기리기 위해 '동인문학상'이 제정됨.

연관 작품 더 읽기

- 〈배따라기〉(김동인) : 김동인의 낭만적이고 유미주의적 성향이 반영된 작품으로 운명 앞에서 무력한 인간의 모습을 그려 내고 있다. 의처증과 '쥐잡기'로 인한 사소한 오해로 인해 모든 인물이 뒤틀린 인생을 살아갈 수밖에 없는 운명을 보여 준다. 끝없는 자책과 회한(悔恨)의 정서가 '바다'의 이미지와 어울려 서정적인 심미감을 더해 준다.

- 〈화수분〉(전영택) : 일제의 수탈 속에서 살아가는 한 부부의 참혹한 실상을 사실적으로 보여 주는 작품이다. 궁핍한 가난으로 죽어야만 했던 '행랑 아범'과 그 가족의 비참한 삶의 모습을 그린 작품이지만, 그 삶 속에도 따뜻한 인간미가 있음을 보여 주고 있다.

좀더 알아보기

- 붉은 산 : 나무가 없어 헐벗어 있는 우리 조국의 산을 의미한다.

- 《창조》 : 우리 나라 최초의 순수 문예 동인지이다. 1919년 2월에 일본에서 유학 중이던 김동인, 주요한, 전영택 등이 도쿄에서 창간하였다. 새로운 문학 사조였던 자연주의와 사실주의 문학을 개척하였으며, 본격적인

자유시의 발전 등에 크게 이바지하였다. 뒤이어 나온《폐허》,《백조》등과 함께 우리 나라 근대 문학의 주춧돌 같은 구실을 하였다. 1921년에 통권 9호로 종간되었다.

논술 맛보기

1. 익호의 성격을 묘사하고 있는 낱말과 그 의미는 무엇인가?

⇨ 익호의 성격을 표현한 어휘에는 '쥐 같은 얼굴', '날카로운 이빨', '발룩한 코에 긴 코털' 등이 있다. 이들은 익호의 보기 흉한 얼굴을 묘사한 것으로, 외모를 통해 볼 때 선한 이미지보다는 악한 이미지를 드러낸다.

2. 익호가 애국가를 부르며 숨지는 장면은 무엇을 의미하는가?

⇨ 익호는 마을 사람들을 핍박하는 중국인 지주에 대해 분노의 감정을 지니고 있다. 그 후 익호는 마지막에 지주를 찾아가 반항하다가 죽음을 맞이한다. 그가 죽으면서 애국가를 부른 것은 나라 없이 떠돌며 살아가는 민족에 대한 애틋한 사랑과 강렬한 조국애 때문이다.

3. 이 작품은 부제에서 확인할 수 있듯이 '수기'의 형식을 취하고 있다. 이 형식은 어떤 효과를 발휘하는가?

⇨ 이 작품은 부제에서 드러나듯 어떤 의사의 목격담을 적은 수기 형식을 취하고 있다. 수기는 자기의 생활이나 체험을 직접 쓴 기록을 의미한다. 따라서 독자는 이 작품이 담고 있는 내용을 실제 있었던 사실로 받아들이며 의사와 함께 사건의 현장에 있는 듯한 생생한 현장감을 느낄 수 있다.

논술 다지기

최근 지구촌 현상과 세계화가 진행됨에 따라 민족이나 국가에 대한 관념이 희박해지는 경향이 나타나면서 타문화나 타민족에 대한 지나친 동경이나 모방 현상이 나타나기도 한다. 이러한 현대 상황에 대해 구체적으로 설명하면서 김동인의 〈붉은 산〉에 나타난 주인공 '정익호'의 행위가 이러한 현실을 살아가는 독자들에게 전해 주는 의미에 대해 논술하라.

예시 답안

'지구촌 현상'과 '세계화'가 보편화되어 전 세계인이 하나의 민족처럼 어울려 지낼 수 있게 되면서 이들 민족 간의 차별성과 독자성을 강조하는 흐름이 조금씩 사라지고 있다. 가령 유럽 대륙에서는 최근 통화를 단일화하고 교통 시설을 정비하는 등 개별 유럽 국가들 간의 장벽을 허물어 가는 추세를 보였다. 그렇지만 이는 독일이나 프랑스 등 유럽 각국이 과거 자민족의 주체성과 독자성을 강조하던 국가들이라는 점과는 역설적인 현상이다.

지구촌 현상은 교통 및 통신 기술의 발달이 가속화됨에 따라 해외의 소식과 상황을 보다 빠르고 구체적으로 알 수 있게 됨으로써 보다 본격화되었다. 해외 여행이나 수·출입의 자유가 확장된 것은 물론 세계적인 영화나 음악 등 타문화권의 문화 상품을 즐길 수 있는 기회가 늘어난 것도 사실이다. 또한 유학생이나 어학 연수생들이 늘어나면서 교육의 기회 역시 세계화의 추세에 부합해 가고 있으며 이에 따라 타문화의 유포 현상 역시 빠르고 본격적으로 진행되고 있다.

타민족과의 평화로운 공존을 강조하는 이와 같은 세계화 현상은 민족적 우월주의나 배타주의가 만연하던 20세기 초의 상황과 비교해 볼 때 다분히 대조적이다. 우리 나라 역시 일제로부터 침략을 받아 민족적 자존심을 짓밟혀야 했던 시기가 있었는데, 김동인의 〈붉은 산〉은 이러한 20세기 초의 상황을 대변한다. 당대 제국주의적 통치관을 지닌 지배자들은 민족적 주체성과 자존심 곧 타민족을 지배하는 논리로 이용했다. 그렇기 때문에 이들의 핍박을 견디기 위해서는 그들의 지배 논리에 휘말리지 않고 자민족 고유의 정서와 자부심을 유지할 필요가 있었다고 본다.

그렇기 때문에 일명 '삵' 이라는 별명을 얻은 '정익호' 와 같은 인물은 이처럼 힘든 시기를 살아가는 생존의 방식을 역설적으로 보여 준다는 점에서 우리에게 민족적 정체성에 대해 재고할 수 있는 기회를 준다. 평소에 싸움질과 트집질에 능한 인물로 평판이 좋지 않은 인물이었음에도 불구하고 동포를 괴롭히는 못된 만주인 지주를 죽이고는 애국가를 들으며 스스로 죽어 가는 모습에서 개인적 성정의 옳고 그름을 넘어서는 민족적 자부심과 정체성의 위력을 느끼게 한다. 민족과 문화의 다양성에 서열을 매기고 이에 따라 타민족과 타문화를 지배하려 하는 분위기 속에서는, 한 개인이나 민족이 스스로의 민족적 자부심을 지키기 위해 자신의 생활 습관이나 목숨까지도 바칠 수 있을 만큼의 용기를 지니고 살아갔다는 점이 잘 나타나 있다.

과거에는 '정익호' 처럼 평소에는 교활한 인물이지만 민족적 자부심이 걸린 문제에는 민감하게 대응해야 했던 인물이 존재했던 반면, 현대에는 민족적 자부심을 유지하지 못한 채 타문화의 우수성에 지나치게 매료되는 현상이 종종 드러나 안타깝다는 생각이 든다. 선진 문화를 받아들여 자국의 전통을 온고지신(溫故知新)하는 자세는 필요하지만 무조건 타민족이나 타문화의 우월성만을 강조하거나 자신의 전통이 지니는 정체성을 망각하는 것은 바람직하지 않다. 정익호의 모습을 통해 우리는 민족의 소중함을 깨닫고 자신의 정체성을 지키기 위해 얼마나 큰 용기와 자부심을 지녀야 하는지에 대해 생각할 필요가 있다.

세계화와 국제화의 추세가 민족적 정체성을 없애는 방향과 맞물려 진행되는 것은 바람직하지 못하다고 본다. 오히려 이러한 추세에서 자민족과 자문화의 고유한 특수성을 재발견하고 민족적 정체성을 공고히 하는 방향을 택하는 것이 옳다. 가령 월드컵이나 올림픽 등 세계적인 스포츠 행사는 명실상부 전 세계인들의 단합을 다지는 축제로 인식되고 있지만, 행사의 진행에 따라 각 국가와 민족 내부의 단결이 도모되는 것도 사실이다. 2002년에 있었던 한·일 월드컵에서 우리 나라의 전 국민이 하나가 되어 매 경기에 열광하고 몰입했던 점 역시 이러한 현상의 구체적 실례이다. 이처럼 자신의 세계화의 흐름에 뒤지지 않으면서도 자신의 문화적·민족적 정체성을 잃어버리지 않는 자세를 유지하는 것이 정익호와 같은 인물이 존재했던 우리 역사의 의미를 올바르게 배운 처사일 것이다.

두 파산

염상섭

작품을 읽기 전에

〈두 파산〉은 8·15 해방 이후 발표된 작품으로 물질적인 파산의 인간과 정신적인 파산의 인간의 모습을 그리고 있다. 해방 이후의 한국의 사회적 현실을 고려하여 파산의 두 유형을 이해하고, 오늘날에도 이런 상황이 나타나고 있는지 생각해 보자.

두 파산

1

"어머니, 교장 또 오는군요."

학교가 파한 뒤라 갑자기 조용해진 상점 앞 길을, 열어 놓은 유리창 밖으로 내다보고 등상(登床)에 앉았던 정례가 눈살을 찌푸리며 돌아다본다. 그렇지 않아도 돈 걱정에 팔려서 테이블 앞에 멀거니 앉았던 정례 모친도 저절로 양미간이 짜붓하여졌다. 점방 안에서 학교를 파해 가는 길에 공짜 만화를 보느라고 아이들이 저편 구석 진열대에 옹기종기 몰려섰다가, 교장이라는 말에 귀 번쩍하였는지 조그만 얼굴들을 쳐든다. 그러나, 모시 두루마기 자락을 펄럭이며 우둥퉁한 중늙은이가 단장을 짚고 쑥 들어오는 것을 보고, 학생들이 저희끼리 눈짓을 하고 킥킥 웃어 버린다. 저희 학교 교장이 나온다는 줄 알았던 모양이다.

"어째 이렇게 쓸쓸하우?"

영감은 언제나 오면 하는 버릇으로 상점 안을 휘휘 둘러보며 말을 건다.

"어서 오십쇼. 아침 한때와 점심 한나절이 한참 붐비죠. 지금쯤이야 다 파해 가지 않았어요."

안주인은 일어나지도 않고 앉은 채 무관히 대꾸를 하였다. 교장은 정례가 앉았던 등상을 내어 주니까 대신 걸터앉으며,

"딴은 그렇겠군요. 그래도 팔리는 거는 여전하겠죠?"
하고, 눈이 저절로 테이블 위에 손금고로 갔다. 이 역시 올 때마다 늘 캐어 묻는 말이지마는, 또 무슨 딴 까닭이 있어 붙이는 수작 같아서 정례 어머니는,[1]

"그야 다소 들쭉날쭉야 있죠마는, 원 요새 같아서는……."
하고, 시들히 대답을 하여 준다.

"어쨌든 좌처[2]가 좋으니까…… 하루에 두어 번쯤 바쁘고 편히 앉아서 네 다섯 식구가 뜯어 먹구 살아야 아낙네 소일루 그만 장사가 어디 있을까마는, 그래 그리구두 빚에 쫄리다니 알 수 없는 일이로군……."

왜 그런지 이 영감이 싫고, 멸시하는 정례는 '누가 해 달라는 걱정인감!' 하는 생각에 입이 삐죽하여졌다.

"날마다 쓸쓸히 나가기야 하지만, 원체 물건이 자(細)니까 남는 게 변변해야죠?"

여주인은 또 마지못해 늘 하는 수작을 뇌었다. 그러나 오늘은 이 영감이 더 유난히 물건 쌓인 것이며, 진열장에 늘어놓인 것을 눈여겨보는 것이었

중요 어구 풀이

1) 또 무슨 ~ 어머니는 : 정례 어머니는 점방의 매상에 대해 보이는 교장의 관심이 불안하다.
2) 좌처 : 여장을 풀거나 가게를 벌일 자리.

다. 정례 모녀는 그 뜻을 짐작하겠느니만큼 더욱 불쾌하였다.[3]

여기는 여자 중학교와 국민 학교가 길 건너로 마주 붙은 네거리에서 조금 외진 골목 안이기는 하나, 두 학교를 상대로 하고 벌인 학용품 상점으로는 그야말로 좌처가 좋은 셈이다. 원래는 선술집이었다던가 하는 방 한 칸 달린 이 점방을 작년 봄에 팔천 원 월세로 얻어 가지고, 이것을 벌이고 앉을 제 국민 학교 앞에는 벌써 매점이 있어서 어떨까도 하였으나, 여학교만은 시작하기 전부터 아는 선생을 세워 놓고, 선전도 하고 특약하다시피 하였던 관계인지 이때껏 재미를 보는 편이지, 이 장삿속으로만은 꿀리는 셈속은 아니다.

"이번에 두 달 셈을 한꺼번에 드리쟀더니 또 역시 꿀립니다그려. 우선 밀린 거 한달치만 받아 가시죠."

정례 어머니는 테이블 위에 놓인 손금고를 땡그렁 열고서 백 원짜리를 척척 센다.

"이번에는 본전까지 될 줄 았았는데 이자나마 또 밀리니…… 장사는 깔축없이 잘 되는데 그 원, 어째 그렇단 말씀유?"
하며, 영감은 혀를 찬다. 저편에서 만화를 보며 소근거리던 아이들은 교장이라던 이 늙은이가 본전이니 변리니 하는 소리에 눈들이 휘둥그레서 건너다본다.[4]

"칠천오백 원입니다. 세 보십쇼. 그러니, 댁 한 군데야 말이죠. 제일 무거운 짐이 아시다시피 김옥임네 십만 원의 일 할 오 부, 일만 오천 원이죠.

중요 어구 풀이

3) 정례 모녀는 ~ 불쾌하였다 : 정례 모녀는 자신들이 운영하는 전방을 넘보는 교장의 속셈을 짐작하고 있다.
4) 저편에서 만화를 ~ 건너다본다 : 아이들은 교장이라는 호칭과 어울리지 않는 고리대금업의 용어들이 낯설게 들린다.

은행 조건 삼십만 원의 이자가 또 있죠. 기껏 벌어서 남 좋은 일 하는 거예요. 당신에게 이자 벌어 드리고 앉았는 셈이죠."

영감은 옆에서 주인댁이 하는 말을 귀담아듣지도 않고 골똘히 돈을 세더니, 커다란 검정 헝겊 주머니를 허리춤에서 꺼내 놓는다. 옆에 섰는 정례는 그 돈이 아깝고 영감의 푸둥푸둥한 손까지 밉기도 하여 가만히 내려다보고 있으려니까,

"그래, 이 달치는 또 언제쯤 들르리까? 급히 내가 쓸 데가 있으니까 아무래도 본전까지 해 주어야 하겠는데……."

하고, 아까와는 딴판으로 퉁명스럽게 볼멘 소리를 하였다. 만화를 들여다보던 아이들은 또 한 번 이편을 건너다 본다.

보얗고 점잖게 생긴 신수가 딴은 교장 선생 같고, 거기다가 양복이나 입고 운동장의 교단에 올라서면 저희들도 움찔하려니 싶은 생각이 드는데, 이잣돈을 받아들고 나서도 또 조르고 투덜대는 소리를 들으니, 설마 저런 교장이 있으랴 싶어 저희들끼리 또 눈짓을 하였다.

"되는 대로 갖다 드리죠. 하지만, 본전은 조금만 더 참아 주십쇼. 선생님 같은 어른이 돈 오만 원쯤에 무얼 그렇게 시급히 구십니까?"

정례 어머니는 본전을 해내라는 데에 얼레발을 치며 설설 기는 수작을 한다.

"아니, 이자 안 물구 어서 갚는 게 수가 아니겠나요?"

"선생님두 속 시원하신 말씀두 하십니다."[5]

정례 어머니는 기가 막혀 웃어 보인다.

"참, 그런데 김옥임 여사가 무어라지 않습니까?"

중요 어구 풀이

5) 선생님두 속 ~ 하십니다 : 정례 어머니는 가능하지도 않은 본전을 갚으라는 교장이 얄밉다.

그만 일어설 줄 알았던 교장은 담배를 붙여 새판으로 말을 꺼낸다.

"왜 무어라구 해요?"

정례 모녀는 무슨 말이 나오려는지 벌써 알아차리고 입이 삐죽하여졌다.

"글쎄, 그 이십만 원 조건을 대지루구 날더러 예서 받아 가라니, 그래 어떻게들 이야기가 귀정이 났나요?"

영감의 말이 떨어지기가 무섭게 정례는 잔뜩 벼르고 있었던 듯이 모친의 앞장을 서서 가로 탄한다.

"교장 선생님! 그 따위 경위 없는 말이 어디 있어요? 그건 요나마 우리 가게를 판들어 먹게 하구 말겠단 말이지 뭐예요?"

"응? 교장이라니? 교장은 별안간 무슨 교장? ……허허허."[6]

영감은 허청 나오는 웃음을 터뜨리며 저편 아이들을 잠깐 거들떠보고 나서,

"글쎄, 그러니 빤히 사정을 아는 터에 이럴 수도 없고 저럴 수도 없고 …….”

하며, 말끝을 어물어물해 버린다. 이 영감이 해방 전까지는 어느 시골에선지 오랫동안 보통학교 교장 노릇을 하였다는 말을 옥임에게서 들었기에 이 집에서는 이름을 자세히 모르고 하여 교장, 교장 하고 불러 왔던 것이 입버릇으로 급히 튀어나온 말이나, 고리대금업의 패를 차고 나선 지금에 그것을 내세우기도 싫고, 더구나 저런 소학교 아이들 앞에서는 창피한 생각도 드는 눈치였다.

"교장 선생님이 이럴 수두 없고 저럴 수두 없으실 게 뭐예요? 그 아주머

중요 어구 풀이

6) 응? 교장이라니? ~ 허허허 : 과거 교장까지 했던 경력으로 고리대금업을 하는 것이 낯뜨거운 교장.

니한테 받으실 건 그 아주머니한테 받으십쇼그려."

정례는 또 모친이 입을 벌릴 새도 없이 퐁퐁 쏘아 준다.

"너 왜 이러니?"

모친은 딸을 나무래 놓고,

"그렇게는 못 하겠다구 벌써 끝낸 말인데, 또 왜 그럴꾸?"

하며, 말을 잘라 버린다.

"아, 그런데 김 씨 편에서는 댁에서 승낙한 듯이 말하던데요?"

영감의 말눈치는 김옥임이 편을 들어서 이십만 원 조건인가를 여기서 받아 내려는 생각인 모양이다.

"딴소리, 내가 아무리 어수룩하기루 제 사패만 봐주고 제 춤에만 놀까요!"

정례 어머니는 코웃음을 쳤다.

김옥임이의 이십만 원 조건이라는 것이 요사이 이 두 모녀의 자나깨나의 큰 걱정거리요, 그것을 생각하면 밥맛이 다 떨어질 지경이지만, 자초(自初)[7]는 정례 모녀가 이 상점을 벌이고 나자 장사가 잘 될 성싶으니까, 김옥임이가 저도 한몫 끼우고자 자청을 하여 십만 원을 들여놓고 들어왔던 것이다. 그리고는, 그 가지고 들어온 동사(同事) 밑천 십만 원의 두 곱을 빼 가고도, 또 새끼를 쳐서 오늘에 와서는 이십이만 원까지 달라는 것이다.

2

정례 모친은 남편을 졸라서 집문서를 은행에 넣고 천신만고하여 삼십만

중요 어구 풀이

7) 자초 : 어떤 일이 비롯된 처음.

원을 얻어 가지고 부벼 쓰고, 당장 급한 것 가리고 한 나머지 이십이삼만 원을 들고 이 가게를 벌였던 것이다. 팔천 원 월세에 보증금 팔만 원은 그만두고라도 점방 꾸미고, 탁자 들이고, 진열대 세 채 들여놓고, 하기에만도 육칠만 원 들었으니, 갖다 놓은 물건이라야 십만 원어치도 못 되는 것이었다. 그러나, 학생 아이들이 차츰 꼬이게 될 수록 찾는 것은 많아 가고, 점심 때에 찾는 빵이며 과자라도 벌여 놓고 싶고, 수(繡)실이니 수틀이니 여학교의 수예(手藝) 재료들도 갖추갖추[8] 가져다 놓고는 싶은데, 매일 시나브로 팔리는 것을 가지고는 미처 무더깃돈을 둘러 빼내는 수도 없는데, 짤금짤금 들어오는 그 돈 중에서 조금씩 뜯어서 당장 그날 그날 살아가야는 하겠으니, 자연 쫄리는 판에 김옥임이가 한 다리 걸치자고 덤비니, 동사란 애초에 재미없는 일이거니와, 요 조그만 구멍가게를 동사로 해서 뜯어 먹을 것이 무에 있겠느냐는 생각도 없지는 않았으나, 당장에 아쉬우니 오만 원씩 두 번에 질러서 십만 원 밑천을 받아들였던 것이다. 그러나, 말이 동사지 이 할(二割) 넘어의 고리(高利)로 십만 원 돈을 쓴거나 다름이 없었다. 빚놀이에 눈이 벌게 다니는 제 벌이가 바빠서도 그렇겠지만 하루 한 번이고, 이틀에 한 번, 저녁때 슬쩍 들러서 물건 판 치부책이나 떠들어 보고 가는 것밖에는 별로 거드는 일이 없었다. 실상은 그것이 쌩이질[9]이나 하고 부라퀴같이 덤비는 것보다는 정례 모녀에게는 편하기도 하였던 것이다. 하여튼 그러면서도 월말이 되면 이익의 삼분지 일 가량은 되는 이만 원 돈을 꼬박고박 따가곤 하였다. 담보물이 있으면 일 할, 신용 대부로 일 할 오 푼 변(邊)인데, 동사란 말만 걸고 이 할—이 할이 안 될 때도 있었지만은—

중요 어구 풀이

8) 갖추갖추 : 여럿이 모두 있는 대로.
9) 쌩이질 : '씨양이질'의 준말. 한창 바쁠 때에 쓸데없는 일로 남을 귀찮게 구는 짓.

셈속 좋을 때면 이 할 이상의 배당도 차례에 오니, 옥임이 생각에는 사실에 있어서는 이익이 좀 되려니 하는 의심도 없지 않았으나 그래도 별로 힘드는 일을 하는 것도 아니요, 가만히 앉아서 이 할이면 허구한 날 삘삘거리고 싸지르면서 긁어들이는 변릿돈보다는 나은 셈이라고 생각하였던 것이다. 하여간, 올 들어서 밑천을 빼가겠다고 하기까지 아홉 달 동안에 이십만 원 가까운 돈을 벌어 갔던 것이다.

그러나, 정례 부친이 매일 요 구멍가게에서 용돈을 얻어다 쓰는 것만도 못할 일이라고 작년 겨울에 들어서 마지막 남은 땅뙈기를, 그야 예전과는 달라서 삼칠제(三七制)인데다가 세금이니 비료니 하고 부담에 얽매이니까 그렇겠지마는——하여간 아버지 전장(소유하는 논밭)으로 물려받든 것의 마지막으로 남은 것을 팔아 가지고, 전래에 없는 눈[降雪]이라고 하여 서울 시내에서 전차가 사흘을 못 통할 동안에 택시를 부리면 땅 짚고 기기라 하여, 하이어를 한 대 사들여 놓고 택시를 부려 보았던 것이지만, 이것이 사흘들이로 말썽을 부려 고장이요, 수선이요 하고 나중에는 이 상점의 돈까지 하루만 돌려라, 이틀만 참아라 하고 만 원, 이만 원 빼내 가고는 시치미를 딱 떼기 시작하니, 점방의 타격은 의외로 큰 것이었다. 이 꼴을 본 옥임이는 에그머니나 하는 생각이 들었던지, 올 들어서며부터 제 밑천을 빼내어 가겠다는 것이었다. 사실 잘못하다가는 자동차가 이 저자터까지 들어먹을 판인데,[10] 별안간 옥임이가 빠져 나간다니 한편으로는 시원하나 십만 원을 모아 빼내 주는 도리가 없었다.

"이렇게 거덜거덜할 바에야 집어치우지."

중요 어구 풀이

10) 사실 잘못하다가는 ~ 판인데 : 정례 아버지가 하는 자동차 사업이 점방 경영에까지 악영향을 미치고 있다.

겨울 방학 때라, 더구나 팔리는 것은 없고 쓸쓸하기도 하였지만, 옥임이는 날마다 십만 원 재촉을 하러 와서는 이런 소리도 하는 것이었다. 남은 집문서를 잡혀서 이거나마 시작해 놓고, 다섯 식구의 입을 매달고 있는 터인데 제 발만 쏙 빼놓았다고 이런 야멸찬 소리를 할 제, 정례 모녀는 얼굴을 빤히 쳐다보곤 하였다.[11]

"세전 보증금이나 빼내구 뉘게 넘겨 버리지. 설비한 것하구 물건 남은 것 얼러서 한 십만 원을 받을까 그렇다면 내 누구 하나 지시해 줄까?"

이렇게 권하기도 하는 것이었다. 뉘게 넘기게 해서라도 자기의 십만 원어서 뽑아 가려는 말이겠지마는, 어떻게 들으면 십만 원에 이 점방을 자기가 맡아 잡겠다는 말눈치인 듯싶었다.

"내가 바쁘지만 않으면 통틀어 맡아 가지고 훨씬 확장을 해 놓으면 이 꼴은 안 되겠지만, 어디 내가 틈이 있는 몸이어야지."

이렇게 운자를 떼는 것을 들으면 한 발 들여 놓고 한 발 내놓는 수작같기도 하였다. 자동차 동티로 밑천을 홀딱 집어먹힐까 보아서 발을 뺀다는 수작이다.

한편으로는 이렇게 한참을 꿀리고, 학교들은 방학을 하여 흥정이 없는 이 판에, 번연히 나올 구멍이 없는 십만 원을 해 달라고 못살게 굴면, 성이 가시니 상점을 맡아 가라는 말이 나오고 말리라는 배짱같이 보이는 것이었다. 모녀는 그것이 더 분하였다.

"저의 자수로는 엄두두 안 나구 남이 해 놓으니까 된 듯 싶어서, 솔개가 까치집 채어 들 듯이 이거나마 뺏어 가지구 저의 판을 만들어 보겠다는 것

중요 어구 풀이

11) 남은 집문서를 ~ 하였다 : 정례네의 형편을 알면서도 전방을 그만두라는 말에서 옥임의 비정한 성격을 엿볼 수 있다.

이지만, 첫째 이런 좋은 좌처를 왜 내놓을라구!"

누구보다도 정례가 바르르 떨었다.

"매사가 그렇지, 될성부르니까 뺏어 차구 앉았지. 거덜거덜하면 누가 눈이나 떠 본다든!"

정례 모친은 코웃음을 치기만 하였다.

하여간, 이렇게 졸리기를 반 달쯤이나 하다가 급기야 팔만 원 보증금의 영수증을 옥임이에게 담보로 내주고, 출자금 십만 원은 일 할 오 푼 변의 빚으로 돌라매고 말았다. 옥임이로서는 매삭 이 할 배당의 맛도 잊을 수 없었으나, 이왕 상점을 제 손으로 휘두를 바에는 이편이 든든은 하였던 것이다.

그리고는 정례 모친은, 옥임이가 가끔 함께 들러서 알게 된 교장 선생님의 돈 오만 원을 얻어 가지고, 개학 초부터 찌부러져 가던 상점의 만회책(挽回策)을 다시 세웠던 것이다. 그러나, 땅뙈기는 자동차 바람에 날려 보내고, 자동차는 수선비로 녹여 버리고 나니, 상점에서 흘러 나간 칠팔만 원이라는 돈을 고스란히 떼 버렸고, 그 보충으로 짊어진 것이 교장의 빚 오만 원이었다. 점점 더 심해 가는 물가에, 뜯어 먹고 살아야는 하겠고, 내남없이 종이 한 장, 연필 한 자루라도 덜 사겠지 더 팔리지는 않으니, 매삭 두 자국 세 자국의 변리만 꺼가기도 극난이었다.[12] 그러고 보니, 자연 좋지 못한 감정으로 헤어진 옥임이한테 보낼 변리가 한 달, 두 달 밀리기 시작했던 것이다. 팔만 원 증서가 집문서만큼 믿음직하지 못하다고 기어이 일 할 오 푼으로 떼를 써서 제멋대로 내놓은 것이 더 얄미워서, 어디 네가 그 이자를

중요 어구 풀이

12) 점점 더 심해 ~ 극난이었다 : 엎친 데 덮친 격으로 사정이 악화되는 정례 어머니의 점방 운영. 설상가상(雪上加霜).

긁어다가 먹나, 내가 안 내고 배기나 해 보자 하는 뱃심도 정례 모친에게는 없지 않았다. 옥임이는 역시 제가 좀 과하게 하였다고 뉘우치던지, 또 혹은 팔만 원 증서를 가졌느니만치 마음이 놓여서 그런지, 별로 들르지도 않으려니와, 들러서도 변리 재촉은 그리 하지 않았다. 도리어, 정례 어머니 편에서 변리가 밀려 미안하다는 말을 꺼내고 그 끝에,

"이 여름 방학이나 지내고 개학 초에 한몫 보면 모두 내리다마는 원체 일 할 오 부야 과한 것이요. 그 때 형편에는 한 달 후면 자동차를 팔아서라두 곧 갚겠거니 해서 아무려나 해 둔 것이지만, 벌써 이 월서부터 여덟 달이나 됐으니 무슨 수로 그걸 다 내우. 일 할씩만 해두 팔만 원이구려, 어이구…… 한 번만 깍읍시다."

하고, 슬쩍 부쳐 보면 옥임이도 그럴싸한 듯이,

"아무려나 좋두룩 합시다그려."

하고, 웃어 버리곤 하였다. 그러던 것이 개학이 되자, 이 달 들어서 부쩍 재촉하면서 일 할 오 부 여덟 달치 변리 십이만 원, 아울러 이십이만 원을 이교장 영감에게 치러 달라는 것이다. 급한 사정으로 이 영감에게 이십만 원을 돌려 썼는데, 한 달 변리 일 할에 이만 원을 얹으면 꼭 이십이만 원 부리가 맞으니, 셈치기도 좋고 마침 잘 되었다고 싱글실글 웃어 가며 조르는 옥임이의 늙어 가는 얼굴이 더 모질어 보이고 얄밉상스러워 보였다. 마치 이십이만 원 부리를 채우느라고 그 동안 여덟 달을 모른 척하고 내버려 두었던 것 같다. 정례 어머니는 기가 막혀서 말이 나오지를 않았다. 옥임이에게 속아 넘어간 것 같아서 분하였다. 그러나, 분한 것은 고사하고 이러다가는 이 구멍가게나마 들어먹고 집 한 채 남은 것마저 까부라지지 않을까 하는 생각을 곰곰하면 가슴이 더럭 내려앉는 것이었다. 소학교 적부터 한 반에서 콧물을 흘리며 같이 자라났고, 동경 가서 여자 대학을 다닐 때도 함께

고생하던 옥임이다. 더구나 제가 내놓는 십만 원은 한 푼 깔축도 안 내고 이십만 원 가까운 돈을 벌어 주었으니, 아무리 눈에 돈동록이 슬었기로 제가 설마 내게 일 할 오 푼 변을 다 받으려 들기야 하랴! 한 갑절 얹어서 십육만 원쯤 해 주면 되려니 하는 속셈만 치고 있던 자기가 어리석다고 혼자 어이가 없어 실소를 하고 말았다. 그런, 십오륙만 원이기로 한꺼번에 빼내는 수는 없으니, 이번에 변리 육만 원만 마감을 하고서 본전은 오만 원씩 두 번에 갚자는 요량이었다. 집안 식구는 조밥에 새우젓 꽁댕이로 우겨대더라도, 어떻든지 이 겨울 방학이 돌아오기 전에 그 아니꼬운 옥임이 조건만이라도 끝을 내고야 말겠다고 이를 악무는 판인데 이렇게 둘러 대고 보니, 살겠다고 기를 쓰고 기어 올라가는 놈의 발목을 아래에서 붙들고 늘어지는 것 같아서 맥이 풀리고, 사는 것이 귀찮게만 생각되는 것이었다.[13] 평생에 빚이라고는 모르고 지냈는데, 편편히 노는 남편만 바라보고 있을 수가 없어서 시작한 노릇이라 은행에 삼십만 원이 그대로 있고, 옥임이에게 이십이만 원, 교장 영감에게 오만 원, 도합 오십칠만 원 빚을 어느덧 짊어지고 앉은 생각을 하면 밤에 잠이 아니 오고 앞이 캄캄하여 양잿물이라도 먹고 싶은 요사이의 정례 어머니이다.

"하여간 제게 십만 원 썼으면 썼지, 그걸 못 받을까 봐 선생님을 팔구 더러 받아 오라는 것이지만, 내가 아무리 죽게 되두 제게 떼먹히지는 않을 거니 염려 말라구 하셔요."

정례 어머니는 화를 바락 내었다. 해방 덕에 빚놀이를 시작해 가지고 돈 백만 원이나 착실히 잡았고, 깔려 있는 것만도 백만 원 이상은 되리라는 소

중요 어구 풀이

13) 집안 식구는 ~ 것이었다 : 함께 공부했던 친구 사이였기 때문에 믿었던 옥임이가 가혹하게 나오자 빚으로 고생하던 정례 어머니는 크게 좌절한다.

문인데 이 영감에게 이십만 원 빚을 쓰다니 말이 되는 소린가. 못 받을까 애도 쓰이겠지마는 십이만 원 변리를 본전으로 돌라매어 넣고 변리에 새끼 변리, 손주 변리까지 우려먹자는 수단인 것이 뻔한 노릇이었다. 십만 원에 일 할 오 푼이면 일만오천 원밖에 안 되나, 이십만 원으로 돌라매어 놓으면 일 할 변만 해도 매삭 이만이천 원이니, 칠천 원이 더 붙는 것이다.

"그야 내 돈 안 쓴 것을 썼다겠소? 깔려만 있고 회수가 안 되면 피차 돌려도 쓰는 것이지만는, 나 역시 한 자국에 이십만 원씩 모개 내놓고 오래 둘 수는 없으니까, 이렇게 하면 어떻겠소……?"

영감은 무척 생색을 내고 이편 사정은 보아서, 석 달 기한하고 자기 조카의 돈 이십만 원을 돌려 주게 할 터이니, 다시 말하면 조카에게 이십만 원을 일 할로 얻어 줄 터이니, 우수리 이만 원만 현금으로 내놓고 표를 한 장 써 내라는 것이다. 옥임이는 이 영감에게 미루고, 영감은 또 조카의 돈을 돌려 쓴다고 표를 받겠다는 꼴이, 저희들끼리 무슨 꿍꿍이 속인지 알 수가 없으나, 요컨대 석 달 기한의 표를 받아 놓자는 것이요. 그 사품에 칠천 원 변리를 더 받겠다는 수작이다. 특별히 일 할 변인 대신에 석 달 기한이라는 조건을 붙이는 것도 무슨 계교 속인지 알 수가 없다.[14] 석 달 동안에 이십만 원을 만드는 재주도 없지마는, 석 달 후면 마침 겨울 방학이 될 때니, 차차 꿀려 들어가는 제일 어려운 고비일 것이다. 정례 어머니는 이 연놈들이 무슨 원수를 졌다고 이렇게 짜고서들 못살게 구는 것인구? 하는 생각에 한바탕 들이대고 싶은 것을 꾹 참으며,

"선생님께 쓴 돈 아니니, 교장 선생님은 아랑곳 마세요. 옥임이더러 와

중요 어구 풀이

14) 특별히 일 할 ~ 없다 : 옥임과 교장은 이해하기 어려운 조건으로 정례 어머니를 압박하고 있다. 사건 진행의 방향을 암시한다.

서 조르든 이 상점을 떠메어 가든 마음대로 하라죠."
하고, 딱 잘라 말을 하여 쫓아 보냈다.

3

그 후 근 일 주일은 옥임이의 그림자도 보이지 않았다. 정례 모녀는 맞닥뜨리면 말수도 부족하거니와, 아귀다툼[15]하는 것이 싫어서 그날 그날 소리 없이 넘어가는 것이 다행하나, 어느 때 달려들어서 또 무슨 조건을 내놓고 졸라댈지 불안은 한층 더하였다.

"응, 마침 잘 만났군. 그런데 그만하면 얘기는 끝났을 텐데, 웬 세도가 그리 좋아서 누구를 오너라 가거라 허구 아니꼽게 야단야……."

정례 모친이 황토현 정류장에서 차를 기다리며 열 틈에 끼어 섰으려니까, 이 곳으로 향하여 오던 옥임이가 옆에 와서 딱 서며 시비를 건다.

"바쁘기야 하겠지만, 좀 못 들를 건 뭐구."

정례 모친은 옥임이의 기색이 좋지는 않아 보이나, 실없는 말이거니 하고 대꾸를 하며 열에서 빠져 나서려니까.

"그래, 그 돈은 갚는다는 거야, 안 갚을 작정야? 넌 세도 좋은 젊은 서방을 믿고, 고 텃세루 남의 돈을 무쪽같이 떼먹으려 드나 부다마는, 김옥임이두 그렇게 호락호락하지는 않아……."

원체 예쁘장한 상판이지만, 눈을 곤두세우고 대는 폼이 어려서부터 삼십 년 동안이나 보던 옥임이는 아니다. 전부터 '네 영감은 어째서 점점 더 젊

중요 어구 풀이

15) 아귀다툼 : 각자 자기의 욕심을 채우고자 서로 헐뜯고 기를 쓰며 다투는 일.

어 가니? 거기다 대면 넌 어머니같구나.' 하고, 새롱새롱 놀리기도 하며, 육십이 넘은 아버지 같은 영감 밑에 쓸쓸히 사는 옥임이는 은근히 부러워도 하는 눈치였지마는, 밑도 끝도 없이 길바닥에서 젊은 서방을 들추어 내는 것을 보고 정례 어머니는 어이가 없었다.

"늙은 영감에 넌더리가 나거든 젊은 서방 하나 또 얻으려무나."

하고, 정례 모친도 비꼬아 주고 싶었으나, 열을 지어 섰는 사람들이 쳐다보며 픽픽 웃는 통에,

"이거 미쳐나려나, 이건 무슨 객설야?"

하며, 달래며 나무라며 끌고 가려 하였다.

"그래, 내 돈을 곱게 먹겠는가 생각을 해 보렴. 매달린 식솔은 많구, 병들어 누운 늙은 영감의 약값이라두 뜯어 쓰랴구 이렇게 쩔쩔거리고 다니는, 이년의 돈을 먹겠다는 너 같은 의리가 없는 년은 욕을 좀 단단히 봐야 정신이 날 거다마는, 제 사정 보아서 싼 변리에 좋은 자국을 지시해 바친밖에! 그것두 마다니 남의 돈 생으로 먹자는 도둑년 같은 배짱 아니구 뭐야?"

오고 가는 사람이 우중우중 서며 구경났다고 바라보는데, 원체 히스테리증이 있는 줄은 짐작하지만, 창피한 줄도 모르고 기가 나서 대든다. 히스테리는 고사하고, 이것도 빚쟁이의 돈 받는 상투 수단인가 싶었다.[16]

"누가 안 갚는 대냐? 돈두 중하지만 이게 무슨 꼬락서니냐 말야."

정례 어머니는 그래도 달래서 뒷골목으로 끌고 들어가려 하였다.

"난 돈밖에 몰라. 내일 모레면 거리로 나앉게 된 년이 체면은 뭐구, 우정은 다 뭐냐?[17] 어쨌든 내 돈만 내놓으면 이러니저러니, 너 같은 장래 대신

중요 어구 풀이

16) 히스테리는 고사하고 ~ 싶었다 : 정례 어머니의 눈에는 남들 앞에서 부끄러운 줄도 모르고 시비를 거는 옥임의 행태가 빚쟁이의 그것과 똑같다.

17) 난 돈밖에 ~ 뭐냐 : 옥임의 가치관인 물질만능주의가 직접적으로 드러나는 장면이다.

부인께 나 같은 년야 감히 말이나 붙여 보려 들겠다든!"
하며, 허청 나오는 코웃음을 친다. 구경꾼은 자꾸 모여드는데, 정례 모친은 생전에 처음 당하는 이런 봉욕에 눈앞이 아찔해지고 가슴이 꽉 메어 올랐으나, 언제까지나 이러고 섰다가는 예서 더 무슨 창피한 꼴을 볼까 무서워서, 선뜻 몸을 빼어 옆골목으로 줄달음질쳐 들어갔다. 뒤에서 발자국 소리가 없으니 옥임이는 제대로 간 모양이다.

정례 모친은 눈물이 핑 돌았다. 스물에닐곱까지 동경 바닥에서 신여성 운동이네, 연애네, 어쩌네 하고 멋대로 놀다가, 지금 영감의 후실로 들어앉아서 세상 고생을 알까, 아이를 한 번 낳아 보았을까, 사십 전의 젊은 한때를 도지사 대감의 실내마님[18]으로 떠받들려 제멋대로 호강도 하여 본 옥임이다. 지금도 어디가 사십이 훨씬 넘은 중늙은이로 보이랴?

머리를 곱게 지지고 엷은 얼굴 단장에, 번들거리는 미국제 핸드백을 착 끼고 나선 맵시가 어느 댁 유한 마담으로 알 것이지, 설마 일 할, 일 할 오 푼으로 아귀다툼을 하고, 어려운 예전 동무를 쫓아다니며 울리는 고리대금업자로야 그 누가 짐작이나 할까? 해방이 되자, 고리대금이 전당국 대신으로 터놓고 하는 큰 생화(장사)가 되었지마는, 옥임이는 반민자(反民者)의 아내가 되리라는 것을 도리어 간판으로 내세우고 불아귀같이 덤빈 것이다. 증경(曾經) 도지사요, 전쟁 말기에는 무슨 군수품 회사의 취체역(取締役)[19]인가 감사역을 지냈으니, 반민법이 국회에서 통과되는 날이면 중풍으로 삼 년째나 누웠는 영감이, 어서 돌아가 주기나 하기 전에야 으레 걸리고 말 것이요, 걸리는 날이면 떠메어다가 징역은 시키지 않을지 모르되, 지니고 있

중요 어구 풀이

18) 실내마님 : 남의 아내를 높여 이르는 말. 실내마마.
19) 취체역 : 예전에, 주식 회사의 이사(理事)를 이르던 말.

는 집칸이며 땅섬지기나마 몰수당할 것이니, 비록 자식은 없을망정 자기는 자기대로 살 길을 찾아야 하겠다고 나선 길이 이 길이었다. 상하 식솔을 혼자 떠맡고 영감의 약값을 제 손으로 벌어야 될 가련한 신세같이 우는 소리를 하지마는, 그래야 남의 욕을 덜 먹는 발뺌이 되는 것이다.

옥임이는 정례 모친이 혼쭐이 나서 달아나는 꼴을 그것 보라는 듯이 곁눈으로 흘겨보고는, 입귀를 샐룩하며 비웃고 버젓이 사람 틈을 헤치고 종로 편으로 내려갔다. 의기양양할 것도 없지마는, 가슴 속이 후련하니, 머리 속이고 가슴 속이고 뭉치고 비비꼬이던 것이 확 풀어져 스러지고, 피가 제대로 도는 것같이 기분이 시원하다.

그러나, 그렇게 뭉치고 비비꼬인 것이라는 것이 반드시 정례 어머니에게 대한 악감정은 아니었다. 옥임이가 그 오랜 동무에게 이렇다 할 감정이 있을 까닭은 없었다. 다만, 아무리 요새 돈이라도 이십여 만 원이라는 대금을 받아 내려면, 한 번 혼을 단단히 내고 제독을 주어야 하겠다고 벼르기는 하였지만, 얼떨결에 나온다는 말이, 젊은 서방을 둔 텃세냐, 무엇이냐고 한 것은 구석없는 말[20]이었고, 지금 생각하니 우스웠다. 그러나 자기보다도 훨씬 늙어 보이고 살림에 찌든 정례 모친에게는 과분한 남편이라는 생각을 늘 하던 옥임이기는 하였다. 남의 남편을 보고 부럽다거나, 샘이 나거나 하는 그런 몰상식한 옥임이도 아니지만, 자식도 없이 군식구들만 들썩거리는 집에 들어가서 몸도 제대로 가누지 못하는 늙은 영감[21]의 방을 들여다보면 공연히 짜증이 나고, 정례 어머니가 자식들을 공부시키느라고 어려운 살림에 얽매고 고생하나, 자기보다는 팔자가 좋다는 생각도 나는 것이었다.

중요 어구 풀이

20) 구석없는 말 : 근거가 희박한 말.
21) 몸도 제대로 ~ 영감 : 옥임의 늙은 남편을 가리킨다.

내년이면 공과 대학을 나오는 맏아들에, 중학교에 다니는, 어머니보다도 키가 큰 둘째 아들이 있고, 딸은 지금이라도 사위를 보게 다 길러 놓았고, 남편은 번둥번둥 놀며 마누라가 조리차[22]를 하는 용돈이나 받아 쓰고, 자동차로 땅뙈기는 까불었을망정[23] 신수가 멀쩡한 호남자가 무슨 정당이라나 하는 곳의 조직 부장이니 훈련 부장이니 하고 돌아다니니, 때를 만나면 아닌게아니라 장래 대신이 되지 말라는 법도 없을 것이다. 팔구 삭 동안 장사를 하느라고 매일 들러 보면, 젊은 영감을 등이라도 두드리고 머리를 쓰다듬어 줄 듯이 지성으로 고이는 꼴이란 아닌게아니라 옆에서 보기에도 부러운 생각이 들 때가 없지 않았지마는, 결혼들을 처음 했을 예전 시절이나, 도지사(道知事) 관사에 들어서 드날릴 때야 어디 존재나 있던 위인들인가?[24] 그것이 처지가 뒤바뀌어서 관 속에 한 발을 들여 놓은 영감이나마 반민자로 지목이 가다니[25] 이런 것 저런 것을 생각하면 쭉쭉 뽑아 놓은 자식들과, 한참 활동적인 허위대 좋은 남편에 둘러싸여 재미있고 기운차게 사는 양이 역시 부럽고, 저희만 잘 된다는 것에 시기도 나는 것이었다. 보기 좋게 이년 저년을 붙이며 한바탕 해대고 나서 속이 후련한 것도 그러한 은연 중의 시기였고, 공연한 자기 화풀이였는지 모른다.

옥임이는 그 길로 교장 영감 집에 들러서,

"혼을 단단히 내주었으니까 이제는 딴 소리 안 할 거외다. 내일 가서 표라도 받아다 주슈."

중요 어구 풀이

22) 조리차 : 알뜰하게 아껴 쓰는 일.
23) 까불었을망정 : 써 없앴을망정.
24) 결혼들을 처음 ~ 위인들인가? : 일제 강점기에 옥임의 남편이 도지사를 했을 때 정례 아버지와 정례 어머니는 초라한 생활을 하고 있었다는 의미.
25) 관 속에 ~ 가다니 : 죽을 날이 얼마 남지 않았으며 옥임의 남편은 반민족 행위자로 지목되었다.

하고 일러 놓았다.

4

"오늘은 아퀴[26]를 지어 주시렵니까? 언제 갚으나 갚고 말 것인데 그걸루의 상할 거야 있나요?"

이튿날 교장이 슬쩍 들러서 매우 점잖은 수작을 하는 것이었다.

"이렇게 말씀드리면 교장 선생님부터가 어떻게 들으실 줄 모르나, 김옥임이가 그렇게 되다니 불쌍해 못 견디겠어요. 예전에 셰익스피어의 원서를 끼구 다니구, 〈인형의 집〉에 신이나구, 엘렌 케이의 숭배자요 하던 그런 옥임이가, 동냥자루[27] 같은 돈 전대를 차구 나서면 세상이 모두 돈닢으로 보이는지, 어린애 코 묻은 돈 바라고 이런 구멍가게에 나와 앉았는 나두 불쌍한 신세이지마는, 난 옥임이가 가엾어서 울었습니다. 난 살림이나 파산 지경이지 옥임이는 성격 파산인가 보더군요……."[28]

정례 어머니는 분하다 할지, 딱하다 할지, 속에 맺히고 서린 불쾌한 감정을 스스로 풀어 버리려는 듯이 웃으며 하소연을 하는 것이었다.

"그런 말씀을 하시니 나두 듣기에 좀 괴란쩍습니다마는, 모두 어려운 세상에 살자니까 그런 거죠, 별수 있나요. 그래도, 제 돈 내놓고 싸든 비싸든 이자(利子)라고 명토 있는 돈을 어엿이 받아먹는 것은 아직도 양심이 있는

중요 어구 풀이

26) 아퀴 : 일을 마무르는 끝매듭.
27) 동냥자루 : 동냥아치가 동냥한 것을 넣기 위하여 가지고 다니는 자루.
28) 난 살림이나 ~ 보더군요 : 정례 어머니는 경제적으로 파산했으며, 옥임은 도덕적으로 파산했다는 의미.

생활입니다. 입만 가지고 속여 먹고, 등쳐 먹고, 알로 먹고, 꿩으로 먹는 허울좋은 불한당 아니고는 밥알이 올곧게 들어가지 못하는 지금 세상 아닙니까, 허허허."[29]

하고, 교장은 자기 변명인지 옥임이 역성인지를 하는 것이었다.

이 날 정례 어머니는 딸이 옆에서 한사코 말리며,

"그 따위 돈은 안 갚아도 좋으니, 정장을 하든 어쩌든 마음대로 하라고 내버려 두세요."

하며 팔팔 뛰는 것을 모른 척하고, 이십만 원 표에 이만 원 현금을 얹어서 옥임이에게 갖다 주라고 내놓았다.

정례 모친은 그 후 두 달 걸려서 교장 영감의 오만 원 돈은 갚았으나, 석 달째 가서는 이 상점 주인이 바뀌어 들고야 말았다. 정말 교장 영감의 조카가 나서는가 하였더니, 교장의 딸 내외가 들어앉았다. 상점을 내놓고 만 바에는 자질구레한 셈속을 따진대야 죽은 아이 귀 만져 보기지[30] 별수 없지만, 하여튼 이십만 원의 석 달 변리 육만 원이 또 늘어서 이십육 만원인데, 정례 모녀가 사글세의 보증금 팔만 원마저 못 찾고 두 손 털고 나선 것을 보면, 그 팔만 원을 에끼고 남은 십팔만 원이 점방의 설비와 남은 물건 값을 치른 것이었다. 물론 옥임이가 뒤에 앉아 맡은 것이나, 권리 값으로 오만 원 더 얹어서 교장 영감에게 팔아 넘긴 것이었다. 옥임이는 좀더 남겨 먹었을 것이로되, 교장 영감이 그 돈 받아 내는 데에 공로가 있었기 때문에 오만 원 얹어 먹고 말았고, 또 교장은 이북에서 내려온 딸 내외에게는 꼭 알맞은 장사라는 생각이 들어서 애초부터 침을 삼키고 눈독을 들이던 것이

중요 어구 풀이

29) 입만 가지고 ~ 허허허 : 광복 직후 혼란했던 사회상을 지적한 말이다.
30) 죽은 아이 ~ 보기지 : 어떤 일을 해도 소용이 없으나 자꾸 반복하는 행동을 의미.

라, 이 상점을 손에 넣으려고 애도 썼지마는, 매득하였다고 좋아하였다.

정례 모녀는 일 년 반 동안이나 죽도록 벌어서 죽 쑤어 개 좋은 일한[31] 셈이라고 절통을 하였으나, 그보다도 정례 모친은 오래간만에 몸이 편해져서 그렇기도 하였으나, 몸살 감기에 출화가 터져서 그만 몸져누운 것이 반 달이나 끌었다.

"마누라, 염려 말아요. 김옥임이 돈쯤 먹자고만 들면 삼사십만 원쯤 금시 녹여 내지, 가만 있어요."

정례 부친은 앓는 마누라 옆에 앉아서 이렇게 위로하였다.

"옥임이 돈을 먹자는 것두 아니지만, 무슨 재주루?"

마누라는 말리는 것도 아니요, 부채질하는 것도 아닌 소리를 하였다.

"김옥임이도 요사이 자동차를 놀려 보구 싶어한다는데, 마침 어수룩한 자동차 한 대가 나섰단 말이지. 조금만 참아요. 우리 집문서는 아무래두 김옥임 여사의 돈으로 찾아가고 말 것이니……."

하며, 정례 부친은 앓는 아내를 위하여 뱃속 유하게 껄껄 웃었다.

중요 어구 풀이

31) 죽 쑤어 개 좋은 일한 : 고생은 자기가 하고 이익은 남이 취하는 것을 이르는 말.

작품 이해 및 논술 다지기

핵심 정리

- 갈래 : 단편 소설, 세태 소설, 시정 소설
- 시점 : 3인칭 전지적 작가 시점
- 배경 : 시간적—1940년대 후반(해방 직후)
  공간적—서울의 황토현 부근
- 구성 : 순행적 구성
- 제재 : 두 중년 여인(정례 어머니, 옥임)의 파산 과정
- 주제 : 해방 후 혼란한 사회상(물질만능주의에 대한 풍자)

구성 단계

- 발단 : 생계를 위해 빚을 얻어 점방을 여는 정례 어머니.
- 전개 : 가게의 운영 자금을 마련하기 위해 친구인 옥임에게서 빚을 얻는 정례 어머니.
- 위기 : 자동차 사업으로 손해만 보는 정례 아버지와 불어나는 이자에 좌절하는 정례 어머니.
- 절정 : 버스 정류장에서 빚 때문에 옥임에게 망신을 당하는 정례 어머니.
- 결말 : 자신의 가산 파탄과 옥임의 성격 파산을 한탄하는 정례 어머니. 교

장에게 넘어가는 전방.

등장 인물

- 정례 모친 : 일본 유학을 했음. 장사가 어려워 옥임에게 빚을 지고 가게를 운영함. 결국 남편의 자동차 사업 실패와 친구 옥임과 교장의 수에 넘어가 친구 옥임에게 가게를 넘기고 파산함(물질적 파산자).
- 김옥임 : 동경 유학생이던 젊은 시절에는 신여성임을 부르짖으며 문학과 예술을 사랑했지만, 중년이 되어서는 오로지 돈을 최고의 가치로 삼고 돈놀이(고리대금업)에서 삶의 재미를 갖고 친구(정례 모친)까지도 저버림(정신적 파산자).
- 정례 부친 : 가난하면서도 부인에게 정성을 다하고 낙천적임. 새로 찾은 나라를 위해 정치 일선에 나서기도 함. 어수룩한 자동차로 옥임에게 사기 칠 궁리를 함.
- 옥임의 남편 : 친일파 고위 관리.
- 교장 : 옥임에게 받을 돈이 있음. 정례 모친에게 자신이 받을 돈을 대신 받아 가라는 옥임의 말에 따라 정례 모친을 다그침.

줄거리

학교 앞 문방구점 운영이 여의치 않자 정례 어머니는 대학 동창인 김옥임에게 동업 조건으로 10만 원을 빌린다. 하지만 정례 아버지의 사업이 어렵게 되자 가게 운영도 어려워진다. 현재 남편의 후처로 결혼한 뒤 호화롭게 살던 김옥임은 해방 이후 과거의 친일 행적 때문에 '반민자'의 아내로 몰락하여 고리대금업으로 돈을 모으며 친구인 정례 어머니에게까지 마수를 뻗친다. 김옥임은 문방구점의 보증금 영수증을 담보로 출자금을 1할 5푼의 이잣돈으로 돌려

제 살 궁리만 한다. 정례 어머니는 옥임을 통하여 알게 된 교장 선생이라는 영감에게서 5만 원을 더 빌려 가게의 형편을 수습하려고 하였으나, 옥임은 자신이 빌려 준 돈을 교장 영감에게 일임하여 원금에 빌린 이자를 합친 액수의 이자를 갚게 만든다. 은행에 30만 원, 옥임에게 20만 원, 교장 영감에게 5만 원, 도합 55만 원의 빚을 걸머진 정례 어머니는 어느 날 황토현 정류장에서 만난 옥임에게 빚 문제로 망신을 당한다. 두 달에 걸쳐 억지로 교장 영감의 빚은 갚았으나 급기야 석 달째에는 보증금 8만 원마저 되찾지 못한 채 빚으로 에우고 상점을 교장 영감의 딸 내외에게 넘기게 된다. 감기에 울화로 누운 정례 어머니를 위로한답시고 정례 아버지는 옥임을 골릴 궁리를 하며 껄껄 웃었다.

이해와 감상

해방 직후 서울에서 사는 두 중년 여인의 파산 과정을 그리고 있다. 건강한 정신의 삶을 살고자 했던 정례 어머니와, 시대 혼란을 틈타 현세의 안녕과 치부를 노리던 옥임은 그들보다 더 영리에 밝은 속물들에 의해 각각 경제적, 정신적 파산을 겪는다. 해방 직후의 사회적 혼란상을 보여 주면서 동시에 당시에 만연했던 물질만능주의에 대해 비판하고 있다. 객관적, 중립적 입장을 고집하여 단지 세태를 관찰하는 데 만족하는 작자는 정례 모친의 심리와 함께 옥임의 심리도 상세하게 밝힘으로써 그들이 모두 현실을 살아가는 개성적 인물의 하나일 뿐임을 주장하고 있다.

이 작품은 정례 어머니, 김옥임 그리고 교장 영감이라는 인물을 통해 금전적 이해 관계에 지배되고 있는 두 사람의 인간 관계 속에서 두 개의 파산을 세밀하게 그리고 있다. 즉, 해방 직후 우리 현실에서 흔히 볼 수 있었던 물질적으로 파산해 가는 인간(정례 어머니)과 정신적으로 파산해 가는 인간(김옥임)의 두 유형을 정확하고 치밀한 객관적 사실 묘사로써 생생하게 현실의 단면을 보여 주고 있는 것이다.

작가 소개

염상섭(1897~1963)

호는 제월, 횡보(橫步). 서울 출생. 1912년에 일본에 유학, 와세다 대학 재학 중이던 1919년에는 만세 운동을 주도하다 체포됨. 1920년 《폐허》 창간 동인으로 문학 활동을 시작했으며, 《동아일보》 기자를 지냄. 1926년 다시 도일(渡日)했다가 1928년 귀국. 《조선일보》 학예 부장을 지냈으며 1936년에는 《만선일보》 주필 및 편집국장이 되어 만주로 떠남. 해방 후 초대 서라벌 예대 학장을 지냈으며, 1956년 '아세아 자유 문학상' 수상. 〈표본실의 청개구리〉, 〈암야〉, 〈제야〉의 3부작으로 소설 창작을 시작한 그는, 중산층의 균형 감각을 바탕으로 한 탄탄한 리얼리즘 소설에 주력함. 대표작 〈표본실의 청개구리〉에서 보이는 추상적 관념성은 당시 시대 상황과 밀접한 연관성을 지님. 1924년 발표한 〈만세전〉에 이르러 구체적인 현실을 인식하기 시작함. 1930년대에 창작된 빼어난 리얼리즘 소설 《삼대》는 그런 방향 전환에 기반해서야 비로소 세상에 빛을 봄.

연관 작품 더 읽기

- 〈취우〉(염상섭) : 6·25 전쟁 발발에서 9·28 서울 수복까지의 3개월 동안 서울을 배경으로 전쟁 속에서 살아가는 사람들의 삶을 그리고 있다. 전쟁이라는 극한 상황 속에서도 사람들은 일상적인 생활을 하고, 그 속에서 생명을 부지하려고 애쓰는 모습을 담담하게 그려 내고 있는 작품이다.

- 〈맹순사〉(채만식) : 이 작품은 일제 강점기에 순사 생활을 했던 '맹 순사'와 주변 인물들을 통해 해방 직후에 미온적이었던 친일파 청산 문제와 허술한 행정 체계를 비판적으로 다루고 있다. 살인 강도범과 무기 징역수가

경찰에 투신할 만큼 해방 직후의 혼란스러운 시대상을 풍자적으로 보여 준다.

좀더 알아보기

• 해방 공간의 문학 단체 : 해방 공간은 1945년 해방 이후 1948년 대한민국 정부가 수립되기 전까지의 기간을 일컫는다. 해방과 더불어 제일 먼저 조직된 것이 임화와 김남천 중심의 '문학 건설 본부' 였고, 두 번째가 구카프가 중심이 된 '조선 프로 문학 동맹' 이었고, 이들의 결합으로 '조선 문학 동맹' 이 이루어졌다. 한편 이와 나란히 '조선 중앙 문화 협회' 가 결성되었고, 그 구성원들의 주도 아래 '전조선 문필가 협회' 가 조직되었다. 이북에서는 평양을 중심으로 '북조선 문학 예술 총동맹' 이 김일성의 지원 아래 이루어졌다.

논술 맛보기

1. 이 작품의 제목은 '두 파산' 이다. 그 의미는 무엇인가?

⇨ 이 작품의 제목인 '두 파산' 이 의미하는 바는 정례 어머니의 말 속에 잘 드러나 있다. 정례 어머니는 교장에게 "……나두 불쌍한 신세이지마는, 난 옥임이가 가엾어서 어제 울었습니다. 난 살림이나 파산 지경이지 옥임이는 성격 파산인가 보더군요……." 라고 말한다. 이를 통해 '두 파산' 은 정례 어머니의 '경제적 파산' 과 옥임의 '도덕적 파산' 을 의미함을 알 수 있다.

2. 이 작품의 시간적 배경을 고려할 때 정례 어머니와 옥임의 파산을 통해 작가가 비판하고자 하는 것은 무엇인가?

⇨ 이 작품의 시간적 배경은 광복 직후이다. 광복 직후 한국은 정신적으로

나 경제적으로 매우 혼란한 상태였다. 물질적인 파산에 처하게 되는 인물인 정례 어머니와 정신적 파산을 겪는 인물인 옥임은 이 혼란을 살아가는 당대 사람들을 대표하는 인물이다. 작가는 이들의 삶의 굴곡을 따라가면서 광복 직후 혼란에 빠진 사회와 물질만능주의에 빠진 사람들은 비판하고 있다.

3. 이 작품에서 설정한 사건의 전개 방식에 대해 설명하라.

⇨ 이 작품은 중류 이하의 일반 시민의 생활상을 치밀하게 묘사한 시정(市井) 소설로서 사건은 기본적으로 시간적 순행(巡行)하며 간간이 과거 회상이 삽입된다. 이러한 사건 전개를 바탕으로 등장 인물들의 대비가 이뤄진다. 즉 사건의 중요한 두 축인 정례 어머니의 경제적 파산과 옥임의 도덕적 파산은 전체 사건 전개를 바탕으로 병행적 구성으로 전개된다.

논술 다지기

소설 〈두 파산〉에는 인물들이 '파산' 하는 모습이 대조적으로 제시되어 있다. 이들이 맞이하게 된 '파산' 의 의미를 구체적으로 정리하고, 이러한 모습에서 현대 사회를 살아가는 우리 청소년들이 어떤 교훈을 얻을 수 있을지 논술하라.

예시 답안

〈두 파산〉의 등장 인물 '정례 모친' 과 '옥임' 은 각각 서로 다른 유형의 '파산' 의 모습을 보여 주는 인물들이다. 옥임은 동경 유학까지 마치고 온 소위 '신여성' 으로, 학식과 교양을 갖춘 인물이다. 그러나 중년이 된 옥임은 정신적 가치나 인간적 의리와는 무관하게 오직 물질적인 욕망만을 추구하며 살아가는 모습을 보여 준다.

이는 곧 정신적인 의미에서의 '파산' 을 겪은 인물의 모습이라 할 수 있다. 유산을 상속받고자 형제간의 우애도 아랑곳없이 다투는 현대인들의 모습, 돈을 받고 사람을 살해해 주기까지 하는 심부름 센터가 생겨나는 현실이 떠오르게 하는 모습이다.

정례 모친은 이런 옥임의 속임수에 넘어가 얼마 없는 재산이나마 모두 잃어버리는 인물로 그려지고 있다. 정례 모친은 경제적인 능력이 신통치 않은 남편과 더불어 이런 저런 사업을 벌여 보지만 모두 적자를 면하지 못하다가 결국, 옥임과 교장에게 사기까지 당하고 만다. 이러한 정례 모친의 파산은 곧 물질적 의미에서 파산을 뜻하는 것이다. 취업난과 경제 위기로 인해 고달프게 살아가는 서민들이 많아진 현실을 떠올리게 하는 모습이다.

이처럼 '파산' 당하는 인물들의 모습은 곧 한 개인이 정신적·물질적으로 몰락하기 쉬운 현실적 여건의 곤란상을 보여 주는 한편, 이러한 현실에서 어떻게 대처해야 올바르게 살아갈 수 있는지에 대한 실마리를 제공해 준다고 본다. 자본주의적 이념을 따르는 현대 사회의 구조는 경제적 부를 추구하기 위해 개인의 양심을 소홀히 여기도록 하는 분위기를 은연중에 조장한다. 우리 사회는 교양과 지식을 쌓고 개인의 정신적 수양을 이룩함으로써 '잘 산다' 라는 평가를 해 주는 사회가 아니라, 남들보다 경제적으로 부유할 때에 '잘 산다' 는 말을 들을 수 있는 사회이다. 옥임처럼 학식과 교양을 갖춘 인물조차 돈을 버는 것을 제일의 목표로 여기며 양심과 인간성을 잃어버리는 인물의 모습은 결코 과장이 아닌 것이다.

그렇기에 이러한 사회에서는 경제적인 능력을 갖추지 못하는 것은 곧 '파산' 을 뜻한다. 빈부 격차와 부의 세습화가 날로 공고해지는 현실에서 한 번 경제적인 곤궁함에 빠지면 쉽게 일어설 수 없는 것이 현실이기도 하다. 이러한 현실에서는 남들보다 뛰어난 경제적 능력을 갖추고자 맹목적으로 매진한다면 옥임처럼 정신적 파산을 겪게 된다는 딜레마에 빠지기 쉽다.

옥임이나 정례 모친처럼 '파산' 을 겪지 않기 위해서는, 이처럼 경제적 능력만을 중시하는 현실을 직시하고 정신과 물질의 가치에 대한 적절한 균형 감각을 갖출 수 있도록 노력할 필요가 있다고 생각한다. 정신적 가치를 대신하여 물질만을 추구하거나, 물질에 대한 노력을 너무 경시하다가 사회에 부적응하는 것은 모두 바람직하지 않다.

〈두 파산〉을 통해 남들과의 경쟁에서 지지 않고자 잘못된 방법을 써서까지 잘 살고자 하는 것보다는, 자기 자신의 양심과 능력 앞에 정직하게 살아가는 것이 가장 바람직한 삶의 방식이 아닐까 하는 교훈을 얻었다.

뽕

나도향

작품을 읽기 전에

〈뽕〉은 행실이 바르지 못한 안협집과 그의 남편이자 노름꾼인 삼보, 그리고 안협집에게 흑심을 품은 삼돌이의 이야기이다. 궁핍하고 가난한 현실 속에서 이들이 도덕적으로 타락해 가는 과정에 주목하여 작품을 읽어 보자.

뽕

1

안협집이 부엌으로 물을 길어 가지고 들어오매 쇠죽을 쑤던 삼돌이란 머슴이 부지깽이로 불을 헤치면서,

"어젯밤에는 어디 갔었습던교?"

하며, 불밤송이 같은 머리에 왜수건을 질끈 동여 뒤통수에 슬쩍 질러 맨 머리를 번쩍 들어 안협집을 훑어본다.

"남 어디 가고 안 가고 님자가 알아 무엇 할 게요?"

안협집은 별 꼴사나운 소리를 듣는다는 듯이 암상스러운[1] 눈을 흘겨보며 톡 쏴 버린다.

중요 어구 풀이

1) 암상스러운 : 보기에 남을 시기하고 샘을 잘 내는 데가 있다.

조금이라도 염량이 있는 사람 같으면 얼굴빛이라도 변하였을 것 같으나 본시 계집의 궁둥이라면 염치 없이 추근추근 쫓아다니며 음흉한 술책을 부리는 삼십이나 가까이 된 노총각 삼돌이는 도리어 비웃는 듯한 웃음을 웃으면서,

"그리 성낼 게야 무엇 있습나? 어젯밤 안쥔 심바람으로 님자 집을 갔었으니깐두루 말이지."

하고 털 벗은 송충이 모양으로 군데군데 꺼칫꺼칫하게 난 수염을 숯검정 묻은 손가락으로 두어 번 쓰다듬었다.

"어젯밤에도 김 참봉 아들네 사랑방에서 자고 왔습네그려."

삼돌이는 싱긋 웃는 가운데에도 남의 약점을 쥔 비겁한 즐거움이 나타났다.

"무엇이 어쩌고 어째, 이 망나니 같은 놈……."

하는 말이 입 바깥까지 나왔던 안협집은 꿀꺽 다시 집어삼키면서,

"남 어디 가 자든 말든 상관할 것이 무엇인고!"

하며, 물동이를 이고서 다시 나가려 하니까,

"흥! 두고 보소. 가만 있을 줄 알았다가는……."

"듣기 싫어! 별꼬락서니를 다 보겠네."

2

강원도 철원(鐵原) 용담(龍潭)이라는 곳에 김삼보(金三甫)라는 자가 있으니 나이는 삼십오륙 세나 되었고, 키는 작달막하여 목은 다가붙고 얼굴빛은 노르께하며 언제든지 가죽창 박은 미투리에 대갈 편자를 박아 신고 걸

음을 걸을 적마다 엉덩이를 내저으므로 동리에서는 그를 '땅딸보 김삼보', '아편쟁이 김삼보', '오리궁둥이 김삼보' 라고 부르는데 한 달에 자기 집에 붙어 있는 날이 이틀이라면 꽤 오래 있는 셈이요, 하루라면 예사다. 그리고는 언제든지 나돌아다니므로 몇 해 전까지도 잘 알지 못하였으나 차차 동리서 소문이 돌기를 '노름꾼 김삼보' 라는 말이 퍼지자 점점 알아본즉 딴은 강원도, 황해도, 평안도 접경을 넘어 다니며 골패 투전으로 먹고 지내는 것이 알려지게 되었다.

그 노름꾼 김삼보의 여편네가 아까 말하던 안협집이니 안협(安峽)은 즉 강원, 평안, 황해, 삼도 품에 있는 고읍(古邑)의 이름이다.

그 안협집을 김삼보가 얻어 오기는 지금으로부터 오 년 전, 안협집이 스물한 살 되던 해인데 어떻게 해서 얻었는지 자세히는 알지 못하나 사람들의 말을 들으면 술 파는 것을 눈을 맞추어서 얻었다고 하기도 하고, 계집이 김삼보에게 반해서 따라왔다기도 하고, 또는 그런 것 저런 것도 아니라 계집의 전남편과 노름을 해서 빼앗았다고 하는데 위인 된 품으로 보아서 맨 나중 말이 가장 유력할 것 같다고 동리 사람들이 말을 한다.

처음에 안협집이 동리에 오자 그 동리 그 또래 계집들은 모두 석경[2]을 들여다보게 되었다. 안협집이 비록 몸은 그리 귀하게 태어나지 못하였으나 인물이 남달리 고운 점이 있어, 동리 젊은 것들이 암연히 부러워도 하고 질투도 하게 되고 또는 석경 속에 비친 자기네들의 예쁘지 못한 얼굴을 쥐어뜯고 싶기도 하였으니 지금까지 '나만한 얼굴이면' 하는 자만심이 있던 젊은 계집들에게 가엾게도 자가 결함(自家缺陷)이 폭로되는 환멸을 느끼게 하기까지도 하였다.

중요 어구 풀이

2) 석경 : 유리로 만든 거울.

그러나 촌구석에서 아무렇게 자란데다가 먼저 안 것이 돈이었다.

"돈만 있으면 서방도 있고 먹을 것, 입을 것이 다 있지."[3]

하는 굳은 신조는 자기 목숨을 내놓고는 무엇이든지 제공하여 부끄러운 것이 없었다.

십오륙 세 적, 참외 한 개에 원두막 속에서 총각 녀석들에게 정조를 빌린 것이나, 벼 몇 섬, 돈 몇 원, 저고릿감 한 벌에 그것을 빌리는 것이 분량과 방법이 조금 높아졌을 뿐이요 그 관념은 동일하였다. 그리하여 이 곳으로 온 뒤에도 동리에서 돈푼이나 있고 얌전한 젊은 사람은 거의 다 한 번씩은 후려내었으니 그것은 남자 편에서 실없는 짓 좋아하는 이에게 먼저 죄가 있다 하는 것보다도 이쪽 안협집에게 그 책임이 더 있다고 할 수 있고, 또 그것보다 더 큰 죄는 그 남편 되는 노름꾼 김삼보에게 있다고 할 수가 있으니 그것은 남편 노름꾼이 한 달에 한 번을 올까 말까 하면서도 올 적에는 빈손을 들고 오는 때가 많으니 젊은 계집 혼자 지낼 수가 없으매, 자연히 이집 저집 동리로 다니며 품방아도 찧어 주고 김도 매주고 진일도 하여 주며 얻어먹다가 한번은 어떤 집 서방님에게 실없는 짓을 당하고 나니 쌀 말과 피륙 두 필을 받아 보니 그것처럼 좋은 벌이가 없어 차츰차츰 이번에는 자기가 스스로 벌이를 시작하여 마치 장사하는 사람이 거래 단골을 트듯이, 이 사람 저 사람을 집어먹기 시작하더니 그것도 차차 눈이 높아지니까 웬만한 목도꾼 패장이나 장돌림, 조금 올라서서 순사 나리쯤은 눈으로 거들떠보지도 않게 되고, 적어도 그 곳에서는 돈푼도 상당하고 여간해서 손아귀에 들지 않는다는 자들을 얼러보기 시작하게 되었던 것이다.

그 후부터는 일하지 않고 지내며 모양내고 거드름 부리고 다니는데 자기

중요 어구 풀이

3) 돈만 있으면 ~ 있지 : 물질만능주의에 빠진 안협집의 성격이 엿보인다.

남편이 오면은,

"이번에는 얼마나 땄습노?"

하고 푸르께한 눈을 사르르 내리뜬다.

"딴 게 뭔가, 밑천까지 올렸네."

삼보는 목 뒤를 쓰다듬으며 입맛을 다신다. 그러면 안협집은 전에 없던 바가지를 긁으며,

"불알 두 쪽을 달구서 그래 계집만두 못하다는 말요?"

하고서 할 말 못 할 말을 불어서 풀을 잔뜩 죽여 놓은 뒤에는 혹시 서방이 알면 경이 내릴까 하여 노자랑 밑천 푼을 주어서 배송을 낸다. 그러면 울며 겨자 먹기로 삼보는 혼자 한숨을 쉬면서,[4]

"허허, 실상 지금 세상에는 선부른 불알보다는 계집 편이 훨씬 나니라."

하고 봇짐을 짊어지고 가 버린다.

3

이렇게 이삼 년을 지내고 난 어느 가을에 삼돌이란 놈이 그 뒷집 머슴으로 왔는데 놈이 어느 곳에서 어떻게 빌어먹던 놈인지는 모르나 논 맬 때 콧소리나마 아르렁타령 마디나 똑똑히 하고 술잔이나 먹을 줄 알며, 동료들 가운데 나서면 제법 구변이나 있는 듯이 떠들어 젖히는 것이 그럴듯하고 게다가 힘이 세어서 송아지 한 마리 옆에 끼고 개천 뛰기는 밥 먹듯 하는

중요 어구 풀이

4) 울며 겨자 ~ 쉬면서 : 아내의 부정을 알고 있지만 아내가 주는 돈 때문에 아무 말도 하지 못하는 삼보의 처지가 엿보인다.

까닭에 동리에서는 호랑이 삼돌이로 이름이 높다.

놈이 음침하여 오던 때부터 동리 계집으로 반반한 것은 남모르게 모두 건드려 보았으나 안협집 하나가 내내 말을 듣지 않으므로 추근추근 귀찮게 구는데 마침 여름이 되어 자기 집 주인마누라가 누에를 놓고 혼자는 힘이 드니까 안협집을 불러서 같이 누에를 길러 실을 낳거든 반분하자는 약속을 한 후 여름내 같이 누에를 치게 된 것을 알고 어떤 틈 기회만 기다리며,

"흥, 계집년이 배때가 벗어서 말쑥한 서방님만 얼르더라. 어디 두고 보자. 너도 꺅소리 못 하고 한 번 당해야 할걸! 건방진 년!"

하고는 술잔이나 취하면 주먹을 들었다 놓았다 한다.

그러자 주인마누라가 치는 누에가 거의 오르게 되자 뽕이 떨어졌다. 자기 집 울타리에 심은 뽕은 어림도 없이 다 따다 먹이었고 그 후에는 삼돌이란 놈을 시켜서 날마다 십 리나 되는 건넛말 일갓집 뽕을 얻어다 먹이었으나 그것도 이제는 발가숭이가 되게 되었다.

인제는 뽕을 사다 먹이는 수밖에 없게 되었다. 그러나 사다가 먹이자면 돈이 든다.

주인 노파는 담뱃대를 물고서 생각하여 보았다.

'개량 뽕이 좋기는 좋지마는 돈을 여간 받아야지. 그리고 일일이 사서 먹이려다가는 뽕값으로 다 집어먹고 남는 것이 어디 있나.'

노파 생각에는 돈 한 푼 안 들이고 공짜로 누에를 땄으면 좋을 것이다. 돈 한 푼을 들인다 하면 그 한 푼이 전 수확에서 나오는 이익의 전부같이 생각되어 못 견뎠다. 그뿐 아니라 자기 혼자 이익을 먹는 것 같으면 모르거니와 안협집하고 동사로 하는 것이므로 안협집이 비록 뼈가 부서지도록 일을 한다 하더라도 그 힘이 자기 주머니에서 나가는 돈 한 푼만 못해 보인다. 그래서 뽕을 어떻게 공짜로, 돈 안 들이고 얻어 올 궁리를 하고 있다가

안협집이 마침 마당으로 들어서매,

"뽕 때문에 일났구려."

하며 안협집에게는 무슨 도리가 없느냐고 물어 보았다.

"글쎄."

안협집 생각은 주인의 마음과 또 달라서 남의 주머니 돈 백 냥이 내 주머니 돈 한 냥만 못하다. 그래서 '돈 주면 살걸' 하는 듯이 심상하게 있다.

"어떻게 해서든지 구해 와야지."

서로 얼굴만 쳐다볼 때, 들에 나갔던 삼돌이란 놈이 툭 튀어 들어오다가 이 소리를 듣더니 제 딴은 동정하는 표정으로,

"그것 일났쇠다. 어떻게 하나……."

한참 허리를 짚고 생각을 해 보더니,

"헝! 참 그 뽕은 좋더라마는 똑 되기를 미선 조각같이 된 놈이 기름이 지르르 흐르는데 그놈을 먹이기만 하면 고치가 차돌같이 여물 거야!"

들으라는 말인지 혼잣말인지는 모르나 한 마디를 탁 던지고 말이 없다. 귀가 반짝 띈 주인은,

"어디 그런 것이 있단 말이냐?"

하며 궁금증 난 사람처럼 묻는다.

"네, 저 새술막에 있는 뽕밭에 있는 것 말씀이오."

혹시 좋은 수가 있을까 하려다가 남의 뽕밭, 더구나 그것으로 살아가는 양잠소 뽕이라 말씨름만 하는 것이 될 것 같으므로,

"응! 나도 보았지, 그게 그렇게 잘 되었나? 잘 되었겠지. 그렇지만 그런 것이야 짐으로 있으면 무엇 하니."

"언제 보셨어요?"

"보기야 여러 번 보았지. 올 봄에 두릅 따러 갔다가도 보고."

삼돌이란 놈이 한참 있다가 싱긋 웃더니 은근하게,

"쥔마님! 제가 뽕을 한 짐 져다 드릴 것이니 탁주 많이 먹이시렵니까?"

듣던 중에도 그렇게 반가운 소리가 또 어디 있으랴.

"작히 좋으랴. 따오기만 하면 탁주에다 젓이라도 담그마."

귀찮스런 삼돌이도 이런 때는 쓸 만하다는 듯이 안협집도 환심 얻으려는 듯한 웃음을 웃으며 삼돌이를 보았다. 삼돌이는 사내자식의 솜씨를 네 앞에 보여 주리라 하는 듯이 기운이 나며 만족하였다.

그 날 밤 저녁을 먹고 자정 때나 되더니 삼돌이는 눈을 비비며 일어나서 문 밖으로 나갔다. 나갔다가 한 두어 시간 만에 무엇인지 지고 오더니 그것을 뒤꼍 건넌방 뒤 창 밑에 뭉뚱그려 놓았다. 이튿날 보니까 딴은 미선쪽 같은 기름이 흐르는 뽕잎이었다.

"어디서 났을꼬?"

주인하고 안협집은 수군수군하였다.

"그 녀석이 밤에 도둑질을 해 온 게지? 뽕은 참 좋소, 그렇지?"

"참 좋쇠다. 날마다 이만큼씩만 가져오면 넉넉히 먹이겠쇠다."

두 사람은 뽕을 또 따오지 않을까 보아서 아무 말도 아니 하고,

"참 뽕 좋더라. 오늘도 좀 또 따오렴."

하고 충동인다. 놈은 두 손을 내저으며,

"쉬, 떠드시지 맙쇼. 큰일나죠. 그것이 그렇게 쉬워서야 그 노릇만 하게요. 까딱 하다가는 다리 마디가 두 동강이 날걸요."

도둑해 온 삼돌이나 받아들인 두 사람이나 도둑질 왜 했소! 하는 말은 없으나 서로 알고 있다.[5]

중요 어구 풀이

5) 말은 없으나 서로 알고 있다 : 삼돌이가 도둑질로 뽕을 구해 오는 것을 알고 있으나 자신들의 이익 때문에 이를 용인하는 주인마누라와 안협집. 이심전심(以心傳心).

그러자 하루는 주인이 안협집더러,

"여보, 이번에는 임자가 하루 저녁 가 보구려. 그놈이 혹시 못 가게 되더래도 임자가 대신 갈 수 있지 않수. 또 고삐가 길면은 바래인다구 무슨 일이 있을는지 모르니 임자가 둘이 가서 한몫 많이 따오는 것이 좋지 않수."

안협집이 삼돌이를 꺼리는 줄 알지마는 제 욕심에 입맛이 달아서 자꾸자꾸 충동인다.

"따다가 잡히면 어찌하구유."

"무얼! 밤중에 누가 알우? 그리고 혼자 가라오, 삼돌이란 놈하고 가랬지."

"글쎄, 운이 글러서 잡히거나 하면 욕이지요."

잡히는 것보다도 안협집의 걱정은 보기도 싫은 삼돌이란 녀석하고 밤중에 무인지경[6]에를 같이 가라니 그것이 딱한 일이다.

안협집의 정조가 헤프기로 유명한 만치 또 매몰스럽기도 유명하여 한 번 맘에 들지 않은 것은 죽어도 막무가내다. 그것은 만냥 금을 주어도 거들떠보지도 아니한다. 그런데 삼돌이가 그 중에 하나를 참례하여 간장을 태우는 모양이다.

안협집은 생각하고 생각하여 결심해 버렸다.

"빌어먹을 녀석이 그 따위 맘을 먹거든 저 죽이고 나 죽지. 내 기운은 없어도……."

하고 쌀쌀하게 눈을 가로 뜨고 맘을 다가 먹었다. 그리고는 뽕을 따러 가기로 하였다.

삼돌이는 어깨에서 춤이 저절로 추어진다.

'애, 이것이 정말인가, 거짓말인가? 이제는 때가 왔구나. 인제는 제가 꼭

중요 어구 풀이

6) 무인지경 : 사람이 살고 있지 않는 외진 곳.

당했지.'

놈이 신이 나서 저녁 먹고, 마당 쓸고, 소 여물 주고, 도야지, 병아리 새끼 다 몰아넣고, 앞뒤로 돌아다니며 씻은 듯 부신 듯 다 해 놓고, 목물하고 발 씻고, 등거리 잠뱅이까지 갈아입은 후 곰방대에 담배를 꾹꾹 눌러 듬뿍 한모금 빨아 휘──내뿜으며 시간 오기만 기다린다.

4

안협집은 보자기를 가지고 삼돌이를 따라서 뽕밭을 향하여 간다.

날이 유달리 깜깜하여 앞의 개천까지 자세히 보이지 않는다. 돌부리가 발부리를 건드리면 안협집은 에구 소리를 내며 천방지축[7]으로 다리도 건너고 논이랑도 지나고 하여 길 반쯤 왔다.

삼돌이란 놈은 속으로 궁리를 하였다.

'뽕을 따기 전에 논이랑으로 끌고 가?'

'아니지, 그러다가는 뽕두 못 따가지고 오면 어떻게 하게!'

'저도 열녀가 아닌 다음에 당하고 나면 할 말 없지. 아주 그런 버릇이 없는 년 같으면 모르거니와.'

'옳지, 수가 있어, 뽕을 잔뜩 따서 이어 주면 제가 항우의 딸년이라고 한번은 중간에서 쉬렸다. 그러거든.'

이렇게 궁리를 하다가 너무 말이 없으니까 심심파적[8]도 될 겸 또는 실없

중요 어구 풀이

7) 천방지축 : 못난 사람이 종작없이 덤벙이는 일.
8) 심심파적 : 심심풀이.

는 농담도 좀 해서 마음을 좀 떠보아 나중 성사의 전제도 만들어 놀 겸 공연히 쓸데없는 말을 지껄인다.

"삼보는 언제나 온답디까?

"몰라, 언제는 온다 간다 말이 있이 다니나."

"그래 영감은 밤낮 나돌아다니니 혼자 지내기 쓸쓸치도 않소."

놈이 모르는 것같이 새삼스럽게 시치미를 뗀다.

"별걱정 다 하네. 어서 앞서 가, 난 길이 서툴러 못 가겠으니……."

"매우 쌀쌀하구려. 나는 임자를 위해서 하는 말인데. 그렇지만 김 참봉 아들이란 쇠귀신 같은 놈이라 아무리 다녀도 잇속 없습네. 내 말이 그르지 않지."

안협집은 삼돌이가 아주 터놓고 말을 하는 것을 들으니까 분해서 뺨이라도 치고 싶었으나 그대로 참으며,

"무엇이 어째? 말이라면 다 하는 줄 아는군."

하고 뒤로 조금 떨어져 걸어갈 제 전에도 그 녀석이 미웠지마는 남의 약점을 들어 가지고 제 욕심을 채우려는 것이 더 더러웠다.

뽕밭에 왔다. 삼돌이란 놈이 철망으로 울타리 한 것을 들어 주어 안협집이 먼저 들어가고 나중으로 삼돌이란 놈은 그 무거운 다리를 성큼 하여 그 안으로 들어갔다. 들어가다가 발끝에 삭정이 가지를 밟아서 딱 우지끈 소리가 나고 조용하였다.

삼돌이는 손에 익어서 서슴지 않고 따지마는 안협집은 익지도 못한데다가 마음이 떨리고 손이 떨려서 마음대로 안 된다.

삼돌이는 뽕을 따면서도 있다가 안협집을 꾀일 궁리를 하지마는 안협집은 이것 저것을 잊어버리고 손에 닥치는 대로 뽕을 땄다.

얼마쯤 땄다. 갑자기 안협집의 뒤에서,

"누구야!"
하고 범 같은 소리를 지르는 남자 소리가 안협집의 간담을 서늘하게 하였다.

삼돌이란 놈은 길이나 되는 철망을 어느 결에 뛰어넘었는지 십여 간통이나 달아나서 안협집을 불렀다.

"어서 와요! 어서, 어서."

그러나 안협집은 다리가 떨려서 빨리 나와지지를 않는다. 그러나 죽을 힘을 다하여 달아나려고, 한아름 잔뜩 따넣었던 뽕을 내던지고 철망으로 기어 나왔다. 철망을 기어 나오기는 나왔으나 치맛자락이 걸려서 잡아당긴다. 거기에 더 질겁을 해서 그대로 쭉 찢고 나오려 할 때, 때는 이미 늦었다. 뽕 지키던 남자는 안협집을 잡았다.

"이 도둑년! 남의 뽕을 제 것같이 따가? 온 참, 이년! 며칠째냐, 벌써. 이렇게 남의 것이라고 건깡깡이[9]로 먹으면 체하지 않을 줄 알았더냐? 저리 가자."

안협집은,

"살려 주소. 제발 잘못했으니 살려만 주소. 나는 오늘이 처음이오. 저 삼돌이란 놈이 날마다 따갔지 나는 죄가 없쇠다."
하고 손이 발이 되도록 빈다.

"듣기 싫어, 이년아! 무슨 변명이냐. 육시를 하고도 남을 년 같으니. 왜, 감옥소의 콩밥 맛이 고소하더냐?"

"그저 잘못했습니다."

삼돌이는 보이지 않고 뽕지기는 안협집 손목을 끌고 뽕밭으로 들어갔다.

중요 어구 풀이

9) 건깡깡이 : 아무 목표나 별다른 재주도 없이 건성건성으로 살아감. 또는 그런 사람.

"이리 와! 외양도 반반히 생긴 년이 무엇이 할 게 없어 뽕 서리를 다녀."
하더니 성냥불을 그어 대고 안협집을 들여다보더니,

"흥."

의미 있는 웃음을 웃어 버렸다.

안협집은 이 웃음에 한가닥 희망을 얻었다.[10] 그 웃음은 안협집의 손아귀에 자리를 갖다 쥐어 준다는 웃음이다. 안협집은 따라서 방싯 웃었다. 그 웃음 한 번이 넉넉히 뽕지기의 마음을 반 이상이나 훤죽 풀어지게 하였다.

안협집은 끌려갔다.

'제가 철석 같은 간장을 가진 놈이 아닌 바에…… 한 번이면 놓아 줄 걸.'

그는 자기의 정조를 팔아서 자기의 죄를 면할 수 있음을 알았다. 그는 마지못하는 체하고 끌려갔다. 삼돌이란 놈은 멀리서 정경만 살피다가 안협집을 뽕지기가 데리고 가는 것을 보더니 두 눈에서 쌍심지가 돋았다.

'애 이놈이 호랑이 삼돌이를 모르는 모양이다. 그러나 대관절 어떻게 할 셈이냐? 이놈 안협집만 건드려 보아라. 정강마루를 두 토막에다 내놀 터이니. 오늘 밤에는 꼭 내 것이던 걸 그랬지. 어디 좀 가까이 좀 가 볼까?'

이제는 단판 씨름이라 주먹이 시비 판단을 하는 때이다. 다시 철망을 넘어서 들어갔다. 들어가서는 저쪽에서 인기척이 웅얼웅얼하더니 아무 말이 없다. 한 두서너 시간 그 넓은 뽕밭을 헤매고 또 거기 닿은 과목밭, 채마전, 나중에는 그 옆 원두막까지 가 보았다. 놈이 뽕나무밭 가운데 부풀 덤불을 보지 못한 까닭이다.[11]

중요 어구 풀이

10) 안협집은 이 웃음에 ~ 얻었다 : 안협집은 뽕을 지키던 남자가 자기에게 관심이 있음을 알고 이를 이용하려는 것이다.

그는 입맛만 다시면서 집으로 와서 주인에게 그 이야기를 했다.

노파의 눈은 등잔만해지더니 두 손, 두 다리가 사시나무 떨듯 한다.

"이거 일났구나. 어쩌면 좋단 말이냐."

좌불안석[12]을 할 제 삼돌이란 녀석은 분한 생각에 곰방대만 똑똑 떨고 앉았다.

5

그 날 새벽에 안협집이 무사히 왔다. 머리에 지푸라기가 묻고 몸 매무시가 말 아니다.

"에그, 어떻게 왔어! 응?"

주인은 눈에 눈물이 괴어서 어루만진다.

"무얼 어떻게 와요? 밤새도록 놈하고 승강이를 하다가 그대로 왔지."

"그대로 놓아 주던가?"

"놓아 주지 않고, 붙잡아 두면 어찌할 테야?"

일이 너무 싱겁다. 삼돌이 놈만 혼잣말처럼,

"내가 잡혔더면 콩밥을 먹었을걸. 여편네니까 무사했지."

주인은 그래도 미진해서,

"그래, 잘 놓아 주었으니 다행이지. 그러나저러나 뽕은 어떻게 되었소."

중요 어구 풀이

11) 놈이 뽕나무밭 ~ 까닭이다 : 이를 통해 안협집과 뽕을 지키던 남자가 부풀 덤불에서 정을 통함을 알 수 있다.

12) 좌불안석 : 앉아도 자리가 편안하지 않다는 뜻으로, 마음이 불안하거나 걱정스러워서 한군데에 가만히 앉아 있지 못하고 안절부절못하는 모양을 이르는 말.

"다 뺏겼죠!"

"인제는 아무 일 없겠소?"

"일이 무슨 일예요."

그 날 밤에 삼돌이란 놈은 혼자 앉아서 생각하기를, '복 없는 놈은 하는 수가 없거든. 그러나 내가 다 눈치를 채었으니까, 노름꾼 놈이 오거든 이르겠다고 위협을 하면 년도 발이 저려서 그대로는 못 있지. 내 입을 안 씻기고 될 줄 아는 게로구먼.'

그 후부터는 삼돌이란 놈이 안협집을 보고는,

"뽕지기 놈 보고 싶지 않습나?"

하고 오며 가며 맞대 놓고 빈정대기도 하고 빗대 놓고도 비웃는다.

"뽕이나 또 따러 가소."

이러는 바람에 온 동리에서 다 알았다. 안협집은 분해서 죽겠는데 하루는 삼돌이란 놈이 막 안협집이 이불을 펴고 누우려는데 찾아와서 추근추근 가지도 않고,

"삼보 김 서방이 올 때도 되었습네그려."

하며 눈치를 본다. 안협집은 졸음이 와서 눈꺼풀이 뻣뻣하여 오는데 삼돌이란 놈이 가지도 않는 것이 귀찮아서,

"누가 아우. 오고 싶으면 오고 가고 싶으면 가겠지."

하고 담벼락에 비스듬히 기대앉는다.

삼돌이의 눈에는 그 고단해하면서 비스듬히 누워서 눈을 감을랑말랑 한 안협집의 목덜미 살짝 밑이며 볼그레한 두 볼이 몹시 정욕을 일으켰다.

그래서 차츰차츰 말소리가 음흉해 간다.

"임자는 사람을 너무 가려 봅디다. 그러지 마슈. 나도 지금은 남의 집 머슴 놈이지마는 안집 지체라든지 젊었을 적에는 그래도 행세하는 집에서 났

더라우. 지금은 그놈의 원수스런 돈 때문에 이렇게 되었지마는."
하고 말을 건네려 하는데, 안협집은 별 시러베자식 다 보겠다는 듯이 대답이 없다.

"자, 그럴 것 있소. 오늘은 내 청을 한 번 들어주소그려."
하고 바싹 달려드는 바람에 반쯤 감았던 안협집의 눈은 똥그래지며 어느 결에 삼돌의 뺨에 손뼉이 올라가 정월의 떡치듯 철썩 한다.

"이놈! 아무리 쌍녀석이기로 이게 무슨 버르장머리냐, 냉큼 나가거라!"
하고 호령이 추상 같다. 삼돌이란 놈은 따귀를 비비면서 성이 꼭두까지 일어나서,

"무엇이 어쩌고 어째. 흥! 어디 또 한 번 때려 봐라."

일이 이렇게 되었으니 자기가 하려던 것은 이루고 마는 것이 상책이다. 이래도 소문은 날 것이요, 저래도 소문은 날 것이니 이왕이면 만족이나 채우고 소문이 나더라도 나는 것이 자기에게는 이로울 것 같았다.

더구나 안협집으로 말을 하면 온 동리에서 판박아 놓은 화냥년이니 한 번 화냥이나 두 번 화냥이나, 남이나 내가 무엇이 다를 것이 있으랴 하는 생각이 났다. 도리어 자기의 만족을 한 번 얻는 것이 사내자식으로서의 일종의 자랑인 것같이 생각되었다.

그는 두 팔로 안협집을 힘껏 껴안고,

"내가 호랑이 삼돌이다! 네가 만일 내 말을 들으면 무사하지만 그렇지 않으면 그대로 두지는 않을 터이야! 너, 네 남편이 오기만 하면 모조리 꼬아바칠 터이야! 뽕 따러 갔던 날 일까지 모조리!"

무식한 놈이라 야비한 곳이 있다. 안협집은 그 소리가 얼마나 사내답지 못하였는지 알 수 없었다. 쇠같은 팔이 자기 허리를 누를 때 눈을 감고 한 번만 허락할까 하려다가 그 말을 듣고서 고만 침을 얼굴에 뱉었다.

"이 더러운 녀석! 네가 그까짓 것으로 나를 위협한다고 말을 들을 줄 아니."

하고 소리를 질렀다. 삼돌이는 손으로 안협집의 입을 막았으나 때는 늦었다. 마침 마을 다녀오던 이장의 동생이 이 소리를 듣고 문을 열었다.

삼돌이란 놈은 무안해서 얼굴이 붉어지며 안협집을 놓았다. 안협집은 분해서 색색하며,

"저놈 보시소. 아닌밤중에 혼자 자는데 와서 귀찮게 굽니다. 저 죽일 놈이오. 좀 끌어내다 중치[13]를 좀 해 주시오."

이장의 동생은 안협집의 행실을 아는 고로 삼돌이만 보내려고,

"이놈이 할 일이 없거든 자빠져 자기나 하지, 왜 아닌밤중에 남의 계집의 방에서 지랄이야? 냉큼 네 집으로 가거라!"

두 눈이 등잔만하여진다.

"네, 그런 게 아니라, 실없이 기롱[14]을 좀 했삽더니……."

"듣기 싫여! 공연히 어름어름하면서, 이놈아, 너는 사람을 죽여도 기롱으로 아느냐?"

삼돌이는 쫓겨났다. 이장의 동생은 포달[15]을 부리며 푸념을 하는 안협집을 향하여,

"젊은 것이 늦도록 사내녀석들을 방에다 붙이니까 그런 꼴을 당하지."

"누가요?"

"고만둬! 어서 잠이나 자."

하며 문을 닫쳐 주고 가 버렸다.

중요 어구 풀이

13) 중치 : 엄중히 다스림. 엄격하게 처벌하다.
14) 기롱 : 남을 속이거나 비웃으며 놀리다.
15) 포달 : 암상이 나서 악을 쓰고 함부로 욕을 하며 대드는 일.

6

삼돌이는 앙심을 먹었다. 안협집을 어떻게 해서든지 한 번 골리리라는 생각이 가슴 속에 탱중하였다.

안협집은 독이 났다. 삼돌이란 놈 분풀이를 하려는 생각이 머리끝까지 올라왔다.

이튿날 동리에 소문이 났다.

"삼돌이란 놈이 뺨을 맞았다지! 녀석이 음침하니까."

"그렇지만 계집년이 단정하면 감히 그런 맘을 먹을라구!"

"그렇구말구! 제 행실야 판에 박은 행실이니까."

"지가 먼저 꼬리를 쳤던 게지."

이 소리가 바람에 떠돌아 오자 안협집은 분하였다. 요조숙녀보다도 빙설 같은 여자인데 이런 누추한 소문을 듣는 것 같았다.[16] 맘에 드는 서방질은 부정한 일이 아니요, 죄가 아니요, 모욕이 아니나 마음에 없는 놈에게 그런 소리를 듣고 당하는 것은 무서운 모욕 같았다.

그는 그 길로 삼돌의 주인마누라에게로 갔다.

"삼돌이란 녀석을 내쫓이소."

주인은 벌써 알아채었으나 안협집 편은 안 들었다. 다만 어루만지는 수작으로,

"무얼 내쫓을 것까지 있소. 그만 일에…… 그저 눈감아 두지."

"왜 눈을 감는단 말이오?"

중요 어구 풀이

16) 요조숙녀보다도 빙설 ~ 같았다 : 싫은 사람에게는 매몰스러운 안협집으로서는 삼돌이와의 소문이 매우 억울하다.

주인은 속으로 웃었다. '소 한 필을 달라면 줄지언정 삼돌이를 내놔?' 하였다.

"내쫓아선 무얼 하우, 또."

'어림없는 년! 네가 떠들면 떠들수록 네 밑구멍 들춰서 남 보이는 것이라.'[17]는 듯이 쳐다보며 맨 나중으로 아주 잘라 말을 해 버렸다.

"나는 못 내보내겠소."

안협집은 분해서 집에 와서 머리를 쥐어뜯으며 울었다.

그리고 또 결심했다.

'두구 봐라. 너희들까지 삼돌이를 싸고도니! 영감만 와 봐라.'

하루는, 딴은 영감이 왔다. 안협집은 곤두박질을 하면서 맞았다.

"에그, 어서 오슈."

노름꾼 김삼보는 눈이 똥그래졌다. 무슨 큰 좋은 일이나 생긴 것 같았다. 딴 때와 유달리 반가워하는 것이 의심스럽고 이상하였다.

방에 들어앉자마자 얼마나 땄느냐는 말도 물어 보지 않고 삼돌이란 놈에게 욕 당할 뻔하였다는 말을 넋두리하듯 이야기하였다.

"사람이 분해서 죽겠구려. 이것도 모두 영감 잘못 둔 탓이야. 오죽 영감이 위엄이 없어 보이면 그 따위 녀석이 그런 짓을 할라고…… 영감이라고 있으나 마찬가지지, 일 년 열두 달 계집이 죽거나 살거나 내버려 두고 돌아만 다니니까."

영감은 픽 웃었다.

"왜 내 잘못인가. 오죽 행실을 잘 가지면 그 따위 녀석에게 그 꼴을 당한

중요 어구 풀이

17) 네가 떠들면 ~ 것이라 : 주인은 안협집이 삼돌이와의 관계에 대해 이야기하면 할수록 안협집에 대한 소문만 안 좋아질 것이라고 생각한다.

담."

김삼보는 분이 나지 않는 것도 아니었다. 그러나 계집의 소행을 짐작도 하려니와 그놈의 주먹도 아니 생각할 수가 없었다. 계집이 먹여 살리라는 말이 없고 이혼하자는 말만 없는 것이 다행해서 서방질을 해도 눈을 감아 주고 무슨 짓을 하든지 그저 코대답만 하여 주는 터이라 그런 소리가 귓전으로 들릴 뿐이다.[18]

"내가 행실 잘못 가진 게 무어요?"

안협집은 분풀이라도 하여 줄 줄 알았더니 도리어 타박을 주므로 분한데 악이 났다.

"글쎄 무어야! 무엇? 어디 대 봐요! 임자가 내 행실 그른 것을 보았소. 어디 보았거든 본 대로 말을 하시우."

딴은 김삼보는 집어서 말할 것이 없었다. 그는 그저 그런 눈치만 채었지, 반박할 증거는 잡은 것이 없다.

"본 거나 다름없지!"

"무엇이 본 거나 다름없어? 일 년 열두 달 계집이 죽거나 살거나 내버려 두었다가 이제 와서 한다는 소리가 그것밖에 없어? 살기가 싫거든 그대로 살기 싫다고 그래! 사내답게. 왜 고만 냄새가 나지? 또 어디다가 계집을 얻어 논 게지."

"이년이 뒈지지를 못해서 기를 쓰나?"

"그렇다, 이놈아! 네까짓 녀석 아니면 서방 없을까 봐 그러니, 더러운 녀석!"

김삼보의 주먹은 안협집의 등줄기를 후렸다.

중요 어구 풀이

18) 계집이 먹여 ~ 들릴뿐이다 : 삼보는 안협집에게서 부부의 정을 못 느끼고 있다.

"이년, 그래도 잔소리야. 주둥이 좀 닫치지 못하겠니."

이렇게 서로 툭닥거리며 싸우는 판에 뒷집에서 삼돌이란 놈이 이 소리를 듣고서 가장 긴한 척하고 따라왔다.

"삼보 김 서방, 언제 오셨소?"

하고 마당에 들어섰다. 김삼보는 그놈의 상판을 보니까 참았던 분이 꼭두까지 올라온다. 삼돌이는 제법 웃음을 띄우고,

"허허, 오래간만에 만나세서 내외분 싸움이 웬일이시우?"

어디서 한잔을 하였는지 얼굴이 불콰하다.

김삼보는 눈을 흘겨 뚫어지도록 삼돌이를 쳐다보았다.

"이놈아! 남이 내외 싸움을 하든 말든 참견이 무어야?"

삼돌이란 놈은 주춤하였다. 그는 비지 같은 눈꼽이 낀 눈을 꿈벅꿈벅하더니,

"그렇게 역정 내실 것 무엇 있수. 말 좀 했기로……."

"이놈아, 네가 아랑곳할 게 무어야?"

"아랑곳은 할 것 없어도 흥정은 붙이고 싸움은 말리랬으니까 말이오. 나는 싸움 좀 못 말린단 말이오?"

하고 술 냄새를 풍기며 다가앉는다.

"이놈아, 술을 먹었거든 곱게 삭여!"

이번에는 삼돌이란 놈이 빌붙는다.

"나, 술 먹고 어찌하든 김 서방이 관계할 게 무어요."

"이놈아! 남의 내외 싸움에 참견을 하니까 그렇지."

주고받다가 삼돌이의 멱살을 김삼보가 쥐었다.

"이 녀석, 네가 무슨 뻔뻔으로 이 따위 수작이냐? 내 계집 이놈 왜 건드렸니?"

삼돌이는 조금 발이 저렸으나 속으로 흥 하고 웃었다.

"요까짓 게 누구 멱살을 쥐어? 앙징하게."[19]

하더니 김삼보의 팔을 잡아 마당에다가 내려갈기니 개구리 떨어지듯 캑 한다.

"요놈의 자식아! 내 말을 좀 들어 보고 말을 해! 네 계집 험절을 모르고 댐비기만 하면 강산이냐? 이 동리 반반한 사내 양반 쳐놓고 네 계집 건드리지 않은 놈이 없다. 이놈! 꼭 집어 말을 하라면 위에서 아래로 내리섬기마. 이놈, 너도 계집 덕분에 노자랑 노름 밑천 푼 좋이 얻어 썼지. 그래 집이라고 오면서 볼받은 것이나마 옥양목 버선 벌이나 얻어 가지고 가는 것은 모두 어디서 나온 것으로 아니? 요 땅딸보 오리궁둥아! 아무리 속이 밴댕이 같기로.[20] 그리고 또 들어 봐라. 나중에는 주워 먹다 못해서 뽕지기까지 주워 먹었다."

안협집이 파래서 달려든다.

"이놈! 네가 보았니!"

"보나 안 보나 일반이지."

"이 녀석, 네 말을 듣지 않으니까 된 말 안 된 말 주둥이질을 하는구나."

동리 사람들이 모여들었다. 안협집은 삼돌이에게 발악을 하고 김삼보는 듣고만 있다.

한참 있더니 듣다듣다 못하는 듯이 삼돌이란 놈이 안협집에게로 달려들며,

"이년이 뒈지려고 기를 쓰나?"

중요 어구 풀이

19) 앙징하게 : '앙증하게'의 잘못. 제격에 어울리지 아니하게 작다.
20) 아무리 속이 밴댕이 같기로 : 아주 좁고 얕은 심지(心志)를 비유적으로 이르는 말.

하고 주먹을 들었다. 동리 사람들이 호령을 하고 말렸다.

"이놈! 저리 얼른 가거라!"

이놈은 변명을 하며 뻗딩겼다. 그러나 여러 사람에게 끌려 저리로 가 버렸다.

사람이 헤어지자 노름꾼은 계집의 머리채를 잡았다.

그는 삼돌이에게 태질을 당한 것이 분하였다. 그뿐 아니라 그렇게까지 계집년의 행실을 온 동리에서 아는 것이 분명하였다.

"이년! 더러운 년! 뽕밭에는 몇 번이나 갔니?"

발길로 지르고 주먹으로 패고 머리채를 잡아당기고 땅에다 질질 끌었다. 그는 이를 갈고 어쩔 줄을 몰랐다. 계집은 울고 발버둥질을 쳤다.

"죽여라! 죽여!"

"그럼 살려 줄 줄 아니? 이년! 들어앉아서 하는 게 그런 짓밖에는 없어."

김삼보는 자기의 무딘 팔다리가 계집의 따뜻하고 연한 몸에 닿을 때에 적지 않은 쾌감을 느끼었다. 그는 그럴수록 더 힘을 주어 때리도록 속에 숨겨 있던 잔인성이 북받쳐 올라왔다. 맞은 안협집은 당장에 죽을 것 같았다. 그는 생각하기를 이왕 이리된 바에야 모두 말해 버리고 저하고 갈라서면 고만이지 언제는 귀밑머리 풀고, 사주단자 보내고, 사당에 예배드린 내외냐. 저는 저고 나는 난데, 왜 이렇게 때리노? 하는 맘이 나며,

"이것 놔라! 내 말하마!"

하고 머리를 붙잡았다.

"뽕밭에는 한 번밖에 안 갔다. 어쩔 테냐?"

삼보는 더욱 머리채를 잡아챘다.

"이년! 한 번?"

이번에는 더 때렸다. 안협집은 말한 것이 후회가 났다. 삼보는 그래도 거

짓말을 한다고 그대로 엎어 놓고 짓밟았다. 안협집은 기절을 하였다. 삼보는 귀로 안협집의 숨소리를 들어 보았다. 그러나 숨소리가 없다. 그는 기겁을 하여 약국으로 갔다. 그의 팔다리는 떨렸다. 그가 의사에게서 약을 지어 가지고 왔을 때 안협집은 일어나 앉아 있었다. 삼보는 반가웁기도 하고 분하기도 하여 약을 마당에 팽개쳤다. 그리고 밤새도록 서로 말이 없었다. 이튿날은 벙어리들 모양으로 말이 없이 서로 앉아 밥을 먹고, 서로 앉아 쳐다보고, 서로 말만 없이 옷도 주고받아 갈아입고 하루를 더 묵어 삼보는 또 가 버렸다. 안협집은 여전히 동리집 공청 사랑에서 잠을 잤다. 누에는 따서 삼십 원씩 나눠 먹었다.

작품 이해 및 논술 다지기

 핵심 정리

- 갈래 : 단편 소설
- 시점 : 3인칭 전지적 작가 시점
- 배경 : 시간적—일제 식민지 시대
  공간적—강원도 철원
- 구성 : 순행적 구성
- 제재 : 성에 대한 잘못된 인식을 지닌 인물들의 삶의 모습
- 주제 : 탐욕적 본능과 물질적 욕구가 빚어 낸 윤리 의식의 타락 및 비정상적인 부부 관계

구성 단계

- 발단 : 김삼보와 안협집이 부부가 된 사연 소개.
- 전개 : 안협집에 욕심을 내는 삼돌이와 삼돌이의 주인마누라와 함께 뽕을 치는 안협집.
- 위기 : 함께 뽕을 따다가 안협집을 범하려 하나 뜻을 이루지 못하는 삼돌이.
- 절정 : 안협집의 행각을 삼보에게 알려 주는 삼돌이와 안협집을 무자비하

게 구타하는 삼보.
- 결말 : 싸움 후 아무 말 없이 밥을 먹는 삼보와 안협집.

등장 인물

- 안협집 : 인물이 고운 대신 정조 관념이 희박한 여인.
- 김삼보 : 안협집의 남편. 아편쟁이이며 노름꾼으로, 돈만 생기면 아내의 부정까지 눈감아 주는 타락한 인간.
- 삼돌이 : 뒷집 머슴. 힘이 세어서 '호랑이 삼돌이' 라고 불리우는 난봉꾼. 안협집의 약점을 이용해 자신의 성적(性的) 욕망을 채우려는 인물.

줄거리

안협집은 인물이 고운 대신 무식하고 돈만 알아 정조 관념이 희박한 여자이다. 그의 남편 김삼보는 노름에 미쳐 가정에는 무관심하고 아내의 부도덕적인 행실을 눈감아 준다. 안협집은 돈 있는 남자와 어울려 아무에게나 몸을 팔며 지낸다. 삼돌이는 안협집에게 흑심을 가지고 있다. 어느 날 삼돌이는 안협집과 함께 남의 뽕을 훔치러 가서 뽕밭지기에게 들킨다. 그는 도망가지만, 안협집은 잡혀 몸을 팔게 된다. 삼돌이는 자신의 마음을 안협집이 받아들여 주지 않자 앙갚음으로 뽕밭 사건을 김삼보에게 이른다.

격분한 김삼보는 안협집에게 뽕밭에 몇번이나 갔냐며 다그치면서 그녀를 무자비하게 구타한다. 그러나 다음 날, 서로 아무런 말이 없이 하루를 지내고 그 이튿날 삼보는 떠나 버리고, 안협집은 여전히 동네 공청집 사랑에서 잠을 잔다. 주인집과 함께 치던 누에를 따서 삼십 원씩 나눠 먹는다.

이해와 감상

〈뽕〉은 나도향의 사실주의를 대표하는 작품이다. 성(性)을 둘러싼 남녀 간의 풍속도를 그린 작품으로 탐욕이 빚어 낸 윤리 의식의 타락과 비정상적인 부부 관계를 그리고 있다. 노름꾼 김삼보의 아내인 안협집은 정조 관념이 거의 없는 여자이다. 그녀는 돈 있는 사람이면 누구에게나 자신의 정조를 팔며 살아가는 인물이다. 어느 날 그녀는 뒷집 머슴인 삼돌이와 남의 뽕을 훔치러 갔다가 들켜 뽕밭지기에게 몸을 맡긴다. 평소에 안협집을 좋아하던 삼돌이는 뽕밭 사건을 그의 남편에게 고하고, 남편은 안협집을 구타한다. 이 작품에 나오는 인물들은 모두 윤리 의식을 제대로 가지고 있지 않다.

이처럼, '뽕' 은 본능과 물질적 욕구에 의해 행동하는 인물들이 작품 전편을 채우고 있다. 이는 작가가 이같이 추악한 모습을 현실의 모습으로 파악한 결과라 할 수 있고, 서사 구조가 비극적 결말이 아님이 이를 다시 뒷받침한다. 주인공들은 무지하기 때문에 자신들이 당면한 가난의 근원이 무엇인지 모르고, 또 알려고 하지도 않는다. 손쉬운 교환 가치로서의 성, 본능 충족 수단으로서의 성에 탐닉한다. 윤리 의식이 없이 본능 추구를 계속하는 등장 인물들을 냉정하고 객관적인 시각으로 따라가는 이 작품은 나도향이 도달한 사실주의의 극치라 할 수 있다.

작가 소개

나도향(1902~1927)

본명은 나경손. 나도향 이외의 다른 필명은 나빈(羅彬). 호는 은하(隱荷), 소정지옹(笑亭之翁). 서울 출생. 배재 고보 졸업 후 경성 의전에 입학했다가 일본으로 건너감. 귀국 후 1년 간 보통학교 교원으로 근무하기도 하고, 1922년에는 홍사용·이상화·박종화 등과 함께 문예 동인지 《백조》 발간. 《백조》 1호에

〈젊은이의 시절〉을 발표함으로써 정식으로 등단. 그의 초기 작품들은 병적인 낭만성과 환상으로 덮여 있었으나, 〈여이발사〉, 〈전하 차장의 일기 몇 절〉 등에 이르러서는 자연주의적인 냉정한 관찰 정신이 나타나게 됨. 〈벙어리 삼룡이〉, 〈물레방아〉 등에서는 현실을 비판하는 낭만주의적 정신을 보여 주기도 함.

연관 작품 더 읽기

- 〈물레방아〉(나도향) : 가난 때문에 자신의 아내를 주인에게 빼앗긴 머슴의 이야기를 형상화한 작품으로 당시 농촌의 풍속을 보여 준다. 신분과 성, 그리고 가난 문제를 다룸으로써 계급 의식과 본능 의식을 사실적으로 묘사한 작품이다.
- 〈감자〉(김동인) : 칠성문 밖 빈민굴이라는 배경 하에서 복녀라는 인물이 도덕적 금기를 일탈하고 타락해 가는 모습을 드러낸 작품이다. 도덕성을 중요시하는 복녀가 가난한 현실 속에서 도덕성을 상실한 여자로 변하는 과정을 보여 주고 있다. 즉 한 인간의 성격은 가난한 현실에 의해, 환경에 의해 결정된다는 환경 결정론을 보여 주는 작품이다.

좀더 알아보기

- 한국의 낭만주의 문학 : 1920년대 이상화, 나도향, 박종화 등이 창간한 《백조(白潮)》를 중심으로 일기 시작했다. 1919년 3·1 운동 이후 국민적 희망을 잃고 식민지 지배하에 놓이게 된 문인들은 실의와 허탈에 빠져 자포자기적이고 퇴폐주의적인 문학을 낳았다. 《백조》에 앞서 발간된 《폐허(廢墟)》지에서 염상섭·김억 등의 문인들은 퇴폐 문학의 지양을 부르짖기도 하였으나 당시의 시인들, 특히 오상순·황석우 등의 작품에는 퇴폐

적·허무적·유미적 색채가 짙었고, 이런 경향이 마침내 낭만주의 문학의 온상을 이루게 되었다.

논술 맛보기

1. 이 작품에 등장하는 인물들이 지닌 가치관은 무엇인가?

⇨ 이 작품에서 등장하는 인물들은 가난에 시달리면서 살아가는 인간들로 윤리 의식보다는 물질적 욕망, 성적 본능에 충실한다. 특히 작품의 주인공 중 한 명인 안협집에게는 물질적 욕망과 성적 본능이 결합되어 있다. 그녀에게 성이란 본능 충족의 수단이자 손쉽게 물질적 이득을 취할 수 있는 수단인 것이다. 작가는 윤리 의식이 없이 본능만을 추구하는 등장 인물들을 객관적인 시각으로 따라가고 있다.

2. 이 작품에서 설정된 안협집과 삼돌이의 관계를 아이러니한 관계로 볼 수 있다면 그 이유는 무엇인가?

⇨ 이 작품에서 안협집은 정조 관념이 없는 여자이며 삼돌이는 난봉꾼이다. 때문에 두 사람의 성적 접촉은 아주 자연스럽게 여겨진다. 하지만 안협집은 이상하게 삼돌이를 매우 싫어하며, 따라서 두 사람의 관계는 번번이 어긋난다. 이런 점은 두 사람에 대한 독자의 예상과 배치되며, 여기에서 아이러니가 발생한다.

3. 이 작품이 보이는 언어적 특징은 무엇인가?

⇨ 이 작품에서는 속된 말과 욕설 등 저급한 언어 표현이 두드러진다. 이러한 언어 표현은 등장 인물들의 생활상을 보다 사실적으로 드러낸다. 즉 작품이 보이는 언어적 특징은 등장 인물들의 물질 지향적 면모와 성적 문란과 성격상 유사점을 지니며 하층민의 삶과 관련된 풍속을 드러내는 효과를 발휘한다.

논술 다지기

다음 제시문에는 돈이 중심적 가치로 자리잡는 현상에 대한 비판적 견해가 나타나 있다. 이러한 견해를 참조하여 〈뽕〉의 등장 인물들의 행동에 대하여 비판적으로 논술하라.

돈이면 무엇이든 살 수 있다는 생각은 곧 돈을 얻기 위해서는 무엇이든 팔 수 있다는 생각과 맞물려 있다. 이런 생각들이 지배적인 사회에서는 인간의 존엄성과 가치마저 돈 앞에서 무력해지는 현상을 종종 볼 수 있다. 더 많은 돈을 상속받고자 하는 욕심에 형제들과 다투고 부모를 저버리는 자식들, 돈 많은 집안에 시집 보낼 욕심에 딸의 손을 잡고 성형외과를 찾아 소위 '포장용 얼굴'을 만들어 주는 부모들, 돈을 받고 군대에 가지 않아도 될 만한 이유를 거짓으로 작성해 주는 사람들……. 그러나 이들이 돈 때문에 팔아 버린 가치들을 과연 돈을 주고 다시 되살 수 있을 것인지는 의심해 볼 만한 문제이다.

예시 답안

〈뽕〉의 등장 인물들은 성에 대한 잘못된 인식을 드러내고 있다는 점에서 공통점을 지니고 있다. 이들은 성을 사랑이나 친밀감의 표현, 혹은 가문을 번창하게 하는 수단 등 상식적인 의미에서 이해하지 않는다.

우선 '안협집'은 남편이 있는데도 불구하고 빈번하게 다른 남자들과 성적 관계를 맺으며, 그 대가로 돈을 받는다. 즉 그녀는 개인의 양심과 감정에는 별 관심 없이 그저 성을 통해 경제적 가치를 추구하는 것이다. 이러한 사고방식은 제시문에서도 드러나듯 경제적 풍요를 위해서는 무엇이든 지불할 수 있다는 식의 물질중심주의적 사고 방식과 맞닿아 있다.

이러한 모습은 안협집의 남편인 김삼보에게서도 드러난다. 그는 아내가 부정한 행위를 통해 벌어 온 돈이 탐이 난 나머지 안협집이 자신을 속이고 문란한 생활을 벌이고 있는 현실을 외면하는 인물이다. 그 자신 역시 노름으로 돈을 번다는 핑계로 아내를 보살피고 아껴 주어야 할 남편의 역할을 저버리고만 인물이기도 하다. 애정과 믿음으로 충만해야 할 부부의 모습이 물질적 가치를 추구하기 위한 잘못된 사고방식 때문에 파괴된 것이다.

안협집에게 흑심을 품은 '삼돌이' 역시 안협집의 의사와는 무관하게 자신의 욕심만을 추구한다는 점에서 문제가 있다. 또한 그 역시 남의 집 밭에서 뽕나무 잎을 훔쳐 오기까지 할 만큼 경제적 가치를 추구하는 것에 경도된 인물이다. 안협집이 위기에 빠진 순간까지 그녀를 도와 줄 생각은커녕 자신의 욕심을 채울 생각에만 빠져 있다는 점에서 그 역시 인간이 지녀야 할 윤리적 감각과 정서적 공감 능력을 결여하고 있는 인물이라 할 수 있는 것이다.

성을 개인이 지니고 있는 고유한 개성이자 인간으로서의 자연스런 본성의 일부라고 볼 때, 이를 돈과 맞바꾸는 행위는 결코 바람직하지 않다는 생각이 든다. 양심과 감정, 성 등 인간으로서 존중받아야 할 부분들을 돈 때문에 버리는 현실은 인간의 존엄성을 돈 앞에서 무력화시키는 결과로 이어지고 말 것이다. 〈뽕〉의 인물들이 보여 주는 모습은 인간이 인간으로서 살아가기 위해 가장 중요한 조건이 과연 돈일지에 대해 진지하게 생각해 보게 한다.

B사감과 러브 레터

현진건

작품을 읽기 전에

〈B사감과 러브 레터〉는 현진건이 《조선 문단(1925. 2.)》에 발표한 작품으로, 당시 사회 현실에 대한 날카로운 비판과 함께 경쾌한 희극미를 지니고 있다. 이 소설의 기법적 특징에 유의하면서 작품을 읽어 보자.

B사감과 러브 레터

C여학교에서 교원 겸 기숙사 사감 노릇을 하는 B여사라면 딱장대요 독신주의자요 찰진 야소꾼[1]으로 유명하다. 사십에 가까운 노처녀인 그는 주근깨투성이 얼굴이 처녀다운 맛이란 약에 쓰려도 찾을 수 없을 뿐 아니라, 시들고 거칠고 마르고 누렇게 뜬 품이 곰팡이 슬은 굴비를 생각나게 한다.

여러 겹 주름이 잡힌 훨렁 벗겨진 이마라든지, 숱이 적어서 법대로 쪽지거나 틀어 올리지를 못하고 엉성하게 그냥 빗어 넘긴 머리꼬리가 뒤통수에 염소똥만하게 붙은 것이라든지 벌써 늙어 가는 자취를 감출 길이 없었다. 뾰족한 입을 앙다물고 돋보기 너머로 쌀쌀한 눈이 노릴 때엔 기숙생들이 오싹하고 몸서리를 치리만큼 그는 엄격하고 매서웠다.[2]

중요 어구 풀이

1) 야소꾼 : 기독교 신자를 낮춰 부르는 말.

이 B여사가 질겁을 하다시피 싫어하고 미워하는 것은 소위 러브 레터였다. 여학교 기숙사라면 으레 그런 편지가 많이 오는 것이지만 학교로도 유명하고 또 아름다운 여학생이 많은 탓인지 모르되 하루에도 몇 장씩 죽느니 사느니 하는 사랑 타령이 날아 들어왔다. 기숙생에게 오는 사신을 일일이 검토하는 터이니까 그 따위 편지도 물론 B여사의 손에 떨어진다. 달짝지근한 사연을 보는 족족 그는 더할 수 없이 흥분되어서 얼굴이 붉으락푸르락, 편지 든 손이 발발 떨리도록 성을 낸다.

아무 까닭 없이 그런 편지를 받은 학생이야말로 큰 재변이었다. 하학하기가 무섭게 그 학생은 사감실로 불려 간다. 분해서 못 견디겠다는 사람 모양으로 쌔근쌔근하며 방안을 왔다갔다하던 그는,[3] 들어오는 학생을 잡아먹을 듯이 노리면서 한 걸음 두 걸음 코가 맞닿을 만큼 바싹 다가들어 서서 딱 마주 선다. 웬 영문인지 알지 못하면서도 선생의 기색을 살피고 겁부터 집어먹은 학생은 한동안 어쩔 줄 모르다가 간신히 모기만한 소리로,

"저를 부르셨어요?"

하고 묻는다.

"그래, 불렀다. 왜!"

팍 무는 듯이 한 마디 하고 나서 매우 못마땅한 것처럼 교의[4]를 우당퉁탕 당겨서 철썩 주저앉았다가 학생이 그저 서 있는 걸 보면,

"장승이냐? 왜 앉지를 못해!"

하고 또 소리를 빽 지르는 법이었다. 스승과 제자는 조그마한 책상 하나를

중요 어구 풀이

2) 뾰족한 입을 ~ 매서웠다 : 외양 묘사를 통해 B사감의 엄격한 성격을 제시하고 있다.
3) 분해서 못 견디겠다는 ~ 그는 : 분해서 못 견딘다는 말을 통해 B사감이 러브 레터를 싫어하는 이유가 단순히 학생 선도 때문은 아님을 알 수 있다.
4) 교의 : 의자.

새에 두고 마주 앉는다. 앉은 뒤에도,

'네 죄상을 네가 알지!'

하는 것처럼 아무 말 없이 눈살로 쏘기만 하다가 한참 만에야 그 편지를 끄집어 내어 학생의 코 앞에 동댕이를 치며,

"이건 누구한테 오는 거냐?"

하고 문초를 시작한다. 앞장에 제 이름이 쓰였는지라,

"저한테 온 것이야요."

하고 대답 않을 수 없다. 그러면 발신인이 누구인 것을 재차 묻는다. 그런 편지의 항용[5]으로 발신인의 성명이 똑똑지 않기 때문에 주저주저하다가 자세히 알 수 없다고 내대일 양이면,

"너한테 오는 것을 네가 모른단 말이냐."

하고 불호령을 내린 뒤에 또 사연을 읽어 보라 하여 무심한 학생이 나직나직하나마 꿀 같은 구절을 입술에 올리면, B여사의 역정은 더욱 심해져서 어느 놈의 소위인 것을 기어이 알려 한다. 기실 보도 듣도 못한 남성이 한 노릇이요, 자기에게는 아무 죄도 없는 것을 변명하여도 곧이듣지를 않는다. 바른대로 아뢰어야 망정이지 그렇지 않으면 퇴학을 시킨다는 둥, 제 이름도 모르는 여자에게 편지할 리가 만무하다는 둥, 필연 행실이 부정한 일이 있으리라는 둥……. 하다못해 어디서 한 번 만나기라도 하였을 테니 어찌해서 남자와 접촉을 하게 되었느냐는 둥, 자칫 잘못하여 학교에서 주최한 음악회나 '바자'에서 혹 보았는지 모른다고 졸리다 못해 주워댈 것 같으면 사내의 보는 눈이 어떻드냐, 표정이 어떻드냐, 무슨 말을 건네드냐, 미주알고주알 캐고 파며 어르고 볶아서 넉넉히 십년감수는 시킨다.

중요 어구 풀이

5) 편지의 항용 : 보통 오는 편지들이 늘 그렇듯이.

두 시간이 넘도록 문초를 한 끝에는 사내란 믿지 못할 것, 우리 여성을 잡아먹으려는 마귀인 것, 연애가 자유이니 신성이니 하는 것도 모두 악마가 지어 낸 소리인 것을 입에 침도 없이 열에 띠어서 한참 설법을 하다가 닦지도 않은 방바닥(침대를 쓰기 때문에 방이라 해도 마룻바닥이다)에 그대로 무릎을 꿇고 기도를 올린다. 눈에 눈물까지 글썽거리면서 말끝마다 '하느님 아버지' 를 찾아서 악마의 유혹에 떨어지려는 어린 양을 구해 달라고 뒤삶고 곱삶는 법이었다.

그리고 둘째로 그의 싫어하는 것은 기숙생을 남자가 면회하러 오는 일이었다. 무슨 핑계를 하든지 기어이 못 보게 하고 만다. 친부모, 친동기간이라도 규칙이 어떠니, 상학[6] 중이니 무슨 핑계를 하든지 따돌려 보내기가 일쑤다.

이로 말미암아 학생이 동맹 휴학을 하였고 교장의 설유까지 들었건만 그래도 그 버릇은 고치려 들지 않았다.

이 B사감이 감독하는 그 기숙사에 금년 가을 들어서 괴상한 일이 '생겼다' 느니보다 '발각되었다' 는 것이 마땅할는지 모르리라. 왜 그런고 하면 그 괴상한 일이 언제 '시작된' 것은 귀신밖에 모르니까.[7]

그것은 다른 일이 아니라 밤이 깊어서 새로[8] 한 점이 되어 모든 기숙생들이 달고 곤한 잠에 떨어졌을 제 난데없이 깔깔대는 웃음과 속살속살하는 말들이 새어 흐르는 일이었다. 하룻밤이 아니고 이틀 밤이 아닌 다음에야 그런 소리가 잠귀 밝은 기숙생의 귀에 들리기도 하였지만 잠결이라 뒷동산에 구르는 마른 잎의 노래로나, 달빛에 날개를 번뜩이며 울고 가는 기러기

중요 어구 풀이

6) 상학 : 학교에서 그 날의 공부를 시작.
7) 왜 그런고 ~ 모르니까 : 서술자가 사건의 전말에 대한 독자의 궁금증을 증폭하고 있다.
8) 새로 : (12시를 넘긴 시각 앞에 쓰여) 시각이 시작됨을 이르는 말.

의 소리로나 흘려들었다. 그렇지 않으면 도깨비의 장난이나 아닌가 하여 무시무시한 증이 들어서 동무를 깨웠다가 좀처럼 동무는 깨지 않고 제 생각이 너무나 어림없고 어이없음을 깨달으면, 밤소리 멀리 들린다고, 학교 이웃집에서 이야기를 하거나 또 딴 방에 자는 제 동무들의 잠꼬대로만 여겨서 스스로 안심하고 그대로 자 버리기도 하였다.

그러나 이 수수께끼가 풀릴 때는 왔다. 이 때 공교롭게 한방에 자던 학생 셋이 한꺼번에 잠을 깨었다. 첫째 처녀가 소변을 보러 일어났다가 그 소리를 듣고 둘째 처녀와 셋째 처녀를 깨우고 만 것이다.

"저 소리를 들어보아요. 아닌밤중에 저게 무슨 소리야."
하고 첫째 처녀는 휘둥그레진 눈에 무서워하는 빛을 띠운다.

"어젯밤에 나도 저 소리에 놀랬었어. 도깨비가 났단 말인가?"
하고 둘째 처녀도 잠 오는 눈을 비비며 수상해한다. 그 중에 제일 나이 많을 뿐더러(많았자 열여덟밖에 아니 되지만) 장난 잘 치고 짓궂은 짓 잘하기로 유명한 셋째 처녀는 동무 말을 못 믿겠다는 듯이 이윽히 귀를 기울이다가 말했다.

"딴은 수상한걸. 나는 언젠가 한 번 들어본 법도 하구먼. 무얼 잠 아니 오는 애들이 이야기를 하는 게지."

이 때에 그 괴상한 소리는 땍대굴 웃었다. 세 처녀는 소스라쳤다. 적적한 밤 가운데 다른 파동 없는 공기는 그 수상한 말 마디를 곁에서나 나는 듯이 또렷또렷이 전해 주었다.

"오! 태훈 씨! 그러면 작히 좋을까요."

간드러진 여자의 목소리다.

"경숙 씨가 좋으시다면 내야 얼마나 기쁘겠습니까. 아아, 오직 경숙 씨에게 바친 나의 타는 듯한 가슴을 인제야 아셨습니까?"

정열에 뜨인 사내의 목청이 분명하였다. 한동안 침묵…….

"인제 고만 놓아요. 키스가 너무 길지 않아요. 행여 남이 보면 어떡해요."

아양떠는 여자 말씨.

"길수록 더욱 좋지 않아요. 나는 내 목숨이 끊어질 때까지 키스를 하여도 길다고는 못 하겠습니다. 그래도 짧은 것을 한하겠습니다."

사내의 피를 뿜는 듯한 이 말끝은 계집의 자지러진 웃음으로 묻혀 버렸다.

그것은 묻지 않아도 사랑에 겨운 남녀의 허물어진 수작이다. 감금이 지독한 이 기숙사에 이런 일이 생길 줄이야! 세 처녀는 얼굴을 마주 보았다. 그들의 얼굴은 놀랍고 무서운 빛이 없지 않았으되 점점 호기심에 번쩍이기 시작하였다. 그들의 머릿속에는 한결같이 로맨틱한 생각이 떠올랐다. 이 안에 있는 여자 애인을 보려고 학교 근처를 뒤돌고 곰돌던 사내 애인이, 타는 듯한 가슴을 걷잡다 못 하여 밤이 이슥하기를 기다려 담을 뛰어넘었는지 모르리라.

모든 불이 다 꺼지고 오직 밝은 달빛이 은가루처럼 서린 창문이 소리 없이 열리며 여자 애인이 흰 수건을 흔들어 사내 애인을 부른지도 모르리라.

활동사진에 보는 것처럼 기나긴 피륙을 내리워서 하나는 위에서 당기고 하나는 밑에서 매달려 디룽디룽[9]하면서 올라가는 정경이 있었는지 모르리라.

그래서 두 애인은 만나 가지고 저와 같이 사랑의 속삭거림에 잦아졌는지 모르리라…….[10] 꿈결 같은 감정이 안개 모양으로 눈부시게 세 처녀의 몸

중요 어구 풀이

9) 디룽디룽 : 큼직한 물건이 매달려 잇따라 가볍게 흔들리는 모양.
10) 그래서 두 애인은 ~ 모르리라 : 학생들의 사랑에 대한 낭만적 환상을 엿볼 수 있다.

과 마음을 휩싸 돌았다.

그들의 뺨은 후끈후끈 달았다. 괴상한 소리는 또 일어났다.

"난 싫어요. 당신 같은 사내는 난 싫어요."

이번에는 매몰스럽게 내어 대는 모양.

"나의 천사, 나의 하늘, 나의 여왕, 나의 목숨, 나의 사랑, 나를 살려 주어요, 나를 구해 주어요."

사내의 애를 졸리는 간청…….

"우리 구경 가 볼까."

짓궂은 셋째 처녀는 몸을 일으키며 이런 제의를 하였다. 다른 처녀들도 그 말에 찬성한다는 듯이 따라 일어섰으되 의아와 공구와 호기심이 뒤섞인 얼굴을 서로 교환하면서 얼마쯤 망설이다가 마침내 가만히 문을 열고 나왔다. 쌀벌레 같은 그들의 발가락은 가장 조심성 많게 소리나는 곳을 향해서 곰실곰실 기어간다. 컴컴한 복도에 자다가 일어난 세 처녀의 흰 모양은 그림자처럼 소리 없이 움직였다.

소리나는 방은 어렵지 않게 찾을 수 있었다. 찾고는 나무로 깎아 세운 듯이 주춤 걸음을 멈출 만큼 그들은 놀래었다. 그런 소리의 출처야말로 자기네 방에서 몇 걸음 안 되는 사감실일 줄이야! 그렇듯이 사내라면 못 먹어 하고 침이라도 배앝을 듯하던 B여사의 방일 줄이야![11] 그 방에 여전히 사내의 비대발괄하는 푸념이 되풀이되고 있다…….

"나의 천사, 나의 하늘, 나의 여왕, 나의 목숨, 나의 사랑, 나의 애를 말려 죽이실 테요. 나의 가슴을 뜯어 죽이실 테요. 내 생명을 맡으신 당신의 입술로……."

중요 어구 풀이

11) 그렇듯이 사내라면 ~ 줄이야! : 학생들은 B사감이 남자들을 매우 싫어한다고 생각하고 있다.

셋째 처녀는 대담스럽게 그 방문을 빠끔히 열었다. 그 틈으로 여섯 눈이 방 안을 향해 쏘았다. 이 어찌 기괴한 광경이냐! 전등불은 아직 끄지 않았는데 침대 위에는 기숙생에게 온 소위 러브 레터 봉투가 너저분하게 흩어졌고 그 알맹이도 여기저기 두서 없이 펼쳐진 가운데 B여사 혼자—아무도 없이 제 혼자 일어나 앉았다. 누구를 끌어당길 듯이 두 팔을 벌리고 안경을 벗은 근시안으로 잔뜩 한 곳을 노리며 그 굴비쪽 같은 얼굴에 말할 수 없이 애원하는 표정을 짓고는 키스를 기다리는 것같이 입을 쫑긋이 내어민 채 사내의 목청을 내어 가면서 아까 한 말을 중얼거린다. 그러다가 그 넋두리가 끝날 겨를도 없이 급작스레 앵돌아서는 시늉을 내며 누구를 뿌리치는 듯이 연해 손짓을 하며 이번에는 톡톡 쏘는 계집의 음성을 지어,

"난 싫어요. 당신 같은 사내는 난 싫어요."

하다가 제풀에 자지러지게 웃는다. 그러더니 문득 편지 한 장을(물론 기숙생에게 온 러브 레터의 하나) 집어 들어 얼굴에 문지르며,

"정 말씀이야요? 나를 그렇게 사랑하셔요? 당신의 목숨같이 나를 사랑하셔요? 나를, 이 나를."

하고 몸을 추스르는데 그 음성은 분명 울음의 가락을 띠었다.

"에구머니, 저게 웬일이야!"

첫째 처녀가 소곤거렸다.

"아마 미쳤나 보아. 밤중에 혼자 일어나서 왜 저러고 있을꼬."

둘째 처녀가 맞방망이를 친다.

"에그 불쌍해!"

하고 셋째 처녀는 손으로 괸 때 모르는 눈물을 씻었다.

작품 이해 및 논술 다지기

핵심 정리

- 갈래 : 단편 소설
- 시점 : 3인칭 전지적 작가 시점
- 배경 : 시간적 — 1920년대
  공간적 — 규율을 엄격하게 지키면서 생활해야 하는 C여학교 기숙사
- 구성 : 순행적 구성
- 제재 : B사감의 열등의식과 그로 인한 이상한 행동
- 주제 : 위선적인 인간성 풍자(인간의 이율 배반적 심리)

구성 단계

- 발단 : B사감의 외양 묘사를 통해 성격 제시.
- 전개 : 러브 레터에 대한 B사감의 반감과 괴벽(怪癖)을 구체적으로 제시.
- 위기 : 새벽 한 시경에 난데없이 깔깔대는 웃음과 속살속살하는 말이 새어 흐르는 일이 계속되자 학생들이 잠을 깨고 소리나는 방을 찾음.
- 절정 · 결말 : 소리의 출처가 B사감 방인 것을 안 세 학생이 문을 열어 B사감의 행동을 엿본다. 처녀들은 경악하고 B사감의 본성이 드러남.

등장 인물

- B사감 : 사십에 가까운 못생긴 노처녀로 성질이 엄격하고 괴팍하다. 겉으로는 본능을 감추고 남자를 혐오하고 기피하는 독신주의자처럼 보이나 내면적으로는 이성을 갈구하는 성적(性的) 심리를 가지고 있기 때문에 나중에 그 본성이 드러난다. 이러한 이중적인 면 때문에 풍자의 대상이 된다.
- 세 처녀들 : B사감의 본성을 발견하고 B사감을 정신병자로 생각하기도 하고 동정심도 보이는 기숙사생들.

줄거리

여학교 기숙사 사감인 B여사는 40에 가까운 독신녀이다. 독실한 기독교 신자요, 외모에도 강파른 성격이 내비치는 그는 학생들에게도 엄격한 규범을 강요하며, 특히 남성과의 접촉은 절대로 피할 것을 강조한다. 어느 학생 앞으로 러브 레터라도 날아온 날이면, 그는 B사감의 문초를 받을 것을 각오해야 한다. 이처럼 엄격한 규율로 지배되고 있는 기숙사에, 어느 날 밤 난데없이 여자의 교성과 남자의 구애하는 소리가 들려온다. 바로 B사감이 학생들에게 온 러브 레터를 혼자 읽으며 연출하고 있는 소리였다.

이해와 감상

이 작품은 B사감의 희화적인 외모를 제시하는 것으로 시작된다. 작품에 묘사된 대로라면 B사감은 '여러 겹 주름이 잡힌 벗겨진 이마'와 '숱이 적어서 법대로 쪽지거나 틀어 올리지를 못하고 엉성하게 그냥 빗어 넘긴 머리꼬리가 뒤통수에 염소똥만하게 붙은 머리 모양'을 하고 있는, 전체적으로는 '곰팡이 슬은 굴비' 같은 인상을 주는 사람이다. 외모대로, B사감의 행동은 엄격하기 짝이 없다. 특히 이성 관계를 저지하는 데 있어 그 엄격성은 극에 달한다.

그러나 이것은 B사감이 낮에 보여 주는 모습일 뿐이다. 밤이 되면 그는 학생들에게 온 러브 레터를 소리내어 읽으며 공상 연애에 도취되는 전혀 다른 인물로 탈바꿈한다. 밤이면 B사감은 낮동안 억압되어 있던 욕망을 자유롭게 풀어 놓는다. 독실한 기독교 신자라는 허울, 40이 다 되도록 결혼을 하지 않은 독신녀라는 허울, 기숙사의 사감이라는 허울…… 그것들 아래 숨기고 있던 관능적인 열정과 충동을 밤에, 다른 사람들의 눈에 띄지 않는 곳에서만 풀어 놓는 것이다. 그렇다면 낮에, 공식적인 자리에서 B사감이 보여 주는 엄격한 모습은 허위와 위선에 가득 찬 모습이다. 작가는 이처럼 엄격한 겉모습 뒤에 숨어 있는 B사감의 또 다른 얼굴을 드러냄으로써, 위선과 허위에 가득 찬 겉모습과는 다른 실상을 그려 냄과 동시에 아이러니의 효과를 만들고 있다.

그러나 B사감이 겉보기와는 전연 다른 모습을 가지고 있다는 사실, 일반화시키자면 현실은 허위와 위선으로 가득 차 있다는 사실을 폭로하면서도 작가는 경쾌한 희극미를 부여할 것을 잊지 않는다. 우연히 B사감이 밤에 벌이는 기행(奇行)을 목격하게 된 세 여학생의 반응을 생각해 보자. 첫 번째 처녀는 "에그머니 저게 웬일이야!" 라고, 두 번째 처녀는 "아마 미쳤나 보아. 밤중에 혼자 일어나서 왜 저러고 있을꼬." 라고 반응하며, 세 번째 처녀는 "에그 불쌍해!"라고 하면서 눈물까지 흘린다. 이들 중 누구도 B사감이 표리부동한 인물이었다는 사실 앞에 정색하고 분노를 표현하는 사람은 없다. 첫 번째 인물은 단순한 경악을 내보일 뿐이고, 두 번째 인물은 '미친 탓' 으로 돌리려고 하며, 세 번째 인물은 연민을 보이고 있다. B사감의 밤의 모습은 낮에 보이는 모습과 마찬가지로 과장된 것으로 제시되고 있는데, 작가는 이 둘 사이의 모순을 비판적인 시각으로 보여 주면서도, 그 비판을 분노가 아닌 웃음으로 귀결시키려 하고 있다.

작가 소개

현진건(1900~1943)

호는 빙허(憑虛). 대구 출생, 상해 호강 대학 독일어 전문학교 수학, 1917년에 대구에서 이상화, 백기만 등과 같이 동인지 《거화》를 내면서 문학에 뜻을 펼치기 시작한 그는 1920년 《개벽》에 〈희생화〉를 발표하며 문단에 등단. 1922년에 박종화·홍사용·나도향 등과 함께 문예 동인지 《백조》의 동인으로 활동함. 1936년, 《동아일보》 사회 부장으로 있을 때, 손기정 선수가 베를린 마라톤에서 우승하자 일장기를 말살하여 투옥. 출옥 뒤에 양계장을 하기도 했으나 쉬지 않고 소설을 발표함. 초기 작품 〈희생화〉, 〈빈처〉, 〈술 권하는 사회〉, 〈타락자〉 등은 봉건 사회에서 근대 사회로 변동하는 과도기 지식인들의 갈등과 고뇌를 그림. 한편 〈운수 좋은 날〉, 〈사립정신병원장〉, 〈고향〉 등을 통해서는 식민지 상황에 적극적으로 대응하는 소시민들의 모습을 그리고 있음. 특히 가난하고 억압받는 사람들의 생활을 조명하고, 소극적으로 현실에 대응하는 지식인을 비판함. 30년대 후반, 이러한 경향의 작품과 발표조차 어렵게 되자 장편 소설 《적도(赤道)》와, 아사달과 아사녀의 전설을 소설화한 《무영탑》 등을 발표하여 새로운 세계를 보여 줌.

연관 작품 더 읽기

- 〈빈처〉(현진건) : 무능력한 지식인 작가와 그 아내 사이에서 벌어지는 갈등을 통해 당대의 현실을 비판한 작품이다. 주인공 '나'는 물질적 부를 거부하고 정신적인 가치를 지향하는 인물이다. 경제적 빈궁 때문에 현실적 욕구를 참아 내는 아내를 보며 '나'는 미안함과 고마움을 느낀다. 경제적으로는 가난하지만 남편을 믿고 사랑하는 아내의 모습과 물질적 부는 있지만 늘 불만 속에서 사는 처형의 모습을 대립시켜 당시의 가치관을 드러

내고 있다.

• 〈운수 좋은 날〉(현진건) : 1920년대의 하층 노동자의 삶을 생생하게 그린 작품이다. 인력거꾼 김 첨지의 삶을 통해 당시 도시 하층민의 참혹한 현실을 보여 준다. 운이 좋아 돈을 벌어 즐거워하는 김 첨지의 표면적 행동과 아내가 죽을지도 모른다는 불안한 내면 심리가 대립과 갈등을 일으키는 독특한 아이러니 상황이 연출되고 있다.

좀더 알아보기

• 아이러니(irony) : 일반적으로 '겉으로 보이는 외관과 실제의 의미가 서로 다르다는 것을 보여 주는 것', 혹은 '어떤 결과를 의도하고 한 행위가 전연 뜻밖의 결과를 낳는 것'을 아이러니라고 한다. 예를 들어 이 작품에서는 B사감의 외면과 내면 사이의 불일치를 보여 줌으로써 아이러니의 효과가 이루어진다고 할 수 있으며, 현진건의 작품 〈운수 좋은 날〉은 겉보기로는 운수가 좋은 듯한 날에 실제로는 비극적인 사건이 일어나고 있었다는 점에서 아이러니라고 할 수 있다.

논술 맛보기

1. 작품의 시작 부분을 다시 읽어 보고, B사감의 인물형을 묘사하는 방법상의 특징을 설명하라.

⇨ '벗겨진 이마', '염소똥만하게 붙은 머리꼬리', '앙다문 뾰족한 입' 그리고 '곰팡이 슬은 굴비' 같다는 묘사 등은 엄격한 독신녀인 B사감의 인물형을 과장되게 희화화시켜 제시해 주는 표현이다.

2. '낮' 과 '밤' 이라는 시간은 이 소설에서 단순한 시간적 배경 이상의 의미를 지니고 있다. 이에 대해 설명하라.

⇨ '낮' 은 공식적인 명분대로 살아가는 가식적인 삶을, '밤' 은 가식적인 삶 속에 억압되어 있던 무의식적인 욕망이 활동하는 시간을 의미한다.

3. 이 작품에서 대립하고 있는 인간의 두 면모는 무엇인가?

⇨ B사감은 권위 의식을 바탕으로 학생의 러브 레터를 모두 검열한다. 하지만 그녀 또한 애정의 본능을 가지고 있어 기숙사생들이 모두 잠든 뒤 혼자 남녀 간의 사랑을 연출한다. 즉 이 소설은 애정의 본능과 권위 의식이라는 대립 구조를 통해 B사감의 이중성을 폭로한다. 이 폭로는 인간의 본성에 대한 물음과 맞닿아 있다.

논술 다지기

다음 제시문에는 개인이 비정상적인 환상을 품는 것에 대한 설명이 나타나 있다. 이 설명을 참조하여 'B사감' 이 어떤 환상에 빠져 있는 것인지 분석하고 이러한 환상을 극복하며 살아갈 수 있는 대안적인 삶의 방식에 대해 서술하라.

자신이 원하는 것을 얻지 못했을 때 인간은 좌절감을 느끼게 마련이다. 이러한 좌절감을 있는 그대로 받아들이고 새로운 노력을 통해 자신을 발전시키는 사람은 쉽게 좌절감에서 벗어난다. 그러나 이러한 좌절감을 받아들이는 것이 두려운 나머지 자신의 실패를 인정하지 않는 나약한 사람은 자신의 실패를 변명할 말을 찾거나 실패를 특별한 성공인 양 포장하기도 한다. 이러한 사람은 현실 대신 환상을 선택한다. 환상 속에서 그는 초라한 실패자가 아니라 남들이 이해할 수 없는 대단한 경험을 하고 있는 우월한 사람으로 왜곡된다.

예시 답안

제시문의 설명에 따르면 환상이란 곧 실패한 사람이 자기 자신을 위로하기 위해 만들어 낸 거짓말이다. 즉 자기 자신이 처한 현실을 정확하게 바라볼 수 있는 용기가 부족한 사람이 자기 자신을 보호하기 위해 만들어 낸 것이 바로 비정상적인 환상이란 뜻이다.

얼마 전 연쇄 살인을 저지르고 감옥에 갇힌 '유영철'과 같은 살인수는 자신의 행위가 한낱 파렴치한 범죄 행위라는 점을 인정하는 대신, 자신이 인류를 위해 위대한 일을 하고 있다는 환상에 빠져 있었던 것으로 유명하다. 그의 잔인한 범죄 행위에 죄 없이 희생된 사람들을 볼 때, 그의 이러한 생각은 자신의 현실을 인정하기 싫은 나약한 심리가 만들어 낸 거짓된 상상 세계에 불과하다.

이처럼 자신의 현실을 제대로 인정하지 못한 나머지 비정상적인 심리 세계에 갇힌 인물이 바로 'B사감'이다. 그녀는 기숙사생들에게는 위엄과 규율을 강조하는 딱딱한 노처녀이지만, 내심 그녀의 마음 속에는 자유로운 연애에 대한 열망이 가득 차 있음이 드러난다. 그녀는 다른 처녀들의 연애 편지를 규율 엄수와 단속이라는 미명 하에 빼앗았지만, 결국 그 편지들은 그녀가 현실적으로 이루지 못한 자신의 연애를 상상 속에서 벌이는 데에 이용된다. 그녀의 이러한 모습은 몇몇 처녀들의 눈에 띔으로써 동정의 대상이 되지만, 그녀 자신은 여전히 자기 자신의 환상 속에 갇힌 채 겉으로는 엄하고 규율만을 중시하는 인물처럼 행세하고 살아갈 것이다.

누구나 남들에 비해 열등하다고 느껴지는 부분이 있으며, 남들을 몹시 부러워하게 되는 경우도 있다. 그렇지만 모든 것을 갖출 수 있는 사람은 없다는 것을 인식하고 자기 자신의 부족한 부분을 정직하고 자연스럽게 받아들인다면 환상에 갇힐 필요가 없을 것이다. 남들을 지나치게 의식하고 부러워하며 자신의 처지를 솔직하게 드러내는 것을 두려워한다면 결국 자신을 위장하기 위한 가짜 모습을 키우게 되기 쉽다. 'B사감'의 딱딱하고 엄격한 모습은 결국 처녀들의 연애를 부러워하는 자기 자신을 감추기 위한 가짜 모습이었던 셈이다.

환상에 빠지는 대신 현실을 제대로 살아가기 위해서는 가짜 자기와는 상관없이 자기 자신을 있는 그대로 드러내고 살아갈 수 있도록 노력해야 한다. 그러기 위해서는 자기 자신의 긍정적인 면을 부각할 줄 아는 지혜와 단점을 개선시키기 위한 건강한 노력이 필요하다고 생각한다. 즉 단점을 감추기 위해 환상을 만드는 노력을 장점을 더 키우기 위한 현실적인 노력으로 전환하는 것이 더 유익할 것이다.

잠깐! 고사성어 익히기

刻	舟	求	劍
새길 **각**	배 **주**	구할 **구**	칼 **검**

배에 흠집을 내어 칼을 찾는다는 뜻으로,
엉뚱하고 미련해서 현실에 어둡다는 말이다.

무지개

김동인

작품을 읽기 전에

김동인의 〈무지개〉는 《매일신보(1930. 4. 29~5. 23)》에 발표된 작품으로, 소년이 무지개를 찾아가는 과정과 여로에서 만난 여러 사람들을 통해 인간의 삶을 회화적으로 잘 그리고 있다. 인간 욕구의 무한정과 그 고난의 의미가 무엇인가를 알아 보자.

무지개

비가 갰다. 동시에, 저편 벌 건너 숲 뒤에는 둥그렇게 무지개가 뻗쳤다. 오묘하신 하느님의 재주를 자랑하듯이, 칠색의 영롱한 무지개가 커다랗게 숲 이편 끝에서 저편으로 걸쳤다.

소년은 마루에 걸터앉아서 그것을 바라보고 있었다. 소년의 마음은 차차 뛰놀기 시작하였다. 찬란히 빛나는 무지개는, 마치 소년을 오라는 듯이 그의 아름다운 자태를 소년 앞에 커다랗게 벌리고 있었다.

한나절을 황홀히 그 무지개를 바라보고 있던 소년은, 마음 속에 커다란 결심을 하였다.

'저 무지개를 잡아다가 뜰 안에 가져다 놓으면 얼마나 훌륭하고 아름다울 것인가!'

소년은 방 안에 있는 어머니를 찾았다.

"어머니."

"왜?"

어머니는 바느질하던 손을 멈추고, 사랑하는 아들의 얼굴을 보았다.

"어머니, 나 저 무지개 잡으러 가겠어요."

어머니는 일감을 놓았다. 그리고 뚫어지게 아들의 얼굴을 바라보았다.

"예?"

"얘야, 무지개는 못 잡는단다. 멀리 하늘 끝 닿은 데 있어서 도저히 잡지 못한단다."

"아니어요, 저 벌 건너 숲 위에 걸려 있는데……."

"아니다. 보기에는 그렇지만, 너의 이 어머니도 오십 년 동안이나 그것을 잡으려 했지만 못 잡았구나."[1]

"그래도 난 잡아요. 예? 내 얼른 가서 잡아올게요."

어머니는 다시 일감을 들었다. 그의 눈에는 수심이 가득 찼다.

"예? 가요."

찬란히 빛나는 무지개의 유혹은 이 소년에게는 무엇보다도 강한 것이었다. 어머니의 사랑의 품보다도, 따뜻한 가정보다도, 맛있는 국밥보다도, 무지개의 유혹이 훨씬 더 강하게 이 소년의 마음을 지배하였다. 네 번 다섯 번, 소년은 어머니에게 간청하였다. 어머니도 마침내 이 소년의 바람이 꺾을 수 없이 강한 것임을 알았다.

"정 그럴 것 같으면 가 보기는 해라. 그러나, 벌 건너 저 숲까지 가 보고, 거기서 잡지 못하거든 꼭 돌아와야 한다."

그런 뒤에, 어머니는 아들을 위하여 든든히 차림을 차려 주어서 떠나보

중요 어구 풀이

1) 너의 이 어머니도 ~ 잡았구나 : 이 소설에서 소년이 좇는 무지개는 단순한 자연현상으로서의 무지개가 아님을 확인할 수 있다. 동시에 소년이 겪을 어려움을 암시한다.

냈다.

"어머니! 그럼, 내 얼른 가서 잡아올게요. 꼭 기다려 주셔요."

하고, 커다란 희망을 가지고 떠나는 아들을, 늙은 어머니는 눈물로 보냈다.

소년은 걸음을 다하고 힘을 다하여 벌을 건너갔다. 그리고 바라던 숲에까지 이르렀다. 그러나 이상하였다. 무지개는 벌써 그 곳에 있지 아니하였다. 찬란히 빛나는 무지개는, 더 저편으로 썩 물러가서, 그리고 소년을 이끄는 듯이 아름다운 자태를 커다랗게 벌리고 있었다.

'가까워지기는 가까워졌어. 그러나, 좀더 가야겠구나.'

소년은 또다시 무지개를 바라보았다.

소년은 몸이 좀 피곤하여졌다. 동시에, 마음도 좀 피곤해졌다. 그러나, 눈 앞에 찬란히 빛나는 무지개를 바라볼 때, 소년은 용기를 다시 내어 무지개를 향하여 걸었다. 얼마만큼 가서, 이만하면 되었으려니 하고 눈을 들어서 보았다. 그러나, 찬란히 빛나는 무지개는, 역시 같은 거리[2]에서 그를 오라고 유혹하고 있었다.

소년은 높은 메도 어느덧 하나 넘었다. 그러나, 무지개는 좀처럼 잡을 수가 없었다. 그러나, 그 무지개의 찬란한 빛은 끊임없이, 소년을 오라는 듯이 유혹하였다. 잡힐 듯 잡힐 듯 하면서도 잡혀 주지 않는 그 무지개는, 참으로 소년에게는 커다란 유혹이었다.

소년은 용기를 내었다. 그리고, 무지개를 향하여 또 달음박질하였다. 무

중요 어구 풀이

2) 역시 같은 거리 : 무지개의 특징 중 하나다. 무지개는 항상 같은 거리에 있으며 따라서 붙잡기가 어렵다.

지개를 잡으려는 오로지 한 조각의 붉은 마음[3]으로, 피곤도 잊고 아픔도 잊고 뛰어가는 소년은, 어떤 산마루에까지 이르러서 마침내 쓰러졌다. 이제는 한 걸음도 더 걸을 용기와 기운이 없었다. 소년은 그 자리에 쓰러지면서 피곤한 잠에 잠기고 말았다.

어지럽고 사나운 꿈, 그 가운데서도 소년의 눈에는 끊임없이 찬란한 무지개의 광채가 어른거렸다. 그리고, 그 무지개의 빛과 어울리는 아름다운 음악이 끊임없이 들렸다. 많은 소년들과 많은 소녀들이 꽃으로 온몸을 장식하고 손을 서로 맞잡고 노래하며 돌아가고 있었다. 그리고, 그 소년 소녀의 동그라미 속에는 칠색이 영롱한 무지개가, 마치 자기 주위에 있는 많은 소년들과 소녀들을 애호하듯이 커다랗게 팔을 벌리고 있었다.

즐거움은
행복은
뉘 것?
누릴 자
누구?[4]

소년들과 소녀들의 노랫소리는 부드럽고 아름답게 울려 왔다. 얼마를 이러한 꿈에 잠겨 있던 소년은, 그 꿈에서 벌떡 깨면서 눈을 떴다.

조금 아래, 그다지 멀지 않은 곳에, 무지개는 역시 이 소년이 오기를 기

중요 어구 풀이

3) 한 조각의 붉은 마음 : 무지개를 붙잡고자 하는 소년의 열정을 의미한다.
4) 즐거움은 행복은 ~ 누구? : 여기서 즐거움과 행복은 두 가지를 의미한다. 첫째는 소년이 좇고자 하는 무지개가 바로 즐거움과 행복이라는 것이고, 둘째는 무지개를 붙잡음으로써 누릴 것이라고 예상되는 행복과 즐거움이다.

다리는 듯이, 아름다운 빛을 내며 팔을 벌리고 있었다.

'조금 더, 이제 한 걸음!'

소년은 후닥닥 일어섰다. 쏘는 다리, 저린 오금……. 피곤으로 말미암아 소년은 하마터면 넘어질 뻔하였다. 소년은 다리에 힘을 주었다. 온몸에 있는 힘을 다 주었다. 눈 아래에서 황홀히 빛나는 무지개는, 없는 힘을 그로 하여금 다시 내게 한 것이었다.

또다시 그는 무지개를 향하여 달음박질을 하였다. 그러나, 산 중턱에 걸린 줄 알고 뛰어내려오던 소년은 중턱에서 무지개를 만나지 못하였다. 그리고, 산 아래까지 그냥 내려왔지만 무지개는 역시 멀리 물러서서, 마치 소년의 어리석음을 비웃듯이 빛나고 있었다.

'아아, 곤하다.'

소년은 맥이 풀려서 털썩 주저앉았다.

소년은 뒤숭숭한 소리에 놀라 깨었다. 그는 피곤함을 못 이겨서 어느덧 또 쓰러져 잠이 들었던 것이다. 깨어서 보니, 그 근처에는 많은 소년들이 모여 있었다. 그리고, 그들은 무엇인가 다투고 있었다. 무엇을 가지고 다투는가 하고 자세히 들으니, 그들은 무지개가 있는 방향이 서로 이편이다 저편이다 하고 다투는 것이었다.

"무지개는 이쪽에 있다."

어떤 소년은 동쪽을 가리키며 이렇게 말했다.

"정신 없는 소리 말아라. 무지개는 저쪽에 있다."

다른 소년은 반대했다.

"너희들은 눈이 있냐 없냐? 저쪽에 있지 않냐? 여지껏 너희들에게 속아서 너희들만 따라왔지만, 무지개는 역시 내 생각대로 저쪽에 있다."

다른 소년은 또 다른 데를 가리켰다. 그러나, 그 많은 소년들이 제각기 가리키는 곳은 한 곳도 정확한 곳이 없었다. 모두 엉뚱한 곳만 가리키면서 서로 다투고 있는 것이다.

소년도 마침내 일어났다. 그리고, 점잖은 웃음으로 그들을 보았다.

"여보셔요, 당신네들도 무지개를 잡으러 떠난 분이오?"

"그렇소."

"당신네들의 말을 들으니까 무지개는 이 곳에 있다 저 곳에 있다 다투는 모양인데, 무지개는 바로 우리 눈 앞에 있지 않소?"

소년은 무지개를 손가락으로 가리켰다. 다른 사람들은 소년이 가리키는 곳을 바라보았다. 그러나, 무지개는 뵈지 않는 모양이었다.[5] 역시 다툼은 계속되었다. 그리고, 한참 서로 다투던 소년들은 의견이 모두 맞지 않아서, 그 곳에서 제가 생각하는 곳으로, 아름다운 무지개를 잡으러 서로 나뉘어서 떠나기로 하였다.

그것을 멀거니 바라보고 있던 소년도 마침내 일어섰다. 그리고, 그는 자기가 무지개가 있다고 믿는 곳을 향하여 또 피곤한 다리를 옮겼다. 무지개는 역시 소년의 눈 앞 몇 걸음 밖에서 찬란한 빛을 내고 있었다.

'이번에는 꼭.'

눈 앞에 커다랗게 보이는 무지개에 소년의 용기는 백 배나 더하여졌다.

어떤 곳에서 소년은 또 다른 많은 소년의 무리를 보았다. 그들은 모두 든든히 차리고 있었다. 소년은 그들에게 가까이가서 말을 붙여 보았다.

중요 어구 풀이

5) 소년은 무지개를 ~ 모양이었다 : 소년들이 좇고 있는 무지개는 물리적 실체가 없으며 각자의 마음 속에 있음을 의미한다.

"여러분은 어디로 가시오?"

"가는 게 아니라, 갔다가 오는 길이오."

그 소년들은 이구동성으로 대답하였다. 그들은 모두 피곤한 듯이 눈에는 정기가 없고 몸은 쇠약해 있었다.

"어디를 갔다가 오시오?"

"무지개를 잡으러……."

"예? 그래, 잡았소?"

"말도 마오. 그것에 속아서 공연히 좋은 세월을 헛되이 보냈소."

"집을 떠난 것은 언제쯤이오?"

"모르겠소. 감감하니까."

"그래, 이젠 그만두겠소?"

"그만두지 않고! 눈 앞에 보이는 것 같기에 그것에 속아서 이제나 저제나 하고 지금까지 왔지만, 이제 무지개라는 것은 도저히 잡지 못할 것인 줄 알았소."

"그래요? 요 앞에 있지 않소?"

"하하하……."

그들은 웃었다.

"그러기에 말이오. 눈 앞에, 몇 걸음 앞에 있는 것 같기에, 그것에 속아서 지금까지 세월만 허송했소."

소년은 낙담하였다. 그리고, 자기도 그만 돌아가 버릴까 하였다. 그러나, 이상하였다. 그 때, 그 무지개는 쑤욱 더 소년에게 가까이 오며, 그 광채며 빛깔이 더욱 영롱하여져서, 단념하려는 소년으로 하여금 또다시 단념하지 못하게 하였다.[6]

"아아, 아."

소년은 다시 용기를 내었다.

"조금만 더 들어가 봅시다그려. 조금만."

소년은 그들에게 동행을 청하였다. 그러나, 그들은 끝끝내 듣지 않았다. 몇 번을 원하여 본 뒤에, 소년은 그들의 마음을 도저히 돌이키지 못할 것을 알았다. 그리고, 그들과 작별한 뒤에, 그는 다시 그 찬란한 무지개를 향하여 길을 떠났다.

어떤 곳에서 그는 두 소년을 만났다. 그 두 소년은 무엇이 기쁜지 몹시 만족하다는 듯이 벙글벙글 웃고 있었다. 소년은 그들에게 가까이 갔다.

"말 좀 물읍시다."

"무슨 말이오?"

"좀 이상한 말이지만, 혹시 두 분은 무지개를 못 보았소?"

사실 소년은, 그 때 무지개를 잃어버린 것이었다. 어디로 갔나? 여지껏 눈 앞에 찬란히 보이던 그 무지개는 하늘로 솟았는지 땅으로 새었는지, 홀연히 그의 눈 앞에서 그 아름다운 자태를 감추고 만 것이었다. 소년은 눈이 벌겋게 되어 찾았다. 그러나 찾지 못하여 낙담하였을 때, 그의 앞에 두 소년이 나타났던 것이다. 두 소년은 빙그레 웃었다.

"무지개 말이오? 무지개는 우리가 벌써 잡았소."

소년은 낙담하였다. 그리고, 낙담에서 절망으로, 절망에서 비분으로 걷잡을 수 없이 소년의 마음이 떨어져 갈 때에, 이상도 하다, 홀연히 그의 앞에 역시 칠색이 찬란하게 빛나는 무지개가 문득 나타났다. 그 광채는 지금

중요 어구 풀이

6) 그 때, 그 무지개는 ~ 하였다 : 무지개의 특징 중 하나. 무지개는 소년들이 단념하지 못하도록 좌절할 때마다 더욱 찬란하고 영롱하게 빛난다.

까지의 그 무지개보다 더 찬란하였고, 그 빛깔은 더욱 아름다웠다. 소년의 마음은 절망에서, 단숨에 희망으로 뛰어올랐다.

"어디 봅시다, 봅시다."

"무얼요?"

"두 분이 잡았다는 그 무지개를!"

두 소년은 장한 듯이 품안에서 자기네의 자랑감을 꺼내어 소년에게 보였다. 소년은 그것을 보았다. 그리고, 하마터면 웃을 뻔했다. 그것은 평범하고 변변치 않은 기왓장에 지나지 못하였다. 두 소년은 기왓장을 하나씩 얻어 가지고 기뻐하는 것이었다.[7]

"이게 무지개요? 이건 기왓장이구려."

두 소년은 각기 자기네의 보물을 다시금 살폈다. 그리고, 한 소년은 부르짖었다.

"오, 무지개, 무지개! 나는 드디어 무지개를 잡았다. 이게 무지개가 아니고 무어란 말이오?"

그러나, 한 소년은 한참 정신 없이 자기가 가지고 있는 물건을 보다가, 커다란 한숨과 함께 그 무지개를 높이 들고 절망으로 울부짖었다.

"아니로구나, 아니야! 이것은 무지개가 아니야! 지금까지 무지개로 믿고 기뻐하던 것은 기왓장에 지나지 않는 것이었구나!"

그리고, 그는 그 기왓장을 던지고 소년에게 물었다.

"무지개를 잡으러 떠나셨소?"

"예."

중요 어구 풀이

7) 두 소년은 ~ 것이었다 : 어떤 사람들은 자신이 무지개를 잡았다고 자부하지만 그 무지개가 진정한 무지개가 아닐 수 있다.

소년은 대답했다.

"그럼, 우리 같이 갑시다. 나는 무지개를 꼭 잡고야 말겠소."

여기서 서로 뜻이 맞은 두 소년은 만족해하는 소년을 남기고, 찬란한 무지개를 잡으러 길을 떠났다.

두 소년은 산을 넘었다. 물결 센 강을 건넜다. 가시덤불을 헤쳤다. 돌밭을 지났다. 그들은 오로지 무지개를 잡으려는 열정으로 온갖 난관을 참으면서 앞으로 앞으로 나갔다.

그들은 가는 길에서 수많은 소년들을 보았다. 어떤 사람은 그 무지개를 잡으려다가 잡지 못하고 낙망하여 집으로 돌아가는 것이었다. 어떤 사람은 변변치 않은 기왓장을 얻어 기뻐하는 것이었다. 그리고, 그 가운데 가장 많은 수효를 점령한 사람은, 무지개를 잡으려다가 잡지 못하고, 심신이 피로하여 쓰러져서 괴로운 부르짖음만 발하는 것이었다.

"아, 무지개! 그것은 마침내 사람의 손으로 잡지 못할 것인가?"

그들은 목쉰 소리로 이렇게 부르짖으며 손을 헤적거리고 있었다. 그리고, 그 가운데 낙망과 피곤 끝에 벌써 저 세상으로 간 사람도 많이 섞여 있었다. 이런 광경을 볼 때, 두 소년의 용기는 꺾였다. 그리고, 자기네들도 몇 번을, 이 여행을 중지할까 하였다. 아아 그러나, 그럴 때마다 그들의 눈 앞에는 더욱 찬란하고 빛나는 더욱 훌륭한 무지개가 마치 그들을 오라는 듯이 두 팔을 벌리는 것이었다.

여기서 다시금 용기를 얻은 두 소년은, 험한 길을 무지개를 향하여 앞으로 가는 것이었다.

어떤 험한 산골짜기까지 이르러서, 동행하는 소년은 마침내 쓰러졌다.

"아, 난 인젠 더 못 가겠소. 무지개는 도저히 잡지 못할 것임을 이제야 겨우 깨달았소."

동행하던 소년은 이렇게 한숨을 쉬었다.

"정신차려요. 여기까지 와서 이제 넘어진단 말이 웬 말이오?"

소년은 동행하던 친구를 흔들었다. 그러나, 친구는 움직이지 않았다. 소년은 다시 흔들었다.

"정신차려요."

아 그러나, 그 때는 동행하던 소년은 차디찬 몸으로 변해 버렸다.

소년은 거기서 통곡을 하였다. 그리고, 자기도 그런 야망을 버릴까 말까, 그의 결심은 흔들렸다. 무지개는 도저히 잡지 못할 것인가 하는 의심이 강렬히 일어났다. 그러나, 그 때 그의 눈 앞에 다시금 찬란히 빛나는 무지개가, 마치 그의 마음 약한 것을 비웃듯이 커다랗게 웃고 있었다.

위태로운 산길, 험한 골짜기, 가파른 멧부리[8], 깊은 물, 온갖 고난은 또 그를 괴롭혔다. 그러나, 그는 더욱 큰 용기와 희망을 가지고 무지개로 무지개로 가까이 갔다.

그러나, 얼마를 더 가자, 소년도 마침내 이젠 한 걸음도 더 걸을 수가 없게 되었다. 그리고, 그는 거기서, 무지개는 도저히 잡지 못할 것임을 처음으로 깨달았다. 그는 몸을 아무렇게나 땅에 내던졌다. 그리고, 드높은 하늘을 쳐다보았다.

"아아, 무지개란 기어이 사람의 손으로는 잡지 못하는 것인가?"

지금까지 그와 같은 길을 걸은 수많은 소년들이 부르짖은 그 부르짖음을, 이 소년도 여기서 또한 부르짖지 않을 수 없었다. 그리고, 그는 여기서

중요 어구 풀이

8) 멧부리 : 산등성이나 산봉우리의 가장 높은 꼭대기.

그 야망을 마침내 단념하기로 결심한 것이었다.

그 때에는 이상하게도, 아직껏 검었던 머리가 갑자기 하얗게 되고, 그의 얼굴에는 수없이 많은 주름살이 잡혔다.[9]

중요 어구 풀이

9) 그 때에는 이상하게도 ~ 잡혔다 : 거듭된 좌절로 무지개를 붙잡을 수 없는 현실을 인정하는 순간 인간의 정신은 노인이 된다.

작품 이해 및 논술 다지기

핵심 정리

- 갈래 : 단편 소설
- 시점 : 3인칭 전지적 작가 시점
- 배경 : 무지개가 보이는 숲
- 구성 : 순행적 구성
- 제재 : 무지개를 잡으러 떠난 소년의 노력과 고난
- 주제 : 현실적으로 불가능한 일에 집착하는 어리석음 / 이상 추구에 따르는 어려움과 희생

구성 단계

- 발단 : 무지개를 붙잡기 위해 집을 떠나는 소년.
- 전개 : 무지개를 좇는 일에 피곤함을 느끼는 소년과 소년의 꿈.
- 위기 : 무지개를 붙잡지 못해 절망하는 사람들과 기왓장을 무지개로 착각하는 사람들.
- 절정 : 무지개를 함께 좇던 소년의 죽음.
- 결말 : 무지개를 포기하는 순간 노인이 되는 소년.

등장 인물

- 소년(주인공) : 무지개를 잡기 위해 집을 떠나는 인물. 갖은 고난을 겪으면서도 무지개에 대한 집념을 버리지 않지만 결국 무지개를 얻지는 못함.
- 어머니 : 소년에게 무지개를 잡을 수 없다는 것을 깨우쳐 주고자 하나 결국 소년의 의지를 꺾지 못함.
- 동행 소년 : 다른 소년들처럼 무지개를 잡으러 길을 떠났으나, 죽기 직전의 순간에서야 비로소 무지개를 잡을 수 없다는 사실을 깨달음.

줄거리

비가 개자, 저편 들 건너 산 위에 무지개가 곱게 걸린다. 소년은 찬란히 빛나는 무지개를 보고 잡을 것을 결심한다. 어머니는 무지개를 잡아올 수 없으니 가지 말라고 말리나 소년은 무슨 일이 있어도 무지개를 꼭 잡아와야겠다고, 떠날 것을 허락해 달라고 애원한다. 어머니는 오십 년 동안 무지개를 잡으려고 했어도 허사였다면서 가지 말라고 하지만 결국에는 벌 건너 저 숲까지가 보고 거기서 잡지 못하면 꼭 돌아오라고 당부한다. 소년은 무지개를 잡을 수 있다고 믿고 힘껏 걸어서 산을 넘어갔으나 무지개는 여전히 앞에서 빛나고 있었다. 소년은 피곤에 지쳐 그 자리에 쓰러져 잠이 든다. 언뜻 눈을 뜨니 많은 소년들이 무지개가 있는 방향을 두고 다투고 있었다. 무지개가 앞에 있다고 소년이 말하지만 그들은 보지 못하고 뿔뿔이 흩어진다. 또 다른 곳에서 소년은 무지개를 잡지 못하고 되돌아오는 여러 소년을 만난다. 계속 가다가 무지개를 잡았다는 두 소년을 만났으나 그것은 기왓장에 지나지 않았다. 그러나 끝까지 기왓장이 무지개라고 우기는 소년을 남겨 두고 다른 소년과 함께 산을 넘어간다. 한 소년이 지쳐서 쓰러지고 결국 소년은 혼자 걸어갔으나 무지개를 잡을 수 없었다. 소년은 마침내 쓰러지고 무지개는 잡을 수 없는 것이라고 단념한다. 그 때 갑자기 소년의 머리가 하얘지고 수많은 주름살이 잡힌다.

이해와 감상

김동인의 〈무지개〉는 성장의 성격을 띠고 있는 작품으로서 거기에는 무지개로 상징되는 인간의 이상이 있고, 인간이 추구하는 행복과 낙원의 허실(虛實)이 있다. 비 온 뒤 하늘에 오색 무늬가 찬란하게 걸려 있는 무지개, 그것은 소년뿐만 아니라 모든 사람이 가지고 싶어하는 것이다. 그것은 누구나 이루고 싶은 인간의 욕구요, 손에 쥐고 싶은 보물이며, 누리고 싶은 행복이자, 이루고야 말 이상이기도 하다. 이 작품은 그 무지개를 잡기 위해서 떠나겠다는 소년이 어머니의 승낙을 받는데서 시작하여 아래와 같은 수많은 과정을 겪지만 결국은 잡지 못하고 노인이 된 자신을 발견하는 데서 끝나고 있다.

1. 어머니가 50년 동안 무지개를 잡으려고 했지만 못 잡았다고 하며 들 건너 숲까지만 가 보고 돌아오라고 함.
2. 산을 넘고도 또 넘지만 무지개는 잡히지 않음.
3. 많은 소년이 무지개가 어디에 있는지 방향도 모름.
4. 무지개를 못 잡고 돌아오는 소년들을 만남.
5. 기왓장을 가지고 무지개를 잡았다고 좋아하는 두 소년의 자기도취 현상을 봄.
6. 그 중 한 소년과 다시 떠남.
7. 동행하던 소년이 쓰러진 뒤에도 소년은 죽을 힘을 다해 무지개를 잡으려고 떠났으나 결국에는 단념함. 그러자 머리가 하얘지고 얼굴에는 많은 주름이 잡힘.

이렇듯 손에 잡을 수 없는 무지개로 인해 수많은 고생과 덧없는 세월만 흘러간다는 내용으로, 인간이 추구하는 행복과 낙원 추구의 허실을 우화적으로 보여 주고 있다.

작가 소개

김동인(1900~1951)

호는 금동(琴童). 평양 출생. 숭실 중학 중퇴. 1914년 일본으로 건너가 메이지 학원을 졸업했으며, 1918년에는 미술에 뜻을 두고 가와바타 미술 학교에 입학함. 1919년 주요한 등과 함께 문예 동인지 《창조》에 발표한 처녀작 〈약한 자의 슬픔〉을 비롯하여 〈붉은 산〉, 〈배따라기〉, 〈감자〉, 〈김연실전〉 등 자연주의 경향의 작품을 다수 발표하였고, 한편으로는 〈광화사〉, 〈광염 소나타〉처럼 탐미주의 · 예술 지상주의 소설을 씀. 1930년 이후로는 역사 소설의 창작에 주력하여 《운현궁의 봄》, 《젊은 그들》, 《대수양》 등의 작품을 남겼으며, 《야담》이라는 월간지를 발간하는 등 통속적인 경향으로도 흐름. 《목숨》, 《김동인 단편집》 등의 많은 소설집과 평론집 《춘원 연구》를 남김.

연관 작품 더 읽기

- 〈별〉(황순원) : 죽은 어머니의 아름다운 이미지를 찾아 헤매는 한 소년의 심리적 방황을 그린 작품이다. 어머니의 영상을 찾으려고 노력하지만, 그것은 실현될 수 없는 꿈이다. 그러다가 미워하던 누이가 죽자 소년은 누이의 소중함을 알게 된다. 소년은 누이의 사랑을 새삼 깨닫게 되고 그 누이도 이제 하나의 '별'이 되어 '소년'의 가슴에 새겨지게 된다.

좀더 알아보기

- 〈낙원〉(樂園, utopia) : 인간이 꿈꾸는, 행복하게 살 수 있는 공간. 다음과 같은 작품에 낙원 사상이 잘 나타나 있다.

  -〈홍길동전〉(허균) — 율도국

-〈허생전〉(박지원) — 무인공도
-〈산정의 신화〉(구인환) — 초원의 눈
-〈이어도〉(이청준) - 이어도
-〈태양의 나라〉(캄파넬라) — 천당

논술 맛보기

1. 이 작품에서 무지개는 무엇을 상징하는가?

⇨ 비가 온 뒤 하늘에 찬란하게 걸려 있는 무지개는 모든 사람들이 소유하고 싶어하는 보물이다. 마찬가지로 소년도 그 무지개를 찾고자 노력한다. 하지만 소년은 평생 무지개를 잡지 못한다. 이 작품에서 무지개는 인간이 추구하는 이상이며, 인간이 누리고 싶은 행복과 낙원을 의미한다.

2. 〈무지개〉에서 소년이 평생 찾던 '무지개'는 어디에 존재하고 있는가?

⇨ 무지개는 산 위에 실제로 존재하는 것이 아니고, 사람들의 가슴 속에 있다. 따라서 인간이 무지개를 잡았다고 생각하면 사라지고 마는 것이다.

3. 이 작품은 무지개를 좇는 행위에 대해 어떤 평가를 내리고 있는가?

⇨ 기성세대로 대표되는 어머니는 오십 년 동안 무지개를 좇았지만 붙잡을 수 없었다. 소년 또한 각고의 노력을 들여 무지개를 좇았지만 결국 무지개를 포기했다. 무지개가 이상(理想), 행복, 야망(野望)을 상징한다고 볼 때 이 작품은 무지개를 좇는 행위를 성공할 수 없는 행위, 부질없는 행위로 평가하고 있다. 다만 거듭된 좌절로 무지개를 붙잡을 수 없는 현실을 인정하는 순간 노인이 되는 결말을 통해 무지개를 좇는 행위에 젊음, 열정이라는 의미를 부여하고 있다.

논술 다지기

〈무지개〉의 주인공 소년의 모습에는 현대를 살아가는 사람들의 특징 중 하나가 드러나 있다. 소년의 모습에 반영되어 있는 우리들의 모습을 정리하고, 이에 대해 비판하거나 옹호하는 관점을 제시하라.

예시 답안

〈무지개〉의 주인공 소년은 현실적으로 이루기 힘든 꿈을 이루려다가 실패하고 마는 인물이다. 이러한 모습은 아주 낮은 확률의 사람들만이 이룰 수 있는 꿈을 이루기 위해 집착하는 사람들의 모습을 반영하고 있다. 수백만 분의 일의 확률을 믿고 로또에 당첨되고자 복권을 사 모으는 사람들의 모습이나, 좋아하는 연예인과 만나겠다는 비현실적인 꿈에 부풀어 부모님과 갈등을 일으키는 청소년들의 모습, 일확천금의 꿈을 믿고 범죄의 길로 빠져드는 사람들의 모습이 모두 그러하다.

물론 이루기 어려운 꿈이지만 반드시 그 꿈을 이루고자 하는 굳은 의지를 지님으로써 위대한 과업에 도달하는 사람들도 있다. 쿠바의 혁명을 성공적으로 이끈 인물인 '체 게바라'는 "우리 모두 리얼리스트가 되자. 그러나 가슴에는 불가능한 꿈을 지니자."라고 말한 바 있다. 그의 말에서도 알 수 있듯 '체 게바라'는 이루기 힘든 꿈을 위해 도전하였다. 그러나 그는 단순히 그러한 꿈을 위해 맹목적으로 달려들었던 것이 아니라 그것을 이루는 데 필요한 현실적인 방법들을 마련하기 위해 노력한 인물이었다. 즉 그는 허황된 꿈을 좇은 것이 아니라, 높은 이상을 추구하기 위한 현실적이 방법들을 모색했다는 점에서 '리얼리스트(realist 현실주의자)'가 될 수 있었던 것이다.

그러나 〈무지개〉의 주인공 소년의 모습은 '체 게바라'처럼 위대한 업적을 이룩한 인물과는 다르다. 소년은 꿈을 이루기 위한 철두철미한 준비를 하는 모습이 아니라, 허황된 꿈을 좇아 자기 자신이 가진 것들을 무조건적으로 희생하는 모습으로 비쳐지기 때문이다. 소년은 무지개를 찾겠다는 욕심만 있으면 금방 무지개를 얻을 수 있다고 생각하는 것처럼 행동한다. 무조건 집을 나서서 무지개가 보이는 곳으로 따라가는 소년의 모습은 막연한 기대감에 부풀어 복권에 당첨되기만을 기다리는 복권 중독자의 모습을 떠올리게 한다. 또 무지개가 보인다고 해서 그것을 잡을 수 있을 것이라고 생각하는 것은 꿈을 이룰 수 있는 방법에 대한 치밀한 탐구도 없이 백일몽에 사로잡혀 있는 모습을 반영하고 있다. 공부도 열심히 하지 않으면서 좋은 대학에 가는 꿈만 꾸고 있는 사람의 모습이나 저축도 하지 않으면서 부자가 될 거라고 믿고 있는 사람들의 모습은 모두 이러한 소년의 모습과 유사한 현대인들의 일면들이다.

소년이 무지개를 잡고 싶었다면 정말 무지개가 잡힐 수 있는 것인지에 대한 치밀한 탐구와, 그것을 잡기 위한 현실적인 방식은 무엇일지에 대한 현명한 고려가 필요했을 것이다. '불가능한 꿈'을 이루게 하는 것은 불가능한 것을 가능하게 하는 강한 의지와 더불어, 가장 현실적인 방법들을 찾아 낼 수 있는 냉철한 사고력이라는 생각이 든다.

'인간은 꿈의 세계에서 내려온다.'라고 생각했던 '체 게바라'와 같은 혁명가가 성공할 수 있었던 방법은 꿈을 이루기 위한 맹목적인 희생이 아니라, 그 꿈을 이루는 방식의 현실적 탐구였다는 점을 명심해야 할 것이다.

메밀꽃 필 무렵

이효석

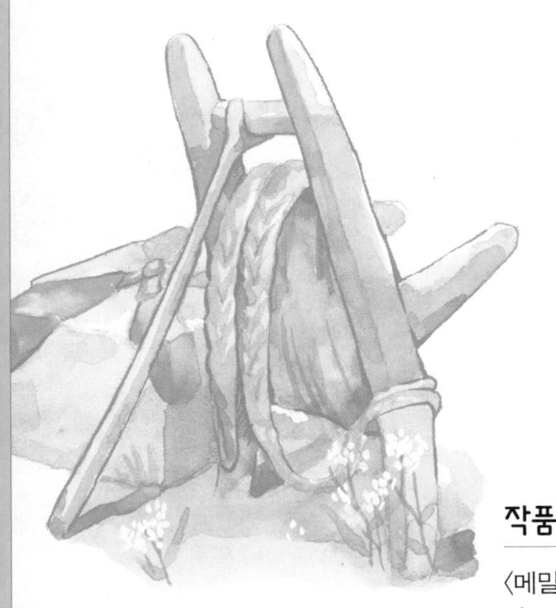

작품을 읽기 전에

〈메밀꽃 필 무렵〉은 《조광(1936. 10.)》에 발표되어, 달밤에 어린 자연의 신비와 함께 생명의 계승을 직감하는 낭만적 경향이 짙은 작품이다. 이것이 어떻게 작품에 형상화되어 나타나는지를 생각하면서 읽어 보자.

메밀꽃 필 무렵

여름 장이란 애시당초에 글러서, 해는 아직 중천에 있건만 장판은 벌써 쓸쓸하고 더운 햇발이 벌여 놓은 전 휘장 밑으로 등줄기를 훅훅 볶는다. 마을 사람들은 거지반 돌아간 뒤요, 팔리지 못한 나무꾼 패가 길거리에 궁싯거리고들 있으나,[1] 석유병이나 받고 고깃마리나 사면 족할 이 축들을 바라고 언제까지든지 버티고 있을 법은 없다. 춥춥스럽게 날아드는 파리 떼도 장난꾼 각다귀들도 귀찮다. 얼금뱅이요, 왼손잡이인 드팀전의 허 생원은 기어코 동업의 조 선달을 낚아 보았다.

"그만 거둘까?"

"잘 생각했네. 봉평 장에서 한 번이나 흐뭇하게 사 본 일 있을까. 내일 대화 장에서나 한몫 벌어야겠네."

중요 어구 풀이

1) 궁싯거리고들 있으나 : 어찌 할 바를 몰라 이리저리 머뭇거리고 있으나.

"오늘 밤은 밤을 새서 걸어야 될걸?"

"달이 뜨렷다!"

절렁절렁 소리를 내며 조 선달이 그 날 번 돈을 따지는 것을 보고 허 생원은 말뚝에서 넓은 휘장을 걷고 벌여 놓았던 물건을 거두기 시작하였다. 무명 필과 주단 바리가 두 고리짝에 꼭 찼다. 멍석 위에는 천 조각이 어수선하게 남았다. 다른 축들도 벌써 거진 전들을 걷고 있었다. 약빠르게 떠나는 패도 있었다. 어물 장수도, 땜장이도, 엿 장수도, 생강 장수도, 꼴들이 보이지 않았다. 내일은 진부와 대화에 장이 선다. 축들은 그 어느 쪽으로든지 밤을 새며 육칠십 리 밤길을 타박거리지 않으면 안 된다. 장판은 잔치 뒷마당같이 어수선하게 벌어지고, 술집에서는 싸움이 터져 있었다. 주정꾼 욕지거리에 섞여 계집의 앙칼진 목소리가 찢어졌다. 장날 저녁은 정해 놓고 계집의 고함 소리로 시작되는 것이다.

"생원, 시침을 떼두 다 아네……. 충줏집 말야."

계집 목소리로 문득 생각난 듯이 조 선달은 비죽이 웃는다.

"화중지병[2]이지. 연소 패들을 적수로 하구야 대거리가 돼야 말이지."

"그렇지두 않을걸. 축들이 사족을 못 쓰는 것두 사실은 사실이나, 아무리 그렇다군 해두 왜 그 동이 말일세, 감쪽같이 충줏집을 후린 눈치거든."

"무어 그 애숭이가? 물건 가지고 낚았나 부지. 착실한 녀석인 줄 알았더니."

"그 길만은 알 수 있나……. 궁리 말구 가 보세나그려. 내 한턱 씀세."

그다지 마음이 당기지 않는 것을 쫓아갔다. 허 생원은 계집과는 연분이 멀었다. 얼금뱅이 상판을 쳐들고 대어 설 숫기도 없었으나, 계집 편에서 정

중요 어구 풀이

2) 화중지병 : 그림의 떡. 욕심은 나지만 얻을 수 없는 것을 이름.

을 보낸 적도 없었고, 쓸쓸하고 뒤틀린 반생이었다. 충줏집을 생각만 하여도 철없이 얼굴이 붉어지고 발밑이 떨리고 그 자리에 소스라쳐 버린다.[3] 충줏집 대문에 들어서서 술좌석에서 짜장 동이를 만났을 때에는 어찌된 서슬엔지 발끈 화가 나 버렸다. 상 위에 붉은 얼굴을 쳐들고 제법 계집과 농탕치는 것을 보고서야 견딜 수 없었던 것이다. 녀석이 제법 난질꾼인데 꼴사납다. 머리에 피도 안 마른 녀석이 낮부터 술 처먹고 계집과 농탕이야. 장돌뱅이 망신만 시키고 돌아다니누나. 그 꼴에 우리들과 한몫 보자는 셈이지. 동이 앞에 막아서면서부터 책망이었다. 걱정두 팔자요, 하는 듯이 빤히 쳐다보는 상기된 눈망울에 부딪힐 때, 얼결 김에 따귀를 하나 갈겨 주지 않고는 배길 수 없었다. 동이도 화를 쓰고 팩 하고 일어서기는 하였으나, 허 생원은 조금도 동색하는 법 없이 마음먹은 대로는 다 지껄였다.

"어디서 주워 먹은 선머슴인지는 모르겠으나, 네게도 아비 어민 있겠지. 그 사나운 꼴 보면 맘 좋겠다. 장사란 탐탁하게 해야 되지, 계집이 다 무어야. 나가거라, 냉큼 꼴 치워."

그러나 한 마디도 대거리하지 않고 하염없이 나가는 꼴을 보려니, 도리어 측은히 여겨졌다. 아직두 서름서름한 사인데 너무 과하지 않았을까 하고 마음이 섬뜩해졌다.

"주제도 넘지, 같은 술손님이면서두 아무리 젊다고 자식 낳게 된 것을 붙들고 치고 닦아셀 것은 무어야 원."

충줏집은 입술을 쫑긋하고 술 붓는 솜씨도 거칠었으나, 젊은 애들한테는 그것이 약이 된다나 하고 그 자리는 조 선달이 얼버무려 넘겼다.

"너 녀석한테 반했지? 애숭이를 빨면 죄 된다."

중요 어구 풀이

3) 충줏집을 생각만 ~ 버린다 : 충줏집을 좋아하는 허 생원의 마음을 엿볼 수 있다.

한참 법석을 친 후이다. 담도 생긴데다가 웬일인지 흠뻑 취해 보고 싶은 생각도 있어서 허 생원은 주는 술잔이면 거의 다 들이켰다. 거나해짐을 따라 계집 생각보다도 동이의 뒷일이 한결같이 궁금해졌다. 내 꼴에 계집을 가로채서는 어떡헐 작정이었누 하고 어리석은 꼬락서니를 모질게 책망하는 마음도 한편에 있었다. 그렇기 때문에, 얼마나 지난 뒤인지 동이가 헐레벌떡거리며 황급히 부르러 왔을 때에는, 마시던 잔을 그 자리에 던지고 정신 없이 허덕이며 충줏집을 뛰어나간 것이었다.

"생원 당나귀가 바를 끊구 야단이에요."

"각다귀들 장난이지 필연코."

짐승도 짐승이려니와 동이의 마음씨가 가슴을 울렸다. 뒤를 따라 장판을 달음질하려니 거슴츠레한 눈이 뜨거워질 것 같다.

"부락스런 녀석들이라 어쩌는 수 있어야죠."

"나귀를 몹시 구는 녀석들은 그냥 두지는 않을걸."

반평생을 같이 지내 온 짐승이었다. 같은 주막에서 잠자고, 같은 달빛에 젖으면서 장에서 장으로 걸어다니는 동안에 이십 년의 세월이 사람과 짐승을 함께 늙게 하였다. 가스러진 목 뒤털은 주인의 머리털과도 같이 바스러지고, 개진개진 젖은 눈은 주인의 눈과 같이 눈곱을 흘렸다.[4] 몽당비처럼 짧게 쓸리운 꼬리는, 파리를 쫓으려고 기껏 휘저어 보아야 벌써 다리까지는 닿지 않았다. 닳아 없어진 굽을 몇 번이나 도려 내고 새 철을 신겼는지 모른다. 굽은 벌써 더 자라나기는 틀렸고 닳아 버린 철 사이로는 피가 빼짓이 흘렀다. 냄새만 맡고도 주인을 분간하였다. 호소하는 목소리로 야단스

중요 어구 풀이

4) 가스러진 목 뒤털은 ~ 흘렸다 : 나귀는 허 생원의 분신과 같은 존재로 외양 또한 주인과 닮은 것으로 묘사되고 있다.

럽게 울며 반겨한다.

어린아이를 달래듯이 목덜미를 어루만져 주니 나귀는 코를 벌름거리고 입을 투루루거렸다. 콧물이 튀었다. 허 생원은 짐승 때문에 속도 무던히는 썩였다. 아이들의 장난이 심한 눈치여서 땀 밴 몸뚱어리가 부들부들 떨리고 좀체 흥분이 식지 않는 모양이었다. 굴레가 벗어지고 안장도 떨어졌다. 요 몹쓸 자식들, 하고 허 생원은 호령을 하였으나 패들은 벌써 줄행랑을 논 뒤요, 몇 남지 않은 아이들이 호령에 놀래 비슬비슬 멀어졌다.

"우리들 장난이 아니우, 암놈을 보고 저 혼자 발광이지."

코흘리개 한 녀석이 멀리서 소리를 쳤다.

"고녀석 말투가……."

"김 첨지 당나귀가 가 버리니까 온통 흙을 차고 거품을 흘리면서 미친 소같이 날뛰는걸. 꼴이 우스워 우리는 보고만 있었다우. 배를 좀 보지."

아이는 앵돌아진 투로 소리를 치며 깔깔 웃었다. 허 생원은 모르는 결에 낯이 뜨거워졌다. 뭇시선을 막으려고 그는 짐승의 배 앞을 가리어 서지 않으면 안 되었다.

"늙은 주제에 암상을 내는 셈야. 저놈의 짐승이."[5]

아이의 웃음소리에 허 생원은 주춤하면서 기어코 견딜 수 없어 채찍을 들더니 아이를 쫓았다.

"쫓으려거든 쫓아 보지. 왼손잡이가 사람을 때려."

줄달음에 달아나는 각다귀에는 당하는 재주가 없었다. 왼손잡이는 아이 하나도 후릴 수 없다. 그만 채찍을 던졌다. 술기도 돌아 몸이 유난스럽게

중요 어구 풀이

5) 늙은 주제에 ~ 짐승이 : 나귀를 향한 아이들의 놀림은 곧 충줏집을 좋아하는 허 생원을 향한 놀림이다.

화끈거렸다.

"그만 떠나세. 녀석들과 어울리다가는 한이 없어. 장판의 각다귀들이란 어른보다도 더 무서운 것들인걸."

조 선달과 동이는 각각 제 나귀에 안장을 얹고 짐을 싣기 시작하였다. 해가 꽤 많이 기울어진 모양이었다.

드팀전 장돌림을 시작한 지 이십 년이나 되어도 허 생원은 봉평 장을 빼논 적은 드물었다. 충주, 제천 등의 이웃 군에도 가고, 멀리 영남 지방도 헤매기는 하였으나, 강릉쯤에 물건 하러 가는 외에는 처음부터 끝까지 군내를 돌아다녔다. 닷새만큼씩의 장날에는 달보다도 확실하게 면에서 면으로 건너간다. 고향이 청주라고 자랑삼아 말하였으나, 고향에 돌보러 간 일도 있는 것 같지는 않았다. 장에서 장으로 가는 길의 아름다운 강산이 그대로 그에게는 그리운 고향이었다. 반날 동안이나 뚜벅뚜벅 걷고 장터 있는 마을에 거지반 가까웠을 때, 거친 나귀가 한바탕 우렁차게 울면—더구나 그것이 저녁녘이어서 등불들이 어둠 속에 깜박거릴 무렵이면, 늘 당하는 것이건만 허 생원은 변치 않고 언제든지 가슴이 뛰놀았다.

젊은 시절에는 알뜰하게 벌어 돈푼이나 모아 본 적도 있기는 있었으나, 읍내에 백중이 열린 해 호탕스럽게 놀고 투전을 하곤 하여 사흘 동안에 다 털어 버렸다. 나귀까지 팔게 된 판이었으나 애끊는 정분에 그것만은 이를 물고 단념하였다. 결국 도로 아미타불로 장돌림을 다시 시작할 수밖에 없었다. 짐승을 데리고 읍내를 도망해 나왔을 때에는 너를 팔지 않기 다행이었다고 길가에서 울면서 짐승의 등을 어루만졌던 것이었다. 빚을 지기 시작하니 재산을 모을 염은 당초에 틀리고 간신히 입에 풀칠을 하러 장에서 장으로 돌아다니게 되었다.

호탕스럽게 놀았다고는 하여도 계집 하나 후려 보지는 못하였다. 계집이란 좀 쌀쌀하고 매정한 것이다. 평생 인연이 없는 것이라고 신세가 서글퍼졌다. 일신에 가까운 것이라고는 언제나 변함 없는 한 필의 당나귀였다. 그렇다고 하여도 꼭 한 번의 첫 일을 잊을 수는 없었다. 뒤에도 처음에도 없는 단 한 번의 괴이한 인연! 봉평에 다니기 시작한 젊은 시절의 일이었으나, 그것을 생각할 적만은 그도 산 보람을 느꼈다.

"달밤이었으나 어떻게 해서 그렇게 됐는지 지금 생각해두 도무지 알 수 없어."

허 생원은 오늘 밤도 또 그 이야기를 끄집어 내려는 것이다. 조 선달은 친구가 된 이래 귀에 못이 박히도록 들어 왔다. 그렇다고 싫증을 낼 수도 없었으나, 허 생원은 시치미를 떼고 되풀이할 대로는 되풀이하고야 말았다.

"달밤에는 그런 이야기가 격에 맞거든."

조 선달 편을 바라는 보았으나 물론 미안해서가 아니라 달빛에 감동하여서였다. 이지러는 졌으나 보름을 갓 지난 달은 부드러운 빛을 흐뭇이 흘리고 있다.

대화까지는 팔십 리의 밤길, 고개를 둘이나 넘고 개울을 하나 건너고 벌판과 산길을 걸어야 된다. 길은 지금 긴 산허리에 걸려 있다. 밤중을 지난 무렵인지 죽은 듯이 고요한 속에서 짐승 같은 달의 숨소리가 손에 잡힐 듯이 들리며,[6] 콩 포기와 옥수수 잎새가 한층 달에 푸르게 젖었다. 산허리는 온통 메밀밭이어서 피기 시작한 꽃이 소금을 뿌린 듯이 흐뭇한 달빛에 숨이 막힐 지경이다.[7] 붉은 대궁이 향기같이 애잔하고 나귀들의 걸음도 시원

중요 어구 풀이

6) 짐승 같은 ~ 들리며 : 시각의 청각화로 달빛이 강렬하여 사람이 숨을 쉬는 것처럼 느껴진다는 의미다.
7) 소금을 뿌린 ~ 지경이다 : 하얗게 핀 메밀꽃을 묘사하는 구절이다.

하다. 길이 좁은 까닭에 세 사람은 나귀를 타고 외줄로 늘어섰다. 방울 소리가 시원스럽게 딸랑딸랑 메밀밭께로 흘러간다. 앞장 선 허 생원의 이야기 소리는 꽁무니에 선 동이에게는 확적히는[8] 안 들렸으나, 그는 그대로 개운한 제멋에 적적하지는 않았다.

"장 선 꼭 이런 날 밤이었네. 객줏집 토방이란 무더워서 잠이 들어야지. 밤중은 돼서 혼자 일어나 개울가에 목욕하러 나갔지. 봉평은 지금이나 그제나 마찬가지지. 보이는 곳마다 메밀밭이어서 개울가가 어디 없이 하얀 꽃이야. 돌밭에 벗어도 좋을 것을, 달이 너무나 밝은 까닭에 옷을 벗으러 물방앗간으로 들어가지 않았나. 이상한 일도 많지. 거기서 난데없는 성 서방네 처녀와 마주쳤단 말이네. 봉평서야 제일 가는 일색이었지…… 팔자에 있었나 부지."

아무렴 하고 응답하면서 말머리를 아끼는 듯이 한참이나 담배를 빨 뿐이었다. 구수한 자줏빛 연기가 밤기운 속에 흘러서는 녹았다.

"날 기다린 것은 아니었으나 그렇다고 달리 기다리는 놈팡이가 있는 것두 아니었네. 처녀는 울고 있단 말야. 짐작은 대고 있었으나 성 서방네는 한창 어려워서 들고날 판인 때였지. 한집안 일이니 딸에겐들 걱정이 없을 리 있겠나? 좋은 데만 있으면 시집도 보내련만 시집은 죽어도 싫다지……. 그러나 처녀란 울 때같이 정을 끄는 때가 있을까. 처음에는 놀라기도 한 눈치였으나, 걱정 있을 때는 누그러지기도 쉬운 듯해서 이럭저럭 이야기가 되었네……. 생각하면 무섭고도 기막힌 밤이었어."[9]

"제천인지로 줄행랑을 놓은 건 그 다음 날이렷다."

중요 어구 풀이

8) 확적히는 : 틀림없이 들어맞다.
9) 생각하면 무섭고도 ~ 밤이었어 : 성 서방네 처녀와의 만남이 하룻밤의 정분으로 이어졌다는 점에서 무서운 밤이며 이 만남이 우연하게 일어났다는 점에서 기막힌 밤이라는 의미.

"다음 장도막에는 벌써 온 집안이 사라진 뒤였네. 장판은 소문에 발끈 뒤집혀 고작해야 술집에 팔려 가기가 상수라고 처녀의 뒷공론이 자자들 하단 말이야. 제천 장판을 몇 번이나 뒤졌겠나. 허나 처녀의 꼴은 꿩 궈 먹은 자리야. 첫날밤이 마지막 밤이었지. 그 때부터 봉평이 마음에 든 것이 반평생을 두고 다니게 되었네. 반평생인들 잊을 수 있겠나."

"수 좋았지. 그렇게 신통한 일이란 쉽지 않어. 항용 못난 것 얻어 새끼 낳고, 걱정 늘고, 생각만 해두 진저리나지……. 그러나 늘그막바지까지 장돌뱅이로 지내기도 힘드는 노릇 아닌가? 난 가을까지만 하구 이 생애와두 하직하려네. 대화쯤에 조그만 전방이나 하나 벌이구 식구들을 부르겠어. 사시장철 뚜벅뚜벅 걷기란 여간이래야지."

"옛 처녀나 만나면 같이나 살까……. 난 꺼꾸러질 때까지 이 길 걷고 저 달 볼 테야."

산길을 벗어나니 큰길로 틔여졌다. 꽁무니의 동이도 앞으로 나서 나귀들은 가로 늘어섰다.

"총각두 젊겠다, 지금이 한창 시절이렷다. 충줏집에서는 그만 실수를 해서 그 꼴이 되었으나 섧게 생각 말게."

"처 천만에요. 되려 부끄러워요. 계집이란 지금 웬 제격인가요. 자나깨나 어머니 생각뿐인데요."

허 생원의 이야기로 실심해한 끝이라 동이의 어조는 한풀 수그러진 것이었다.

"아비 어미란 말에 가슴이 터지는 것도 같았으나 제겐 아버지가 없어요. 피붙이라고는 어머니 하나뿐인걸요."

"돌아가셨나?"

"당초부터 없어요."

"그런 법이 세상에……."

생원과 선달이 야단스럽게 껄껄들 웃으니, 동이는 정색하고 우길 수밖에는 없었다.

"부끄러워서 말하지 않으려 했으나 정말예요. 제천 촌에서 달도 차지 않은 아이를 낳고 어머니는 집을 쫓겨났죠. 우스운 이야기나, 그렇기 때문에 지금까지 아버지 얼굴도 본 적 없고, 있는 고장도 모르고 지내와요."[10]

고개가 앞에 놓인 까닭에 세 사람은 나귀를 내렸다. 둔덕은 험하고 입을 벌리기도 대근하여 이야기는 한동안 끊겼다. 나귀는 건듯하면 미끄러졌다. 허 생원은 숨이 차 몇 번이고 다리를 쉬지 않으면 안 되었다. 고개를 넘을 때마다 나이가 알렸다. 동이 같은 젊은 축이 그지없이 부러웠다. 땀이 등을 한바탕 쭉 씻어 내렸다.

고개 너머는 바로 개울이었다. 장마에 흘러 버린 널다리가 아직도 걸리지 않은 채로 있는 까닭에 벗고 건너야 되었다. 고의를 벗어 띠로 등에 얽어매고 반 벌거숭이의 우스꽝스런 꼴로 물 속에 뛰어들었다. 금방 땀을 흘린 뒤였으나 밤 물은 뼈를 찔렀다.

"그래, 대체 기르긴 누가 기르구?"

"어머니는 하는 수 없이 의부를 얻어 가서 술 장사를 시작했죠. 술이 고주래서 의부라고 전 망나니예요. 철들어서부터 맞기 시작한 것이 하룬들 편한 날 있었을까. 어머니는 말리다가 채이고 맞고 칼부림을 당하고 하니 집꼴이 무어겠소. 열여덟 살 때 집을 뛰쳐나와서부터 이 짓이죠."

"총각 낫세론 동이 무던하다고 생각했더니, 듣고 보니 딱한 신세로군."

중요 어구 풀이

10) 제천 촌에서 ~ 지내와요 : 동이의 출생 비밀로서 허 생원이 동이를 자신의 아들로 기대를 하게 되는 첫 번째 계기이다.

물은 깊어 허리까지 찼다. 속 물살도 어지간히 센데다가 발에 채이는 돌멩이도 미끄러워 금시에 휩칠 듯하였다. 나귀와 조 선달은 재빨리 거의 건넜으나 동이는 허 생원을 붙드느라고 두 사람은 훨씬 떨어졌다.

"모친의 친정은 원래부터 제천이었던가?"

"웬걸요. 시원스리 말은 안 해 주나 봉평이라는 것만은 들었죠."

"봉평? 그래, 그 아비 성은 무엇이구?"

"알 수 있나요. 도무지 듣지를 못했으니까."

"그 그렇겠지."

하고 중얼거리며 흐려지는 눈을 까물까물하다가 허 생원은 경망하게도 발을 빗디디었다. 앞으로 고꾸라지기가 바쁘게 몸째 풍덩 빠져 버렸다. 허우적거릴수록 몸을 건잡을 수 없어 동이가 소리를 치며 가까이 왔을 때에는 벌써 퍽이나 흘렀었다. 옷째 쫄딱 젖으니 물에 젖은 개보다도 참혹한 꼴이었다. 동이는 물 속에서 어른을 해깝게 업을 수 있었다. 젖었다고는 하여도 여윈 몸이라 장정 등에는 오히려 가벼웠다.

"이렇게까지 해서 안됐네. 내 오늘은 정신이 빠진 모양이야."

"염려하실 것 없어요."

"그래, 모친은 아비를 찾지는 않는 눈치지?"

"늘 한 번 만나고 싶다고는 하는데요."

"지금 어디 계신가?"

"의부와도 갈라져 제천에 있죠. 가을에는 봉평에 모셔 오려고 생각 중인데요. 이를 물고 벌면 이럭저럭 살아갈 수 있겠죠."

"아무렴, 기특한 생각이야. 가을이랬다?"

동이의 탐탁한 등어리가 뼈에 사무쳐 따뜻하다. 물을 다 건넜을 때에는 도리어 서글픈 생각에 좀더 업혔으면도 하였다.[11]

"진종일 실수만 하니 웬일이요, 생원."

조 선달은 바라보며 기어코 웃음이 터졌다.

"나귀야. 나귀 생각하다 실족을 했어. 말 안 했던가? 저 꼴에 제법 새끼를 얻었단 말이지. 읍내 강릉집 피마에게 말일세. 귀를 쫑긋 세우고 달랑달랑 뛰는 것이 나귀 새끼같이 귀여운 것이 있을까. 그것 보러 나는 일부러 읍내를 도는 때가 있다네."

"사람을 물에 빠뜨릴 젠, 딴은 대단한 나귀 새끼군."

허 생원은 젖은 옷을 웬만큼 짜서 입었다. 이가 덜덜 갈리고 가슴이 떨리며 몹시도 추웠으나 마음은 알 수 없이 둥실둥실 가벼웠다.

"주막까지 부지런히들 가세나. 뜰에 불을 피우고 훗훗이 쉬어. 나귀에겐 더운물을 끓여 주고. 내일 대화 장 보고는 제천이다."

"생원도 제천으로……?"

"오래간만에 가 보고 싶어. 동행하려나, 동이?"

나귀가 걷기 시작하였을 때, 동이의 채찍은 왼손에 있었다. 오랫동안 아둑시니[12]같이 눈이 어둡던 허 생원도 요번만은 동이의 왼손잡이가 눈에 띄지 않을 수 없었다.

걸음도 해깝고 방울 소리가 밤 벌판에 한층 청청하게 울렸다. 달이 어지간히 기울어졌다.

중요 어구 풀이

11) 물을 다 건넜을 ~ 하였다 : 허 생원은 동이를 자신의 아들로 어느 정도 확신을 하고 있으며, 때문에 동이에게 혈육의 정을 느끼고 있다.
12) 아둑시니 : 방언으로 '어둠의 귀신'이라는 의미.

작품 이해 및 논술 다지기

 핵심 정리

- 갈래 : 단편 소설
- 시점 : 1인칭 관찰자 시점
- 배경 : 시간적—1920년대 어느 여름날 낮부터 밤까지
  공간적—강원도 봉평 장터와 봉평에서 대화에 이르는 메밀꽃이 흐드러진 밤길
- 구성 : 순행적 구성
- 제재 : 장돌뱅이의 삶
- 주제 : 떠돌이의 삶을 통해 본 인간 본연의 애정

구성 단계

- 발단 : 봉평 장터에서 일찍 전(廛)을 거두는 허 생원과 조 선달.
- 전개 : 충줏집과 농탕치는 '동이'를 내쫓는 허 생원.
- 위기 : 다음 장터로 가는 밤길에 봉평에 얽힌 사랑 이야기를 하는 허 생원.
- 절정 : 어머니의 친정이 봉평이라고 말하는 동이와 동이가 자신의 자식일지 모른다고 생각하는 허 생원.
- 결말 : 허 생원은 제천으로 가기로 결심하고 이 때 동이가 왼손잡이임을

확인하게 됨.

 등장 인물

- 허 생원 : 주인공. 장돌뱅이. 과거의 추억 속에 사는 고독하고 토속적인 인물.
- 동이 : 장돌뱅이. 순박한 젊은이. 허 생원의 아들로 짐작됨.
- 조 선달 : 보조 인물. 허 생원의 친구이며 동업자.

줄거리

장돌뱅이 허 생원은, 젊은 장돌뱅이 동이가 장터 술집의 충줏댁과 농지거리하는 것을 보고 따귀를 갈긴다. "젊은 놈이 벌써부터 농탕질이군." 싶었던 것이다. 그 날 밤, 달빛이 흐뭇한 길을 가면서 허 생원은 동행인 동이와 조 선달에게 예전에 인연을 맺었던 처녀 이야기를 들려준다. 생원이 젊었을 때, 제천에서의 일이다. 어느 날 밤 물방앗간으로 들어갔다가 성씨 집 처녀와 마주친 생원은 하룻밤 관계를 맺었으나 그 후로는 영영 만날 수 없었다는 것이다. 동이도 어머니의 이야기를 들려준다. 제천 출신인 어머니는 달도 차지 않은 자신을 낳고 집에서 쫓겨났다고 한다. 이야기를 듣고 있던 허 생원은 발을 헛디뎌 개울에 빠지고 동이가 그를 구해 준다. 그리고 다시 길을 가면서 허 생원은, 동이가 자신과 같은 왼손잡이라는 것을 알아차린다.

이해와 감상

〈메밀꽃 필 무렵〉은 빼어난 묘사력을 바탕으로 하여 한국 단편 소설의 한 정점을 보여 주고 있으며, 자연과 인간의 충일한 생명력을 다루고 있다.

소설의 배경과 허 생원이 회상하는 그 때는 달밤이었다고 서술되는데, "산허리는 온통 메밀밭이어서 피기 시작한 꽃이 소금을 뿌린 듯이 흐뭇한 달빛에 숨이 막힐 지경"인 달밤인 것이다. 밝은 달밤은 충일한 생명력을 의미한다. 전래의 풍속 가운데, 보름달을 보고 소원을 빌면 이루어진다든지, 달을 보며 그 정기를 빨아들이는 흡월(吸月)을 하면 아이를 가질 수 있다든지 하는 것은, 달밤이 생명력과 욕망의 자유로운 분출을 상징한다는 증거이다. 이 소설에서의 달밤 역시 그런 것이다. 허 생원은 달밤에 성씨 집 처녀와 하룻밤의 인연을 맺었으며, 동이의 어머니가 바로 그 처녀라고 암시되는 재회의 가능성을 생원이 찾게 되는 때 역시 달밤이다. 그리고 이 달밤에는, 생명력을 자유롭게 내뿜는 인간의 존재가 자연물화(自然物化)되고, 때문에 자연과 인간의 조화가 두드러지게 나타난다. 허 생원의 나귀가 그 조화의 예로 들 수 있는 것이다. 해가 기우는 장터에서 암컷을 보고 발정하는 나귀에게서 허 생원은 동류감을 느낀다. 그리고 그 나귀를 앞세우고 길을 가는 달밤에는, 달빛과 메밀꽃 향내까지 허 생원, 동이, 조 선달 일행과 융합되어 버린다. 동이가 왼손잡이라는 것이 허생원의 생각과 맞지 않는 것이라 해도, 토속적이며 신비스러운 분위기가 그런 암시의 '직관력'을 가능하게 해 준다.

작가 소개

이효석(1907~1942)

호는 가산(可山), 아세아(亞細兒). 강원도 평창 출생. 경성 제일 고보를 거쳐 경성 제대 법문학부 졸업. 평양 숭실 전문학교 교수 역임. 1942년 뇌막염으로 사망. 1928년 〈도시와 유령〉을 발표하면서 본격적인 창작 활동을 시작했으며, 초기에는 '동반자 작가'라는 평을 받은 소설들을 발표함. 〈마작철학〉, 〈깨뜨려지는 홍등〉 등은 도시 빈민층이나 노동자, 기생의 삶을 통해 상류 사회와의 갈등과 대비를 보여 줌으로써 사회적 모순을 고발하고 있음. 3부작 〈노령근

해〉, 〈상륙〉, 〈북국사신〉에서는 관능적이며 성적인 인간 본능의 폭로에도 관심을 기울였고, 단편 〈돈(豚)〉, 〈수탉〉을 기점으로 창작의 전환을 함. 이후 순수 문학이라 할 만한 작품 창작에 전념하면서, 1936년 대표작 〈메밀꽃 필 무렵〉을 발표함. 이 작품에서 잘 드러나듯이, 그의 문학 세계의 본령은 본질적으로 반산문적이고 반도시적이라 할 수 있음. 구인회 회원으로 활동.

연관 작품 더 읽기

- 〈돈〉(이효석) : 이 작품은 인간의 본능적인 성애(性愛)를 다루고 있다. 암퇘지를 공격하는 씨돼지와 마음 속으로 '분이'에 대한 성적(性的) 욕망을 갖고 있는 주인공 '식이'가 동일시되고 있다. 지나가는 기차에 돼지를 잃어버린 것은 곧 식이가 그가 좋아하는 분이를 잃어 버린 것과 같은 것이다.

- 〈소낙비〉(김유정) : 농촌 사회에서 가난하게 살아가는 농민의 모습을 사실적으로 그린 소설이다. 아내에게 매춘을 시키는 남편, 남편에게 맞지 않기 위해 어떤 일도 마다하지 않는 아내 등의 타락한 인물들을 통해 그들이 타락할 수밖에 없는 구조적 모순에 대해 문제 제기를 하고 있다.

좀더 알아보기

- 구인회(九人會) : 이효석, 김기림, 이종명, 김유영, 유치진, 정지용, 이태준, 이무영, 조용만 등이 1933년 8월, 경향(傾向) 문학에 반발하고 순수 문학을 지향하고자 문단 및 예술계의 작가 9명이 결성한 문학 친목 단체. 처음 결성 된 지 얼마 후 이효석, 이종명, 김유영이 탈퇴하고, 박태원, 이상, 박팔양이 가입했으며, 다시 유치진, 조용만이 탈퇴하고 김유정, 김환태가 가입하여 항상 9명의 회원을 유지함.

논술 맛보기

1. 이 작품의 배경이 되고 있는 '달밤'이 의미하는 것은 무엇인가?

⇨ 소설의 배경과 허 생원이 회상하는 그 때는 달밤이었다. 허 생원은 달밤에 성씨 집 처녀와 하룻밤의 인연을 맺었고, 그 후 성씨 처녀는 임신을 해 동이를 낳았다. 따라서 달밤은 생명력을 의미한다.

2. 허 생원이 동이가 자기 아들이라고 생각하는 이유는 무엇인가?

⇨ 제천 출신인 동이 어머니가 달도 차지 않은 동이를 낳고 집에서 쫓겨났다는 이야기를 들은 허 생원은 동이가 자신의 자식일 수도 있다고 생각한다. 이후 허 생원은 동이가 자신과 같은 왼손잡이라는 것을 보고 자기 아들이라고 확신한다.

3. 이 작품이 설정한 공간적 배경을 작품의 주제와 연관지어 설명하라.

⇨ 이 작품에서 중요한 공간적 배경은 강원도 봉평에서 대화에 이르는 팔십 리의 밤길이다. 이 공간적 배경은 작품의 주제와 밀접한 관련을 맺고 있다. 즉 이 밤길은 한 공간에서 다른 공간으로 이동하는 통로인 동시에 장돌뱅이들의 정신적 안식처이다. 특히 밤길을 함께 하는 메밀꽃은 환상적으로 묘사되면서 장돌뱅이의 삶과 애환을 아름답게 승화한다.

논술 다지기

〈메밀꽃 필 무렵〉의 '허 생원'은 과거의 추억을 인생의 즐거움으로 삼으며 살아가는 인물로 그려져 있다. '허 생원'의 모습을 참조하여 추억이 인간의 삶에 미치는 영향에 대해 논하고, 추억에 의존하는 삶이 지니는 긍정적인 측면과 부정적인 측면은 무엇인지에 대해 서술하라.

예시 답안

'허 생원' 은 얼굴이 얽은 장돌뱅이인데다가 나이가 들도록 결혼도 하지 못하고 살아가는 외로운 인물로 그려져 있다. 나귀를 몰고 장터를 오가며 특별한 낙도 없이 살아가는 것처럼 보이는 허 생원이지만 그의 모습은 그다지 불행하게 묘사되지 않았다. 이처럼 그는 부유하지도 않고 가족과 같이 지내지도 못하는 상태이지만 그는 봉평에서 대화로 이어지는 메밀꽃이 흐드러진 길을 즐길 줄 아는 여유와 감성을 지니고 있다. 이처럼 그는 자기 자신의 상황을 비관하지 않고 주어진 조건에 적응하며 세상을 살아간다. 이러한 허 생원의 모습은 행복과 불행의 기준이 객관적이고 물리적인 정황보다는 주관적이고 심리적인 상태에 의해 결정된다는 점을 시사한다.

허 생원에게 주관적이고 심리적 상태에서의 만족감을 안겨 주는 것이 바로 추억이다. 허 생원은 봉평에서 있었던 하룻밤 추억을 간직한 채 그 곳을 지나칠 때마다 자신만이 간직하고 있는 기억을 회상하며 기쁨을 느낀다. 이처럼 추억은 인간이 불리한 조건에서 다소 초월하여 살아갈 수 있도록 하는 비결이 되는 것이다. 이처럼 추억은 고통스런 상황에 처한 인간에게 고통을 넘어서 행복할 수 있는 정신적 힘을 안겨다 준다는 점에서 긍정적인 영향력을 갖는다고 생각한다.

그러나 추억이 반드시 긍정적인 영향력만을 갖는 것은 아니다. 추억에만 의존하여 살다 보면 자신의 힘으로 객관적인 상황을 개선시켜 나가는 기회를 잃게 되기 쉽기 때문이다. 추억에 빠져 과거 지향적인 삶을 살아가는 개인은, 상황에 대한 문제 의식을 바탕으로 미래를 위해 준비해 가는 개인에 비해 객관적인 상황 면에서는 불리한 처지에 놓이기 쉽다. 허 생원의 경우 추억을 버리고 새로운 삶을 선택했다면 봉평 처녀가 아닌 다른 여자를 만나 가정을 이룰 수도 있었을 것이고, 봉평 근처를 맴도는 장돌뱅이가 아닌 다른 직업을 가졌을 수도 있었을 것이다. 즉 허 생원은 과거의 추억이 주는 매력에 도취된 나머지 자신이 지니고 있을 다른 가능성들을 외면하게 된 인물이라고 평가할 수 있다.

이처럼 추억은 인간의 객관적 상황을 극복하게 하는 긍정적인 기능을 갖는 한편, 인간을 객관적 상황에 대한 진지한 개선에서 지나치게 멀어지게 할 수도 있다는 점에서 부정적인 기능을 하기도 한다. 소외된 인물로서의 허 생원이 자기 나름대로의 행복감을 느끼며 살아가는 모습은 감동적이지만, 능력에 따라 삶을 개선할 기회가 충분히 주어지는 현대 사회에서는 추억에만 무조건 의존하여 살아가는 삶을 경계할 필요도 있겠다.

고 국

최서해

작품을 읽기 전에

〈고국〉은 최서해가 《조선 문단(1924)》에 발표한 작품으로, 식민지 시대를 살아가는 한 조선인의 삶의 고난을 보여 주고 있다. 지난 세대가 겪어야 했던 그 시대의 현실과 고뇌, 시대적 상황을 생각하며 읽어 보자.

고 국

큰 뜻을 품고 고국을 떠나던 운심의 그림자가 다시 조선 땅에 나타난 것은 계해년 삼 월 중순이었다. 처음으로 복면모를 푹 눌러쓴 아래 힘없이 꿈벅이는 눈하며, 턱과 코밑에 거칠거칠한 수염하며, 그가 오 년 전 예리예리하던 운심이라고는 친한 사람도 몰랐다.

간도에서 조선을 향할 때의 운심의 가슴은 고생에 몰리고 몰리면서도 무슨 기대와 희망에 찼다. 그가 두만강 건너편에서 고국산천을 볼 때 어찌 기쁜지 뛰고 싶었다.

그러나 노수[1]가 없어서 노동으로 걸식하면서 온 그는 첫째 경제 문제를 생각지 않을 수 없었다. 다음 그의 가슴을 찌르는 것은 패자라는 부끄러운 느낌이었다.

중요 어구 풀이

1) 노수 : 먼 길을 떠나 오가는 데 드는 비용.

'아, 나는 패자다. 나날이 진보하는 도회에서 활동하는 모든 사람은 다 그 새에 훌륭한 인물이 되었을 것이다. 나는 확실히 패자로구나…….'

생각할 때 그는 그만 발 옮길 용기가 나지 않았다. 고국의 사람은 물론이요, 돌이며 나무며 심지어 땅에 기어다니는 이름 모를 벌레까지도 자기를 모욕하며 비웃으며 배척할 것같이 생각된다. 그러나 이미 편 춤이니 건너갈 수밖에 없다 하였다. 그는 사동탄(寺洞灘)에서 강을 건넜다. 수지기 순사는 어디 거진가 하여 그를 눈도 거들떠보지 않았다. 그러나 그에게는 다행이었다. 운심은 신회령 역을 지나 이제야 푸른빛을 띤 물버들이 드문드문한 조그마한 내를 건넜다. 진달래 봉오리 방긋방긋하는 오산을 바른편에 끼고 중국 사람 채마밭[2]을 지나 동문 고개에 올라섰다. 그의 눈에는 넓은 회령 시가가 보였다. 고기 비늘같이 잇닿은 기와지붕이며 사이사이 우뚝우뚝 솟은 양옥이며 거미줄같이 늘어진 전봇줄이며 푸푸푸푸 하는 자동차, 뚜뚜 하는 기차 소리며, 이전에 듣고 본 것이언만 그의 이목을 새롭게 하였다.

운심은 여관을 찾을 생각도 없이 비스듬한 큰길로 터벅터벅 걸었다. 어느 새 해가 졌다. 전기가 켜졌다. 아직 그리 어둡지 않은 거리에 드문드문 달린 전등, 이 집 저 집 유리창으로 흘러나오는 붉은 불빛, 황혼 공기에 음파를 전하여 오는 바이올린 소리, 길에 다니는 말쑥한 사람들은 운심에게 딴 세상의 느낌을 주었다. 그의 몸은 솜같이 휘주근하고 등에 붙은 점심 못 먹은 배는 꼴꼴 운다.

"객줏집[3]을 찾기는 찾아야 할 터인데 돈이 있어야지……."

중요 어구 풀이

2) 채마밭 : 먹을거리나 입을 거리로 심어서 가꾸는 식물.
3) 객줏집 : 장사를 하거나 장사치들을 재워 주던 곳.

그는 홀로 중얼거리면서 길 한편에 발을 멈추고 섰다.

밤은 점점 어두워 간다. 전등빛은 한층 더 밝다. 짐을 잔뜩 실은 우차가 삐꺽삐꺽 소리를 내면서 그의 앞을 지나갔다. 그의 머리 위 넓고 푸른 하늘에 무수히 가물거리는 별들은 기구한 제 신세를 엿보는 듯이 그는 생각났다. 어디선지 흘러오는 누릿한 음식 냄새는 그의 비위에 퍽 상하였다.

운심은 본정통에 나섰다. 손 위로 현등 아래 회령 여관이라는 간판이 걸렸다. 그는 그 문 앞에 갔다. 전등 아래 그의 낯빛은 창백하였다.

'들어갈까? 어쩌면 좋을까.'

하고 그는 망설였다. 이 때 안경 쓴 젊은 사람이 정거장에 통한 길로 회령 여관 문을 향하여 들어온다. 그 뒤에 갓 쓴 이며 어린애 업은 여자며, 보퉁이 지고 바가지 든 사람이 따라 들어온다.

"어서 들어가십시오. 여관을 찾습니까?"

그 안경 쓴 자가 보따리를 걸머지고 주저거리는 운심이를 보면서 말을 붙인다. 그러나 운심은 대답이 없었다.

"자, 갑시다. 방도 덥구 밥값도 싸지요."

운심은 아무 소리 없이 방에 들어갔다. 방은 아래위 양 칸이었다. 그리 크지는 않으나 그리 더럽지도 않았다. 양 방에다 천장 가운데 전등이 달렸다. 벽에는 산수화가 붙었다. 안경 쓴 자와 함께 오던 사람들도 운심이와 한 방에 있게 되었다.

저녁상을 받은 운심은 밥을 먹기는 먹으면서도 밥값 치러 줄 걱정에 가슴이 답답하였다. 이를 어쩌노! 밥값을 못 주면 이런 꼴이 어디 있나! 어서 내일부터 날삯이라도 해야지…… 하는 생각에 밥맛도 몰랐다.

바로 3·1 운동이 일어나던 해 봄이었다. 그는 서간도로 갔었다. 처음 그는 백두산 뒤 흑룡강 가 청시허라는 그리 크지 않은 동리에 있었다. 생전에 보지 못하던 험한 산과 울창한 삼림과 듣지도 못하던 홍우적(마적) 홍우적 하는 소리에 간담이 서늘하였다.

그러나 하루 지나고 이틀 지나 차차 몇 달 되니 고향 생각도 덜 나고 무서운 마음도 덜하였다. 이리하여 이 곳서 지내는 때에 그는 산에나 물에나 들에나 먹을 것에나 입을 것에나 조금의 부자유가 없었다. 그러한 부자유는 없었으되, 그의 심정에 닥치는 고민은 나날이 깊었다. 벽장골 같은 이 곳에 온 후로 친한 벗의 낯은 고사하고 편지 한 장 신문 한 장도 못 보았다. 이 곳 사람들은 그의 벗이 되지 못하였다. 토민들은 운심이가 머리도 깎고 일본말도 할 줄 아니 정탐꾼이라고 처음에는 퍽 수군덕수군덕하였다. 산에 돌아다니면서 사냥을 일삼는 옛날 의병 씨터러기들도 부러 운심일 보러 온 일까지 있었다. 이 곳에 사는 사람은 함경도, 평안도, 황해도 사람이 많다. 거의 생활 곤란으로 와 있고, 혹은 남의 돈 지고 도망한 자, 남의 계집 빼가지고 온 자, 순사 다니다가 횡령한 자, 노름질하다가 쫓긴 자, 살인한 자, 의병 다니던 자, 별별 흉한 것들이 모여서 군데군데 부락을 이루고 사냥도 하며 목축도 하며 농사도 하며 불한당질도 한다. 그런 까닭에 윤리도 도덕도 교육도 없다. 힘센 자가 으뜸이요, 장수며 패왕[4]이다. 중국 관청이 있으나 소위 경찰 부장이 아편을 먹으면서 아편 장수를 잡아다 때린다.

운심은 동리 아이들을 모아 놓고 이야기도 하고 글도 가르쳤다. 그러나 그네들은 운심의 가르침을 이해하지 못하였다. 운심이는 늘 슬펐다. 유위(有爲)의 청춘이 속절없이 스러져 가는 신세되는 것이 그에게는 큰 고통이었다.[5]

중요 어구 풀이

4) 패왕 : 초패왕. 중국 초(楚)나라의 항우를 패왕(覇王)으로서 높여 일컫는 말.
5) 유위의 청춘이 ~ 고통이었다 : 운심은 의미 있는 일의 실현에 관심이 많은 인물이다.

운심은 그 고통을 잊기 위하여 양양한 강풍을 쏘이면서 고기도 낚고 그림 같은 단풍 그늘에서 명상도 하며 높은 봉에 올라 소리도 쳤으나, 속 깊이 잠긴 그 비애는 떠나지 않았다. 산골에 방향을 주는 냇소리와 푸른 그늘에서 흘러나오는 유량한 새의 노래로는 그 마음의 불만을 채우지 못하였다. 도리어 수심을 더하였다. 그는 항상 알지 못한 딴 세상을 동경하였다.

산은 단풍에 붉고 들은 황곡에 누른 그 해 가을에 운심이는 청시허를 떠났다. 땀 냄새가 물씬물씬한 여름옷을 그저 입은 그는 여름 삿갓을 쓴 채 조그마한 보따리를 짊어지고 지팡이 하나를 벗하여 떠났다. 그가 떠날 때 그 곳 사람들은 별로 섭섭하다는 표정이 없었다. 모두 문 안에 서서,

"잘 가슈."

할 뿐이었다. 다만 조석으로 글 가르쳐 준 열세 살 나는 어린것 하나가,

"선생님, 짐을 벗으오. 내 들고 가겠소."

하면서 운다. 운심이도 울었다. 애끓게 울었다. 어찌하여 울게 되었는지 운심이 자신도 의식지 못하였다. 한참 울다가 주먹으로 눈물을 씻고 돌아서 보니 그 아이는 그저 운다. 운심이는 그 아이의 노루꼬리만한 머리를 쓰다듬으면서,

"어서 가거라, 내가 빨리 다녀오마."

말을 마치지 못하여 그는 또 울었다. 온 세계 고독의 비애는 자기 홀로 가진 듯하였다. 운심이는 눈을 문지르는 어린애 손을 꼭 쥐면서,

"박돌아! 어서 가거라 내달이면 내가 온다."

"나는 아버지가 내 말만 들었으면 선생님과 가겠는데……."

하면서 또 운다. 운심이도 또 울었다.

이 두 청춘의 눈물은 영별의 눈물이었다.

물을 건너고 산을 넘어 허덕허덕 홀로 갈 때 돌에 부딪히며 길에 끌리는

지팡이 소리만 고요한 나무 속의 평온한 공기를 울렸다. 그의 발길은 정처가 없었다. 해지면 자고 해뜨면 걷고 집이 있으면 얻어먹고 없으면 굶으면서 방랑하였다. 물론 이슬에서도 잠잤으며 풀뿌리도 먹었다.

이 때 한창 남북 만주에 독립단이 처처에 벌 떼같이 일어나서 그 경계선을 앞뒤에 늘일 때였다. 청백한 사람으로서 정탐꾼이라고 독립군 총에 죽은 사람도 많았거니와 진정 정탐꾼도 죽은 사람이 많았다. 운심이도 그네들 손에 잡힌 바 되어 독립단 감옥에 사흘을 갇혔다가 어떤 아는 독립군의 보증으로 놓였다. 그러나 피끓는 청춘인 운심이는 그저 있지 않았다.[6] 독립군에 뛰어들었다. 배낭을 지고 총을 메었다. 일시는 엄벙한 것이 기뻤다. 그러나 날이 가고 달이 갈수록 그 군인 생활에 염증이 났다.

그리고 그는 늘 고원을 바라보고 울었다. 그 이듬해 간도 소요를 겪은 후로 독립단의 명맥이 일시 기운을 펴지 못하게 되매 군대도 해산되다시피 사방에 흩어졌다. 운심이 있는 군대도 해산되었다. 배낭을 벗고 총을 집어던진 운심이는 여전히 표랑하였다. 머리는 귀 밑을 가리고 검은 낯에 수염이 거칠었다. 두 눈에는 항상 붉은 핏발이 섰다.[7] 어떤 때 그는 아편에 취하여 중국 사람 골방에 자빠진 적도 있었으며, 비바람을 무릅쓰고 사냥도 하였다. 그러나 이방의 괴로운 생활에 시화(詩化)되려던 그의 가슴은 가을 바람의 머리 숙인 버들가지가 되고, 하늘이라도 뚫으려던 그 뜻은 이제 점점 어둑한 천인 갱참[8]에 떨어져 들어가는 줄 모르게 떨어져 들어감을 그는 깨달았다. 그는 신세를 생각하고 울었다. 공연히 소리를 지르면서 뛰어도 다녔다.

중요 어구 풀이

6) 그러나 피끓는 ~ 않았다 : 새로운 세계를 동경하는 운심의 성격을 엿볼 수 있다.
7) 두 눈에는 ~ 섰다 : 새로운 세계에 대한 동경과 방랑에 따른 피곤함이 엿보인다.
8) 천인 갱참 : 천길이나 되는 깊고 긴 구덩이.

이 모양으로 향방 없이 표랑하다가 지금 본국으로 돌아오기는 왔다. 내가 찾아갈 곳도 없는, 나를 기다려 주는 이도 없건마는 나도 고국으로 돌아왔다. 알 수 없는, 무엇이 나를 이리로 이끈 것이다. 그러나 이로부터 어디로 가랴.

운심이가 회령 오던 사흘째 되는 날이다. 회령 여관에는 '도배장[9] 나운심(塗褙匠羅雲深)' 이라는 문패가 걸렸다.

중요 어구 풀이

9) 도배장 : 도배하는 일을 업으로 삼는 사람.

작품 이해 및 논술 다지기

핵심 정리

- 갈래 : 단편 소설
- 시점 : 1인칭 관찰자 시점
- 배경 : 시간적—3·1 운동 이후 5년
  공간적—간도 및 회령
- 구성 : 순행적 구성
- 제재 : 일제 치하 젊은이가 겪은 간도에서의 유랑 생활과 귀국 과정
- 주제 : 나라 잃은 젊은이의 패배 의식

구성 단계

- 발단 : 큰 뜻을 품고 고국을 떠났으나 초라하게 돌아오는 운심.
- 전개 : 여관에 들어가 밥을 시켜 놓고 자신에게 돈이 없음을 한탄하는 운심.
- 위기 : 흑룡강 가 청시허에 정착하여 동네 아이들을 가르치는 운심.
- 절정 : 독립군에 참여하는 운심. 하지만 곧 해산되는 독립군.
- 결말 : 회령 여관에 도배장이 나운심이라는 문패를 거는 운심.

등장 인물

• 나운심 : 주인공. 큰 뜻을 품고 간도(間島)로 갔다가 아무 일도 이루지 못한 패배자가 되어 고국으로 돌아온다.

• 박돌 : 나운심을 잘 따르던 야학의 학생.

줄거리

큰 뜻을 품고 고국을 떠났던 운심은 오 년 만에 초라하고 힘없는 모습으로 돌아와 어느 여관 앞을 서성거린다. 돈이 없는 그는 여관에 들어가서도 밥이 제대로 넘어가지 않는다. 운심은 3·1 운동이 일어나던 해 봄, 서간도로 갔다. 처음에 흑룡강 가 청시허라는 동리에서 살게 되었으나 잘 적응할 수가 없었다. 그 곳에 사는 사람들은 대부분 생활의 곤란으로 이 곳에 왔거나 죄를 짓고 온 사람들이었고, 그런 까닭에 그 곳에는 윤리도 교육도 없었다. 운심은 동네 아이들을 모아 가르치기도 하지만 사람들은 운심의 가르침을 이해하지 못하였고, 운심도 딴 세계를 동경하다가 결국에는 그 곳을 떠나게 된다. 방황하던 운심은 독립군에게 잡히게 되고 그것을 계기로 독립군에 뛰어든다. 그러나 군인 생활도 염증이 난데다가 독립군이 해산되기에 이르자 운심은 향방 없이 표류하게 된다. 그러다가 마침내 본국으로 돌아온 것이다. 그러나 찾아갈 곳도 없고 기다려 주는 사람도 없다. 운심이가 회령에 온 지 사흘째 되는 날 회령 여관에는 '도배장 나운심'이라는 문패가 걸린다.

이해와 감상

최서해의 등단 작품인 이 작품은 최서해가 가진 신경향파 작가로서의 특징이 잘 나타나고 있지 않다. 〈고국〉은 서간도로 이주해 간 이후 방황하던 운심이 우여곡절 끝에 결국 고국으로 돌아오는 과정을 보여 주고 있다. 최서해는 신경향파의 대표적인 작가이다. 그의 작품 〈홍염〉은 소작료를 내지 못해서 중국인 지주에게 자신의 딸을 주어야 했던 아버지가 결국 살인, 방화를 저지르게 되는 과정을 보여 준 작품으로 신경향파 문학을 대표하고 있다. 이와는 달리 〈탈출기〉는 서간문 형식으로 된 작품으로 가난을 면하기 위해 간도로 갔지만 궁핍에서 벗어날 수 없었던 한 일가의 가장이 자신의 가족만이 아닌 모든 궁핍한 이들을 구하기 위해 ××단에 입단하게 된다는 내용이다.

고국은 간도의 삶을 소재로 하고 있다는 점에서 〈홍염〉과, 주인공이 독립군에 가담하여 활동하였다는 점에서는 〈탈출기〉와 관련을 가진다고 할 수 있다. 즉, 이 작품은 작품 자체로서보다는 이후 최서해 소설의 기본적인 배경과 인물 유형을 보여 주고 있다는 점에서 주목된다.

한편, 이 작품은 주인공 운심이 서간도로 간 이후 방황하는 과정만이 서술되어 있을 뿐 방황의 원인이 정확하게 제시되어 있지 않고, 그럼으로써 처음에 서간도로 갈 때 운심이 품었던 뜻이 무엇인지 매우 모호하게 전개되는 한계를 지닌다. 이 작품이 식민지 시대를 살아가는 한 조선인의 삶의 고난과 방황을 그리면서도, 그 주제가 뚜렷이 부각되지 않는 것은 그러한 한계 때문일 것이다.

작가 소개

최서해(1901~1932)

본명 학송(鶴松). 함북 성진 출생. 성진 보통학교 중퇴. 1917년 간도로 이주해 최하층의 생활을 경험. 현대 평론 및 중외일보 기자, 매일신보 학예 부장 등을 역임. 1918년, 《학지광(學之光)》에 시를 발표하면서 문필 활동을 시작했으며, 1924년 《조선 문단》에 단편 〈고국(故國)〉으로 정식 등단. 신경향파의 대표적 작가로서 계급 문학에 동조했고 카프 조직에 가입하기도 함. 그의 작품은 대부분 간도 유민이나 기타 빈농의 궁핍상을 다루고 있으며, 비참한 현실에 대한 개인의 절망적 반항을 그림. 그 반항은 주로 살인, 방화, 파괴로 나타나는데 이는 초기 신경향파 작품들의 일반적인 특징이기도 함. 소설집 《혈흔(1926)》, 《홍염(1927)》을 냈으며, 대표작으로는 〈탈출기(1925)〉, 〈기아와 살육〉 등이 있음.

연관 작품 더 읽기

- 《홍염》(최서해) : 일제 식민지 당시 서간도에 이주한 우리 민족의 비참한 현실을 그린 작품이다. 중국인 지주의 소작인인 문 서방이 빚 때문에 딸을 빼앗기게 되자, 그의 아내는 발광하여 죽고 만다. 아내가 죽은 뒤 문 서방은 지주를 죽이고 딸을 찾는다. 살인과 방화라는 극단적인 방법으로 현실의 모순을 해결하려고 했다는 점은 문제의 바람직한 해결이 아니다.

- 《토지》(박경리) : 경남 하동 평사리라는 농촌을 비롯하여 지리산, 서울, 간도, 러시아, 일본, 부산, 진주 등에 걸치는 광활한 국내외적인 공간을 배경으로 해 우리 민족의 삶을 형상화한 작품이다. 역사와 운명의 대서사시로서 한국인의 삶의 터전과 그 속에서 살아가는 다양한 인물들을 보여 주고 있다.

좀더 알아보기

- 신경향파 문학 : 1920년대 초반에 나타나기 시작한 문학으로 김기진, 박영희, 최서해 등이 이러한 경향의 문학을 발표하였다. 3·1 운동 이후 일제의 식민지로서 조선은 날이 갈수록 궁핍해지고 하층민들의 삶 역시 더욱 곤궁해지게 된다. 이에 조선의 하층민들이 겪고 있는 생활의 곤궁과

비참한 현실을 폭로하고, 그 속에서의 반항을 표현한 문학이 신경향파 문학이다. 즉 사회의 모순을 궁핍이라는 제재와 반항이라는 주제로 조명한 문학이다. 그러나 결말이 살인, 방화 등 개인적 차원의 반항으로 이루어지고 있다는 것이 신경향파 문학의 한계이다. 살인이나 방화는 자포자기 상태에서의 충동적인 행위이지 문제에 대한 올바른 해결이 될 수는 없기 때문이다. 신경향파 문학은 1925년, 카프의 성립 이후 계급 문학으로 발전하게 된다.

논술 맛보기

1. 이 작품은 회령 여관에 도배장이 나운심이라는 간판이 걸렸다는 것으로 결말을 맺고 있다. 이러한 결말이 암시하는 것은 무엇인가?

⇨ 서간도로 간 후 오 년 간의 방황과 고난을 마치고 이제 고국으로 돌아와 정착하려 함을 보여 준다.

2. 이 작품은 주제가 확연히 부각되지 못하고 있다. 그 이유는 무엇인가?

⇨ 운심의 오 년 간의 생활을 간접적으로 설명해 줄 뿐 그것을 생동감 있게 그려 내지 못했고, 운심이 방황했던 원인을 제대로 보여 주지 않기 때문이다.

3. 작품의 결말에서 운심이 거는 '도배장 나운심'이라는 문패가 상징하는 의미는 무엇인가?

⇨ 운심은 새로운 세계를 동경하는 열혈 청년이다. 그는 큰 뜻을 품고 고국을 떠나지만 그가 계획하고 참여한 일들은 번번이 실패하고 방황과 좌절만을 경험한다. 이런 점에서 운심이 내건 문패는 고국에서 정착하려는 의지를 상징한다. 동시에 이 문패는 참담한 실패만을 경험한 한 조선 청년의 현실 인정이라는 우울한 현실을 의미한다.

논술 다지기

다음 제시문은 패배 의식이 우리의 정신과 사회에 미치는 영향에 대하여 토로하는 글이다. 이를 바탕으로 〈고국〉에 나타난 당시 '운심'의 패배적 사고방식에 대하여 비판적으로 검토하고, 대안적 사고방식을 제시하라.

> 오늘날 우리는 심한 패배 의식에 사로잡혀 있다. 그리하여 자학증에 걸린 것처럼 패배주의적인 삶을 이어 가는 데 거의 주저하지 않는다. 이러한 정신적인 상황에서는 이념과 진리가 발붙일 곳을 발견하지 못하고 다만 부정과 부패만이 도사리고 있다. 그래서 오늘 우리에게는 절대 무책임과 절대 무감각이 편만해 있다. 이러한 정신 풍토는 이 민족사에서 전례를 찾아볼 수 없는 마비된 양심, 무기력한 정신을 산출하고 말았다. 국정의 문란, 도의의 황폐가 극도에 달했고 경제, 금융의 질서가 총파탄의 위기 앞에 섰는데도 불구하고 왜 이리도 모두 외면만 하고 있을까.

예시 답안

그리스 신화의 피그말리온 이야기에서 유래한 것으로 '피그말리온 효과'라는 것이 있다. 피그말리온이 자기 자신과 사랑에 빠졌던 것처럼, 자기 자신에 대한 사랑을 바탕으로 스스로 끊임없이 긍정적인 암시를 주면 어떤 일이든 성공적인 방향으로 나아가도록 할 수 있다는 뜻에서 온 말이다. 이처럼 강한 자신감과 자기 사랑은 자신이 원하는 것을 이루는 데에 필수적인 요소라고 해도 과언이 아니다. 아무리 어려운 상황이 닥친다 해도 문제 해결에 대한 집념과 성공에 대한 확신을 갖추고 있다면 보다 능동적이고 적극적인 자세를 지니게 될 것은 당연하기 때문이다.

이와는 반대되는 태도를 지니고 문제에서 도피하거나 부정적인 방향으로만 사고하는 경향을 '패배주의'라 정의할 수 있을 것이다. 제시문에서도 비판하고 있듯이, 이러한 패배주의적 경향은 '절대 무책임'과 '절대 무감각'으로 이어진다. 패배주의에 빠진 사람들은 어차피 잘 될 일도 없으니 무언가를 위해 노력하는 것은 귀찮다는 식의 무기력증에 사로잡히거나 목적 없는 향락이나 부정 부패의 길을 선택하는 경우도 있다.

〈고국〉의 등장 인물 '나운심'의 경우가 그렇다.

나운심은 조국을 위해 큰 일을 하겠다는 뜻을 품고 서간도로 건너가지만 가르침을 이해하지 못하는 아이들과 무성의한 부모들 앞에서 좌절하고 만다. 그리고는 '유위의 청춘이 속절없이 스러져 가는 신세 되는 것이 고통'이라고 탄식하며 방랑 생활을 시작한다. 결국 아무런 희망도 없이 고국에 돌아와 도배장이 일을 시작하는 나운심의 모습은 회의주의와 비관주의에 사로잡혀 자기 자신을 실패자로 규정하는 나약한 지식인의 모습을 반영하고 있다. 이러한 모습에서 당대 식민 치하의 삶이 어려웠다는 점이 강조되기도 하지만, 스스로를 패배자로 규정하는 태도가 문제 해결에 도움이 되지 않는다는 사실 역시 명확히 드러나고 있다.

어려운 문제에 봉착할수록 균형 잡힌 시각에서 사태를 바라보고 긍정적인 방향으로 문제를 해결하려는 의지를 갖는 것이 중요하다고 생각한다. 지나친 패배주의적 사고는 지나친 낙관주의와 마찬가지로 극단적인 방식으로 문제를 바라보는 태도일 뿐, 현실을 정확히 인식하고 대응하는 데에는 적당하지 않다. 균형 잡힌 냉철한 시각과 희망을 지닐 수 있는 여유를 가질 때 어려워 보이기만 하던 문제도 평범한 것으로 변하는 것이라고 생각한다.

잠깐! 고사성어 익히기

曲	學	阿	世
굽을 **곡**	배울 **학**	아첨할 **아**	인간 **세**

학문을 굽혀 세상 사람들에게 아첨한다는 뜻으로, 어용학자의 그릇된 처세를 비꼬는 말이다

누님의 초상

유재용

작품을 읽기 전에

〈누님의 초상〉은 《문예 중앙(1978)》에 발표된 유재용의 대표작으로, 분단의 한을 그린 소설이다. 일제 강점기와 해방기, 한국 전쟁의 격동기에 벌어지는 한 가족의 명암을 통해 분단의 비극이 무엇을 의미하는지 살펴보자.

누님의 초상

누님이 요즘 세상에 태어났다면 누님의 생애는 전혀 다른 모습이 되었을 것이다. 누님은 성악가나 무용가, 여의사나 대학교수로도 훌륭히 성공할 수가 있었을 것이고, 좋은 남자와 결혼을 해 단란한 가정을 꾸미고 평탄한 생활을 누릴 수도 있었을 것이다. 고인을 회상하는 자리래서가 아니라 누님은 그렇게 다방면으로 뛰어난 재주와 특출한 미모, 팔등신의 몸매 그리고 덕성(여기에 대해서는 이론이 분분하지만)[1]을 지니고 있었다.

누님이 여학교를 졸업한 것은 팔일오 해방을 한 해 앞두고서였다. 소학교 일학년에서부터 여학교를 졸업할 때까지 줄곧 수석을 지켜 온 누님은,

중요 어구 풀이

1) 덕성 : 누님의 덕성에 대해서는 사람들의 의견이 분분하다. 앞으로 진행될 사건의 방향을 암시한다.

그 해 봄 여학교를 졸업하자 조선 사람으로서는 좀체로 들어갈 수 없다는 일본의 무슨 고등 여자 사범학교 입학시험에 어렵지 않게 합격을 했다.

"이년아, 난 지지배는 소학교 위루는 공부를 시켜서는 안 된다구 생각하는 사람이여. 헌데 니년 재주가 하 비상해서 윗학교에 보내기루 한 것이니, 오래비처럼 쓸데없는 짓거리 해 가지구 학교 기숙사 대신 감옥소에 들어앉을 노릇일랑 아예 말어."[2]

아버지가 누님을 일본으로 떠나 보내면서 말했다.

"아부지, 걱정 마세요. 전 연애를 하믄 했지 섣부른 독립 운동 따위는 안 할래요."

누님이 장난스럽게 웃으며 대답했다.

"연애? 이년아, 연애 거는 것두 섣부른 독립 운동이나 마찬가지루 신세 망치는 짓거리여. 연애 건다는 소식만 들리믄 그 당장 학비 끊을 테니 근 줄 알거라."

"잘 알았어요."

"미국 비행기 폭격이 갈수록 심해진다는디 난 공부구 뭐구 하나 안 반갑다. 그저 조심해라. 몸조심해여."

어머니가 눈물을 찍어 내며 하는 말이었다.

"엄마, 우시기는. 엄마나 몸 조심하세요. 엄마가 우시니까 엄마가 딸 같구 제가 엄마 같잖아요?"

그렇게 일본으로 공부하러 떠난 누님은 여름 방학에 좀더 세련되고 아름다워진 얼굴에 생글생글 웃음을 담고 돌아왔다. 하지만 여름 방학이 끝난

중요 어구 풀이

2) 오래비처럼 쓸데없는 ~ 말어 : 형이 독립 운동을 하다가 수감 생활을 하고 있음을 알 수 있다.

뒤에도 누님은 일본으로 떠나지 않았다.

"미국 비행기가 더 극성스러워져 공부하는 시간보다 방공호 속에 들어가 앉아 있는 시간이 더 많다는데 가기는 어길 가느냐. 쉬었다가 전쟁 끝나거던 공부 계속하거라. 공부하러 가서 폭탄에 맞아 죽느니보다, 공부 않구 살아 있는기 부모 마음 편케 해 주는 노릇이여."

어머니가 누누이 말렸다.

"엄마는 내가 뭐 부모한테 효도하려구 세상에 태어난 줄 아세요? 좋아요. 일본 안 가겠어요. 허지만 효도하려구 그러는 게 아니구, 시집 빨리 가려구 그러는 거예요."

누님이 장난치듯 말했다.

"이것아, 말만한 지지배가 함부로 입 놀리는 게 아녀. 나이가 그만하믄 철든 소리 흉내라두 내 보거라."

어머니는 눈을 흘기셨지만, 그보다는 누님이 일본으로 돌아가지 않겠다는 말에 마음놓이시는 것 같았다.

"뭐 먹구 싶은 것 해 주랴?"

금세 풀어지셨으니 말이다.

내 친척 아저씨뻘 되는 분의 얘기로는 그 해, 여름 방학이 끝난 뒤에도 누님이 일본으로 떠나지 않은 것은 미국 비행기의 공습이 무섭다거나 부모님의 말을 거역하지 못해서가 아니라, 형님의 일로 충격을 받았기 때문일 것이라고 했다. 일본 동경에서 대학에 다니던 형님이 조선 독립 운동에 가담한 혐의로 일 년 동안 징역을 살고는 풀려나, 그 무렵 고향 집에서 연금[3]

중요 어구 풀이

3) 연금 : 외부와의 접촉을 제한·감시하고 외출을 허락하지 아니하나 일정한 장소 내에서는 신체의 자유를 허락하는, 정도가 비교적 가벼운 감금.

당한 처지와 같은 생활을 하며 지내고 있었다. 조선 사람 형사가 사흘돌이로 찾아와 전번에 뒤졌던 형님의 책장을 다시 뒤지고, 이미 우체국에서 뜯어보았을 텐데도 새로 온 편지를 내놓으래서 읽어 보곤 했다. 그래서 집안 식구들은 형님의 책장에서 책도 마음대로 바꿔 끼우지 못했고, 배달된 편지는 뜯어본 뒤에도 어디 도망가지 않도록 꼭꼭 묶어 간수하곤 했다.

누님은 그런 형님의 처지에 충격을 받았을 것이라고 했다. 글쎄올시다. 하기는 전혀 엉뚱하거나 터무니없는 해석은 아닐 것이다. 형님이 일본 병정으로 끌려갈 뻔한 것을 막아 준 사람이 결과적으로 누님이었으니까 말이다.

그 무렵 형님은 일본 병정으로 끌려가게 될까 봐 전전긍긍하고 있었다. 병정으로 데려가기가 적당치 않다고 판단했다면 징용으로라도 끌어갈 것이다. 보기 싫고 위험스러운 존재를 빈들빈들 놀릴 이유가 없었을 것이다. 그렇지 않아도 주위의 젊은이들이 하나 둘 끌려갔다. 언제 형님의 차례가 될지 모른다. 아버지는 형님을 못마땅하게 생각하셨지만 형님을 위해 광부 자리를 수소문했다. 내 고향 근처에는 커다란 광산이 두 군데나 있었다. 전쟁에 필요한 물자가 생산된다고 해서 광산에 다니는 사람은 징병이나 징용에서 면제받고 있었다. 아버지는 순사 부장한테 가서 청을 넣어 보았지만 허사였다.

"최 선생님, 아들네미 병정 안 보낼려고 그러시는 거지요? 신성한 전쟁입니다. 꼭 이겨야 할 전쟁입니다. 온 국민이 자진해서 전쟁에 참여해야 할 이 시국에 병정에 뽑혀 가지 않을려고 대학 공부까지 한 사람을 광부 노릇 시킬려구 하시다니요? 더구나 댁의 아드님은 근신 중이 아닙네까? 허지만 좋습네다. 최 선생님 말씀이니 어려운 부탁 말씀이지만 들어 드리지요. 헌데 조건이 있습네다. 아드님을 광산에 넣어 드리는 대신 최 선생님의 땅을 모두 나라에 헌납하시든가, 아니면 따님을 정신대(挺身隊)[4]에 보내 주십시오. 어떻습니까? 사흘 안에 대답해 주십시오."

순사 부장 놈이 여우 같은 눈웃음을 치며 이렇게 말했다는 것이다.

"빌어먹을 놈들. 잡아가든지 말든지 맘대루 하라지. 전쟁터에 나간다구 다 죽는 건 아니니까."

아버지는 비록 자식의 목숨이라도 애써 모은 땅 전부와는 바꿀 수가 없다고 생각하신 것 같았다. 하기는 아버지의 땅은 물려받은 부모 유산보다도 더 귀한 것이었다. 듣기로는 내 할아버지는 빠듯한 자작농[5]이었다고 한다. 그래서 아버지는 왜정 초기심에 심상 학교라고 부르는 국민학교 과정을 겨우 마친 뒤 할아버지에게서 농사짓기를 강요당했다고 한다. 향학열에 불이 붙은 아버지는 할아버지 몰래 집을 도망쳐 나와 춘천에 있는 농림학교에 들어갔다. 그 당시는 신식 공부를 하려는 사람이 드물어 학비를 주어가며 학생을 모집하던 때였다. 아버지는 춘천 농림학교를 졸업하고 금융조합에 취직해 군(郡) 금융 조합 이사를 지낸 것까지, 십오 년 동안 받은 월급으로 땅을 늘려 고향에서 제일 가는 부자 소리를 듣게 된 것이다. 자수성가[6]였다. 그 자수성가를 위해서 아버지는 또 다른 일체의 모험을 피해 왔다고 했다. 자수성가라는 오직 그 목적 하나 때문에 아버지는 삼일 운동 때 만세도 부르지 않았다는 것이다. 아버지는 당신의 자수성가가 교육의 힘으로 이루어졌다는 사실을 알기 때문에 자식들이 원하는 대로 공부시킬 생각을 가지고 계셨지만, 한편 선부른 짓거리로 학교에서 퇴학당한 형님

중요 어구 풀이

4) 정신대 : 태평양 전쟁 때 일제(日帝)가 '여자 정신대 근무령'에 의해 강제 징집한 일단의 한국 여성 근로자와 위안부를 말한다.
5) 자작농 : 자기 토지의 전부 또는 대부분을 직접 경작·경영하는 농업, 그 농가.
6) 자수성가 : 물려받은 재산이 없는 사람이 자기의 힘으로 한 살림을 이룩하다.

같은 사람을 어리석고 못마땅하게 여겼다.[7] 그래, 그렇게 덜된 자식과 피땀 흘려 이룩해 놓은 땅덩이 전부와를 바꿀 수는 없었을 것이다. 아니 땅덩이 절반과도 바꿀 수가 없었을 것이다. 순사 부장의 말이 비록 농지거리나 야유였대도 말이다.

"오빠, 어디 깊은 산골에 들어가 숨어 있지 그래요?"

누님이 넌지시 말했다. 형님은 말없이 머리를 가로저었다.

"한 달에 한 번쯤 내가 슬그머니 찾아가서 돈을 전해 주면 될 것 아니우?"

"먹구 살기 어려울까 봐 그러는 게 아니야."

"내가 도망쳐 가지구 숨어 지내는 데 성공했다구 치자. 그 때문에 집안 식구들이 치를 곤욕은 어떡하구?"

"오빠는 마음이 너무 약해. 그 약한 마음으루 무슨 독립 운동을 한다구 그랬수? 우선 나부터 살고 보는 거야. 그런 강한 정신 지닌 사람이라야 진짜 독립 투사도 될 수 있는 거유."

"돼먹지두 않은 소리 집어치워!"

"좋아요, 간곡한 충고를 받아들이지 않겠다는 데야 낸들 어쩌겠수? 그럼 얘기 바꿔서, 순사 부장이라는 작자 혹시 나한테 딴 생각이 있는 것 아닐까?"

그리고는 누님은 우습다고 웃어 댔다. 형님은 누님을 잠시 노려보다가 똥은 피하는 것이라는 듯 나가 버렸다.

"이것아, 주둥아리믄 함부로 여닫아두 되는 줄 아니? 느 아부지가 이 자

중요 어구 풀이

7) 한편 섣부른 ~ 여겼다 : 대의(大義)보다는 개인의 성공을 중시하는 아버지의 가치관을 엿볼 수 있다.

리에 기셨드라믄 주리틀려."

어머니가 주먹을 추켜 쥐고 쫓아갈 차비를 하듯 하며 닦아 세웠다. 누님은 무안한 기색 하나 없이 생글생글 웃기만 했다.

"엄마, 내가 순사 부장 녀석 코를 납작하게 눌러 줄까?"

"그래두 주둥아리 못 다물어?"

"거짓뿌렁 아니에요. 제가 일본에 있을 때 우리 군(郡) 경찰 서장 아들하구 사귀었걸랑요. 우리 집이 즈 아부지 경찰 서장 하는 군에 있다니까 금세 친해지데요. 그 경찰 서장 아들을 슬슬 구슬러 가지구 우리 동네 순사 부장 코를 납작하게 눌러 주는 게 어때요?"

"이 간나야. 주둥아리 못 다물어? 다듬이 방망이 워디 갔니? 이 간나, 주둥아리를 짓두들겨 놔야지 안 되겠다."

충청도 사람인 어머니 입에서 간나라는 욕이 나온다는 것은 어머니가 정말로 화가 났다는 소리였다. 누님은 여전히 생글거렸지만 잽싸게 몸을 일으켜 방 밖으로 도망쳐 나갔다.

한데 며칠 뒤, 광산에서 통지가 왔다. 형님에게 온 통지였다. 광산에서 형님을 채용하기로 했으니 일차 나오라는 것이었다. 집안 식구들이 어리둥절해 가지고 아버지를 바라보았다. 혹시 아버지가 땅을 헌납하겠노라고 왜놈 순사 부장 앞에 허리를 굽히셨나 해서였다. 하지만 아버지의 눈도 영문을 몰라 다른 식구들을 둘러보고 있었다. 어쨌든 형님을 광산으로 보냈고, 광산에 다녀온 형님은 기분이 좋았다.

"사무를 보든지 광부 노릇을 하든지 맘대루 하라는군요."

"맘대루 고르라면야 사무를 보지 누가 광부 노릇을 하겠다던?"

"무식한 사람은 사무를 볼 수 없으니까요."

"딴은 그렇구만. 영문을 모르지만서도."

모처럼 잔치 차린 기분으로 저녁을 먹었는데, 이튿날 아침 일의 경위가 드러났다. 순사 부장이 꺼불꺼불 찾아온 것이다.

"최 선생님, 광산에서 통지 온 것 받으셨습네까? 본서 서장님의 특별한 지시가 계셔서 제가 아드님을 광산에 천거했습네다. 듣자하니 서장님께서 최 선생님 따님의 청을 받아 그런 지시를 하셨다는데 서장님과 따님은 어떤 관계신지요? 앞으로는 종종 따님께 제 청탁두 부탁 올려야 될까 봅네다. 일전의 결례는 너그럽게 잊어 주시기 바랍네다."

순사 부장은 아부하는 것인지 야유하는 것인지 아리숭한 말을 하고 돌아갔다.

"순사 부장 놈이 지껄이구 간 소리가 뭐냐?"

아버지가 대뜸 누님을 불러 앉혔다.

"전번에 엄마한테 말씀드렸어요. 일본 가 있을 때 구국 학생횐가 뭔가 하는 학생들 모임에서 생각잖게 경찰 서장 아들을 알게 됐지 뭐예요. 같은 조선 땅에다 같은 군에 산다니까 고향 사람 만난 것 같다면서 제법 고향 선배 노릇을 하러 들잖겠어요? 집에 온 뒤루 잊어버렸었는데 오빠 일이 생기니까 문득 생각이 나서 찾아가 부탁해 본 거예요."

"니가 읍으루 갔었단 말이냐? 그것두 조선 지지배가 왜놈 사내를 만날려구 말이여?"

"아부지도 참. 그럼 그만한 부탁을 할려는데 찾아가지 않구 어떡해요?"

"오래비를 살릴려구 한 노릇이라니 헐 수 없는 일이다. 허지만 그뿐이렸다?"

"예, 아부지. 맹세코 그뿐이에요."

"내 원, 세상 살다 보니 별 노릇을 다 보겠구나."

아버지는 그쯤으로 끝내고 사랑으로 나가셨다.

하지만 형님은 새삼스럽게 자기 방으로 누님을 불러들여 갔다. 장지문을 통해 티격태격하는 소리가 들려 나왔다.

"너, 그 왜눔하구 연애하니?"

"왜눔하구 연애하믄 안 되우?"

"언제부터니?"

"연애한다는 소린 안 했어. 연애하면 안 되느냐구 물었을 뿐이우."

"깊은 관계가 아니라면 어떻게 조선 여자의 그런 청을 받구 그 아비를 설복시킬 수가 있겠니?"

"오빤 인텔리[8]답잖게 세상일을 너무 단순하게 생각하시는 것 같아."

"난 모욕을 느낀다."[9]

"오해하지 말아요. 오빠나 나나 아부지와는 다른 세대니까 하는 말인데, 내가 오빠를 구하려구 모종의 희생을 감수했다구 생각하우? 미안하지만 어림두 없어요. 나는 나를 위해 사는 사람이우. 부모건 형제건 나 아닌 사람을 위해 필요 이상의 자기 소모 같은 건 안 해."

"네 행위를 어떻게 해석하면 되겠니?"

"해석을 꼭 해야 된다면 참고삼아 얘기하겠어. 나는 내 매력을 남성들에게 시험해 보구 싶은 생각이었수. 그런 목적을 위해 오빠의 일이 안성맞춤의 기회였다는 것뿐이야. 오빠가 혜택을 입었다면 내 일을 수행해 가는 과정에서 부산물처럼 굴러들어온 것일 뿐이에요. 이 답답하구 심심한 세상에 나같이 젊은 여자가 해 볼 만한 오락이 이런 것 말구 뭐가 있겠수? 만에 하

중요 어구 풀이

8) 인텔리 : 인텔리겐치아. 러시아 제정 시대의 서구파 자유주의자들을 이르던 말. 지적 노동에 종사하는 사회층, 지식 계급.

9) 난 모욕을 느낀다 : 형은 자신을 구하기 위해 누이가 욕을 봤다고 생각하며 이를 부끄럽게 여기고 있다.

나라두 오빠가 나한테 부담을 느낄 필요는 없어요. 오빤 오빠 위해 살구, 난 나 위해 사는 거야."[10]

"심청이 또 한 사람 나왔구만."

"코웃음 나와요. 좋도록 생각하구려."

어쨌든 형님은 사무직을 택해 가지고 광산에 다니기 시작했고, 그것으로 집안의 근심거리는 없어진 듯했다. 한데 얼마 뒤부터 이상한 소문이 떠돌기 시작했다.

"느이 누나 쪽발이 눔의 뭐래믄서?"

이렇게 대놓고 아이들이 나를 놀렸는데 이렇게 되기까지는 결코 적지 않은 이 면 소재지 사람들의 입에 몇 차례씩 오르내린 뒤일 것이다. 이윽고 어느 날 내 큰아버지뻘 되는 어른 한 분이 우리 집을 찾아왔다.

"헛소문일 테지만 하두 사람마다 지껄여 대길래 알려 주려구 찾아왔네."

누님이 읍내 경찰 서장의 첩노릇을 한다느니, 경찰 서장 아들하고 뒷살림을 차렸다느니 하는 소문이 파다하게 떠돌아다닌다는 것이었다.

"경찰 서장하구 그 아들이 자네 집에까지 찾아왔었다는 것이 사실인가?"

큰아버지는 힐책하듯 물으셨다.

"경찰 서장이 제집 문 앞꺼정은 왔었습지요. 형님두 아시다시피 제가 재산 좀 있다구 해서 이번에 소방대 분대장인가 하는 걸 저놈덜이 억지루 떠맺기질 않았습니까? 지난번 방공 연습인지, 소방 연습인지 할 제 경찰 서장이 독려하러 왔다가 잠시 저와 마주 선 일이 있었습지요."

중요 어구 풀이

10) 오빤 오빠 ~ 사는 거야 : 누님의 개인주의적 가치관이 드러나는 부분이다. 하지만 이 가치관은 이기주의와 거리가 멀다. 이 말은 누이의 가치관이 반영된 말인 동시에 형의 누이에 대한 미안함 마음을 덜어 주기 위한 말이기 때문이다.

"그야 있을 법한 일 아닌가? 허지만 헛소문이라두 시집 가기 전 색시 애헌테 그런 소문 붙어다니믄 이로울 것이 하나두 없어. 각별히 조심하게나."

큰아버지는 이쯤하고 돌아가셨지만, 소문이란 빠르고 무서운 것이라 싶었다. 소방 연습 때 우리 집 앞에 참관석이 만들어졌었다. 연습이 끝나고 경찰 서장이 아버지와 잠시 얘기를 나누었다.

"서장님, 아들놈 일루 폐가 많았습니다."

아버지로서는 인사 한 마디 하지 않을 수 없었다.

"원 별말씀을, 아드님이 불경(不敬)하려는 걸 도와 드렸습니까? 광산일두 어떤 일 못지않게 황제 폐하와 대일본 제국을 위해 일하는 것 아닙니까? 최 선생님두 이렇게 황국을 위해 일하시는 분, 오히려 제 쪽에서 감사를 올려야죠. 따님더러 가끔 놀러 오시라구 전해 주십시오. 똑똑한 따님 두셨습니다."

잠시라야 이렇게 인사말을 주고받은 것뿐이었다. 경찰 서장의 뒤를, 다리를 저는 청년 하나가 따라다녔는데, 그 청년이 경찰 서장의 아들이었을까.

이러고저러고 간에 큰아버지가 다녀가신 날부터 누님은 집 안에 갇히는 몸이 되었다. 다 큰 처녀 애가 나돌아다닌 탓으로 생긴 소문일 테니까 두문불출[11]하고 집 안에 꼭 틀어박혀 있어야 한다는 것이었다.

이튿날 퇴근하고 돌아온 형님은 사무직을 그만두고 광부가 되어 땅굴 속으로 들어가기로 했다고 말했다.

"사무 보지 말구 광부 노릇 하라구 그러던?"

중요 어구 풀이

11) 두문불출 : 집에만 있고 바깥출입을 아니 하다.

"아니에요. 제가 그렇게 하구 싶어 그랬어요."

"위험하구 힘든 굴 속으로 들어가구 싶었다는 얘기냐?"

"하루 종일 책상 앞에 앉아서 쓰기 싫은 글씨나 쓰구 앉았으려니 소화두 덜 되구 골치두 아프구 해서요."

"흥, 평양 감사두 저 싫으면 그만이니까."

형님은 밥도 몇 숟갈 안 뜨고, 자기 방으로 건너가 버렸다.

"오빠 자학하는 거유? 하, 하, 우습다."

누님이 따라 들어가서 말했다.

"우습다니? 설마설마했더니 불 안 땐 굴뚝에서 연기 나랴, 로구나?"

"아부지가 금족령을 내려서 기분이 좋아서 그래요. 사실은 요즘 그 절뚝발이 경찰 서장 아들이 열이 지나치게 올라 있거든. 아부지 금족령이 그 작자 열을 식혀 줄 거야. 허지만 요즘 동네 굴뚝에서 나는 연기는 순사 부장 녀석이 화풀이 삼아 광고 종이 태우는 연길 거야.[12] 절뚝발이 열이 좀 식거든 순사 부장 녀석 코를 다시 한 번 눌러 줄 생각이에요."

"너 왜 나를 자꾸 괴롭히니?"

"오빤 지나치게 공동 운명체 의식에 사로잡혀 있는 것 같수. 오빠 따루 나 따루래두. 내 일을 오빠 일에 지나치게 연관시키지 말아요."

"넌 지금 위험한 줄타기를 하구 있어.[13] 결국에 가서는 패배할 운명을 지닌 줄타기를 하구 있는 거란 말이다."

"오빤 아직두 줄에서 떨어지는 걸 패배라구 생각하구 있수? 패배는 줄에서 떨어지는 순간적인 일이 아니라 줄타기 자체를 포기할 때만 돌아오는

중요 어구 풀이

12) 동네 굴뚝에서 ~ 거야 : 누님의 이 말에 따르면 경찰 서장 아들에 대한 소문은 순사 부장이 퍼트린 헛소문이다.

13) 넌 지금 ~ 있어 : 형은 누님의 현실적인 태도가 누님을 파멸시킬 것으로 생각한다.

거야."

"너 정말 미쳤니?"

"오빠, 광부 노릇 하겠다구 한 것 취소해요. 사무직에서 광부로 옮겨 간다는 것이 도대체 어떤 의미를 지닐 수가 있수? 다시 말하지만 난 지금 나 자신의 생을 즐기구 있는 거유. 오빠가 나를 멸시하는 것두 싫지만 쓸데없이 죄책감을 느끼구, 자학 속에 빠지구 한다면, 난 오빠를 쓸모없구 귀찮은 존재루 생각할 거야. 다시는 이런 경구 안 할래요."

"주둥아리 닥치구 이 방에서 썩 나가! 내가 병정으로 끌려가야 하는 건데. 망할 놈의 세상."

형님은 이튿날부터 사무직원이 아닌 광부로서 광산에 다녔다. 땅굴 속에 들어가 노동하기 때문에 먼지와 때투성이가 된 얼굴과 작업복, 그런 것에는 일체 마음을 쓰지 않는 듯 그 모습 그대로 터덜터덜 집으로 돌아오곤 했다. 괴롭고 심각한 표정은 잦아든 대신 웃음도 잊은 듯했고, 잠깐잠깐 피로감만이 물그늘처럼 어렴풋 미간에 어리곤 했다. 누님은 형님의 그런 모습을 볼 때마다 자기 방으로 뛰어들어가 숨죽여 웃어 대곤 했다. 누님은 갇혀 지내면서도 조금도 주눅이 들지 않았다. 농담 같은 진담인지, 진담 같은 농담인지 아리송하면서도 번득번득 날 선 말들을 서슴없이 뱉어 놓으며 집안을 활개치고 돌아다녔다.

"너 내가 우리 속의 짐승처럼 꼼짝없이 갇혀 있다구 생각하니? 난 내일이라두 당장 풀려날 수가 있어. 너 볼래?"

누님이 나에게 장난치듯 눈웃음치며 말했다.

"흥! 어디 한 번 풀려나 보라지."

"내기 할래? 군밤 열 개 맞기다."

"좋아."

누님은 아버지 어머니가 방에 안 계신 틈을 타 어디론지 조용조용 전화를 하는 것 같았다.

이튿날 순사 부장이 아버지를 찾아왔다.

"최 선생님, 여성들의 방공 훈련과 계몽 교육을 위해 따님과 같이 고등 교육을 받은 여성을 대일본 제국에서는 필요로 합네다. 따님이 활동을 하시도록 최 선생님께서 협조해 주시기를 부탁드립네다."

순사 부장의 말을 아버지는 거부할 핑계가 없었다.

"늦도록 쏴댕기지 말구 볼일만 끝내. 바루바루 들어와야 해."

아버지는 이렇게 누님을 풀어 주셨다.

해방이 되었다. 억눌려 지내던 마음들이 만세 소리로 터져 나왔다. 등화관제[14]로 밤마다 암흑 천지가 되었던 거리에 전등불을 집집마다 내걸고, 쏟아져 나온 사람들이 무더기무더기 모여 앉아 주렸던 이야기로 밤을 새웠다.

어느 날 누님이 거리에 나갔다가 성난 사람들에게 쫓겨 헐레벌떡 대문 안으로 들어왔다.

"왜놈 쪽발이 경찰 서장하구 붙어먹은 매국노 화냥년을 끌어 내다가 짓밟아 죽여라!"

사람들이 외치면서 대문 안으로 밀려들어오려고 했다. 마침 아버지가 안 계셔서 형님이 사람들을 막아섰다.

"여러분, 고정하시구 제 말씀 들으십시오. 제 누이동생이 만에 하나라두 여러분 말씀과 같은 행실을 했다면 그것은 오빠인 저를 구하기 위해섭니

중요 어구 풀이

14) 등화관제 : 적의 야간 공습 시, 또는 그에 대비하여 일정한 지역에서 등불을 모두 가리거나 끄게 하는 일.

다. 독립 운동을 하다가 잡혀 일 년 동안 감옥살이를 하구 나온 저를 왜놈들은 다시 전쟁터루 끌어 내다가 개죽음을 시키려 했습니다. 형사들의 감시가 심해 도망칠 수두 없는 처지에서 제가 전쟁터에 끌려가지 않는 길은 광산에 들어가는 것뿐이었습니다. 허지만 독립 운동을 한 까닭으루 광산에서두 저를 받아 주지 않았습니다. 어쩔 수 없이 전쟁터에 끌려가게 된 제 처지를 안타깝게 생각한 제 누이동생이 자기를 희생함으로써 저를 구해 주려고 한 것입니다. 그러니, 여러분 짓밟으시려거든 저를 짓밟으십시오."

"그건 옳은 말이여."

형님의 말이 끝나자 사람들 속에서 누군가 한 마디 했다. 그러자 여기저기서 호응이 일어나며 그 세력이 사람들의 분노를 압도해 갔다. 결국 누님을 쫓아왔던 사람들은 흐지부지 물러가고 말았다.

누님은 방 안에서 밖으로 귀를 기울이며 재미있다는 듯 생글생글 웃고 있었다.

"이것이, 뭐이 좋다구 웃어? 넌 이 근처에서 시집 가긴 인제 다 글렀어."

어머니의 말이 끝나면서 형님이 아직도 창백한 얼굴빛을 하고 들어왔다. 설치는 사람들을 막아 내기는 했지만 단단히 혼이 난 모양이었다.

"오빠, 엄마가 그러시는데 난 인제 시집 가기는 다 틀렸대요."

누님은 여전히 생글거리며 말했다.

"내 탓이냐?"

형님의 대꾸였다.

"천만에. 내가 한 번 오빠를 구해 줬구, 오빠가 한 번 나를 구해 줬으니 인제 오빠와 나 사이엔 서루 빚이 없어요. 오늘 일 고맙다구 안 해두 되지?"

"내가 너한테 빚을 갚았다구 한다면 그것두 너한테 돈을 꾸어 가지고 갚은 것 같은 느낌이구나."

"오빠, 가령 우리 두 사람이 공모자의 관계에 있다구 가정한다면 빚이니 뭐니 하는 생각 벗어던질 수 있을 거야."

"공모자라니?"

"우리 둘이 공모를 해서 나는 오빠를 독립 투사로 만들었구 오빠는 나를, 독립 투사를 구하기 위해 스스로 제물이 된 성녀(聖女)루 만들었다구 생각하잔 말이우."

"농담이냐, 야유냐?"

"이런 때 농담이나 야유를 할 수 있다면 성녀가 아니라 마녀게?"

"……."

"오빠 화났수? 난 거리에 좀 나갔다 올게. 인제는 사람들이 나를 어떻게 하지는 못할 테지?"[15]

"이것아!"

어머니가 소리쳤지만 누님은 이미 대문 밖으로 나가고 있었다.

누님은 서너 시간이나 지난 후에야 돌아왔다. 친구들의 집을 찾아다녔노라고 했다.

"백성들의 마음이란 변화무쌍하면서두 단순해. 아침까지만 해두 나를 피하구, 적의를 품은 눈으루 바라보더니 반나절 사이에 가엾다는 듯 바라보면서 나를 받아들이는 거야. 며느리나 올케감으루는 적당치 않지만, 좋은 애 착한 애임에는 틀림없어, 하는 투였다우. 재미있는 건 청년들이야. 전에는 나를 자기들보다 한 단계 위에 올려놓구는 감히 접근할 생각두 못하더니, 인제는 자기들과 같은 단계루 떨어져 내렸다구 생각했는지 제법

중요 어구 풀이

15) 인제는 사람들이 ~ 테지? : 호기심이 강한 누이의 성격이 드러나는 부분이다.

접근할 기미를 보이잖우? 불쌍하구 가소롭더군."

"까불지 말구 근신해."

형님이 말했다.

그 날 밤 누님은 아버지한테 머리끄덩이를 끄들렸다. 그리고 누님에게는 두 번째로 금족령이 내렸다.

누님을 회상하는 자리에서 형님도 곁들여 회상하지 않을 수가 없다. 언젠가는 이렇게 누구에게 곁들여서가 아니라 독립된 '형님 회상' 을 할 생각이지만.[16]

형님은 어떤 사람이라고 설명을 하면 적당할 것인가. 형님이라고 해서 한 마디로 묶어 말할 수는 없다. 내 고향은 삼팔선에서 직선 거리로 백오십리 정도, 함경도에 가까운 강원도 땅에 위치해 있다. 해방이 되자 물러가는 일본 사람들의 뒤를 쫓아 소련 군대가 밀려들어왔다. 그러자 지주들의 토지가 남김없이 강제 몰수되었다. 지주의 아들로서 내 형님처럼 지주의 토지가 몰수되는 것을 환영한 사람은 없었을 것이다.[17] 형님은 어느 자리에서, 지주의 토지를 몰수하는 것은 조선 땅에 낙원을 이룩하기 위한 첫걸음이라고 연설까지 했다는 것이다. 아버지의 노여움을 산 것은 물론이었다.

"이눔아, 니 아비가 그 땅을 어디서 훔쳐 온 줄 아니? 그 땅을 내가 사들이지 않았으문 왜눔 손아귀에 들어갈 땅이었어. 허리띠를 줄이구 옷을 기워 입으믄서 악착스레 돈을 뫄 가지구 땅을 사 늘쿠믄서, 난 속으루 그래두 이만큼은 왜눔들 손에서 조선 땅을 되찾아 왔느니라구 자랑하며 지냈어.

중요 어구 풀이

16) 언젠가는 이렇게 ~ 생각이지만 : 가족들이 겪은 일을 해결하는 데 있어 기여한 누님의 역할을 실감할 수 있는 부분이다.

17) 지주의 토지가 ~ 것이다 : 사회주의자로서 형은 자기 집안의 토지까지 여러 사람에게 분배할 것을 주장한다.

헌데 그 땅을 돈 한 푼 주지 않구 사그리 뺏어 가는 게 옳은 일이라구? 그래 어째서 그 짓이 옳은 일이냐?"

"아버님, 그게 다 우리 조선 사람 모두가 잘 살아 보자구 하는 노릇입니다. 나라에서 왜 아버님 공을 모르겠습니까? 해방이 되어 나라를 되찾았으니 새루 시작하는 마음으루 모든 재산을 모든 백성이 골고루 나눠 갖자는 거지요 뭐. 얼마나 좋습니까? 그러니 아버님이 나라에 기부하시는 셈 치시구 땅을 내놓으시면 나라에서두 아버님 평생 동안 양식 걱정 안 하시두룩 해 드릴 겁니다."

"이눔아, 내 땅 내놓구 남한테 밥 빌어먹으란 말이냐?"

"그게 아니래두요, 아버님."

아버지와 형님의 논쟁은 끊일 줄을 몰랐다.

"오빠, 이북 땅에서 출세할 생각이우? 난 어째 으시시한 게 이남 땅으로 넘어갔으면 싶은데 아부지는 늘그막에 어딜 가느냐구 죽어두 내 땅 위에서 죽겠다구 고집이시구."

어느 날 누님이 말했다.

"우린 고향에서 새 나라 세우는 일을 거들어야 해."

형님이 대꾸했다.

"정, 오빠 생각이 그렇다면 말이우, 아부지하구 쓸데없는 말다툼할 시간에 소련어를 배워요."

"그래두 아버님을 설득해야지. 아버님 입장두 생각해서 충격을 덜어 드려야 하잖겠니?"

"아부지를 무시해 버려요. 무시가 아니라 배반해야 할 필요가 생긴다면 배반해 버려."

"너 무슨 소리를 하는 거니? 부모 형제 사이에 그런 살벌한 말이 끼어 드는 걸 난 거부해."

"그럼 오빠는 또 실패해요."

"우리가 하려는 일은 개인의 성공을 전제루 한 게 아니야."

"답답해라. 어쨌든 좋아요. 나 요새 소련어 배우기 시작했거든. 오빠두 같이 배워요."

"급할 것 없어. 배우게 되면 배우지."

누님 말대로 형님은 오래지 않아 붉은 완장을 차고 다니는 젊은 패거리들 속에서 떨어져 나왔다. 형님이 자진해서 떨어져 나왔는지 밀려났는지는 알 수 없는 일이었다. 반반이었는지도 모른다. 다시 말이 없어진 형님은 집에서 빈들빈들 놀다가 철원에 있는 고급 중학교 교사로 취임했다. 다시 활기가 도는 듯했다. 하지만 고급 중학교 교사 자리도 육 개월 남짓에 그만두고 말았다. 파면당했다는 것이다.

"강대국이 약소국을 해방시켜 주거나 원조를 제공해 주는 데는 반드시 어떤 저의가 개재돼 있기 마련이다."

역사 시간에 학생들에게 서양사를 가르치면서 별다른 생각 없이 이런 말을 한 일밖에는 없다는 것이다.[18] 형님은 보안서에 수없이 불려 다니며 조사를 받다가 파면을 당하고 만 것이다. 형님은 왜정하의 대학생 시절 좌익운동에 가담한 일이 있었지만 그 이력은 별로 참작되지 못한 듯했다. 형님은 한층 침울해지고 말이 없어져 가고 집구석에만 틀어박혀 있다가, 공부를 더 하려구 평양으로 간다는 소문을 남기고는 집을 떠났다. 이남으로 넘어간 것이다. 얼마 후 경기도 S시에서 중학교 교편 생활을 하고 있다는 소식이 은밀하게 전해져 왔다.

중요 어구 풀이

18) 역사 시간에 ~ 것이다 : 고지식하고 주견(主見)이 강한 형의 성격을 엿볼 수 있다.

형님이 떠나간 얼마 뒤부터 우리 집에는 점점 더 심한 박해가 가해졌다. 누님이 보안서원에게 끌려간 것도 그 무렵이었다. 새삼스럽게 왜놈들에게 갈보짓했다는 트집을 잡아 민족의 명예를 더럽힌 자는 처벌을 받아야 한다며 체포해 간 것이다. 누님은 풀려나지 못하고 군(郡) 보안서로 넘어가게 되었지만 우리 집에서는 아무런 손도 쓸 힘이 없었다. 그저 이렇게 가족들이 뿔뿔이 흩어져 버리는구나 하는 생각뿐 몸부림 한 번 제대로 쳐 볼 처지도 못 되었다. 그 무렵 우리 집은 백성들의 피를 빨아 지주가 된 악질 반동분자로 낙인 찍혀 푸줏간에서 고기 사 먹을 권리마저 빼앗긴 형편이었다. 물론 집도 몰수당해 우리 집 소작인 노릇하던 농부 가족이 안채에 들어와 살게 되었고, 우리 식구는 곁방살이하듯 사랑채 방 하나를 겨우 차지하고 지냈다. 집에서 아주 몰아 내지 않고 사랑채에나마 살게 된 것은 사정을 두어서가 아니라 옛 소작인이 주인으로 들어앉은 집 사랑채에서 곁방살이를 시킴으로써 수모를 주려는 목적에서였을 것이다. 하지만 그것은 그 사람들로서는 실수나 다름없었다. 우리 식구는 옛 소작인과 함께 살게 된 덕분에 굶주림을 면할 수가 있었으니 말이다.

"즈이가 안채를 떡 차지하구 있어서 죄송스럽기 끝이 없습니다만서두, 생각하믄 얼매나 다행한지 몰라유. 남의 눈에 뜨이지 않구 야식을 노나 드릴 수가 있게 됐으니께유. 밤에는 슬그머니 안채 방 두 개를 비워 놀 테니 들어와 주무세요."

옛 소작인의 말이었다.

그렇게 서너 달을 지냈을 것이다. 벌어들이는 사람이 없는데도 끄떡없이 살아가고 있다는 사실에 대해 보안서에서 수상하게 생각한 모양이었다. 이윽고 조사를 나온 보안서원이 내막을 알아 내고야 말았다. 우리 식구는 거처를 옮기라는 명령을 받았다. 이번에는 낯선 광부가 차지하고 있는 집 사랑방이었다. 우리 식구는 당장 끓여 먹을 쌀이 없었다. 어버지가 면 인민 위원회 사무실 소사[19]로 나가기 시작했고, 어머니는 여성 동맹 사무실 청소원으로 채용되어 겨우 굶어 죽기는 면할 수 있었다.

"느이덜이 아니믄 당장에라두 죽고 싶다."

남아 있는 우리 삼남매를 보시며 어머니가 한 말이었다.

그렇게 또 한 해가 바뀐 어느 봄날이었다. 우리 식구가 살고 있는 집 앞에 소련군 지프 한 대가 와서 멎었다. 문이 열리고 소련군 고급 장교 한 사람이 내리는가 했더니 뜻밖에도 누님이 그 뒤를 따라 내리는 게 아닌가. 처음에는 눈을 의심했다. 누님은 일 년 전 보안서원에게 끌려가지 않았는가. 지금쯤 어느 감옥에 들어가 있으리라고 생각했던 누님이 화려한 옷차림을 하고 눈 앞에 나타나리라고는 생각할 수가 없었던 것이다.[20]

"이 집 사랑방에서 곁방살이를 하고 있는 거야? 세상에 내 원 참!"

말과는 달리 누님은 얼굴을 하늘로 추켜들고는 깔깔 웃었다.

"아부지는 어디 계시냐?"

"면 인민 위원회 사무실에서 소사일 하구 계셔."

"소사라니? 빗자루루 밑바닥이나 쓸어 내구, 심부름이나 하는 소사 말이냐?"

누님은 다시 웃어 댔다.

"그럼 엄마는 어디 계셨어?"

"여성 동맹 사무실에서 청소원으루 일하셔."

"내 원 참, 웃지 않을래두 웃지 않을 수가 없네."

중요 어구 풀이

19) 소사 : 관청이나 회사, 학교, 가게 따위에서 잔심부름을 시키기 위하여 고용한 사람.
20) 지금쯤 어느 ~ 것이다 : 결국 소련어를 공부해야 한다는 누이의 판단은 미래를 예측한 선견지명(先見之明)이었다.

누님은 웃음을 못 참겠다는 듯 얼굴을 하늘로 추켜들고는 다시금 요란하게 웃어 댔다.

"인생 수업 많이 하시는구나."

웃음을 그친 누님이 이렇게 말하더니 소련군 고급 장교의 팔을 잡으면서 소련말로 뭐라고 지껄였다. 소련 장교가 알아들었다는 듯 고개를 끄덕이더니 두 사람은 다시 지프에 올랐고 지프는 면 인민 위원회 쪽으로 굴러갔다. 지프가 집 앞으로 돌아온 것은 불과 오 분쯤 뒤였다. 소련 장교와 누님을 따라 아버지와 어머니가 지프에서 내리셨는데, 당당한 체격의 소련 장교와 화려하게 치장한 누님 앞이어서 그런지 더 추레하고 더 늙어 보였다.

"엄마, 빨리 짐 싸세요. 이런 데두 고향이라구 눌러 사시겠다는 거예요?"

누님이 발을 구르듯 말했다. 아버지와 어머니는 일이 어떻게 돌아가는지 정신을 차릴 수가 없다는 듯 멍청하니 서 계셨다. 하지만 짐이라고 쌀 것도 없었다. 밥그릇과 수저와 밥솥 하나, 그리고 누더기 같은 포대기뿐이었다.

"저런 거 다 내동댕이쳐 두구 빈 몸으루 떠나세요."

누님이 방 안을 둘러보며 말했다. 우리 식구들은 그 날로 전철을 타고 철원으로 옮겼다. 누님이 살 집과 살림 도구를 마련해 주었다.

"그 동안 고생 많이 하셨으니 한 달쯤 푹 쉬세요. 며칠 뒤에 다시 올게요."

누님은 돈을 내주고는 어디론지 가 버렸다.

소련군 장교와 함께 누님이 다시 우리를 찾아온 것은 일 주일 뒤였다. 그 동안 우리 식구들은 누님이 주고 간 돈으로 옷을 사 입어 깨끗한 모습으로 돌아와 있었다. 누님은 아버지와 어머니가 원기를 회복하신 것을 보더니 소련 장교를 소개했다.

"제가 보안서원에게 끌려갔었잖아요? 백성들을 착취해 부자가 된 지주의 딸에다가 왜놈의 첩 노릇을 한 악질 반동분자라면서 감옥살이를 시킨다구 하는 것을 이 사람이 구해 줬어요."

"원, 이런 고마울 데가 있나? 인사를 해야 할 텐데 말이 통해야지?"

어머니가 말씀하셨다. 누님이 소련 장교에게 뭐라고 하니까 소련 장교가 알아차렸다는 듯 어머니를 향해 고개를 끄덕였다.

"고마운 사람이구만. 그래 지금은 한 사무실에서 일하구 있니?"

아버지가 물으셨다.

"사무실이 아니라 집에서 같이 살구 있어요."

누님이 대답했다.

"집에서? 그럼 내외간이여? 아무튼 이왕 부부가 되었으니 백년해로 하거라."

아버지가 덕담을 하셨다. 덕담하는 아버지의 모습이 쓸쓸해 보였다. 전과 같으면 이런 말씀을 하셨을 것인가. 누님이 다시 소련 장교에게 뭐라고 말하니까 이번에는 얼굴에 함빡 웃음을 담으며 아버지에게 머리를 끄덕여 보였다.

"아부지, 여기서 좀 쉬시다가 이남으루 넘어가세요."

누님이 불쑥 말했다. 우리 식구들은 깜짝 놀라 소련 장교를 곁눈질해 보였다.

"괜찮아요. 이 사람 조선말 못 알아들어요. 아무래도 이남이 살아가시기 편할 것 같아요. 외갓집두 그 쪽이구, 또 오빠두 그쪽에 가 있구요. 참 오빠한테 무슨 소식 없어요? 오빠 보구 싶다."[21]

누님은 형님이랑 온 가족이 단란하게 모여 살던 시절을 회상하는 듯 밝고도 서글픈 웃음을 얼굴에 떠올렸다.

중요 어구 풀이

21) 참 오빠한테 ~ 싶다 : 번번이 의견이 충돌한 사이였지만 누님은 형에게서 혈육의 정을 느낀다.

우리는 철원에서 한 달 동안 머물러 있다가 연천으로 옮겼다. 삼팔선을 넘기 위해서는 연천으로 옮겨 가는 것이 지름길이었다. 철원을 떠나기 전 누님은 퍽 많은 돈을 장교 모르게 어머니 치마 밑에다 밀어 넘겨주었다.

"삼팔선을 착 넘어서면 전곡인가 하는 데서 이남 돈으루 바꿀 수가 있대요. 이북 돈 십 원에 이남 돈 이십 원씩 바꿔 준다더군요."

누님이 말했다.

"너는 어떡하구? 이쪽에서 눌러 살 생각이니?"

어머니가 눈으로 누님의 얼굴을 쓰다듬으며 물으셨다.

"제 걱정은 마세요. 다시 만나게 되겠지요."

누님이 말했다.

우리는 연천에서 일 주일 동안 머물러 있다가 삼팔선 넘겨주는 길잡이를 사 가지고 밤을 타서 삼팔선을 넘었다.

누님 말대로 삼팔선 바로 남쪽에 돈 바꿔 주는 곳이 있었다. 우리는 누님이 준 이북 돈을 이남 돈으로 바꿔 가지고 동두천까지 걸어와 하루를 묵고, 기차편으로 형님이 중학교 교편 생활을 하고 있는 경기도 S시로 갔다.

"아버님, 어머님, 이게 꿈은 아니지요? 다시는 아버님 어머님을 못 뵙나 했는데……."

형님은 말끝을 맺지 못했다. 형님은 한동안 말없이 동생들 머리를 쓰다듬다가 문득 생각난 듯,

"향숙이는 왜 안 보입니까?"

누님을 찾았다.

"그러잖아두 향숙이가 오래비 보구 싶다구 하더구나."

어머니가 누님의 소식을 대충 형님에게 들려주었다.

"거기서 병들어 죽거나 굶어 죽는 건데 개가 건져서 삼팔선을 넘겨줬지."

"제가 항숙이한테 또 큰 빚을 진 것 같구만요."

형님은 누님을 생각하듯 지그시 눈을 감았다가 떴다.

형님은 단칸 셋방에서 낯선 여자와 함께 살고 있었다.

"혼자 살기가 불편하기두 하구 해서 부모님 허락 없이 장가를 들었습니다."

형님 내외가 부모님께 큰절을 올렸다.

"잘했다, 잘했어."

절을 받으며 아버지 어머니가 함께 말씀하셨다.

누님이 준 돈을 보태 방 두 개짜리를 얻어 이사를 했다. 우리는 고향에서 단칸방 생활을 해 온 터여서 별로 불편한 줄을 몰랐다. 아니 두려움이 사라진 자유로운 환경 속에서 더 바랄 것이 없을 것 같았다. 우리 끝의 삼남매는 다시 학교에 다니기 시작하면서 지난 날의 고통을 급속하게 잊어 갔다.

한데 얼마 가지 않아 우리는 형님에게 근심거리가 있다는 사실을 알게 되었다.

"왜정 말기 제가 감옥살이를 하구 나와 고향 집에서 쉬고 있을 때 늘 저를 따라다니며 감시하던 조선 사람 형사 있었잖습니까?"

어느 날 형님이 아버지 앞에서 말을 꺼내 놓았다.

"그래, 김 뭣이라고 하던 녀석 있었지."

아버지가 말을 받으셨다.

"그 사람이 여기 와서 경찰 노릇을 하고 있습니다."[22]

"뭐여? 하지만 지난 일 캐낼 것 없다. 잊어버리구 허물없이 지내믄 되는

중요 어구 풀이

22) 그 사람이 ~ 있습니다 : 친일 경찰이었던 사람이 해방 후에도 경찰이 되는 부조리한 당대 현실을 비판하고 있다.

게여."

"여기 와서 얼마 있다가 길에서 딱 마주치지 않았습니까? 반갑게 인사를 했습니다. 아버님 말씀대루 이왕 지난 일 캐낼 것 없다구 생각했지요. 그 사람이 왜정 때 형사 노릇 안했으면 어떤 다른 조선 사람이 그 자리를 메웠을 테니 말입니다. 헌데 이 사람, 제가 내민 손을 마지못해 잡으면서 몹시 어색해하더군요. 지난 일이 쑥스러워 그런가 보다 생각하구는 '지난 일은 함께 잊어버리구 앞으루는 저를 고향 후배로 생각하시구 사랑해 주십시오.' 이렇게 말했습니다. 헤어질 때 저를 쳐다보는 그 사람 눈이 아무래두 이상하게 느껴졌습니다. 그런가 보다 했는데 닷새쯤 뒤에 경찰서에서 호출장이 오지 않았겠습니까? 무슨 일인가 해서 갔더니, 그 사람은 눈에 띄지 않구, 어떤 낯선 형사가 앉으라구 하면서 제 지난 일을 캐묻더군요. 왜정 때 일본에서 대학 다닐 때 좌익 운동 한 일로부터 해방 후 고향에서 한 일, 이남으루 넘어오게 된 동기며 교우 관계, 인척 관계…… 마치 혐의자 다루듯 하는데 대답하느라구 땀 뺐습니다."

"그 김 형사란 녀석이 시킨 짓이란 말이렷다. 그 녀석 여기 와서두 형사 짓 하구 있냐?"

"그 계통이라지요, 아마? 허지만 평형사가 아니라 경위드군요."

"못된 녀석. 내 한 번 찾아가 보랴? 지가 나를 보구두 그 따위 짓거리는 못 할 테지?"

"내버려 두십시오. 그 사람이 된 사람 같으면 아버님이 안 찾아가셔두 사리에 맞게 일을 처리할 테구, 안 된 사람이라면 아버님이 찾아가시면 자격지심[23]을 품을 겁니다."

중요 어구 풀이

23) 자격지심 : 자기가 한 일에 대하여 스스로 미흡하게 여기는 마음.

"그럼 어떻게 하겠다는 게냐?"

"서울루 전근 운동을 하고 있습니다. 마침 알구 보니 외가 쪽으로 저한테 오촌되는 아저씨가 문교부 장학관으로 계시더군요. 부탁을 드려 놨습니다."

"그래 이남에 와서두 쫓겨다녀야 한단 말이야?"

"이남 땅두 아직 완전히 자리가 잡히지 않았습니다. 저 남쪽에 있는 산이나 섬들에서는 아직 공비들이 출몰하구 학생들이나 학교 선생들 가운데두 좌익으로 지목되는 사람들이 꽤 섞여 있어서 경찰에서 감시를 게을리하지 않구 있습니다. 그 사람이 생각만 먹으면 저를 괴롭힐 꼬투리를 만들 수 있을 겁니다. 그 사람 가까이 있는 게 아무래두 꺼림칙해서 S시를 빨리 떠나구 싶습니다."

"어떻게 돌아가는 속인지 모르겠구나. 거 왜 이남 편에 똑똑하게 서서 큰소리치지 그러느냐?"

"왜정 말기부터 해방을 거쳐 삼팔선 넘어오는 동안 꽤 지친 모양입니다. 몸두 마음두 쉬 피로해지곤 해서 이것저것 신경 안 쓰구 얼마 동안 쉬구 싶은 생각이었습니다."

"으흠……."

형님은 그 뒤로는 늘 불안해하다가 드디어 서울의 A중학교로 전근하게 되었다. 다른 식구들도 형을 따라 서울로 옮겨 갔다.

"어, 인제 숨통이 좀 트이는 것 같구나."

형님이 모처럼 밝게 웃으며 말했다.

하지만 채 발 뻗고 살아 볼 사이도 없이 육이오 사변이 터졌다. 인민군이 삽시간에 서울을 점령해 버렸다. 피난 갈 사이도 없이 우리는 다시 북쪽 사람들의 손아귀 속으로 들어가고 말았다. 서울에 들어오기가 바쁘게 북쪽 사람들은 의용군이라는 명목으로 남쪽의 젊은이들을 싸움터로 끌어 내 가기 시작했다.

"의용군에 지원해야 할까 봐."

어느 날 학교에서 돌아온 형님이 형수한테 말했다.

"싸움터에 나가게 될 텐데 지원까지 할 게 뭐 있어요?"

형수가 의아한 듯 물었다.

"이북에서 넘어온 사람들은 의용군에 자원을 하면 죄를 면해 주겠다는구만."

"그게 자원이에요? 강요하는 거지."

"할 수 없지. 아버님 어머님 뫼시구 외갓집에 가 있으라구."

형님이 결심이 선 듯 말했다.

우리 식구들은 그 때 누님을 문득 생각해 내고는 혹시 누님이 나타나 주지 않나 해서 기대로 가슴을 부풀렸다. 이럴 때 누님이 소련군 고급 장교와 함께 나타난다면 형님이 의용군 나가는 일을 고만둘 수가 있을 것이고, 다시 불안에 떨고 있는 우리 식구들도 구원을 받을 수 있을 것이다. 아버지와 어머니도 말씀은 안 하셔도 누님의 출현을 은근히 기다리시는 눈치였다. 하지만 형님이 의용군이 되어 싸움터로 떠날 때까지 누님은 나타나지를 않았다. 하기야 우리가 여기 있는 것을 누님이 어떻게 알겠는가. 아니 누님은 소련군 고급 장교를 따라 소련으로 들어가 버렸는지도 모른다. 그렇게 된 다음에야 누님인들 어떻게 해 볼 도리가 없을 것이었다.

형님이 떠나가고 나자 우리 식구는 서울에 머물러 있을 이유가 없어졌다. 서울을 떠나 터덜터덜 나흘을 걸어 충청 북도 진천에 있는 외갓집으로 갔다. 외할아버지 외할머니가 안 계신 외갓집에서는 몰려간 우리 식구들을 대하고 눈을 크게 떴을 뿐 별로 반가워하는 기색이 아니었다. 하지만 어떻게 할 것인가. 밀고 들어가듯 사랑채를 차지했다.

그 곳도 이미 평화로운 농촌은 아니었다. 쳐내려온 북쪽 사람들이 들쑤성거려 놓아 도시나 다름없이 수라장이 되어 있었다. 집집 머슴들이 일할 생각은 안 하고, 대청 마루에 돗자리를 깔고 벌렁 누워 콧노래만 흥얼거렸다. 그래도 주인은 후환이 두려워 말 한 마디 못 하고, 콧노래 잘 부르라고 하루 세 끼 꼬박꼬박 더운 밥을 지어다 머슴 앞에 바치곤 했다.

사람 수가 적어 월남 가족은 재빨리 노출되었다. 아버지는 곧바로 보안서로 끌려가 갇혔다. 월남자는 이남 출신 반동분자보다도 먼저 인민재판을 열어 처형하게 될 것이라는 소문이 떠돌았다.

“이럴줄 알았으믄 느이 고향에 앉아서 죽을 걸, 고생해서 삼팔선 넘어온 보람이 뭐야?”

어머니가 탄식을 하곤 했다. 자고 나면 인민재판이 벌어지지 않나 해서 목을 빼 보고 귀를 귀울여 보곤 하는 노릇이 사람의 간장을 말렸다. 이럴 때 누님이 나타나 준다면 얼마나 좋을 것인가. 헛일인 줄 알면서도 우리 식구들은 다시금 애타게 누님을 기다려 보았다.

한데 기적처럼 지프 한 대가 외갓집 바깥 마당에 와 멎었다. 문이 열리고 인민군 고급 장교가 차에서 내리는가 했는데, 인민군 복장을 한 누님이 그 뒤를 따라 내리는 게 아닌가.

“누님!”

나는 목이 메어 불렀다.[24]

“아부지 어디 계시냐?”

중요 어구 풀이

24) 나는 목이 메어 불렀다 : 가족이 위험할 때마다 어김없이 찾아오는 누님에 대한 나의 고마운 마음이 배어있다.

누님이 주위를 둘러보며 물었다.

"보안서에 잡혀 가셨어."

"엄마는?"

"궁금해서 보안서 근처에 가셨어."

누님은 말없이 인민군 고급 장교와 함께 지프에 올라타고 면사무소 쪽으로 지프를 몰았다. 차가 돌아온 것은 십 분쯤 지난 뒤였다. 인민군 장교와 누님의 뒤를 따라 몹시 초췌해진 아버지와 어머니가 지프에서 내렸다.

"인제 걱정 마시구 편히 지내세요. 그런데 오빠는 어디 갔어요?"

누님이 다시 한 번 주위를 둘러보며 물었다.

"의용군에 뽑혀 갔단다. 니가 좀 일찍 왔으믄 더 좋았을 것을. 어여 방으루 들어가자."

어머니가 눈물을 닦아내며 말했다.

"오늘은 바빠서 금세 가 봐야 해요. 곧 또 찾아 뵙겠어요."

누님은 주머니에서 돈을 꺼내 어머니 손에 쥐어 드리고는, 인민군 장교와 함께 지프에 올라 휑하니 떠나가 버렸다. 누님이 나타났다가 사라지기까지의 시간이 얼마나 짧았는지 도무지 허깨비를 본 것 같은 느낌이 들었다. 그러고 보니 누님의 얼굴에 항상 꽃처럼 피어 있던 그 밝은 웃음을 볼 수 없었던 것도 이상한 느낌이 들었다. 정말 허깨비를 본 것일까. 멍청하니 서 계신 아버지와 어머니 손에 들려 있는 이북 돈을 보고서야 그것이 허깨비를 본 것도 아니고 꿈을 꾼 것도 아니라는 것을 알 수 있었다.

"딸애 덕을 단단히 보는구만. 죽을 고비를 두 번이나 넴겨줬잖아?"

아버지가 비로소 정신이 든다는 듯 말하셨다.

"글쎄 말이우. 어떻게 그 때마다 용케 알구 찾아오는지 모르겠어유. 지 말대루 또 찾아올라는지?"

어머니는 눈물 흘리던 얼굴에 웃음을 떠올리며 대꾸했다.

누님은 팔월 말경 잊어버릴 만할 때 한 번 더 다녀갔다. 전번에 함께 왔던 인민군 고급 장교와 함께였다.

"네 소련 사람 남편 잘 있니?"

인민군 장교가 잠시 자리를 비운 사이에 아버지가 궁금한 듯 물으셨다.

"그 사람과는 헤어졌어요. 소련으루 들어간 걸요 뭐."

누님은 지나간 얘기라는 듯 가볍게 대답했다.

"그럼 지금은 혼자 사는 게냐?"

"뭐 그런 셈이에요. 그런데 아버지, 전 다시 북쪽으로 들어가게 될 것 같아요."

누님이 음성을 낮추어 말했다.

"왜?"

"인민군이 뒷걸음질치기 시작했어요. 누구한테 말하지 마세요."

"그럼 이제 가면 다시 못 오는 게냐?"

"글쎄요. 오빠 한 번 만나 봤으면 좋겠는데……."

"글쎄 말이다. 어디서 살아 있기는 한지?"

누님은 가족들의 얼굴을 쓰다듬듯 둘러보고 또 둘러보곤 하다가 떠나갔다. 그렇게 떠나간 누님은 가을이 깊도록 다시는 돌아오지 않았다.

누님 대신 가을이 다 갈 무렵 형님이 돌아왔다. 형님은 머리가 빡빡 깎이어 선머슴애 같은 모습을 하고 있었다. 쫓겨가는 인민군을 따라 북쪽으로 가다가 대동강을 건너기 직전 틈을 보아 탈출해 나왔다고 했다. 형님이 탈출 같은 것을 다 할 줄 알다니.

"아버님, 그래두 무사하셨구만요."

형님은 감개무량하다는 듯 말했다.

"무사하긴? 느 아부지가 잡혀가서 돌아가실 뻔한 것을 늬 동생이 와서 살려 놓구 갔단다."

"향숙이가 왔었군요."

"인민군 높은 사람인가부더라. 그 사람하구 같이 지프를 타구 와설랑 유치장에 갇혀 있는 느 아부지를 빼내 주구 갔어."

"걔한테 빚을 자꾸 지는구만요. 갚을 수가 있을는지."[25]

형님은 학교에 가 봐야겠다면서 서울로 올라갔다. 하지만 돌아온 형님은 풀이 죽어 있었다. 의용군에 자원해 갔었대서 학교에서는 형님을 복직시켜 주지 않더라는 것이다. 그 중학교 이외의 다른 어느 중학교에서도 현재로서는 채용을 할 수가 없다고 하더라는 것이다.

"장사나 해 먹구 살아야 하나?"

형님은 허탈한 목소리로 말했다.

"우선 좀 쉬거라."

어머니가 가엾다는 듯 말씀하셨다.

"우리 집두 아니구 외갓집에서 마음 편히 쉴 수가 있나요?"

하지만 형님은 마음을 잡지 못하고 외갓집 추수나 거들면서 하루하루를 보냈다.

겨울이 닥치고, 중공군이 다시 쳐내려왔다. 형님은 제2국 민병 영장을 받고 얼어붙은 눈길을 걸어 남쪽으로 내려갔다.

그 해 겨울에는 눈이 일찍, 그리고 많이도 내렸다. 다행히 중공군이 충청도까지는 내려오지 못해 우리 식구들은 또 한 번의 피난을 면할 수가 있었

중요 어구 풀이

25) 걔한테 빚을 ~ 있을는지 : 집안의 실질적인 가장으로서 형님은 책임감을 느끼고 있으며 이 역할을 누님이 하는 것에 대해 고마움과 미안함을 느끼고 있다.

다.

눈 쌓인 긴긴 겨울이 가고 봄이 오고 또 봄이 갔다. 중공군이 삼팔선 북쪽으로 밀려 올라가서 그 근처에서 밀고 밀리는 싸움이 치열한 그 여름, 형님은 국군 소위의 계급장을 달고 돌아왔다. 전선으로 가는 도중에 들렀다고 했다. 그 때 형님은 서른 살이 넘어 있어 군에 입대하지 않아도 될 나이였다.

"향숙이 소식 없지요?"

형님은 먼 하늘가로 눈길을 주며 누님을 물었다.

"아무 때구 또 생각지두 않게 불쑥 찾아올지두 모르지."

어머니도 형님을 따라 먼 하늘가로 눈길을 보내셨다. 먼 하늘가 산봉우리 위에는 뭉게구름이 한가로이 머물러 있었다.

"향숙이 한 번 만나 볼 수 있다면, 죽어두 한이 없을 것 같아요."

형님이 혼잣말 하듯 말했다.

"야, 죽는다는 소리 말아라."

어머니가 펄쩍 뛸듯 말했다.

형님은 일선으로 떠났다. 편지 올 적마다 누님 소식을 묻더니 두 달 만에 유골이 되어 돌아왔다. 아버지는 형님의 유골을 안고 외갓집 산으로 올라가 유골에 석유를 뿌리고 불을 살랐다.

"향숙이 넌두 어느 산골짜기에서 죽지나 않았는지?"

아버지가 형님의 불탄 유골을 이리저리 집어던지며 말하셨다.

그 후 삼십 년 가까운 세월이 흘렀다. 누님으로부터는 아직도 소식이 없다. 위기에 처해 있는 누님을 구해 줄 수 있는 기회가 내게 온다면 얼마나 좋을까.

작품 이해 및 논술 다지기

 핵심 정리

- 갈래 : 단편 소설
- 시점 : 1인칭 관찰자 시점
- 배경 : 시간적 — 일제 시대에서 6·25에 이르는 한국 현대사의 격동기
  공간적 — 남한 일대
- 구성 : 순행적 구성
- 제재 : 처세에 능한 누님의 일생
- 주제 : 비극적 역사의 소용돌이에 처한 누님의 극적인 처세술과 가족의 비극

구성 단계

- 발단 : 누님과 가족에 대한 회상.
- 전개 : 최고 학부를 다니는 지식인 형은 학병이 될 위기에 처하지만 누님의 도움으로 탄광 서기로 감.
- 위기 : 해방 후 재산을 몰수당한 가족과 가족의 궁핍한 생활을 벗어나게 해 주는 누님.
- 절정 : 의용군으로 끌려가는 형. 위기에 처한 부모님을 다시 한 번 구하는

누님.

• 결말 : 국군 장교가 되어 전선으로 갔다가 죽는 형. 30년이 지난 지금까지 소식을 알 수 없는 누님.

등장 인물

• 나 : 관찰자. 누님의 인생을 지켜보는 작중 화자.
• 누님 : 성격이 활달하고 처세술이 능한 인물.
• 형님 : 이상주의자, 지식인. 지식인이기 때문에 더 큰 핍박을 받으며 살아 감.

줄거리

누님이 요즘 세상에 태어났더라면 여의사나 대학교수가 됐을 거라는 것을 서두로, 8·15 해방 전부터 이 소설은 출발하고 있다. 아버지는 땅을 많이 가진 지주고, 형님은 최고 학부를 다니는, 명문가이다. 그런데 독립 운동을 한 형님을 학병으로 보내기 싫으면 땅을 나라에 전부 헌납하든가, 누나를 정신대로 보내라는 일제의 강요를 받는다. 다행히 누님의 도움으로 형님은 탄광 서기로 가고 재산도 몰수당하지 않은 채 해방을 맞이한다. 해방이 되자 인민 공화국이 들어서고 친일파 집안이라는 것과 누님이 왜놈들에게 갈보짓을 했다는 것을 구실로 재산을 빼앗긴다. 그리고 어느 단칸방에 살며 아버지는 사무실 소사로, 어머니는 청소부로 일하게 된다. 그러던 어느 날, 누나가 소련 장교와 같이 돌아와 궁핍한 생활에서 벗어나게 해 주고 가족을 남하시킨다. 한때 남한의 거의가 인민군에게 점령되어 형님은 의용군으로 끌려가고 부모님도 위기에 처하는데, 누님이 이번엔 인민군 장교와 같이 와 부모님을 구해 주고, 누님 자신은 인민군을 따라 북쪽으로 간다. 국군 장교가 되어 집에 들른 형님은 누님 향숙에게 너무 빚을 많이 지었다고 하며, 꼭 한 번 만나고 싶다고 말한다. 다시 전선으로 간 형님은 두 달 뒤에 유골이 되어 돌아오고, 아버지는 '향숙이도 어느 산골짜기에서 죽지나 않았는지.' 라고 말하면서 형님의 불탄 유골을 이리저리 뿌린다. 그로부터 30년이 지난 지금까지 누님의 소식은 없고, 위기에 빠진 누님을 구할 기회가 내게 주어진다면 하고 '나' 는 안타깝게 생각한다.

이해와 감상

〈누님의 초상〉은 격동기의 한국에서 살아가는 한 여인의 수난사이자 뛰어난 분단 문학의 작품이다. 일제 강점기와 8·15 해방 후 소련이 진주한 북한 사회, 한국 전쟁, 그리고 전쟁이 끝난 뒤에 누님이 가족을 위기 상황에서 구해 주는 모습을 통해서 눈물겨운 삶의 현장을 볼 수 있다. 그대로 놓아 두면 일본의 척식 회사가 다 차지하기 때문에 아버지가 땅을 사들여 지주가 되고, 학병으로 끌려가야 할 처지인 형님을 누님이 구해 준 것 등에서 속죄양의 의미가 무엇인지 알 수 있다.

1. 해방 전 경찰 서장의 아들과 가까이 지내 아버지의 재산을 지키고 오빠는 전쟁에 끌려가지 않고 탄광 사무실에서 일하게 됨.
2. 소련군이 진주하여, 재산을 몰수당하고 어느 단칸방에 살게 됐을 때, 누님이 소련 장교와 나타나 가족이 편한 거처로 옮김.
3. 남한이 거의 점령되었을 때 오빠는 의용군에 끌려가고 아버지는 보안서에 갇혀 있는데, 난데없이 인민국 복장을 한 누님이 와서 구해 줌.

가족을 구하기 위해 속죄양이 되는 그런 누님의 초상으로 인해 오늘의 우리가 있게 된 것이다. 그 누님을 구할 수 있는 방법을 알 수 없어서 안타까워하는 주인공인 나의 술회와 소망이 바로 분단 문학이 풀어야 할 과제이다.

작가 소개

유재용(1936~)

강원도 금화 출생. 서울 환일고 중퇴. 동화 〈키다리 풍선〉이 《조선일보(1965)》에 당선되고 〈상지대〉로 《현대 문학(1968)》에 추천되어 문단에 등단. 단편 〈달의 신화(1970)〉·〈누님의 초상(1978)〉, 장편 《성역(1980)》·《성하(1985)》·《어제 울린 총 소리(1985)》 등 고향을 잃고 내려온 실향의 한을 그리는 작품을 많이 썼음. 또한 《광장》의 주인공 이명준처럼 제3국으로 가 조국을 그리워하면서 사는 한을 잘 그려 또 다른 실향의 한을 나타내고 있음. 《어제 울린 총 소리》로 동인 문학상 수상.

연관 작품 더 읽기

- 〈수라도〉(김정한) : 이 작품에서 가야 부인은 가문의 수난을 온몸으로 감당해 내는 인고(忍苦)의 표상이며, 불도에 귀의함으로써 굴절 많은 생애를 마감하는 한국적 여인상이다. 일제하 민족적 저항 의식이 강했던 허진사 가문의 며느리 가야 부인의 일대기를 그린 작품이다.

- 〈순이 삼촌〉(현기영) : 30년 전 향리에서 벌어진 양민 학살 사건을 다루고 있는 작품으로 제주 4·3의 아픈 역사를 고발한 작품이다. '순이 삼촌'은 30년 전의 학살 현장에서 두 아이를 잃고 구사일생으로 살아난 인물이지만, 평생 그 사건으로 인한 충격을 떨쳐 버리지 못하다가 그예 자살을 택하고 만다. 한 인물의 비참한 일생을 통해 거대한 권력의 횡포를 고발하고 있는 작품이다.

좀더 알아보기

• 분단 문학(分斷文學) : 분단 이후 한국에서 생긴 분단을 주제로 한 문학. '민족사의 불행인 분단을 문학 속에서 어떻게 형상화 할 것인가.' 라는 시대적 과제에서 출발하여, 분단의 원인과 그 갈등 구조를 제시하고, 분단을 극복해 나가는 방법을 모색하는 문학이다.

논술 맛보기

1. 가족이 어려움에 처할 때마다 누님은 도움을 주었다. 누님의 도움은 구체적으로 무엇인가?

⇨ 일제 시대에 학병으로 끌려갈 위기에 처한 오빠를 탄광 사무실에서 일하게 함으로써 징병을 피하게 했고, 해방 후 소련 장교와 함께 나타나 가족을 편한 거처로 옮기게 했으며, 6·25 때 인민군 복장을 한 누님이 와서 보안서에 끌려간 아버지를 구해 주었다.

2. 주인공인 내가 누님에 대해 항상 안타까운 점은 무엇인가?

⇨ 누님은 집안이 어려움에 처할 때마다 나타나서 문제를 해결해 준다. 그래서 가족들은 누님에게 많은 빚을 졌다고 생각한다. 하지만 누님을 위해 가족들이 한 일은 없다. 따라서 주인공은 위기에 처한 누님을 구할 수 있는 기회가 오지 않은 것을 안타까워한다.

3. 이 작품에 등장하는 형과 누님은 서로 다른 성격을 보이고 있다. 두 사람의 성격을 작품의 주제와 관련지어 설명하라.

⇨ 형은 이상주의자이자 자신의 가치관에 투철한 지식인이다. 형은 독립 운동을 했으며 자신의 신념에 따라 집안의 토지를 다른 사람에게 분배할 것을

주장한다. 하지만 형은 세상으로부터 인정받지 못한다.

반면 누님은 성격이 활발하고 현실적이며 처세술에 능한 인물이다. 이 때문에 누님은 다른 사람들로부터 미움을 받는 적도 있다. 하지만 가족들의 어려움을 해결하는 사람은 누님이다.

작가는 굴곡 많은 한국 현대사의 비극을 헤쳐 나간 당대 사람들의 고통과 어려움을 형과 누님을 통해 형상화하고 있다.

논술 다지기

다음 제시문에는 전쟁이 개인에게 어떤 피해를 주는지에 대한 설명이 나타나 있다. 제시문의 설명을 참조하여 〈누님의 초상〉에 등장하는 '누님'의 행동을 어떻게 바라볼 수 있을지 자신의 관점을 제시하라.

전쟁은 인간의 생명을 빼앗는다는 점에서 직접적인 악영향을 끼치는 한편, 인간의 정신을 병들게 한다는 점에서 간접적인 악영향을 주기도 한다. 특히 전쟁은 정상적인 가족 관계를 파괴함으로써 개인에게 심리적인 아픔을 심어 준다. 이데올로기 대립 때문에 한 핏줄을 물려받은 형제가 네 편 내 편으로 갈라서게 된 예는 빈번하며, 사람의 목숨이 파리의 목숨처럼 하찮게 여겨지는 전쟁터의 분위기는 개인의 윤리적·정서적 감각마저 마비시켜 올바른 가족 관계에 대한 관념마저 뒤흔든다.

예시 답안

제시문의 내용에 의하면 전쟁은 인간의 생명을 빼앗는 것은 물론이고 정신마저도 황폐하게 만든다. 특히나 전쟁 상황이 인간의 윤리적 감각에 미치는 악영향은 매우 심각하다. 사람들을 죽이는 것이 정당화되는 전쟁시의 분위기에서는 인간의 목숨과 개성에 대한 존중이 약화되기 쉽기 때문이다. 특히 전쟁은 국가를 위해 개인들이 목숨을 걸고 희생하는 것이 옳다는 생각을 조장하기 때문에, 전쟁시에는 개인의 존엄성을 보장받기가 어렵다.

〈누님의 초상〉에서 '누님'은 겉으로는 전쟁시의 분위기에 가장 적극적으로 적응하는 인물처럼 보인다. 다른 가족이 해결하기 힘들었던 어려운 일들을 보란 듯이 해결하고, 기꺼이 자신의 능력을 발휘하여 가족을 지켜 낸다.

그러나 누님의 행동은 결과적으로 가족을 위한 일방적인 희생에 가깝다는 점에서 완전히 긍정적인 행동으로 평가받기는 어렵다고 생각한다. 자의적이든 타의적이든 전쟁이 만들어 낸 위기 때문에 개인이 희생을 감수해야 하는 상황에 개인의 권리가 매몰된 것이기 때문이다.

즉 누님은 자신의 인생에서 진정으로 필요한 것을 이루어 내는 삶이라기보다는 가족들을 위해 여러 기회를 이용하는 삶을 사는 인물이라고 볼 수 있다. 따라서 누님은 전쟁의 희생양이자 피해자인 셈이다.

가족들 역시 전쟁이라는 상황에서 살아남기 위해 누님을 보호하지 못하고 오히려 누님의 희생에 의존해야 했다는 점에서 바람직하지 못한 모습을 보인다. 딸이자 누이를 보호하고 위해 주어야 할 가족들이 오히려 누이의 희생을 받아들이는 장면은 곧 전쟁이 가족의 기능과 본질을 왜곡하고 파괴하고 만다는 점을 드러내 준다.

누님의 행동은 전쟁으로 인해 생겨난 피해를 줄이기 위한 어쩔 수 없는 반응이다. 이러한 누님의 모습은 전쟁으로 인한 정신적 피해 및 후유증의 심각성을 드러내 준다. 무조건적 희생이나 타협은 개인을 황폐화함은 물론 그러한 행위를 요구하는 사회를 황폐화하는 것이다.

이처럼 누님의 모습은 전쟁으로 인한 간접적 피해 상황을 드러내 준다는 점에서 의의가 있을 것이다.

흰 종이 수염

하근찬

작품을 읽기 전에

〈흰 종이 수염〉은 하근찬이 《사상계(1959)》에 발표한 작품이다. 전쟁에서 한 팔을 잃은 아버지가 흰 종이 수염을 달고 극장의 광고를 하는 모습을 통해, 지난 세대가 아파했던 전쟁의 상흔과 그 의미를 생각해 보자.

흰 종이 수염

1

아버지가 돌아오던 날 동길(東吉)이는 학교에서 공부를 하지 못하고 교실을 쫓겨났다. 다른 다섯 명의 아이와 함께였다.

아이들은 모두 풀이 죽어 있었다. 어떤 아이는 시퍼런 코가 입으로 흘러드는 것도 아랑곳없이 눈만 대고 깜작거렸고, 입술이 파랗게 질린 아이도 있었다. 여생도 둘은 찔끔찔끔 눈물을 짜내고 있었다. 축 처진 조그마한 어깨들이 볼수록 측은했다.

그러나 동길이만은 그렇지가 않았다. 그는 두 주먹을 발끈 쥐고 있었다. 양쪽 볼에는 발칵 불만을 빼물고 있었고, 수박씨만한 두 눈은 차갑게 반짝거렸다.[1]

'울 엄마 일하는데 어떻게 학교에 오는공. 울 아부지 인제는 돈 많이 벌

어 갖고 돌아오면 다 줄낀데, 자꾸만 지랄같이…….'

동길이는 담임 선생의 처사가 도무지 못마땅하여 속으로 또 한 번 눈을 흘겼다.

쫓겨 나온 교실이 마음에 있다거나 선생님의 교탁 안으로 들어간 책보가 걱정이 된다거나 해서가 아니었다. 그런 알량한 몇 권의 헌 책 나부랭이, 혹은 사친회[2]비를 못 내고 덤으로 앉아서 얻어 배우는 치사스러운 공부 같은 것, 차라리 시원했다. 집으로 돌아와서 돈을 가져오라는 호령 따위도 이미 면역이 된 지 오래여서 시들했다. 그러나 돈을 못 가지고 오겠거든 아버지나 어머니를 학교에 데려오라는 데는 딱 질색이었다. 전에 없던 일이었다.

"사람이면 염치가 좀 있어야지. 이건 한두 달도 아니고, 이놈아! 너는 사, 오, 육, 칠, 넉 달치나 밀렸잖아. 이학년 올라와서 어디 한 번이나 낸 일이 있나? 지금 당장 가서 가져오든지 그러잖음 아버질 데려와!"

냅다 고함을 지르는 바람에 간이 덜렁했으나 동길이는 또렷한 목소리로,

"아부지 집에 없심더."

했다.

"어디 가고 없노?"

"노무자(勞務者) 나갔심더."

"……."

중요 어구 풀이

1) 그는 두 주먹을 ~ 반짝거렸다 : 외양 묘사를 통해 담임 선생의 처사에 대한 동길의 불만을 알 수 있다.
2) 사친회 : 학교를 중심으로 하여 학부모와 교사로 이루어진 모임. 또는 그런 회의. 학교의 운영에 필요한 재정적인 후원뿐만 아니라 교사와 학부모가 협력하여 학생의 성장과 발달을 돕기 위하여 만들었다. 6·25 전쟁 이후에 종래의 후원회를 고친 것인데, 5·16 군사 정변 이후에 기성회로 통합되었다.

징용[3]에 나갔다는 말을 듣자 선생은 잠시 말이 없다가,

"그럼 어머니라도 데려와."

했다. 목소리가 꽤 누그러졌으나 매정스럽기는 매양 한가지였다.

"안 데려옴 넌 여름 방학 없다. 알겠나?"

"……."

동길이는 대꾸를 하지 않았다. 입을 꼭 다물고 양쪽 볼에 발칵 힘을 주었다. 그리하여 다른 다섯 아이와 함께, 책보는 말하자면 차압(差押)[4]을 당하고 교실을 쫓겨났던 것이다.

아이들은 땅바닥을 내려다보며 힘없이 운동장을 걸어 나갔다. 여생도 둘은 유난히 단발머리를 떨어뜨리고 걸었다. 여생도 둘은 유난히 단발머리를 떨어뜨리고 걸었다. 목덜미가 따갑도록 햇볕이 쏟아져 내렸다. 맨 앞장을 서서 가던 동길이는 발끝에 돌멩이 하나가 부딪치자 그만 그것을 사정없이 걷어차 버렸다. 마치 무슨 분풀이라도 하는 듯이…… 발가락 끝에 불이 화끈했으나 그는 어금니를 꽉 지레 물고 아무렇지도 않은 체했다.

킥! 하고 한 아이가 웃음을 터뜨리자 다른 아이들도 따라서 킬킬 웃었다. 어쩐지 모두 속이 시원했던 것이다.[5]

그러나 누가 먼저 뒤를 돌아보았는지 모른다. 웃음은 일제히 뚝 그치고 말았다. 그들을 쫓아 낸 얼굴이 창문 밖으로 이쪽을 내다보고 있었던 것이다. 여섯 개의 가느다란 모가지가 도로 움츠러들지 않을 수 없었다.

교문을 나서자 아이들은 움츠렸던 목을 쑥 뽑아 들고 다시 교실 쪽을 돌

중요 어구 풀이

3) 징용 : 전시·사변 또는 이에 준하는 비상사태에, 국가의 권력으로 국민을 강제적으로 일정한 업무에 종사시키는 일.

4) 차압 : 소유자로부터 강제로 물품을 거두어 보관하다.

5) 어쩐지 모두 ~ 것이다 : 담임선생님에게 혼나는 와중에도 동길의 행위에 웃음을 터트리는, 아이들의 순진함이 엿보인다.

아보았다. 이제 선생님의 얼굴은 보이지 않고, 장단을 맞추어 구구(九九)를 외는 소리만이 우렁우렁 창 밖으로 울려 나왔다.

사아이는 팔, 사아삼 십이, 사아사 십육…….

동길이는 별안간 무슨 생각이 났는지 오른쪽 주먹을 왼쪽 손아귀로 가져가더니 그만 힘껏 안으로 밀어 내며,

"요놈 먹어라!"

하는 것이었다. 감자를 한 개 내질러 준 것이다. 그리고 후닥닥 몸을 날렸다. 빵소니를 치면서도 냅다,

"사오 이십, 사륙은 이십사, 사칠은 이십팔……."

하고 고함을 질러 댔다.

다른 아이들도 와아 환호성을 올리며 덩달아 사방으로 흩어져 갔다. 군용 트럭이 한 대 뿌연 먼지를 날리며 달려오고 있었다.

2

"오오이는 십, 오오삼 십오, 오오사 이십……."

동길이는 중얼중얼 구구를 외면서 신작로를 걸었다. 이마에 맺힌 땀이 뺨을 타고 까만 목줄기로 흘러내렸다.

"아아, 덥다."

동길이는 손등으로 아무렇게나 땀줄기를 훔쳤다.

읍 들머리에 냇물이 흐르고 있었다. 물 밑에 깔린 자갈들이 손에 잡힐 듯 귀물스럽게 떠올라 보이는 맑은 시내였다. 그 위로 인도교나 철교가 나란히 지나가고 있었다.

다리에 이르자 동길이는 아래를 내려다보았다.

"히야, 용돌(用乭)이 짜식, 벌써 멱감고 있대이. 학교는 그만두고 짜식, 참 좋겠다."

그리고 쪼르르 강둑을 굴러 내려갔다.

동길이를 보자 용돌이는 물 속에서 배꼽을 내밀며,

"동길아! 임마 니 핵교는 안 가고, 히히히……."

웃어 댄다.

"갔다 왔다, 짜식아."

"무슨 놈의 핵교를 그렇게 빨리 갔다 오노?"

"돈 안 가져왔다고 안 쫓아 내나."

"뭐 돈?"

"그래, 사진회비 안 냈다고 집에 가서 어무이를 데려오라 안 카나."

"지랄이다 지랄. 그런 놈의 핵교 뭐 할라꼬 댕기노. 나같이 때리차버리라구마."

"그렇지만 임마. 학교 안 댕기면 높은 사람 못 된다. 아나?"

"개똥이다 캐라. 흐흐흐……."

그리고 용돌이는 개구리처럼 가볍게 물 속으로 잠겨 버린다. 동길이는 물기슭에 서서 때에 절은 러닝셔츠와 삼베 바지를 홀랑 벗어던졌다.

이 때,

"꽤애액!"

기적 소리도 요란하게 철교 위로 기차가 달려들었다. 북쪽에서 내려오는 기차였다. 동길이는 까만 고추를 달랑거리며 후닥닥 철교 쪽으로 뛰었다. 용돌이란 놈도 물에서 뿔뿔 기어 나왔다.

커더덩커더덩…… 철교가 요란하게 울리고, 그 위로 시커먼 기차가 바람을 일으키며 신나게 달려간다. 차창마다 사람들이 이 쪽을 내려다보고 있다. 어떤 창구에는 철모를 쓴 국군 아저씨가 담배 연기를 푸우 내뿜고 있는 것이 보인다. 동길이는 저도 모르게 두 손을 번쩍 쳐들었다.

"만세이!"

그리고 용돌이를 돌아보았다. 용돌이란 놈은 까닭도 없이 대고 주먹으로 감자를 내지르고 있다. 고약한 놈이다.

동길이는 웬일인지 기차만 보면 좋았다.

'울 아부지도 저런 차를 타고 척 돌아올끼라. 울 아부지 빨리 돌아왔으면 좋겠다.'

사라져 가는 기차 꽁무니를 바라보며 동길이는 잠시 노무자로 나간 아버지 생각에 가슴이 뻐근했다. 그러나 얼른,

"용돌아 임마, 내기 할래?"

고함을 지르면서 후닥닥 몸을 날렸다. 풍덩! 물 소리와 함께 까만 몸뚱어리가 미끄러이 물 속으로 자맥질해 들어갔다. 용돌이도 뒤따라 풍덩! 물 밑으로 잠긴다.

물고기들 부럽잖게 얼마를 놀았는지 모른다. 뚜우 하고 정오를 알리는 사이렌 소리가 울려 왔을 때에야 동길이는 물에서 나왔다. 배가 훌쭉했다. 주섬주섬 옷가지를 주워 걸치며,

"짜식아, 그만 안 갈래?"

용돌이를 돌아보았다. 용돌이란 놈은 무슨 물고기 삼신인 듯 아직도 나올 생각을 않고 풍덩거리며 벌쭉벌쭉 웃고만 있다.

"배 안 고프나?"

"배사 고프다. 그렇지만 임마, 집에 가야 밥이 있어야지. 너거 집엔 오늘 점심 있나?"

"몰라. 있을 끼다."

"정말이가?"

"짜식아, 있으면 니 줄까 봐."

그리고 동길이는 타박타박 자갈밭을 걸었다.

다리를 지날 때 후끈한 바람결에 난데없이 노랫소리가 흘러왔다. 극장에서 울려 나오는 스피커 소리였다. 이 무더운 대낮에 누가 극장엘 가는지 모르지만 그래도 사람을 끌어모으려고, 아리랑 시리랑…… 하고 악을 써 쌓는다.

그러나 동길이는 배가 고파서 그런 건 도무지 흥이 나질 않았다. 오늘따라 왜 이렇게 시장기가 치미는지 알 수 없었다.[6] 너무 오래 멱을 감은 탓일까? 타박타박 옮기는 걸음이 자꾸 무거워만 갔다.

3

집 사립문 앞에 이르자 동길이는 흠칫 그 자리에 멈추어 섰다. 마루에 벌렁 드러누워 있는 사람이 있었던 것이다.

어머니도 아니었다. 남자였다.

동길이는 조심조심 사립 안으로 걸어 들어갔다. 어머니는 부엌문 앞에서 무엇을 북북 치대고 있었다. 인기척에 후딱 뒤를 돌아본 어머니는 마루에 누워 있는 사람을 눈으로 가리켰다. 어머니의 두 눈에는 슬픈 빛이 서려 있었다.

중요 어구 풀이

6) 오늘따라 왜 이렇게 ~ 없었다 : 앞으로 학교를 다닐 수 없다는 사실에 동길이는 힘이 빠진다.

동길이는 어찌된 영문인지 알 수가 없었다. 그러나 마루에 누워 있는 사람이 누구라는 것을 알아챘다.

"아부지!"

동길이는 얼른 누워 있는 아버지 곁으로 가까이 갔다. 아버지는 자고 있었다. 그러나 동길이는 아버지를 향해 꾸뻑 절을 했다.

'아까 그 기차를 타고 오신 모양이지. 헤 참, 그런 줄 알았으면 얼른 집에 올걸, 갔다가야…….'

꼬박 2년 만에 돌아온 아버지…… 동길이는 조심히 아버지의 얼굴을 들여다보았다. 꺼멓게 탄 얼굴에 움푹 꺼져 들어간 두 눈자위, 그리고 코밑이랑 턱에는 수염이 지저분했다. 목덜미로 식은땀이 흐르고 있었고, 입 언저리에는 파리 떼가 바글바글 엉켜 붙어 있었다. 그러나 아버지는 그런 줄도 모르고 푸푸 코를 불면서 자고만 있었다. 동길이는 파리란 놈들을 쫓았다.

어머니는 조심스러운 눈길로 동길이를 힐끗 돌아본다. 집에 와서 갈아입었는지 아버지의 입성은 깨끗했다. 징용에 나가기 전, 목공소(木工所)에 다닐 때 입던 누런 작업복 하의에 삼베 셔츠…… 그런데,

"에!"

이게 웬일일까?

동길이는 두 눈이 휘둥그레지고, 입이 딱 벌어졌다. 그러나 어머니는 동길이의 놀라는 모습은 돌아보지 않고 후유 한숨을 쉴 따름이다. 동길이는 떨리는 손으로 한쪽 소맷부리를 들추어 보았다.

없다. 분명히 없다.

동길이는 어머니를 향해 소리쳤다.

"어무이, 아부지 팔 하나 없다."

"……."

"팔 하나 없어. 팔!"

"……."

"잉?"

"……."

말없이 돌아보는 어머니의 두 눈에는 눈물이 흥건히 괴어 있었다.

동길이는 아버지가 슬그머니 무서워지는 것이었다.[7]

어머니 곁으로 가서 부엌문에 붙어 서서도 곧장 아버지의 한쪽 소맷자락을 힐끗힐끗 건너다보았다.

어머니는 또 한 번 후유 한숨을 쉬면서 함지박을 들고 부엌으로 들어갔다. 밀가루 수제비를 뜨는 것이었다. 어머니의 손끝에서 똑똑 떨어져서 부글부글 끓어오르는 물 속으로 들어가는 수제비를 바라보자 동길이는 배에서 꼬르르 소리가 났다. 꿀컥 침을 삼켰다. 아버지의 팔뚝 생각 같은 것은 이미 없었다.

수제비를 떠서 두 그릇 상에 받쳐 들고 어머니가 부엌을 나오자 동길이는 앞질러 마루로 올라갔다. 아버지는 아직 쿨쿨 자고 있었다. 아버지의 한쪽 소맷자락이 눈에 띄자 동길이는 다시 흠칫했다.

"보이소 예! 그만 일어나이소. 점심 가져왔구마."

어머니가 흔들어 깨우는 바람에 아버지는,

"으으윽."

한 개밖에 없는 팔을 내뻗어 기지개를 켜며 부스스 일어났다. 동길이는 저도 모르게 뒤로 한 걸음 물러섰다. 그리고 얼른 아버지를 향해 절을 하기

중요 어구 풀이

7) 동길이는 아버지가 ~ 것이었다 : 동길이는 예상 밖의 아버지의 모습을 받아들이기 어려운 것이다.

는 했으나, 겁을 집어먹은 듯이 눈이 둥그레졌다. 아버지는 동길이를 보더니,

"으으…… 핵교 잘 댕깄나? 어무이 말 잘 듣고?"

그리고 아아윽! 커다랗게 하품이었다.

점심상을 가운데 놓고 아버지와 동길이는 마주 앉았다. 그 곁에 어머니는 뚝배기를 마룻바닥에 놓고 앉았다.

물씬물씬 김이 오르는 수제비 죽…… 동길이는 목젖이 튀어나오는 것 같았다. 후딱 숟가락을 들었다. 아가리를 짝 벌렸다. 아버지도 숟가락을 들었다. 왼쪽 손이었다. 없어진 팔이 하필이면 오른쪽이었던 것이다. 어머니는 그것을 보자 이마에 슬픈 주름을 잡으며 얼른 외면을 했다. 그러나 동길이는 수제비를 퍼올리기에 바빠서 아버지의 남은 손이 왼손인지 오른손인지 그런 덴 도무지 관심이 없는 듯했다.

돼지 새끼처럼 한참을 그렇게 퍼먹고 나서야 좀 숨이 돌리는 듯 동길이는 힐긋 아버지를 거들떠보았다. 아버지의 숟가락질은 도무지 서툴기만 했다.

'아버지 팔이 하나 없어져서 참 큰일났네. 저런! 오른쪽 팔이 없어졌구나. 우짜다가 저랬는고이?'

그리고 동길이는 남은 국물을 훌훌 마저 들이마셨다. 콧등에 맺힌 땀방울이 또르르 굴러 내린다.

"아아."

이제 좀 살겠다는 것이다.

4

이튿날 아침,

"동길아, 학교 가자아!"

사립문 밖에서 부르는 소리가 났다. 이웃에 사는 창식(唱食)이었다.

"동길아, 학교 안 갈래?"

동길이는 가만히 마루에 나와 신을 찾았다.

이 때, 뒷간에서 나온 동길이 아버지가 한 손으로 을씨년스럽게 고의춤[8]을 여미면서,

"누구냐, 이리 들어와서 같이 가거라."

했다.

창식이가 들어섰다. 창식이는 동길이 아버지를 보자 냉큼 허리를 꺾었다. 그리고 동길이 아버지의 팔뚝이 없는 소맷자락으로 눈이 가자 희한한 것이라도 발견한 듯 두 눈이 번쩍 빛났다.[9]

동길이는 신을 신고 조심조심 마당으로 내려섰다. 아버지는 동길이를 보고,

"길아! 니 책보 우쨌노?"

"……."

동길이는 얼른 대답이 나오질 않았다. 마치 저에게 무슨 잘못이라도 있는 것처럼…….

"응? 책보 우쨌어?"

중요 어구 풀이

8) 고의춤 : 고의의 접어 여민 허리 부분과 몸과의 사이.
9) 그리고 동길이 ~ 빛났다 : 창식은 동길이 아버지의 모습을 희한하게 받아들이고 있다. 앞으로 동길이 아버지와 동길이가 겪을 어려움을 암시하고 있다.

그러자 옆에서 창식이란 놈이 가벼운 조동아리[10]를 내밀었다.

"빼앗깄심더."

"빼앗기다니 누구한테?"

"선생님한테예."

"뭐, 선생님한테?"

"예."

"와?"

"사친회비 안 낸 아이들은 다 빼앗고 집에 쫓았심더. 사친회비 안 가져온 사람은 방학도 없답디더."

"……."

동길이 아버지는 입술이 파랗게 굳어져 갔다.

"아부지!"

동길이가 입을 떼었다.

"아부지, 나 학교 안 댕길랍니더."

"뭐?"

"때리차 버릴랍니더."

"음."

아버지의 입에서는 무거운 신음 소리가 새어나왔다. 그리고 왈칵 성이 복받치는 듯,[11]

"까불지 말고 빨리 갓!"

하고, 고함을 질렀다. 부엌에서 설거지를 하고 있던 어머니가 눈을 휘둥그

중요 어구 풀이

10) 조동아리 : 입 또는 부리의 낮춤말.

11) 아버지의 입에서는 ~ 복받치는 듯 : 학교를 가지 않겠다는 동길이에게 화를 내고 있지만 동시에 집안의 어려운 사정으로 학교를 갈 수 없는 동길이에 대한 미안한 마음도 엿보인다.

레가지고 바라본다.

동길이와 창식이는 어깨를 나란히 하고 걸었다. 다리를 건너면서 창식이가,

"동길아, 느그 아부지 팔 하나 없어졌제?"

했다.

"……."

"노무자로 나가 그랬제?"

"……."

"팔이 하나 없어져서 어떻게 목수질 하노? 인제 못 하제? 그제?"

"몰라! 이 짜식아."

동길이는 발끈해졌다. 눈꺼풀이 파르르 떨렸다. 곧 한 대 올려붙일 기세였다.

창식이는 겁을 집어먹고 한 걸음 떨어져 섰다. 그리고 두 눈을 대고 껌벅거렸다.

창식이는 내빼듯이 똑바로 학교로 갔으나, 동길이는 다리를 건너자 강둑을 굴러 내려갔다.

용돌이가 아직 보이지 않았으나, 그런대도 동길이는 옷을 벗었다.

대낮이 가까워졌을 무렵, 동길이는 아이들이 떠들어 대는 소리를 듣고, 다리 위를 쳐다보았다.

"외팔뚝이이."

"하나, 둘, 셋!"

"외팔뚝이이."

다리 난간에 붙어 서서 이 쪽을 내려다보며 소리를 모아 고함을 질러 대는 아이들은 틀림없는 자기 학급 아이들이었다. 동길이는 귀뿌리를 한 대

얻어맞은 듯했다. 동길이가 쳐다보자 이번엔 한 놈씩 차례차례 고함을 질러 나간다.

"똥길이 즈그 아부지 외팔뚝이이."

"외팔뚝이 새끼 모욕하네에."

"학교는 안 오고 모욕만 하네에."

맨 마지막으로,

"외팔뚝이 오늘 학교 왔더라아."

하는 소리는 어딘지 모르게 속으로 기어 들어가는 소리였다. 그리고 살금 아이들 뒤로 숨어 버리는 것이 아닌가 창식이란 놈이 틀림없었다.

동길이는 온몸에 쥐가 나는 듯했다. 치가 떨렸다. 부리나케 밖으로 헤엄쳐 나온 그는 후닥닥 돌멩이를 집어 들었다. 돌멩이는 다리 난간을 향해서 핑핑 날았다. 그러나 한 개도 거기까지 가서 닿지는 않았다.

다리 위에서는 와아 환호성을 울리며 좋아라 하고 웃어 댄다. 그리고 어떤 놈이 뱉었는지 침이 날아왔다.

약이 오를 대로 오른 동길이는 두 손에 돌멩이를 발끈 쥐고 마구 달리는 것이었다. 빨간 알몸뚱이가 마치 다람쥐 같았다.

욕지거리를 퍼부어 쌓던 아이들은 큰 소리로 웃어 대면서 우르르 도망들을 친다. 도저히 따를 만한 거리가 아니었다. 팔매가 가서 닿을 만한 거리도 아니었다. 그러나 동길이는 손에 쥔 돌멩이를 힘껏 내던졌다.

분해서 견딜 수가 없었다.

"짜식들 어디 두고 보자. 창식이 요놈 새끼, 죽여 버릴 끼다. 요놈 새끼……."

5

그 날 저녁 동길이는 아버지에게 되게 꾸지람을 들었다.

아버지는 어디에서 술을 마셨는지 얼굴이 벌겋게 익어 가지고 비칠비칠 사립문을 들어서더니 대뜸,

"길이 이놈 어디 갔노, 응?"

하고, 소리를 질렀다. 손에 웬 책보 하나와 흰 종이를 포개쥐고 있었다.

마루에서 저녁을 먹고 있던 동길이와 어머니는 눈이 둥그레졌다.

"아, 이놈 여깄구나. 니 오늘 어딜 갔더노? 핵교 안 가고, 어딜 싸돌아댕깄노? 응?"

마루에 올라와 덜커덩 엉덩방아를 찧으며 눈알을 부라렸다.

"아이구, 어디서 저렇게 술을……."

어머니는 혼잣말처럼 중얼거리며 밥상을 가지러 일어선다.

"아, 오늘 김 주사가 한턱 내더라. 우리 목공소 주인 김 주사가 말이지. 아, 징용 나가서 고생 많이 했다고 한턱 내더라니까. 고생 많이 했다고…… 팔뚝을 하나 나라에 바쳤다고…… 으흐흐흐흐흐……."

그러고는 또,

"이놈! 너 오늘 와 핵교 안 갔노? 응? 돈이 없어서 안 갔나? 응? 응? 이 못난 자식아! 뭐, 핵교를 안 댕기겠다고?"

하고 마구 퍼부어 댄다.

"이놈아, 오늘 내가 핵교에 갔다. 핵교에 갔어. 너거 선생 만나서 다 얘기했다. 이봐라, 이놈아! 내 팔 하나 안 없어졌나. 이것을 내보이면서 다 얘기하니까 너거 선생 오히려 미안해서 죽을라 카더라. 죽을라 캐. 봐라 이렇게 책보도 안 받아 왔는강."

아버지는 책보를 동길이 앞에 불쑥 내밀었다. 동길이는 책보와 흰 종이를 한꺼번에 받아 안으며 모가지를 움츠렸다.

"이놈아, 아버지가 징용에 나갔다고 선생님한테 와 말을 못 하노. 아버지가 돌아오면 다 갖다 바치겠다고 와 말을 못 하노 말이다. 입은 뒀다가 뭐 할라카는 입이고?"

"아부지 노무자 나갔다고 캤심더."

동길이는 약간 보로통해졌다.[12]

"뭐, 이놈아? 니가 똑똑하게 말을 못 했으니까 그렇지 병신 자식 같으니……."

어머니가 밥상을 들고 와서 아버지 앞에 놓으며,

"자아 그만하고, 어서 저녁이나 드이소."

했다. 아버지는 숟가락을 들었다. 그러나 밥을 떠올릴 생각은 않고 연방 떠들어 댄다.

"내가 비록 이렇게 팔이 하나 없어지긴 했지만, 이놈아, 니 사친회비 하나를 못 댈 줄 아나? 지금까지 밀린 것 모두 며칠 안으로 장만해 준다. 방학할 때까진 어떠한 일이 있어도 장만해 준단 말이다. 오늘 너거 선생한테도 그렇게 약속했다. 문제 없단 말이다. 아비의 이 맘을 알고 니가 더 열심히 핵교에 댕겨야지, 나 핵교 때리차 버릴랍니더가 다 뭐고? 이놈으 자식, 그게 말이라구 하는기가?"

동길이는 그만 울먹울먹해졌다.[13] 그러나 한사코 눈물을 흘리지는 않았다.

중요 어구 풀이

12) 보로통해졌다 : 불만스럽거나 못마땅하여 성난 빛이 얼굴에 조금 나타나 있다.

13) 동길이는 그만 울먹울먹해졌다 : 돈을 내지 못해 학교를 나가지 못하는 서러움과 동길이를 생각하는 아버지에 대한 감동이 엿보인다.

아버지는 밥을 몇 숟갈 입에 떠 넣다가 별안간 또 무슨 생각이 났는지 이번에는 어머니에게,

"이봐, 나 오늘 취직했어, 취직. 손이 하나 없으니까 목수질은 못 하지만 그래도 다 써먹을 데가 있단 말이여, 써먹을 데가……."

정말인지 거짓부렁인지 알 수 없는 소리를 대고 주워섬긴다.

"아니, 참말로 카능교? 부로 카능교?"

"허, 부로 카긴 와 부로 캐. 내가 언제 거짓말하더나?"

"……."

"극장에 취직이 됐어 극장에……."

"뭐 극장에요?"

"그래 와, 나는 극장에 취직하면 안 될 사람이가? 그것도 다 김 주사, 우리 오야붕[14] 덕택이란 말이여. 팔뚝을 한 개 나라에 바친 그 덕택이란 말이여. 으흐흐흐…… 내일 나갈 적에 종이에 쉬염을 만들어 가지고 갖고 가야 돼. 바로 이 종이가 쉬염 만들 종이 아이가."

동길이가 책보와 함께 받아 가지고 있는 흰 종이를 숟가락으로 가리켰다.

때마침 저녁 손님을 부르는 극장의 스피커 소리가 우렁우렁 울려 왔다.

"을씨구, 저봐라, 우리 극장 선전이다. 이래 봬도 나도 내일부턴 극장 직원이란 말이여, 직원. 으흐흐……."

그러고는 벌떡 일어서 흘러오는 스피커의 노랫소리에 맞추어 우쭐우쭐 춤을 추기 시작했다. 하나밖에 없는 팔을 대고 내저으며 제법 궁둥이까지 흔들어 댄다. 꼴불견이다. 동길이는 낄낄낄 웃었다. 그러나 어머니는 이맛

중요 어구 풀이

14) 오야붕 : 일본말로 '두목', '우두머리', '책임자' 라는 뜻이다.

살[15]을 찌푸리며,

"아이구, 무슨 놈의 술을 저렇게나 마셨노. 쯧즛쯧……."

혀를 찼다.

"아리아리랑 시리시리랑……." 하고 돌아 쌓던 아버지는 그만 방 아랫목에 가서 벌떡 드러누우며,

"아으흐으."

하고 괴로운 소리를 질렀다.

"밥 그만 잡숫능교?"

어머니가 묻자,

"안 먹을란다."

했다. 그리고 잠시 후 아버지는 훌쭉훌쭉 느끼기 시작하는 것이었다. 두 눈에서 솟구친 눈물이 양쪽 귓전으로 추적추적 걷잡을 수 없이 흘러내렸다. 동길이는 도무지 어찌된 영문인지 알 수가 없었다. 그러면서도 덩달아 코끝이 매워 왔다.[16]

6

부엌에서 달그락거리는 소리에 동길이는 눈을 떴다. 어느 새 아버지는 일어나서 윗목에 쭈그리고 앉아 뭣을 열심히 만지작거리고 있었다.

동길이는 발딱 몸을 일으켰다. 모기에 부르튼 자리를 득득 긁으면서 아

중요 어구 풀이

15) 이맛살 : 이마에 잡힌 주름살.
16) 동길이는 도무지 ~ 매워 왔다 : 순진한 아이의 시각에서 보아도 아버지의 모습은 연민을 자아낸다.

버지 곁으로 다가갔다.

아버지는 가위질을 하고 있었다. 두 발로 종이를 밟고, 왼쪽 손에 든 가위로 을씨년스럽게 그것을 오리고 있는 것이었다.

"아부지, 그거 뭐 합니꼬?"

"쉬염 만든다 안 카더나, 어젯밤에 안 카더나."

"쉬염 만들어서 뭣 하는데예?"

"넌 알끼 아니다."

"……."

"요렇게 좀 삐져나도고."

동길이는 아버지한테서 가위를 받아 쥐고 종이를 국수처럼 가닥가닥 오려 나갔다. 그리고 아버지가 시키는 대로 그것을 실로 꿰매기 시작했다.

어머니가 밥상을 들고 들어왔을 때는 한다발의 흰 종이 수염이 제법 그럴 듯하게 만들어졌다. 어머니는 밥상을 놓으며,

"그걸로 대체 머 하는 게? 광대놀음 하는 게?"

했다.

"광대놀음? 흐흐흐……."

아버지는 서글피 웃었다.

창식이란 놈이 부르러 올 리 없었다. 그러나 동길이는 밥숟갈을 놓기가 바쁘게 책보를 들고 일어섰다. 아버지도 방구석에 걸린 낡은 보릿짚모자를 벗겨서 입으로 푸푸 먼지를 부는 것이었다. 책보를 옆구리에 낀 동길이가 앞서고, 종이로 만든 수염을 손에 든 아버지가 뒤따라 집을 나섰다.

아버지와 동길이는 삼거리에서 헤어졌다. 헤어질 때 아버지는 동길이에게,

"걱정 말고 꼭 핵교에 가거래이. 응?"

다짐을 했고 동길이는,

"예!"

또렷한 목소리로 대답을 했다.

동길이는 선생님을 대하기가 매우 거북스러웠다. 그러나 선생님은 별로 못마땅해하는 기색이 없이,

"결석하면 안 된다. 알겠나?"

예사로 한 마디 던질 뿐이었다.

학급 아이들이야 뭐라건 그건 조금도 두려울 게 없었다. 감히 동길이 앞에서 뭐라고 빈정거릴 만한 아이도 없기는 했지만…… 그만큼 동길이의 수박씨만한 두 눈은 반짝거렸고, 주먹은 야무졌던 것이다.

동길이가 등교를 하자 창식이는 고양이를 피하는 쥐새끼처럼 곧장 눈치를 살피며 아이들 뒤로 살금살금 돌아가는 것이었다. 어제 일을 생각하면 창식이란 놈을 당장 족쳐 버렸으면 싶었으나, 동길이는 웬일인지 오늘은 얼른 그런 용기가 나지 않았다. 사친회비를 못 가져와서 아무래도 선생님의 눈치가 보이는 탓인지 혹은 어제, 팔 하나 없는 아버지가 학교에 왔었다는 그 때문인지, 아무튼 어깨가 벌어지지 않았다.

동길이는 얌전히 앉아서 네 시간을 마쳤다. 동길이네 분단이 청소 당번이었다. 시간이 끝나자 창식이들은 우르르 집으로 돌아갔고, 동길이네는 빗자루를 들었다.

청소가 끝나자 동길이는 책보를 옆구리에 끼고 교실을 뛰쳐나왔다. 운동장에는 뙤약볕이 훅훅 쏟아지고 있었다. 찌는 듯 무더웠다.

'시원한 아이스케이크라도 한 개 먹었으면…….'

동길이는 이런 생각을 하며 침을 꿀꺽 삼켰다. 배도 고파 왔다. 이마에 맺히는 땀을 씻으며 타박타박 신작로를 걸었다. 냇물로 내려갈까 했으나,

아침에 먹다 남겨 놓은 밥사발이 눈앞에 어른거려 그냥 똑바로 다리를 건넜다.

7

삼거리에 이르렀을 때였다.[17] 동길이는 눈이 번쩍 뜨였다. 참 희한한 것을 보았기 때문이다.

저만큼 먼 거리였으나 얼른 보아 그것은 무슨 광고판이라는 것을 알 수 있었다. 가마니 한 장이나 한 크기일까? 그런 광고판이 길 한가운데를 이쪽으로 걸어오고 있는 것이었다. 그 움직이는 광고판을 따라 우르르 아이들이 떠들어 대며 몰려오고 있었다.

동길이는 저도 모르게 뛰고 있었다. 차츰 가까워지면서 보니 그것은 틀림없는 광고판이었다. 그러나 그 광고판에는 다리가 두 개 달려 있고, 머리도 하나 붙어 있었다.

사람이었다. 사람이 가슴 앞에 큼직한 광고판을 매달고 걸어오고 있는 것이었다. 등에도 똑같은 광고판을 짊어지고 있는 듯했다. 머리는 알롱달롱하고 쭈뼛한 고깔을 쓰고 있었고, 얼굴에는 밀가룬지 뭔지 모를 뿌연 분이 덕지덕지 칠해져 있었다. 그리고 턱에는 수염이 허옇게 나부끼고 있었다.[18] 아주 늙은 노인인 것 같기도 했고, 어찌 보면 그렇지 않은 듯도 했다.

중요 어구 풀이

17) 삼거리에 이르렀을 때였다 : 아버지와 헤어진 곳으로 앞으로 일어날 사건이 아버지와 관련된 일임을 암시한다.

18) 그리고 턱에는 ~ 있었다 : 턱에 나부끼는 수염을 통해 활동사진을 광고하는 사람이 누구인지를 알 수 있다.

이 희한한 사람이 간간이 또 메가폰[19]을 입에다 갖다 대고, 뭐라고 빽빽 소리를 질러 대는 것이 아닌가. 재미있는 구경거리가 아닐 수 없었다.

"아아 오늘 밤의, 아아 오늘 밤의 활동사진[20]은 쌍권총을 든 사나이. 아아 쌍권총을 든 사나이. 많이 구경하러 오이소! 많이 구경하러 오이소!"

그리고는 쑥스러운 듯 얼른 메가폰을 입에서 떼어 버리는 것이었다. 그럴라 치면 이번에는 아이들이 제가끔 목소리를 돋우어,

"아아, 오늘 밤에는 쌍권총을 든 사나이."

"아아, 쌍권총을 든 사나이, 구경하러 오이소."

"아아, 오늘 밤에 많이 많이 구경하러 오이소."

하고 떠들어 댔다.

동길이는 공연히 즐거웠고 가슴이 울렁거렸다. 우뚝 멈추어 서서 우선 광고판의 그림부터 바라보았다.

시커먼 안경을 낀 코쟁이가 큼직한 권총을 두 자루 양쪽 손에 쥐고 있는 그림이었다. 노란 머리카락과 새파란 눈깔을 가진 여자도 하나 윗도리를 거의 벗은 것처럼 하고 권총을 든 사나이 등 뒤에 납작 붙어 있었다. 괴상한 그림이었다.

"아아, 쌍권총을 든 사나이. 아아, 오늘 밤의 활동사진은 쌍권총을 든 사나이. 많이 구경 오이소! 많이많이 구경 오이소."

그리고 메가폰을 입에서 뗀 그 희한한 사람의 시선이 동길이의 시선과 마주쳤다.

순간 동길이는 가슴이 철렁 내려앉고 말았다. 뒤통수를 야물게 한 대 얻

중요 어구 풀이

19) 메가폰 : 음성이 멀리까지 들리게 하기 위하여 입에 대고 말하는, 나팔처럼 만든 기구.
20) 활동사진 : 영화의 옛 명칭. 1935년 이후 차차 쓰이지 않게 되었다.

어맞은 것 같았다. 그리고 눈물이 핑 돌았다. 바로 아버지였던 것이다.

아버지는 동길이와 눈이 마주치자 약간 멋쩍은 듯했다. 그러고는 얼른 시선을 돌려 버리는 것이었다. 동길이는 코끝이 매워 오며 뿌옇게 눈 앞이 흐려져 갔다.

아이들은 더욱 신명이 나서 떠들어 댄다.

"아아, 오늘 밤에는 쌍권총입니다."

"아아, 쌍권총을 든 사나이 재미가 있습니다."

이런 소리에 섞여 분명히,

"동길아! 느그 아부지다. 느그 아부지 참 멋쟁이다."

하는 소리가 동길이의 귓전을 때렸다. 용돌이란 놈의 목소리에 틀림없었다.

동길이는 온몸의 피가 얼굴로 치솟는 듯했다. 주먹으로 아무렇게나 눈물을 뿌리쳤다. 뿌옇던 눈 앞이 확 트이며 얼른 눈에 들어온 것은 소리를 지른 용돌이가 아닌 창식이란 놈이었다. 요놈이 나무 꼬챙이를 가지고 아버지의 수염을 곧장 건드리면서,

"진짜 앙이다야. 종이로 만든 기다, 종이로."

하고, 켈켈 웃어 쌓는 것이 아닌가.

동길이는 가슴 속에 불이 확 붙는 것 같았다. 순간 동길이의 눈은 매섭게 빛났다. 이미 물불을 가릴 계제가 아니었다.

살쾡이처럼 내달을 따름이었다.

"으악!"

비명 소리와 함께 길바닥에 나가떨어진 것은 물론 창식이었다. 개구리처럼 뻗었다. 그러나 동길이는 그 위에 덮쳐서 사정없이 마구 깔고 문댔다.

"아이크, 아야야야…… 캥!"

창식이의 얼굴은 떡이 되는 판이었다.

아이들은 덩달아서 와아와아 소리를 지르며 떠들어 댔다.

동길이 아버지는 두 눈이 휘둥그레지며 손에서 메가폰을 떨어뜨렸다. 어찌된 영문인지 알 수가 없었다.

창식이는 이제 소리도 제대로 지르지 못하고 윽! 윽! 넘어가고 있었다.

"와 이카노? 와 이카노? 잉! 와 이캐?"

동길이 아버지는 후닥닥 광고판을 벗어던졌다. 그리고 하나 남은 손을 대고 내저으며 어쩔 줄을 몰라 했다. 턱에 붙였던 수염의 실밥이 떨어져서 흰 종이 수염이 가슴 앞에 매달려 너풀너풀 춤을 춘다.

"이눔으 자식이 미쳤나, 와 이카노, 와 이캐 잉?"

작품 이해 및 논술 다지기

 핵심 정리

• 갈래 : 단편 소설

• 시점 : 3인칭 전지적 작가 시점

• 배경 : 시간적—6·25 전쟁 직후
공간적—경상도의 한 시골 동네

• 구성 : 순행적 구성

• 제재 : 흰 종이 수염

• 주제 : 민족적 비극이 초래한 피폐한 삶과 그 속에서도 확인할 수 있는 부자 간의 애정

구성 단계

• 발단 : 사친회비를 못 내어 학교에서 쫓겨난 동길이.

• 전개 : 한쪽 팔을 잃고 집에 돌아온 아버지와 아버지 때문에 친구들에게 놀림을 당한 동길이.

• 위기 : 극장에 취직이 되어 흰 종이 수염을 만든 아버지와 다시 학교를 나가는 동길이.

• 절정 : 흰 종이 수염을 붙이고 극장 광고를 하는 아버지와 아버지를 놀리

는 창식이와 싸움을 하는 동길이.

- 결말 : 창식이를 때리는 동길이를 말리는 아버지.

등장 인물

- 아버지 : 순박하고 우직하며 태평함. 전쟁으로 인한 상처를 겉으로 드러내는 대신 속으로 삭이는 성격.
- 동길 : 불구가 되어 돌아온 아버지를 스스럼없이 받아들임. 친구가 아버지를 모욕하는 것을 참지 못하고 앙갚음을 함. 아버지를 이해하고 사랑함.

줄거리

동길이는 사친회비가 밀려 교실에서 쫓겨난다. 담임 선생님은 아버지를 데려오라고 했다가 노무자로 나갔다는 동길의 대답에 어머니를 데려오라고 한다. 아이들과 함께 책보를 빼앗기고 교실에서 쫓겨난 동길이는 그럼에도 불구하고 씩씩하게 집으로 돌아온다. 사립문 앞에 이르자 동길이는 마루에 누워 있는 아버지를 발견하고 깜짝 놀란다. 그런데 아버지를 찬찬히 살펴보던 동길이는 눈이 휘둥그레진다. 아버지의 한쪽 팔이 없는 것이다. 어머니는 울고 있었지만 동길이는 아버지가 무서워진다. 다음 날 학교에 가다가 창식이가 동길에게 아버지가 외팔뚝이라고 놀리자 동길은 그를 혼내 주고 학교에 안 간다. 그 날 저녁 아버지는 만취한 채 돌아와서 어떻게든 동길의 사친회비는 내준다고 호통을 치며, 극장에 취직을 했노라고 말한다. 다음 날 아침에 일어나 보니 아버지는 흰 종이로 수염을 만들고 있다. 그 날 학교에서 돌아오던 동길이는 아버지가 흰 종이로 수염을 붙이고 광고판을 메고 희한한 광대 모습으로 극장 광고를 하는 것을 본다. 광고판 주위에서 떠들던 아이들 중에 창식이가 동길이 아버지의 수염이 가짜라며 놀리자 동길이는 창식을 때려눕힌다. 깜짝 놀란 동길이 아버지는 광고판을 벗고 하나 남은 팔을 내저으며 어쩔 줄을 몰라 한다.

이해와 감상

이 작품은 징용 나갔다고 팔 하나를 잃고 돌아온 아버지와 그 아들을 중심으로, 역사에 의해서 희생당하고 상처 입은 사람들의 모습과 그들의 긍정적인 삶의 태도를 그리고 있는 작품이다. 하근찬의 대부분의 작품들이 그러하듯이 이 작품도 비극적인 현실에 대한 낙관적인 시각이 그 바탕을 이루고 있다.

이 작품은 주제에 있어서 이 작가의 대표작인 〈수난 이대〉와 거의 비슷하다. 〈수난 이대〉는 일제 강점기와 한국 전쟁이라는 역사적 수난과 민족적 시련의 두 사건을 유기적으로 연결시키고, 그 수난이 우리 민족 전체의 문제임을 확인시켜 주고 있다는 점에서 현실에 대한 태도를 역사 의식으로 심화시키고 있다고 볼 수 있다. 〈흰 종이 수염〉에서는 그러한 역사 의식은 찾아볼 수 없지만 아버지와 그의 아들 동길이의 모습에 초점을 맞추고 그들의 심리 변화를 세심하게 보여 줌으로써, 역사 속에서 시련을 맞게 된 인간의 개인적인 상처와 그 극복의 문제를 제기하고 있다.

노무자로 나갔다가 팔을 잃고 돌아와 괴로워하면서도 아들의 사친회비를 마련하고 어떻게든 생활을 꾸려 가기 위해서 안간힘을 쓰는 아버지의 모습에서, 어떠한 시련과 좌절 속에서도 어려움을 극복하고 살아가려는 삶의 의지를 볼 수 있다. 흰 종이 수염, 그리고 극장의 광고판, 메가폰 등을 맨 아버지의 모습은 살아가기 위한 처절한 몸짓이다. 슬픔과 분노를 뒤로 한 채 삶의 의지를 보여 주는 모습인 것이다. 그것은 곧 〈수난 이대〉에서의 박만도와 그의 아들 진수의 모습과 다르지 않으며, 오히려 더욱 실감나는 모습이다.

이 작품에서 또 하나 주목할 것은 동길이의 심리 변화이다. 동길이는 선생님이 사친회비가 밀렸다고 교실에서 쫓아낼 때 다른 아이들처럼 기가 죽지 않는다. 오히려 입을 삐쭉이 내밀면서 불만을 갖는다. 노무자로 간 아버지가 돈을 벌어서 돌아오기만 한다면, 그까짓 사친회비쯤은 아무것도 아니라고 생각하기 때문이다. 아버지가 팔을 잃고 돌아오자 처음에는 무서움을 느끼지만, 극장 광고판을 멘 아버지의 희한한 모습을 보고 창식이가 아버지의 수염을 가짜라고 놀리자 창식이를 때려눕힌다. 이러한 과정은 동길이가 아버지에 대해서 가지는 기대와 그 기대는 무너졌지만 여전히 아버지에게 느끼는 애정을 잘 나타내 주고 있다.

그러나 이 작품은 〈수난 이대〉처럼 긍정적이고 낙관적인 분위기만을 보여주고 있지는 않다. 동길이 창식이를 때려눕히자 아버지가 광고판도 벗어던지고 수염도 다 떨어져 하나 남은 팔만을 내저으며 어쩔 줄 몰라 하는 모습은 처절하다 못해 비극적이기까지 하다. 그러나 아버지에 대해서 애정과 믿음을 잃지 않는 동길이의 존재가 있기에 이 작품은 결코 비극으로 끝나지 않는다. 바로 이 점에서 작가가 가지고 있는 현실에 대한 긍정적 시각을 읽을 수 있다.

작가 소개

하근찬(1931~)

경북 영천 출생. 전주 사범 중퇴. 동아 대학교 토목공학과 중퇴. 1957년《한국일보》신춘문예에 단편 〈수난 이대〉가 당선되어 문단에 등단. 그는 서민의 애환을 소설화하면서 토속적인 언어를 즐겨 구사하였음. 또한 비극적인 현실을 그리면서도 낙관적인 시각에 바탕을 두고 항상 현실에 순응하면서 긍정적으로 살아가거나 역경을 극복하려는 의지를 지닌 인물들의 삶을 그림. 따라서 그의 문학은 넓은 의미에서 휴머니즘 문학이라고 말할 수 있고 대표작으로는 〈수난 이대〉, 〈흰 종이 수염〉이 있음.

연관 작품 더 읽기

- 〈수난 이대〉(하근찬) : 일제에 의해 한 팔을 잃은 아버지와 6·25 전쟁으로 한쪽 다리를 잃은 아들의 모습을 통해 우리 민족의 아픈 역사를 그린 작품이다. 아버지와 아들이 서로 도와 외나무다리를 건너는 장면에서 우리는 역사적인 비극을 휴머니즘으로 넘어서고자 하는 작가의 의도를 읽을 수 있다.

- 〈오발탄〉(이범선) : 전후 헐벗고 굶주린 상황에서 살아남기 위해 몸부림치는 사람들의 모습을 형상화하고 있다. 여기서 오발탄은 방향을 찾지 못하고 있는 송철호의 모습을 의미한다. 전쟁 후 현실에 적응하지 못하는 인간의 모습을 통해 전쟁의 참혹함을 사실적으로 그려 내고 있다.

좀더 알아보기

- 일제 강점기 : 우리 나라가 일본의 강압에 의해 식민통치를 당한 35년간(1910~1945), 왜정 시대(倭政時代), 또는 일정 시대(日政時代)라고 한다.

논술 맛보기

1. 동길이가 교실에서 쫓겨나면서도 기죽지 않고 오히려 두 주먹을 불끈 쥔 것은 무엇 때문인가?

⇨ 노무자로 나간 아버지가 돈을 많이 벌어서 돌아올 것이라는 믿음이 있었기 때문이다.

2. 아버지가 흰 종이 수염을 붙이고 극장 광고를 하는 모습을 통해서 작가가

나타내고자 하는 것은 무엇인가?

➩ 아버지는 아들의 사친회비를 마련하고 생계를 유지하기 위해 흰 종이 수염을 붙이고 극장 광고판을 메고 극장 광고를 한다. 이러한 아버지의 모습은 시련과 좌절을 극복하고 살아가려는 삶의 의지를 나타낸다.

3. 이 소설의 제목은 〈흰 종이 수염〉이다. '흰 종이 수염'이 의미하는 바는 무엇인가?

➩ 한쪽 팔을 잃은 동길이 아버지는 활동사진을 광고하는 일을 시작한다. 활동사진을 보다 효과적으로 광고하기 위해 동길이 아버지는 피에로와 같은 분장을 하며 '흰 종이 수염'을 얼굴에 붙인다. '흰 종이 수염'은 광고판을 짊어진 아버지의 우스꽝스러운 모습을 부각하는 것이다. 동시에 우리는 '흰 종이 수염'에서 한쪽 팔을 잃고도 아들을 학교로 보내기 위해 최선을 다하는 동길이 아버지의 삶의 의지를 확인할 수 있다.

논술 다지기

〈흰 종이 수염〉의 마지막 부분에서 '동길'은 '흰 종이 수염'을 달고 있는 사람이 자신의 아버지라는 사실을 깨닫는다. 작품 전체의 내용을 참조하여 이 장면에서 '동길'이 느꼈을 감정이 어떤 것일지에 대해 추측해 보고, 자신이 '동길'과 같은 입장에 놓인다면 어떻게 행동했을지 서술하라.

예시 답안

주인공 '동길'은 전쟁이 무엇인지는 알지 못할 뿐더러 그저 아버지가 돌아왔다는 사실만으로도 기쁨을 느낄 만큼 순진한 어린이이다. 전쟁터에 나갔다는 아버지는 동길에게 가난과 멸시를 극복하게 해 줄 수 있는 구원자이자 그리움의 대상이었기 때문이다. 사친회비를 못 냈다고 학교에서 구박받는 동길의 모습은 전쟁과 가난으로 인해 시달려 온 당시 우리 민족 대다수의 삶의 모습을 반영하는 동시에, 어른들의 전쟁으로 인해 아버지 없이 힘들게 자라야 했던 당시 어린이들의 모습을 나타내 주고 있다. 따라서 이런 동길에게 아버지가 돌아왔다는 사실은 전쟁과 가난의 고통에서 벗어났다는 것을 뜻하는 동시에 어린이가 어린이답게 자랄 수 있는 권리를 되찾게 되었음을 의미하는 것이다.

그러나 이러한 동길의 희망은 냉정한 현실 앞에서 무력해진다. 그렇게 기다리던 아버지가 결국 전쟁터에서 팔 하나를 잃은 불구자가 되어 돌아온 것이다. 아버지는 불편한 몸으로나마 그 동안 가난에 시달려 온 한 가정의 가장으로서 역할을 다 하기 위해 노력하지만 현실은 그리 만만치 않다. 불구인 몸이 할 수 있는 일은 별로 없으며 전쟁 불구자를 맞이하는 사람들의 시선도 그리 따뜻하지 않은 것이다. 그렇게 하여 동길은 아버지가 돌아왔어도 현실이 크게 달라지지 않는다는 사실을 조금씩 배워 간다. 그리고 아버지 없는 동길을 조롱하던 친구들의 태도 역시 크게 달라지지 않는다는 사실도 알아 간다. 동길이 기다렸던 모습과는 달리 아버지는 동길이 처한 현실을 개선시켜 주는 존재가 되지 못하는 것이다.

그럼에도 불구하고 동길은 아버지를 미워하거나 자기 자신의 상황을 비관하지는 않는다. 만일 동길이 불구가 되어 돌아온 무능한 아버지를 부끄러워하거나 미워했다면 흰 종이 수염을 달고 광대 분장을 한 사람이 자기 아버지라는 것을 알았을 때 멀리 도망가 버렸을 것이다. 혹은 아버지를 향해 손가락질하는 친구의 모습을 참아 넘겼을 것이다. 그러나 동길은 자신의 아버지를 보고 손가락질하며 비웃는 친구를 때려눕힌다. 이런 동길의 모습은 아버지의 모습을 이해하고 사랑하려고 노력하는 아들의 마음을 보여 주는 부분이었다고 생각한다. 동길은 죄 없이 희생되고 놀림받아야 하는 아버지의 모습을 동정하고 아버지의 힘든 상황에 공감하고 있는 것이다.

동길 같은 나이의 어린 아이로서 가족의 궁핍과 아버지의 초라한 모습을 있는 그대로 받아들이고 당당하게 행동하는 것은 쉽지 않은 일이었을 것이라고 생각한다. 철없는 어린아이들이 그렇듯 우습게 보는 광대가 자신의 아버지임을 모른 척하거나 친구의 모욕을 눈감아 줌으로써 상황을 참아 넘기는 것에 머물렀을 것이다. 전쟁이 만들어 낸 참극을 이해하지 못하는 어린이로서는 이런 상황을 받아들일 수 있는 힘이 부족했을 것이기 때문이다.

어린 나이에나마 아버지의 모습을 이해하고 용기를 잃지 않고 당당하게 행동한 동길의 모습은 본받을 만한 모습이었다고 생각한다.

잠깐! 고사성어 익히기

南 柯 一 夢

남녘 **남** 가지 **가** 한 **일** 꿈 **몽**

남쪽 나뭇가지의 꿈이라는 뜻으로,
인생이나 부귀영화의 덧없음을 의미한다.

이제 몸을 눕히고

헤밍웨이

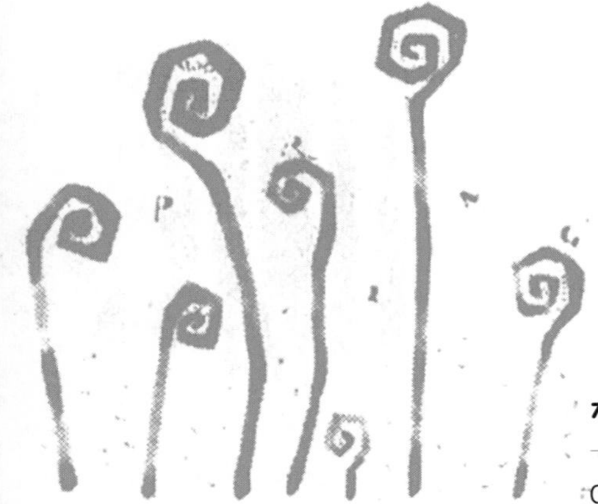

작품을 읽기 전에

이 작품은 전쟁에 참전한 한 중위의 잠 못 이루는 밤의 이야기를 담고 있다. 그가 잠을 못 이루는 이유를 그의 심리 상태와 관련하여 생각하면서 작품을 읽어 보자.

이제 몸을 눕히고

그 날 밤, 나는 잠실(蠶室)[1] 마룻바닥에 누워서 누에가 뽕 먹는 소리를 듣고 있었다. 누에가 잠박[2]에서 뽕잎을 갉아먹고, 뽕잎 사이로 떨어지는 소리가 밤새도록 들렸다. 내가 잠을 이루려고 하지 않았던 것은 어둠 속에서 눈을 감고 정신을 놓기만 하면 내 넋이 몸뚱이에서 날아가는 것을 오래전부터 알고 있었기 때문이다. 밤에 포탄이 터지면 넋이 내 몸뚱이를 떠나 사라졌다가 다시 돌아오고 난 다음부터는 오랜 세월을 그 모양으로 살아온 것이다.[3] 그런 생각을 안 하려고 애썼지만 그 후부터는 밤에 잠이 들려고 할 때마다 그런 기분을 느꼈고, 무척 힘든 노력을 해야만 겨우 이것을 누를 수 있었다. 지금은 넋이 정말 달아나는 일은 없다고 제법

중요 어구 풀이

1) 잠실 : 누에를 치는 방.
2) 잠박 : 누에를 키우는 쟁반.
3) 오랜 세월을 ~ 것이다 : 나는 오랫동안 포탄이 터지는 소리에 크게 놀라 잠을 이루지 못했다.

확신할 수도 있지만 그 해 여름에는 아직 그런 시험을 해 볼 생각은 없었다.

눈을 뜬 채 누워서 심심풀이로 하는 여러 가지가 있었다. 소년 시절에 낚시질 갔던, 송어가 많은 시내를 생각하고 마음 속으로 그 시내의 아래위를 샅샅이 낚시질해 보기도 했다. 모든 둥치 밑, 모든 도랑 모퉁이, 깊은 웅덩이와 얕은 여울에 낚시를 던져, 어떤 때는 송어를 낚기도 하고 어떤 때는 놓치기도 했다. 정오에는 낚시질을 중지하고 점심을 먹었다. 어떤 때는 시내에 내민 둥치에서, 어떤 때는 높은 두렁나무 밑에서 먹었는데 언제나 천천히 먹었고, 먹으면서 발 아래 시내를 바라보았다.

떠날 때 담배통에다 지렁이를 10마리만 가져갔기 때문에 먹이가 떨어지는 일이 가끔 있었다. 다 써 버리면 지렁이를 더 찾아 내야 하는데 삼나무가 햇빛을 가로막고 풀도 없이 습한 박토(薄土)[4]만이 있는 두렁길을 파는 건 무척 힘들었다. 언제나 무엇이든 먹이가 될 만한 것을 발견해 내기는 했지만, 가끔 지렁이를 못 찾아 낼 때도 있었다. 한번은 늪에서 아무리 찾아도 먹이를 발견하지 못해서 내가 잡은 송어를 한 마리 잘라서 먹이로 쓴 일도 있었다.

어떤 때는 습한 늪의 풀밭이나 고사리 밑에서 벌레를 잡아 쓸 수도 있었다. 딱정벌레라든지 풀잎 같은 다리를 가진 벌레도 있었고, 고목의 썩은 둥치에는 굼벵이도 있었다. 갈색의 가느다란 대가리가 낚시 바늘에 끼워져 있지도 못하고, 차가운 물 속에 넣으면 그대로 녹아 없어져 버리는 것은 색깔이 흰 굼벵이였다. 가끔 지렁이가 나오는 둥치 밑에는 진드기가 있어서 둥치를 들어 올리면 땅 속으로 숨어 버리곤 했다.

중요 어구 풀이

4) 박토 : 메마른 땅.

한번은 고목 둥치 밑에서 나온 도마뱀을 쓴 일도 있었다. 도마뱀은 아주 조그맣고 맵시 있고 재빠르고 빛깔이 고왔다. 가냘픈 다리로 낚싯바늘을 잡아 보려고 했다. 그래서 그 후부터 한동안은 자주 도마뱀을 보기는 했어도 먹이로 쓰진 않았다. 귀뚜라미도 낚싯바늘에서 꿈틀거리는 양이 측은해서 안 썼다.

어떤 때는 넓은 목장 가운데를 흐르는 시내가 있어서 나는 마른 풀잎에서 메뚜기를 잡아서 먹이로 쓰기도 했다. 또 어떤 때는 또 메뚜기를 잡아서 시내에다 내던지고 그것이 헤엄을 치며 떠내려 가다가 소용돌이를 만나서 시내 표면을 뱅뱅 돌고 있으면, 송어가 뛰어올랐다가 금방 없어져 버리는 것을 바라보고 있었다. 밤이면 4, 5곳의 다른 시내에서 낚시질을 하기도 했다. 수원(水源)에서 제일 가까운 곳부터 시작해서 하류로 내려가며 낚았다. 너무 일찍 끝나서 시간이 남으면 시내가 호수로 들어가는 곳부터 시작해서 내려오면서 놓친 송어를 잡아 볼 양으로 거꾸로 거슬러 올라가며 낚시질을 했다.

어떤 날 밤에는 시내를 만들어 보기도 했다. 이렇게 만드는 시내는 무척 가슴 조이는 것일 때도 있어 마치 백일몽을 꾸는 듯했다. 이런 시내 중에 어떤 것은 내가 아직도 잊지 않고 있어서 거기서 정말 낚시질을 한 것처럼 생각되고, 실제로 내가 아는 시내들과 혼동되기도 했다. 이런 상상의 시내에도 모두 이름을 붙였으며 어떤 데는 기차로 몇 마일로 걸려서 당도했다.

그러나 어떤 밤에는 낚시질을 할 수도 없었다. 이런 날 밤이면 정신이 말짱게 깨어 있어 그저 되풀이해서 기도를 올리고 내가 아는 모든 사람을 위해서 빌려고 했다.[5] 이건 상당히 시간이 걸렸다. 내가 아는 모든 사람을 생각해 내기 위해 최초의 기억에 남아 있는 것에까지 되돌아가 보면—이게 나로서는 내가 태어난 집의 지붕 밑 방인데 아버지와 어머니의 결혼 축하

과자가 양철통에 든 채 서까래에 매달려 있는, 그리고 아버지가 어렸을 때 채집한 뱀과 그 밖의 표본들이 들어 있는 유리병이 있는데, 병 속에 알코올이 줄어들어서 어떤 뱀이나 표본 등이 노출된 채 하얗게 바래 버린, 그 지붕 밑 방— 무척 많은 사람들이 기억에 떠오른다. 이 모든 사람들을 위해서 기도를 하고 모두 '천사 축사'와 '주님의 기도'를 외우노라면 오랜 시간이 걸리고 끝내는 날이 밝아 왔다. 만약에 대낮에라도 잠을 잘 수 있는 곳에 있다면 이 때부터 잠들 수도 있었다.

이런 날 밤이면 나는 내게 일어난 모든 일을 전쟁에 나가기 직전부터 시작해서 한 가지 한 가지씩 추슬러 올라가며 기억해 보려고 했다. 그러나 겨우 할아버지네 집 지붕 밑 방까지밖에 기억할 수 없었다. 그러면 거기서 시작해서 다시 생각을 더듬어 내려와 전쟁에 이르렀다.[6]

할아버지가 돌아가신 뒤에 우리는 그 집을 떠나 어머니가 설계해서 지은 새 집으로 이사한 생각이 난다. 옮겨 가지 않을 물건들을 뒷마당에서 많이 태웠는데 지붕 밑 방에서 내온 유리병들도 불 속에 집어던졌다. 그 때 불 속에서 병이 펑펑 터지고 알코올의 불꽃이 활짝 일던 광경도 기억한다. 뱀이 뒷마당에서 살던 생각도 난다. 그러나 이 기억 속에는 사람은 없고 물건들만이 있다. 그 물건을 누가 태웠는지조차 기억에 없고, 그래서 나는 기억을 더듬어 내려와 사람이 기억나는 곳에서 멈추고 그들을 위해서 기도했다.

새 집에 관해서 내가 기억하는 것은 어머니가 언제나 쓸고 닦고 깨끗이 잘 치우던 일이다. 한번은 아버지가 사냥을 떠나신 뒤에 어머니는 지하실

중요 어구 풀이

5) 그러나 어떤 ~ 했다 : 이 기도 또한 불면증에 대처하는 방법이긴 하지만 주인공의 인간적인 모습을 엿볼 수 있다.
6) 그러면 거기서 ~ 이르렀다 : 나의 회상하는 방식은 낚시질의 방식과 닮았다.

을 구석구석까지 말끔하게 치우고는 보관할 필요가 없는 것은 죄다 태워 버렸다. 아버지가 돌아와서 말을 매고 있을 때까지도 불은 집 옆의 길가에서 타고 있었다. 나는 나가서 아버지를 맞았다. 아버지는 엽총을 내주며 불을 바라보았다.

"웬 불이냐?"

하고 물었다.

"지하실을 치웠어요, 여보."

어머니가 현관에서 내다보며 말했다. 아버지를 맞으려고 웃음을 머금고 서 있었다. 아버지는 불을 바라보더니 뭔가를 발로 걷어찼다. 그러더니 허리를 구부리고 무언가를 잿속에서 집어 냈다.

"닉, 갈퀴를 가져오너라."

하고 나를 보고 말했다. 내가 지하실에 가서 갈퀴를 갖다 드렸더니 아주 조심스럽게 잿속을 살폈다. 돌도끼, 돌칼, 화살촉 만드는 기구, 오지그릇, 수많은 화살촉 같은 것을 가려 냈다. 모두 불로 시꺼멓게 그을고 이가 빠져 있었다. 아버지는 이런 것들을 모두 조심스럽게 가려 내더니 길가 풀밭에 펴 놓았다. 가죽집에 든 엽총과 배낭은 마차에서 내릴 때 그대로 풀밭에 놓여 있었다.

"닉, 총하고 배낭은 갖다 두고 종이를 한 장 가져오너라."

했다. 어머니는 벌써 집 안으로 들어가고 없었다. 나는 총을 들었다. 무거웠고 다리에 부딪쳤다. 배낭 두 개를 마저 메고 집을 향해 발을 옮겼다.

"하나씩 가져가."

아버지가 말했다.

"너무 한꺼번에 많이 가져가려고 하지 마라."

그래서 배낭은 내려놓고 엽총만 갖다 두고 아버지 서재에 있는 신문 더

미에서 신문을 한 장 빼 가지고 나왔다. 아버지는 그을고 이 빠진 돌 기구를 죄다 종이에다 쌌다.

"훌륭한 화살촉이 죄다 엉망이 됐구나."

했다. 아버지는 종이꾸러미를 들고 가고 나는 바깥 풀밭에 배낭 두 개와 더불어 남아 있었다. 조금 있다가 그것들을 갖고 들어갔다. 이 기억에는 사람이 둘밖에 없다. 그래서 나는 그 두 분을 위해서 기도했다.

그러나 어떤 밤에는 기도문조차도 기억할 수 없을 때가 있었다. 겨우 '하늘에서와 같이 땅에서도' 라는 데까지 가면 막혀서 처음부터 다시 되풀이하는데 아무래도 그 이상은 못 나가고 만다. 그러면 기억하지 못한다는 것을 인식하지 않을 수 없어, 그 날 밤은 기도 외우기를 단념하고 다른 것을 해 본다. 그래서 어떤 날 밤이면 이 세상의 모든 동물의 이름을 외우고, 다음엔 새를, 또 여러 나라와 도시를, 또 각종 음식을, 그리고 또 시카고의 내가 기억할 수 있는 모든 거리 이름을 외워 본다. 이상 아무것도 더 기억할 것이 없으면 그냥 귀를 기울여 본다. 아무 소리도 안 들리는 밤은 없었고, 불만 있으면 자는 것도 무서울 게 없었다. 어두워야만 내 넋이 몸에서 빠져 나가기 때문이었다. 그래서 물론 불이 있는 데서 지낸 밤이 많았으며, 언제나 피로해 있었고 잠도 자주 왔으니까 이런 날은 잤다. 그러니까 내가 넋이 나가는 것을 모르고 잔 일은 얼마든지 많지만 그것을 알고 잠이 들어 본 일은 없었다.

오늘 밤, 나는 누에가 밥 먹는 소리를 듣고 있다.[7] 밤에는 누에가 뽕 먹는 소리를 똑똑히 들을 수 있다. 그래서 나는 눈을 뜬 채 그 소리를 듣고 있다.

방 안에는 다른 사람이 한 사람밖에 없는데 그도 역시 깨어 있다. 나는

중요 어구 풀이

7) 오늘 밤, ~ 있다 : 나는 피곤함을 느끼고 있으며 심리 상태는 불안정하다.

오랫동안 그가 깨어 있는 소리를 들었다. 그는 아마 나처럼 깨어 있는 연습을 못 했음인지 나처럼 조용히 누워 있지 못했다. 우리는 짚 위에 담요를 깔고 누워 있었기 때문에 그가 움직이면 짚이 부스럭거렸다. 하지만 누에는 우리가 무슨 소리를 내건 놀라지도 않고 열심히 밥만 먹었다. 전선에서 7킬로미터 떨어진 후방 소리가 문 밖에 있었으나, 방 안 어둠 속에 들리는 사소한 소리와는 달랐다. 방 안에 있는 다른 사람은 조용히 누워 있으려고 했다. 그러나 이내 또 몸을 움직였다. 나도 몸을 움직였다. 이젠 내가 깨어 있음을 그도 알 것이다.

그는 시카고에서 10년이나 살았다. 1919년에 그가 가족을 찾으려고 귀국했을 때 군대에 뽑혀 버렸으며, 영어를 할 줄 안다고 해서 나의 전령(傳令)이 되었다. 그가 듣고 있음을 알자 나는 담요 속에서 또 부스럭거렸다.

"잠이 안 옵니까, 중위님?"

그가 물었다.

"응."

"저도 안 오는데요."

"웬일이야?"

"모르지요. 잠이 안 와요."

"몸은 괜찮아?"

"그럼요, 아무렇지도 않아요. 잠만 못 자겠어요."

"잠깐 이야기나 할까?"

내가 물었다.

"그러죠. 그런데 이런 빌어먹을 데서 이야기나 나오겠어요?"

"여긴 꽤 좋은 곳인데."

내가 말했다.

"그래요."

그가 말했다.

"하긴, 괜찮은 곳이에요."

"시카고에 가 있던 이야길 해 보렴."

내가 말했다.

"원."

그가 말했다.

"한 번 전부 말씀드렸잖아요."

"결혼 이야기를 하지."

"그것도 했구요."[8]

"월요일에 온 거, 부인 편지인가?"

"그럼요. 늘 편지를 보내죠. 가게도 꽤 재미를 보고 있어요."

"돌아가면 훌륭한 가게가 있겠군."

"그럼요. 경영을 잘해서 돈을 상당히 버나 봐요."

"우리가 저들을 깨울 것 같지 않나? 이야기를 해서."

내가 물었다.

"아니에요, 못 들어요. 하여간 돼지처럼 자니까요. 난 달라요."

그는 말했다.

"난 신경과민이에요."

"가만히 말해."

나는 주의를 시켰다.

중요 어구 풀이

8) 그것도 했구요 : 이미 했던 이야기들이 많았다는 점에서 나와 존이 불안과 피곤 때문에 잠을 이루지 못한 날들이 많았음을 알 수 있다.

"담배 피울래?"

우리는 어둠 속에서도 교묘하게 담배를 피웠다.

"중위님은 담배 많이 안 태우세요?"

"그래. 끊으려던 참이야."

"글쎄요."

그는 말했다.

"담배란 이로울 건 없으니까요. 잊어버리면 섭섭할 리도 없죠. 장님은 담배 연기 나오는 게 안 보이니까 피우지 않는다는 말을 들으신 일 있어요?"

"믿어지지 않는걸."

"저도 엉터리라고 생각해요."

그는 말했다.

"어디선가 얻어들은 얘기예요. 돌아다니는 소리란 건 아시잖아요."

우리는 둘 다 조용해지고 누에 소리만 듣고 있었다.

"저놈의 누에 소리를 듣고 계세요?"

그는 물었다.

"갉아먹는 소리가 들리지요?"

"재미없어."

내가 말했다.

"그런데 중위님. 정말 잠 못 이룰 일이 있습니까? 주무시는 걸 본 일이 없으니. 제가 모시고부터는 밤에는 안 주무셨어요."

"모르겠어, 존."

나는 말했다.

"지난 봄에 상당히 혼난 일이 있는데 그게 나를 괴롭히는군."

"꼭 저 같군요."

그는 말했다.

"이 전쟁에 참가하지 말았어야 했어요. 신경과민이라서요."

"아마 차차 나아지겠지."

"그런데 중위님은 뭣 때문에 이 전쟁에 뛰어드셨나요?"

"모르겠어, 존. 그 때는 그러고 싶었어."

"그러고 싶었다니요?"

그는 말했다.

"그런 괴상한 이유가 어디 있어요!"

"너무 큰 소리를 내서는 안 돼."

"돼지처럼 자는 걸요."

그는 말했다.

"하여간 영어는 들어도 모르니까요. 뭐는 아나요? 싸움이 끝나고 미국에 돌아가면 뭘 하시렵니까?"

"신문사에 일자리를 얻어야지."

"시카고에서요?"

"그렇겠지."

"프리스베인이라는 작자가 쓴 걸 읽으신 일 있어요? 여편네가 오려서 보내 주는데요."

"그럼."

"만나 보셨나요?"

"아니, 그저 본 일은 있지."

"그 작자 한 번 만나 봤으면 좋겠어요. 잘 써요. 여편네는 영어를 못 읽지만 제가 있을 때나 다름없이 신문을 받아서 사설, 운동 경기란을 오려 보내 주거든요."

"아이들은 잘 있는가?"

"네. 계집애 하나는 이제 4학년이에요. 중위님. 제게 어린애가 없었다면 지금 중위님 전령이 될 수 없었을 겁니다. 밤낮 일선에 붙들어 뒀을 거예요."

"어린애가 많아서 다행이군."

"다행이죠. 훌륭한 애들이지만 사내아이가 한 놈 있어야겠어요. 딸만 셋이고 아들이 없답니다. 기막힌 일이죠."

"잠을 청해 보고 한잠 자지."

"아뇨, 지금은 못 자겠어요. 정신이 초롱초롱한걸요, 중위님. 그런데 중위님이 못 주무시는 게 걱정인데요."

"괜찮겠지."

"중위님 같은 젊은 분이 못 주무시다니."

"괜찮아지겠지. 시간이 좀 걸릴 뿐이야."

"정말 나아지셔야죠. 잠을 안 자고 지탱할 수 있나요. 무슨 걱정이 있습니까? 뭐 마음에 걸리는 일이라도 있어요?"

"아니, 존. 그런 건 없어."

"결혼을 하셔야 해요,[9] 중위님. 그러면 근심 걱정도 없어질 거예요."

"모를 일이지."

"결혼을 하셔야 해요. 왜 돈 많은 이탈리아 여자를 하나 골라잡지 않으세요? 누구든지 생각만 있으면 될 텐데. 아직 젊으시고 훌륭한 훈장도 많고 미남이신걸요. 여러 번 부상도 당하셨지요?"

중요 어구 풀이

9) 결혼을 하셔야 해요 : 존은 결혼을 통해 안정된 생활을 할 수 있다고 생각한다.

"말을 잘 못 하잖아."

"그만하면 잘 하십니다. 말 같은 게 무슨 놈의 소용이 있어요. 이야기할 게 있나요, 결혼하는 게지."

"생각해 보지."

"아는 여자도 있죠? 네?"

"그럼."

"그럼 돈이 제일 많은 여자하고 결혼하세요. 여기서는 딸자식 기르는 게 현모양처가 되게 돼있죠."

"생각해 보지."

"생각할 게 아니에요, 중위님. 실행하세요."

"좋아."

"남자란 결혼을 해야 해요. 절대 후회하지 않습니다. 누구든지 결혼을 해야 해요."

"좋아."

나는 말했다.

"잠을 좀 청해 보자, 존."

"좋습니다, 중위님. 또 잠을 청해 보지요. 하지만 제 말 잊지 마세요."

"기억해 두지."

나는 말했다.

"이제 한잠 청해 보자, 존."

"좋습니다."

그는 말했다.

"좀 주무시기 바랍니다."

나는 그가 짚에 깐 담요 위에서 돌아눕는 소리를 들었으며, 이내 조용해지고 규칙적인 숨소리를 들었다. 그는 코를 골기 시작했다. 코 고는 소리를 오랫동안 듣고 있다가, 다시 누에 밥 먹는 소리를 들었다. 뽕잎 사이로 떨어지기도 하면서 열심히 먹었다.

난 또 새로운 공상거리가 생겨서 어둠 속에 눈을 뜨고 누워서 내가 아는 모든 여자를 기억하고, 어떤 여자가 아내가 될까 하고 생각해 보았다. 이게 또 퍽 재미있는 공상거리가 돼서 잠시 송어 낚시도 집어치웠다. 기도하는 것도 제대로 되지 않았다. 그렇지만 결국에는 송어 낚시로 돌아오고 말았다. 그건 내가 모든 시내를 기억하고, 거기에는 언제나 새로운 무엇인가가 있었기 때문이다. 반면에 여자들은 몇 번씩 생각하고 나면 희미해져서 마음에 그려 볼 수 없게 되고, 드디어는 모두가 희미하고 모두 그게 그거가 돼 버려서 거의 생각을 단념해 버렸다.[10] 그러나 나는 기도를 계속했고 존을 위해서도 몇 밤을 기도했다.

10월 공세 개시 이전에 존은 전투 근무에서 전속[11]되었다. 나는 그가 거기 없는 것이 퍽이나 다행스러웠다. 있었더라면 나한테는 큰 걱정거리였을 테니까. 그는 수개월 후 밀란에 있는 병원으로 문병을 왔는데 내가 결혼을 안 했다고 퍽 실망했다. 그러니까 내가 지금까지도 결혼을 안 하고 있는 것을 알면 몹시 못마땅해할 것이다. 그는 미국으로 돌아가는 길이었으며 결혼에 관해서는 확고한 신념이 있어서 결혼이 모든 것을 해결해 주는 것으로 알고 있었다.

중요 어구 풀이

10) 여자들은 몇 번씩 ~ 버렸다 : 불확실한 미래에 대한 생각이 마음을 안정시키는 데 별 도움이 안 됨을 확인할 수 있다.

11) 전속 : 소속을 바꾸다.

작품 이해 및 논술 다지기

 핵심 정리

- 갈래 : 단편 소설
- 시점 : 1인칭 주인공 시점
- 배경 : 시간적—저녁 무렵에서 새벽
  공간적—전장 후방의 막사
- 구성 : 순행적 구성, 액자식 구성
- 제재 : 전쟁터에서 밤을 보내는 동안의 공상과 대화
- 주제 : 전쟁터에 나온 젊은이가 느끼는 추억과 그리움

구성 단계

- 발단 : 잠실 마루에 누워서 누에가 뽕 먹는 소리를 듣고 있는 나.
- 전개 : 잠이 오지 않기 때문에 심심풀이로 소년 시절을 회상하는 나.
- 위기 : 방 안의 또 다른 사람인 존과 이야기를 나누는 나.
- 절정 : 나에게 결혼을 하고 아이를 낳으라고 충고하는 존.
- 결말 : 밀란에 있는 병원으로 나를 문병 왔다가 내가 결혼하지 않았음에 실망하는 존.

등장 인물

- 나 : 젊은 중위. 과거에 대한 회상과 기도를 통해 전장에서의 무료함을 달래려 하는 인물.
- 그 : '나'와 한밤중에 우연히 대화를 나누게 된 부하 병사. '나'에게 결혼을 권고함.

줄거리

그 날 밤 '나'는 잠실 마루에 누워서 누에가 뽕 먹는 소리를 듣고 있었다. '나'는 밤에 포탄이 터지면 자신의 넋이 몸뚱이에서 사라졌다가 다시 들어오는 느낌이어서 잠들기 위해서 힘든 노력을 해야 했다. 눈을 뜬 채 '나'는 심심풀이로 소년 시절에 낚시하던 생각, 풀밭이나 고사리 밑에서 벌레 잡던 생각, 어머니와 아버지 등을 생각했다. 그러나 어떤 밤에는 기도조차 할 수 없을 만큼 아무것도 기억이 나지 않는 경우도 있었다. 방 안에는 또 한 사람, 존이 있었는데 그도 잠을 안 자고 있었다. 그는 자신이 전쟁에 참여하지 말았어야 한다고, 신경과민이라고 말했다. 그는 자신처럼 결혼하고 아이도 낳고 하면 좀 나아질 것이라고 나에게 충고를 한다. '나'는 또다시 여러 가지 공상에 사로잡혔다. 수개월 후에 그는 밀란에 있는 병원으로 '나'를 문병 왔다가 '나'가 결혼하지 않았음에 대해서 무척 실망하는 모습을 보인다.

이해와 감상

이 작품은 전쟁에 참전한 한 중위가 잠을 못 이루고 누워서 이런 저런 공상에 젖기도 하고 부하와 대화를 나누기도 하는 내용으로 되어 있다. 특별한 사건이나 행위 없이 담담하고 간결하게 전개되는 것이 특징인 이 소설은 중위의 회상 내용과 당시에 중위가 처한 전쟁 상황을 암암리에 대비시키면서 전쟁에 처한 인간 심리의 위축을 리얼하게 보여 주고 있다.

헤밍웨이는 스스로 이탈리아 전선에 종군하기도 하고 스페인 내란에 참여하기도 하면서 전쟁을 체험한 작가이다. 그의 작품들은 이러한 전쟁 체험을 소재로 한 것이 많다. 그러나 헤밍웨이의 전쟁을 소재로 한 작품들은 전쟁의 황폐함이나 처절함을 강조하기보다는 전쟁 상황에 놓여 있는 인간들의 심리 변화와 그 속에서의 사랑 등을 담고 있다는 점에서 다른 전쟁 소설들과 차이를 보인다.

예를 들어서 《무기여 잘 있거라》는 이탈리아 전선에 의무 장교로 종군한 의사 헨리의 사랑과 탈주가 중심이 되고 있다. 전선의 풍경이 등장하지만 그것은 전쟁의 문제점을 비판하기 위해서 등장하는 것이 아니라, 등장 인물의 행위와 심리의 배경으로써 등장하고 있는 것이다. 이런 점에서 반전성(反戰性)을 짙게 풍기는 하인리히 뵐의 작품들과 구별된다고 할 수 있다.

이 작품은 일인칭 주인공 시점으로 되어 있는데 '나'는 작가 자신이라고 해도 좋을 만큼 작가와 밀착되어 있다. 그가 회상하는 어린 시절은 낚시질을 좋아하는 아버지를 둔 그의 어린 시절 그대로이다. 그런 점에서 이 작품은 작가의 종군 체험과 그 당시 자신의 모습을 담은 자전적인 작품이라고 할 수 있을 것이다.

그렇다면 이를 통해서 나타나는 바는 무엇인가? 그것은 전쟁의 무의미성인 잔인성이 아니라 전쟁에 처한 인간의 심리적인 고통이다.

중위는 대포 터지는 소리를 들으면 넋이 나갔다가 다시 들어오는 듯한 느낌 때문에 잠을 못 이룬다. 이 불안한 상황과는 달리 그가 공상하는 세계는 한없이 평화롭고 행복한 유년 시절이었다. 그 평화와 안정은 전쟁 속에서 사라지고 그는 힘겨운 현실 속에 놓여 있는 것이다. 작가는 주인공의 회상 내용을 유년의 것으로 삼음으로써 주인공이 유년에 느꼈던 심리적인 안정을 희구하고 있음을 보여 주고 있다.

우리 문학에서도 현실의 불안과 고통 속에서 유년을 회상하는 내용을 담고 있는 작품들이 있다. 우리가 잘 알고 있는 윤동주의 시편들, 그 중에서도 〈별 헤는 밤〉은 일제에 순응하여 살아가는 자신에 대한 부끄러움과 그로 인한 고통 속에서 유년의 추억들을 헤아려 보는 내용으로 되어 있다. 또한 백석의 시들은 유년 시절의 공동체적인 체험을 주로 다루고 있다. 이 시들에서도 그렇듯이 이 소설에서 유년은 따뜻하고 안정된 평화로운 삶을 상징하는 것이다.

작가 소개

헤밍웨이(1899~1961)

미국의 소설가. 로스트 제너레이션 작가의 일원. 일리노이 주 출생. 고등 학교를 졸업한 후 잠시 기자 생활을 하다가 운전사로 이탈리아 전선에 종군하였고, 이 때 중상을 입기도 함. 전후에 다시 기자 생활을 하면서 첫 작품집 《세 개의 단편과 열 개의 시편》과 단편 소설 〈우리들의 시대에〉를 발표. 로스트 제너레이션의 쾌락 추구와 환멸을 그린 〈해는 또다시 떠오른다〉로 문명(文名)을 떨치고, 귀국 후에는 안정된 작가 생활을 하게 되는데 이탈리아 전선에서의 체험을 살려 연애와 전쟁을 그려낸 《무기여 잘 있거라》로 큰 성공을 거둠. 스페인 내란이 일어나자 스페인으로 갔으며, 이 내란을 소재로 《누구를 위하여 종은 울리나》를 씀. 이 작품은 파시스트와 싸운 한 미국인의 이야기를 담고 있는데 내란에 패배한 스페인 민중들을 위한 헌사(獻辭) 성격을 지님. 산문시적인 소설 《노인과 바다》로 퓰리처상과 노벨문학상을 수상함.

연관 작품 더 읽기

- 《노인과 바다》(헤밍웨이) : 3일간 고래와 사투를 벌이는 노인의 모습을 통해 인생의 진리에 대해 생각하게 하는 작품이다. 노인은 고래를 잡았지만

상어 떼를 만나 모두 뜯기고, 결국 고기의 뼈만 달고 온다. 인생의 덧없음과 삶의 고통이 되풀이된다는 평범한 진리를 보여 주는 작품이다. 또한 이 작품은 자연의 위대함과 인간의 의지를 동시에 보여 주고 있다.

좀더 알아보기

• 형상화 : 형상화는 일정한 작가의 의도의 전달이나 문학적 목적의 수행을 위해 작가가 선택하는 스토리 재료 및 그 재료에 예술적 형태를 부여하는 모든 과정을 지칭한다. 좀더 좁은 의미로 이 용어는 텍스트 내의 요소들이 획득하는 구체적이고 실감 있는 표현, 특히 그것들이 묘사나 대화 등의 극적 기법을 통해 제시되는 것을 지칭한다.

논술 맛보기

1. 주인공 '나'가 잠 못 이루는 상황이 의미하는 것은 무엇인가?

⇨ 전쟁에 참전한 주인공은 오랜 세월을 밤에 포탄이 터지면 자기 몸이 사라졌다가 다시 돌아오는 느낌 때문에 잠을 못 이룬다. 신경과민이 지속되면서 잠을 들 수가 없다. 주인공이 잠 못 이루는 상황은 전쟁 속에서 위축된 주인공의 심리 상태를 의미한다.

2. 이 작품이 다른 전쟁 문학과 다른 점은 무엇인가?

⇨ 일반적으로 전쟁 문학은 전쟁이 발발하게 된 시대적 상황과 전쟁으로 인한 인간의 참혹하고 비참한 현실 삶에 초점을 맞춘다. 하지만 이 작품은 전쟁 자체를 문제삼기보다는 전쟁에 참여한 인간의 심리적인 동요와 사랑에 초점을 맞추고 있다.

3. 이 작품은 특별한 사건이나 행위 없이 '나'의 회상이나 공상, 부하와의 대화 등으로 전개된다. 이러한 전개 방식의 특징을 작품의 주제와 관련지어 설명하라.

⇨ 이 작품은 특별한 사건이나 행위 없이 소년 시절과 전쟁 후의 삶에 대한 대화를 담담하고 간결하게 전개한다. 이러한 전개 방식은 '나'가 회상하는 내용과 '나'가 처한 전쟁 상황의 대비에 초점을 맞춘다. 이를 통해 독자는 전쟁으로 인해 위축되고 불안한 인간의 심리를 절실하게 공감할 수 있다.

논술 다지기

〈이제 몸을 눕히고〉에는 한 젊은이가 전쟁터에서 보내는 일상의 모습이 형상화되어 있다. 이러한 모습을 참조하여, 전쟁이 개인의 심리나 정서에 어떤 영향을 끼치는 것인지에 대한 자신의 생각을 서술하라.

예시 답안

〈이제 몸을 눕히고〉의 주인공 '나'는 한밤중에 전쟁터에서 어린 시절의 추억을 회상하기도 하고, 아는 사람들의 모습을 떠올려 보기도 한다. 이는 곧 전쟁터에서 보내는 일상이 주는 긴장감과 무료함에서 벗어나 편안하고 즐거웠던 일상을 떠올리는 시도이자, 그리움의 대상인 과거 추억 속의 인물들을 기도를 통해 마음 속에서 만나 보는 시도인 셈이다. 곤히 잠들어 있어야 할 한밤중에 이처럼 여러 공상을 즐기는 '나'의 버릇은 곧 평화로운 생활을 박탈당한 참전 병사의 심리 상태를 그대로 드러내 주고 있다.

전쟁은 살인과 폭력을 정당화한다는 점에서 인간성의 잔혹함을 강화하는 한편, 인간이 누릴 수 있는 일상적인 평화와 즐거움을 빼앗는다는 점에서 역시 비인간적인 행위이다. 즉 전쟁은 인간이 행복해질 수 있는 권리를 박탈한다.

한창 교육을 받고 친구들과 어울리며 즐겁게 살 수 있는 젊은 나이에 전쟁터에 나가 어린 시절의 추억을 회상하며 잠을 청하는 '나'의 모습은 동정심을 자아낼 만한 모습이었다. 또한 이러한 '나'에게 고향에 두고 온 아내와 딸들에 대한 이야기를 하며 결혼을 권고하는 '그(존)'의 모습에서 역시 억지로 포기한 가족과의 삶에 대한 미련과 애착이 느껴진다.

이러한 모습들은 곧 전쟁이 개인이 행복해지고 즐거워질 수 있는 권리를 포기하게 만드는 억압적인 측면을 지니고 있음을 드러내 준다.

전쟁은 또한 희망을 갖고 살아갈 수 있는 능력을 파괴한다. 특히 '그'가 '나'에게 간곡히 결혼을 권고하나 '나'가 이를 건성으로 듣는 부분은 전쟁이 개인의 심리를 황폐하게 만든다는 점을 드러내 주는 부분이다. '나'는 평범한 젊은이들이 꿈꿀 수 있는 아름다운 연애나 행복한 결혼 생활에 대한 꿈이 없는 것처럼 보인다. 이는 곧 결혼이나 사랑에 관한 이야기가 전쟁터에서는 제대로 실현되기 힘든 비현실적인 이야기이기 때문이다.

결혼 생활에 대한 '그'의 이야기가 '나'에게 진솔하게 다가오지 않은 채 그저 무료한 대화 주제로서 느껴지는 것은, '나'가 노력을 통해 미래의 행복을 일굴 수 있으리라는 낙관적인 꿈을 더 이상 갖고 있지 않은 인물이라는 점을 나타내 준다.

이처럼 전쟁은 개인의 꿈과 희망을 빼앗고 정서를 메마르게 한다.

'나'처럼 미래에 대한 계획과 포부를 키워야 할 젊은이가 노인들처럼 과거에 있었던 일들을 회상하는 버릇을 갖게 된 모습은 전쟁이 인간의 감수성에 악영향을 미친다는 점을 잘 드러내 주는 부분이다. 미래의 희망을 박탈당한 채 삶보다는 죽음에 익숙한 모습으로 미래를 냉소하는 '나'의 모습은 전쟁으로 인해 인간이 내적으로 황폐화되는 양상을 알게 해 준다.

평화를 꿈꾸는 '나'의 모습은 그런 면에서 역설적인 성격을 지녔다. 평화를 기원하는 것이 아니라 단지 그리워하도록 한다는 점에서, 전쟁은 인간의 정신을 늙게 만드는 원흉이라는 생각이 든다.

잠깐! 고사성어 익히기

大 器 晩 成

큰 **대** 그릇 **기** 늦을 **만** 이룰 **성**

큰 그릇이 만들어지는 데는 시일이 많이 걸린다는 뜻으로, 큰 인물은 늦게야 두각을 나타내어 성공한다는 말이다.

경관과 찬송가

오 헨리

작품을 읽기 전에

〈경관과 찬송가〉는 오 헨리의 작품으로, 평범한 시민이 갖는 훈훈한 인정, 인간미가 강조되어 있고 날카로운 비판 의식이 돋보인다. 오 헨리가 이 작품을 통하여 풍자하려는 것이 무엇인지, 그 의미하는 바를 생각해 보자.

경관과 찬송가

매디슨 공원의 벤치에 앉아 소피는 초조하게 몸을 움직이고 있었다. 기러기가 밤 하늘에서 높이 울고, 물개 모피 외투를 갖지 않은 아낙네들이 남편에게 한결 부드러워지고, 그리고 소피가 공원 벤치에서 초조하게 몸을 뒤척이면 여러분은 이제 겨울이 눈앞에 다가왔다는 것을 알 수 있다.

마른 나뭇잎 하나가 소피의 무릎 위에 떨어졌다. 그것은 서리〔霜〕 아저씨의 명함이다.[1] 서리 아저씨는 퍽 친절해서 매디슨 공원을 정규적인 보금자리로 삼는 손님들에게 이렇게 해마다 떳떳이 경고를 해 놓고 찾아온다. 네거리의 모퉁이에서 서리 아저씨는 하늘을 지붕 삼는 모든 주민들의 저택

중요 어구 풀이

1) 그것은 서리 ~ 명함이다 : 떨어지는 마른 나뭇잎은 서리가 내리는 신호라는 재치 있는 표현이다.

문지기인 북풍(北風) 씨에게 명함을 주면서, 그 곳 거주자들에게 미리 준비를 할 수 있게 해 주기도 한다.

소피는 마음 속으로 닥쳐올 엄동설한에 대비해 자기 혼자만의 예산 세입 위원회가 되어야 할 시기가 왔다는 사실을 깨닫고 있었다. 그래서 그 벤치에 앉아 초조히 몸을 움직이고 있었던 것이다.

겨울을 피하고 싶은 소피의 욕망이래야 뭐 대단한 것도 아니었다. 지중해를 두루 돌아보고 싶다든가, 노곤한 남쪽 하늘 밑으로 떠나고 싶다든가, 또는 베스비어스 만에 배를 띄워 보고 싶다든가 하는 따위의 생각은 꿈에도 없었다. 그가 마음 속으로 간절히 바라고 있는 것은 섬에 가서 석 달만 살고 오는 것이었다.[2] 북풍과 경관의 손에서 벗어나 밥과 잠자리를 걱정하지 않고, 마음 맞는 친구만 있다면 소피는 더 이상 바랄 것이 없었다.

여태까지 여러 해 동안 그는 겨울을 이 대우 좋은 블랙웰 섬에서 났다. 같은 뉴욕에 살면서도 좀더 재수 좋은 친구들이 겨울마다 팜비치나 리비에라로 가는 표를 끊듯이, 소피도 해마다 섬으로 달아나는 조촐한 채비를 해 왔다. 간밤에 그는 이 해묵은 공원의 분숫가에 있는 벤치 위에서 일요 신문 석 장을 등 밑에도 깔고 발목에도 두르고 무릎에도 덮고 잤지만, 이것으로 추위를 물리칠 수는 없었다. 그래서 그 섬 생각이 소피의 마음 속에 커다랗게 부풀어 올랐다.

그는 이 도시의 노숙자들을 위해 자선이란 이름으로 마련해 놓은 시설을 경멸했다. 소피의 의견으로는 법률이 자선 사업보다 더 자비로웠다. 시에서 경영하거나 자선 사업이 마련한 시설은 얼마든지 있어서, 그 곳에 찾아가면 간소한 생활에 알맞는 숙박과 식사를 얻을 수는 있었다. 그러나 소피

중요 어구 풀이

2) 섬에 가서 ~ 것이었다 : 소피는 겨울이 지속되는 세 달간 감옥에서 생활하고자 한다.

같은 긍지 높은 인간에게 있어서는 자선의 손길은 빚을 지는 일이었다. 박애의 손에서 얻는 모든 은혜에 대하여 비록 돈으로 지불하지는 않는다 하더라도, 정신적 굴욕으로 그 대가를 지불하지 않으면 안 된다.

시저에게 브루투스[3]가 있었듯이 자선의 침대에서 잠을 자려면 반드시 굴욕이라는 세금을 지불하지 않으면 안 되고, 한 조각의 빵을 얻어먹을 때마다 사사로운 개인 사정에 대한 심문을 받는 따위의 보상을 지불해야 했다. 그래서 법률의 신세를 지는 편이 낫다는 것이다. 법률은 비록 규칙에 따라 운영되기는 하나, 신사의 개인 사정에 대해서 부당한 간섭을 하지는 않는다.[4]

섬으로 갈 결심을 한 소피는 당장 소원 성취를 위해 일에 착수했다. 이것을 하는 데는 여러 가지 손쉬운 방법이 있었다. 가장 유쾌한 방법은 어디 고급 식당에 들어가서 진탕 먹은 다음 돈이 없어 값을 치르지 못한다고 선언하고는 조용히 얌전하게 경관에게 인계되는 일이다. 나머지는 친절한 판사님이 처리해 준다.

소피는 벤치에서 일어나 공원을 어슬렁어슬렁 걸어 나와서 수면처럼 평평한 아스팔트 길을 가로질렀다. 거기는 브로드웨이와 5번가가 합류하는 곳이었다. 그는 브로드웨이 쪽으로 발길을 돌려, 어느 번드르르한 카페 앞에서 발을 멈추었다. 밤마다 최고급의 포도주와 가장 값진 비단옷과 내로라하는 인간들이 모여드는 곳이다.

소피는 조끼 제일 아랫단추에서부터 위쪽 차림은 자신이 있었다. 면도도

중요 어구 풀이

3) 브루투스 : 로마의 정치가. 시저 암살의 주모자로서 처음에는 시저의 총애를 받았으나 독재에 분개하여 카시우스 등과 원로원에서 그를 암살한다.
4) 법률은 비록 ~ 않는다 : 소피는 자선을 받을 때 느끼는 정신적 굴욕을 참지 못하기 때문에 자선 사업이 제공하는 숙식보다 감옥이 제공하는 숙식을 선택하였다.

했고 윗도리도 별로 흉하지 않았다. 매어져 있는 말쑥한 넥타이는 감사절에 전도사 부인한테서 선사받은 것이었다. 아무런 의심도 받지 않고 이 식당의 테이블에 앉을 수만 있다면 성공은 틀림없다. 테이블 위에 나온 상반신을 보아서는 웨이터도 의심을 품지 않을 것이다. 통째로 구운 오리 한 마리쯤 먹을만 하겠지 하고, 소피는 생각했다. 그리고 '샤블린' 백포도주 한 병, 흑맥주, 치즈, 블랙커피 한 잔, 게다가 여송연 한 개, 여송연이래야 1달러밖에 더 하겠는가. 식사대를 전부 합쳐 봐야 카페 주인이 앙갚음을 하고 싶을 만큼 그리 대단한 액수도 아니다. 더욱이 먹은 고기는 속을 가득 채워 주어서 기분 좋게 겨울의 피난처로 길을 떠나게 해 줄 것이다.

그런데 소피가 식당문 안으로 한 발을 들여놓았을 때 웨이터 주임의 눈이, 소피의 헤진 바지와 쭈그러진 구두 위에 떨어졌다. 억센 손이 재빨리 그를 돌려세우더니 빠른 걸음으로 말 없이 보도까지 끌고 나가, 하마터면 봉변을 당할 뻔했던 오리의 불명예스러운 운명을 사전에 막아 버렸다.[5]

소피는 브로드웨이에서 다른 길로 빠졌다. 그리운 섬으로 가는 길은 맛있는 음식을 먹고 가는 길이 못 되는 모양이었다. 형무소로 들어가는 다른 방법을 생각하지 않으면 안 되었다.

6번가 모퉁이에 전등빛 아래 교묘하게 상품을 진열해 쇼윈도를 한결 눈에 띄게 해 놓은 상점이 있었다. 소피는 돌멩이를 한 개 주워 유리를 향해 힘껏 내던졌다. 경관을 앞세우고 군중들이 모퉁이에서 달려왔다. 소피는 두 손을 호주머니에 꽂은 채 가만히 서서 경관의 모습을 보고 빙그레 웃었다.

중요 어구 풀이

5) 하마터면 봉변을 ~ 버렸다 : 웨이터 주임의 발빠른 대처로 소피는 오리를 먹지 못하게 되었다는 의미.

"이런 짓 한 놈 어디 갔어?"
하고 경관은 흥분해서 물었다.

"내가 그랬다고 생각하시지는 않나요?"
하고 소피는 야유하는 말투가 전혀 없지는 않았으나, 마치 행운을 향해 인사하듯 다정하게 말했다.[6]

경관은 소피의 말을 하나의 단서로조차 받아들이지 않았다. 유리창을 때려부술 만한 인간이라면 법률의 앞잡이와 이야기하려고 현장에 남아 있지는 않는다. 걸음아 날 살려라, 하고 달아나는 법이다. 경관은 반 블럭쯤 저편에 한 사나이가 전차를 잡으려고 달려가는 것을 보았다. 그는 곤봉을 빼들고 군중들과 더불어 그의 뒤를 쫓았다. 두 번이나 실패한 소피는 시무룩한 기분으로 휘청거리며 걷기 시작했다.

길 건너편에 그다지 훌륭하지 않은 식당이 있었다. 식욕은 왕성하지만 호주머니가 쓸쓸한 사람들에게 음식을 파는 곳이었다. 분위기와 음식 그릇은 무거웠지만 스프와 식탁보는 얇았다. 소피는 아무런 눈총도 받지 않고 그 꺼림칙한 구두와 감출 재간 없는 바지를 이끌고 식당 안으로 들어갔다. 그는 식탁 하나를 차지하여 비프스테이크와 플랩잭, 빵, 케이크와 도넛과 파이를 먹어치웠다. 그리고는 웨이터에게 자기는 일 전 한 푼, 돈과는 인연이 먼 인간이라는 사실을 밝혔다.

"자, 얼른 순경을 불러 와요."
하고 소피는 말했다.

"신사를 오래 기다리게 해선 못써요."

"네까짓 놈한테 순경이 무슨 필요가 있어!"

중요 어구 풀이

6) 마치 행운을 ~ 말했다 : 소피는 경관이 자신을 체포해 주는 것 자체를 행운으로 여기고 있다.

하고 웨이터는 버터케이크 같은 억눌린 목소리와 맨해튼 칵테일 속의 버찌 같은 눈으로 말했다.

"야 콘, 이리 좀 와!"

두 사람의 웨이터는 소피를 들어 왼쪽 귀를 아래로 해서 딴딴한 보도 위에 보기 좋게 내동댕이쳤다. 그는 마치 목수가 접은 자를 펴듯 관절을 하나하나 펴면서 일어나 옷에 묻은 먼지를 털었다. 경관에게 붙잡힌다는 것은 한갓 장밋빛 꿈에 지나지 않는 듯한 생각이 들었다. 섬은 아주 먼 곳에 있는 듯했다. 두 집 건너, 드러그스토어 앞에 서 있던 경관은 웃으면서 길 저쪽으로 걸어갔다.

시가를 다섯 블럭쯤 걸어갔을 때 소피는 다시 체포되고 싶은 용기가 되살아났다. 이번에는 그가 어리석게도 '이건 틀림없다.' 고 생각되는 기회가 찾아온 것이다. 얌전하고 산뜻하게 차려 입은 젊은 여자 한 사람이 쇼윈도 앞에 서서 면도용 비눗갑, 잉크스탠드 같은 진열품을 정신 없이 들여다보고 있고, 그 진열장에서 2야드 떨어진 곳에 허우대가 큰 경관이 엄숙한 태도로 소화전(消火栓)에 기대어 서 있었다.

천하고 고약한 난봉꾼의 연기를 하자는 것이 소피의 계획이었다. 자기가 노리는 세련되고 우아한 맵시의 고기밥과 근엄한 경관이 바로 가까이에 있다는 것 때문에 힘을 얻은 그는, 경관이 머지않아 자기 팔을 잡으면 아담하고 조그마한 섬에서 기분 좋게 겨울을 날 수 있다는 것을 깨달았다.

소피는 전도사 부인에게 얻은 기성품 넥타이를 바로 고치고 쭈그러든 와이셔츠 소매를 밖으로 끌어 내고는 모자를 멋있게 비스듬히 쓴 채 젊은 여자 쪽으로 옆걸음질쳐 갔다. 그리고 여자에게 추파를 던지는 한편 공연한 마른 기침과 '으흠' 소리를 연발하고는 빙글빙글 능글능글 히죽거리면서 천하고 능글맞은 난봉꾼의 상투적인 말투를 뻔뻔스럽게 뇌까렸다. 소피는 곁눈으로 경관이 자기를 똑바로 지켜보고 있는 것을 확인했다. 젊은 여자는 두어 걸음 비켜 서서 다시 면도용 비눗갑에 넋을 잃은 듯 주의를 기울였다. 소피는 따라가서 대담하게 옆에 다가가서는 모자를 벗고 말했다.

"아, 이거, 버텔리어 아냐! 나하고 놀러 안 가겠어?"

경관은 아직 보고 있었다. 성가셔 하는 이 젊은 여자가 손가락으로 신호를 하기만 하면 소피는 섬의 안식처로 갈 수 있다. 벌써 그는 경찰서의 아늑한 다사로움을 느끼는 듯한 기분이 들었다. 젊은 여자는 소피 쪽으로 얼굴을 돌려 한 손을 내밀어 그의 소매를 잡았다.

"그래 가요, 마이크."

하고 여자는 기쁜 듯이 말했다.

"맥주 한 잔 사 주면 말이야. 진작 말을 걸고 싶었지만 저 순경이 지켜보고 있어서 어쩔 수가 없었어요."

완전히 기분을 잡친 소피는 오크 나무에 말려 붙는 덩굴과 같은 젊은 여자를 데리고 경관 옆을 지나갔다. 그는 자유를 벗어나지 못할 운명 아래 태어난 듯이 보였다.

다음 모퉁이에서 소피는 따라오는 여자를 뿌리치고 뛰었다. 그는 밤이면 휘황한 거리와 사랑과 맹세와 달콤한 말들이 자취를 드러내는 구역에서 발을 멈추었다. 모피를 두른 여자들과 외투를 걸친 남자들이 겨울의 찬 공기 속을 들떠서 오가고 있었다. 그 어떤 무서운 마력이 자기를 체포하지 못하게 하고 있나 하는 불안이 느닷없이 소피를 감쌌다. 그렇게 생각하자 약간 무서워졌다. 그래서 휘황찬란한 극장 앞을 떡 버티고 서성거리는 또 한 사람의 경관과 마주쳤을 때, 지푸라기에 매달리듯, 그는 즉각 '사회의 안녕 방해 행위'를 착수했다.

보도 위에서 소피는 거친 목소리로 술주정꾼 같은 헛소리를 고래고래 지르기 시작했다. 그는 춤을 추다가 소리지르고 그러다가 외치고 그 밖에 별의별 짓을 다하면서 수선을 떨었다.

경관은 곤봉을 빙글빙글 돌리면서 돌아서더니 한 시민에게 말했다.

"예일 대학 학생인데 스탠퍼드 대학을 연패시킨 축하를 하느라고 저런답니다. 시끄럽지만 위험은 없습니다. 내버려 두라는 명령을 받았지요."

우울해진 소피는 그 보람 없는 법석을 중지했다.

무슨 일이 있어도 경관은 나를 잡아가지 않겠단 말인가?[7] 그의 마음 속에는 그 섬이 마치 도달할 수 없는 이상향 같은 느낌이 들었다. 그는 차가운 바람을 받으면서 얇은 윗도리의 단추를 끼웠다.

담배 가게에서 근사하게 차려 입은 남자 하나가 매달아 놓은 라이터로 여송연에 불을 붙이고 있는 것이 눈에 띄었다. 그 사나이가 들어가면서 세워 놓은 비단 우산이 문턱에 보였다. 소피는 안으로 들어가서 우산을 집어 들고 유유히 걸어가기 시작했다. 여송연에 불을 붙이고 있던 사나이가 부랴부랴 쫓아왔다.

"내 우산이야."

하고 사나이는 의젓하게 말했다.

"아, 그런가요?"

소피는 가벼운 도둑질을 해 놓고도 모욕까지 곁들여서 비웃었다.

"그럼 왜 순경을 부르지 않나요? 내가 훔쳤소. 당신 우산을 말이요! 왜 순경을 부르지 않소? 저 모퉁이에 한 사람 서 있는데."

우산 임자는 걸음을 늦추었다. 소피는 또다시 행운이 자기에게서 달아날

중요 어구 풀이

7) 무슨 일이 ~ 말인가 : 소피는 최선을 다해 노력했음에도 체포당하지 못한다. 삶의 부조리가 두드러지는 장면.

것 같은 예감을 느끼며 따라서 걸음을 늦추었다. 경관이 의아한 눈초리로 두 사람을 바라보았다.

"물론."

하고 우산 임자는 말했다.

"말하자면…… 저…… 이런 착오는 흔히 있을 수 있는 일이라서…… 나는…… 만일…… 그것이 선생의 우산이라면 용서해 주셔야겠습니다. 실은…… 오늘 아침 어느 식당에서 주웠는데…… 선생 것이 확실하다면, 그야…… 제발……."

"물론 내 거요."

하고 소피는 퉁명스럽게 말했다.

우산의 전 주인은 물러갔다. 경관은 두 구획 저편을 달려오는 전차 앞에서 길을 건너려 하고 있는, 야회용 외투를 입은 한 금발의 부인을 도와 주려고 얼른 그쪽으로 갔다.

소피는 도로 공사로 파헤쳐진 길을 동쪽으로 걸어갔다. 울화가 치밀어서 우산을 구덩이 속에 집어던졌다. 헬멧을 쓰고 곤봉을 찬 사나이들을 향해 마구 투덜거렸다. 이쪽에서 잡아 주기를 바라고 있었기 때문에 오히려 그들은 그를 나쁜 짓 할 것 같지 않은 임금처럼 생각하는 모양이었다.

마침내 소피는 찬란한 불빛도, 어수선한 시끄러움도 희미하게 멀어진 동쪽 큰 길로 나왔다. 거기서 매디슨 공원 쪽으로 방향을 돌렸다. 비록 공원의 벤치 위가 집이지만 집에 돌아간다는 본능은 그대로 작용하기 때문이다.

그러나 이상하게 한적한 길 모퉁이에서 소피는 우뚝 발을 멈추었다. 그곳에는 높고 낮은 지붕을 가진 해묵은 교회가 서 있었다. 보랏빛 유리창 너머로 부드러운 불빛이 비치고 그 안에서는 분명 오르간 연주자가 다가오는 안식일의 찬송가를 능숙하게 치기 위해 건반 위를 더듬고 있음이 틀림없었다. 왜냐 하면, 그 곳에서 감미로운 음악이 흘러나와 소용돌이 모양의 철책 옆에다 소피를 꼼짝도 못 하게 묶어 버렸기 때문이다.[8]

교교한 밝은 달이 하늘에 떠 있었다. 차량도, 행인도 이젠 거의 보이지 않았다. 참새가 처마 밑에서 졸린 듯 재잘거리고 있었다. 잠시 동안 주위의 풍경은 마치 시골 교회의 구내에 서 있는 것과 같았다. 그리고 오르간에서 흘러나오는 찬송가는 소피를 철책에서 떨어지지 못하게 했다. 그의 생활에도 아름답던 시절, 어머니와 장미꽃과 희망과 친구, 그리고 순수한 생각이 있었던 시대에, 그가 잘 알고 있던 찬송가였기 때문이다.

소피의 마음이 순순히 무엇을 받아들일 수 있는 상태가 되었다는 것과 이 낡은 교회 주위에 감도는 감화력이 함께 엉켜 그의 영혼에 갑자기 놀라운 변화를 가져왔다. 그는 자기가 굴러 떨어져 있는 구렁텅이며, 그의 생활을 구성하고 있는 타락한 나날, 야비한 욕망, 사라진 희망, 망가진 재능, 천한 동기 같은 것을 섬뜩한 마음으로 재빨리 돌이켜보았다.[9]

그러나 다음 순간 그의 마음은 다시 이 새로운 기분에 감격적으로 호응했다. 즉각적이고 강렬한 충동이 자기의 절망적인 운명과 싸우겠다는 감동을 그에게 불러일으켰다. 수렁에서 빠져 나와야겠다, 다시 한 번 참된 인간이 되어 보자, 점령당한 악과 싸워 이겨야 한다, 시간은 늦지 않았다, 아직도 비교적 젊다, 지난날의 열렬했던 포부를 되살려 굽히지 않고 꾸준히 추구해 나가자, 라고 이 엄숙하고 아름다운 오르간 소리가 마음 속에 혁명을

중요 어구 풀이

8) 왜냐 하면, 그 곳에서 ~ 때문이다 : 피곤에 지친 소피의 마음을 사로잡은 음악. 이 음악은 소피가 현재의 자신을 반성하는 계기가 된다.

9) 그는 자기가 ~ 돌이켜보았다 : 소피에게도 희망에 가득 찬 행복했던 시절이 있었으며, 이 때의 시절을 회상하면서 소피는 그 동안의 자신을 반성한다.

일으켜 놓았다. 내일은 분주한 상가로 나가서 직업을 구하자. 언젠가 어느 모피 수입상인이 나를 운전 기사로 채용해 주겠다고 말한 적이 있다. 내일은 그 사람을 찾아가서 그 일자리를 달라고 해야지. 나도 이 세상에서 이렇다 할 만한 인간이 되어 보자. 나는…….

소피는 자기 팔에 닿는 누군가의 손을 느꼈다. 얼른 돌아보니 틀림없는 경관의 얼굴이 눈에 들어왔다.

"여기서 뭘 하고 있나?"

하고 경관이 물었다.

"뭐 별로."

하고 소피는 말했다.

"그럼 따라와"

하고 경관이 말했다.

"섬에서 복역 3개월."

이튿날 아침 즉결 재판소의 치안 판사가 선언했다.

작품 이해 및 논술 다지기

 핵심 정리

- 갈래 : 단편 소설
- 시점 : 전지적 작가 시점
- 배경 : 시간적—초겨울의 어느 날
  공간적—미국 매디슨 스퀘어가의 거리
- 구성 : 순행적 구성
- 제재 : 교도소에 들어가 겨울을 나고자 하는 부랑자의 노력
- 주제 : 인생살이의 우연성과 역설

구성 단계

- 발단 : 다가오는 겨울을 감옥에서 살기로 결정한 소피.
- 전개 : 쇼윈도의 유리를 깨고 무전 걸식을 하지만 경관에게 체포되지 않는 소피.
- 위기 : 경찰들 앞에서 난봉꾼 노릇을 하고 우산도 훔치지만 잡히지 않는 소피.
- 절정 : 교회에서 흘러나오는 찬송가를 들으면서 지난날을 반성하고 성실하게 살 것을 다짐하는 소피.

• 결말 : 경관에게 체포되어 섬에서 복역 3개월을 선고받는 소피.

등장 인물

• 소피 : 거리의 부랑자. 겨울이 지나갈 동안 일부러 교도소에 갇히기 위해 종일 다양한 시도를 하지만 체포되지 않음. 그 날 저녁 거리에서 교회의 오르간 소리를 들으며 부랑 생활에 대한 반성과 새로운 삶의 의지를 느끼는 순간 체포되어 교도소에 들어감.

줄거리

매디슨 공원의 벤치에 앉아 소피는 다가오는 겨울을 어디서 어떻게 보낼 것인가를 생각한다. 그의 바람은 밥과 잠자리와 동무가 보장되는, 그리고 북풍과 경관 걱정이 없는 섬에 가서 석 달만 사는 것이었다. 물론 자선 사업 하는 곳이 없는 것은 아니나 정신적 굴욕을 그 대가로 지불해야 하기 때문에 소피는 그 곳을 택하지 않는다. 섬으로 갈 것을 결심한 소피는 경관이 가까이 있는 곳에서 쇼윈도를 깨기도 하고 무전 걸식을 하기도 하지만 잡히지 않는다. 실망한 소피는 다시 매디슨 공원으로 발길을 돌린다. 그 때 문득 낡은 교회에서 찬송가가 흘러나오고 소피는 자신의 타락한 나날을 반성하며 어떻게든 성실하게 살 것을 다짐한다. 그 때 소피는 누군가가 자신의 팔을 잡는 것을 느끼게 된다. 경관이다. 결국 소피는 섬에서의 복역 3개월을 선고받게 된다.

이해와 감상

이 작품은 서민의 애환을 그리면서 서민들이 가지고 있는 따뜻하고 훈훈한 인정, 그리고 인간미 등을 강조하는 그의 작품 경향과 맥을 같이 하면서도 다른 작품들에 비해서 날카로운 비판 의식이 돋보이는 작품이다. 〈크리스마스 선물〉, 〈인생유전〉 등이 서민들의 따뜻함에 초점을 맞추고 있다면, 이 작품은 서민들의 삶의 한 단면을 형상화함으로써 사회가 가지고 있는 부조리한 측면을 풍자하고 있는 것이다.

먼저 극빈한 상태에 처해 있는 부랑자인 소피의 모습을 생각해 보자. 그는 겨울을 제외한 나머지 계절을 공원에서 기거한다. 거기에는 소피 말고도 많은 부랑인이 존재한다. 겨울이 가까워지자 더 이상 공원에 머물 수 없는 소피가 생각해 낸 곳은 감옥이 있는 섬이다. 물론 자선 단체에서 제공해 주는 잠자리가 없는 것은 아니지만 그것은 정신적 굴욕을 대가로 하기 때문에 소피는 그 곳을 고려하지 않는다.

소피의 이러한 생각은 작가 자신이 자선 사업에 대해서 가지고 있는 비판적인 의식을 드러낸다. 명시적으로 나타내고 있지는 않지만 오 헨리가 생각하는 올바른 의미의 자선이란 그 혜택을 받는 사람이 굴욕감이나 모욕감을 느끼지 않고 인간적인 삶을 살 수 있도록 물심양면으로 배려해 주는 것이었으리라고 추측할 수 있다.

자선 사업에 대한 비판 의식은 이 소설이 전개됨에 따라서 경관으로 대표되는 법률과 제도에 대한 비판으로 나아간다.

섬에 끌려가기를 원하는 소피는 경미한 범죄를 저지름으로써 3개월 정도의 징역을 살게 되기를 바란다. 그러나 소피가 하는 범죄 구성적인 행동은 경관의 바로 코 앞에서 이루어졌음에도 불구하고 소피는 붙들리지 않는다. 물론 이러한 모티브의 반복이 인생의 아이러니를 보여 주고 있음은 사실이다. 그러나 작가는 거기에서 머무르지 않는다. 결말에서 이제 마음을 고쳐먹고 지난날을 반성하며 인간답게, 성실하게 살아보려고 마음먹는 순간, 소피는 경관에게 붙잡히고 만다. 법률과 제도는 그것으로부터 자유로워져야 할 순간에 시민을 구속할 수도 있다는 것을 보여 주고 있는 것이다.

오 헨리의 단편작들은 위트와 유머를 동반한 풍자적인 성격을 갖추고 있다고 평가된다. 이 작품은 그러한 풍자적인 성격의 소설 중 대표격이다. 이 작품은 전혀 결말에 대한 복선이나 암시 없이 전개되다가 뜻밖의 결말을 보여 줌으로써 독자를 아연하게 하고, 작가가 나타내려고 한 주제 의식을 효과적으로 나타낸 소설이다. 대표적인 것은 모파상의 〈목걸이〉가 있다. 〈목걸이〉 역시 서민들의 삶의 애환과 인생의 아이러니를 보여 주는 작품이다. 이런 점에서 오 헨리의 소설적 경향과 모파상의 소설적 경향의 유사성을 발견할 수 있다.

이 작품에 대해서 마지막으로 지적할 것은 소피가 부랑자적인 삶을 벗어나서 인간답게 살아보자고 생각하는 것이 교회 앞에서, 들려 나오는 찬송가를 듣게 되면서였는데, 바로 그 교회 앞에서 소피는 경관에게 붙들렸다는 점이다. 이 소설의 제목이기도 한 〈경관과 찬송가〉의 만남, 이 부조리한 만남이 바로 인생의 아이러니를 말해 주고 있다.

작가 소개

오 헨리(1862~1910)

미국의 소설가. 노스캐롤라이나 주에서 출생. 텍사스에서 방랑 생활을 하다가 공금 횡령죄로 기소되어서 투옥되었는데 옥중에서 단편을 쓰기 시작함. 그의 소설은 모파상의 영향을 받아, 풍자와 기지가 넘치면서도 애수가 감도는 것이 특징적임. 교묘한 구성 방식과 절묘한 화법으로 큰 인기를 누렸음. 대표작으로는 〈크리스마스 선물〉과 〈마지막 잎새〉 등이 있는데 이들 작품은 뜻밖의 결말을 통해서 서민의 애환을 부각시킴.

연관 작품 더 읽기

- 크리스마스 선물(오 헨리) : 이 작품은 서로를 아낌없이 사랑하는 가난한 부부의 이야기이다. 크리스마스 선물로 남편은 시계를 팔아 부인에게 고

급 머리빗을 선물하고, 부인은 자신의 머리카락을 팔아 남편에게 시곗줄을 선물한다. 결국 머리빗과 시곗줄은 소용 없어지지만, 부부는 서로를 위로하면서 크리스마스를 보낸다. 크리스마스 날의 사랑과 행복, 그리고 인간의 가치를 일깨워 주는 작품이다.

논술 맛보기

1. 이 작품을 통해서 작가는 비판 의식과 풍자 정신을 보여 주고 있다. 그 비판과 풍자가 작품 속에서 무엇을 향하고 있는지, 그것이 의미하는 바는 무엇인지를 쓰시오.

⇨ 극빈한 삶을 살아가는 부랑자인 소피는 다가오는 겨울을 보내기가 힘들어 추위를 견디고자 감옥이 있는 섬에 가고자 한다. 이러한 상황 자체가 인간적인 삶에 관심을 갖고 있지 않은 당시 사회 제도의 모순점을 풍자하고 있는 것이다.

2. 이 작품과 모파상의 〈목걸이〉가 가지고 있는 형식상의 유사성은 무엇인가?

⇨ 뜻밖의 결말 처리(결말의 의외성).

3. 이 작품은 예상하지 못한 반전을 통해 사건을 마무리한다. 이러한 결말 구조가 지닌 효과는 무엇인가?

⇨ 이 작품이 설정한 사건의 전개는 등장 인물의 의지와 번번이 어긋난다. 추운 겨울을 나기 위한 방편으로 감옥 생활을 결정한 소피는 계속해서 불법 행위를 저지르지만 체포되지 못한다. 반면 소피가 자기 생활을 반성하고 성실한 생활을 꿈꾸면서 행복한 결말이 예상될 때 경관은 소피를 체포한다. 이와 같은 반전을 통해 독자들은 자신의 기대가 계속해서 어긋나는 경험을 통해 삶의 부조리함과 제도와 법률의 허점을 깊게 생각하게 된다.

논술 다지기

우리 주변에는 〈경관과 찬송가〉의 '소피' 처럼 계획적인 부단한 노력에도 불구하고 어떤 일을 이루지 못하다가 우연한 기회에 인생의 전환점을 맞는 사람들의 모습을 종종 찾아볼 수 있다. 이처럼 '우연'이 인생살이에 관여하는 주요한 요소 중 하나라고 볼 때, 우리가 '우연'에 대해 어떤 관점과 태도를 지니고 살아가야 하는지에 대한 자신의 의견을 논술하라.

예시 답안

〈경관과 찬송가〉의 주인공 '소피'는 겨울을 편히 날 수 있는 교도소에 갇히고자 갖은 노력을 다 하는 인물이다. 그러나 그의 시도는 번번이 실패로 돌아가 그는 체포되지 않는다.

그러다가 우연한 기회로 교회의 오르간 소리를 듣게 되었을 때, 그는 자신의 지난 인생의 허물들을 반성하게 되고 새로운 삶의 의지를 느끼게 된다. 이 경우 우연은 인생의 중요한 전환점을 마련하게 해 주는 긍정적인 기능을 하고 있다. 우연한 기회에 읽게 된 책이 인생의 가치를 느끼게 해 주는 경우나, 우연히 알게 된 사람과 길고 굳은 인연을 맺게 되는 것처럼 우연은 인생을 긍정적인 방향으로 이끌어 주는 힘을 지니고 있다.

이처럼 우연한 깨달음을 얻은 소피는 또다시 우연히 그 곳을 지나가던 경관의 의심을 사서 감옥에 갇히고 만다. 이 경우 우연은 노력이나 행운을 통해 얻게 된 성과들을 무너뜨리는 부정적인 기능을 하고 있다. 우연한 화재나 교통사고 등으로 재산과 생명을 잃게 되거나, 우연한 실수로 시험에서 떨어지거나, 우연히 알게 된 어떤 사람과 악연으로 얽히게 되는 등 우연은 인생을 부정적인 방향으로 몰락시키는 힘 역시 지니고 있는 것이다.

이처럼 일순간에 삶의 방향을 좋게 혹은 나쁘게 이끌어 갈 수 있는 우연의 위력은 계획의 힘을 능가하는 것처럼 보인다. 부단한 노력과 계획을 통해 얻게 된 것은 우연의 힘 앞에서 무너져 버린다. 어떤 사람에게 찾아온 우연한 기회는 그보다 더 많은 노력을 기울였던 사람들의 발전을 능가하게 하는 행운으로 발전하기도 한다. 이처럼 우연은 인생을 불공정하고 불공평하게 느끼게 하는 요소인 것이다.

계획과 의도를 지니고 범죄를 저질렀을 때에는 아무런 의심도 사지 않던 소피가 그냥 우연히 체포가 되는 역설이나, 교도소에서 겨울을 나는 것 외에는 아무런 희망이나 꿈도 없이 무기력하게 살아가던 소피가 어느 한 순간에 우연히 들려온 오르간 소리 때문에 마음을 바꾸고 새로운 삶의 방식을 꿈꾸게 되는 장면들은, 모두 우연이 인생의 많은 것들을 지배한다는 것을 집약적으로 보여 주는 부분들이다.

그러나 이처럼 우연이 인생의 계획을 무너뜨리고 새로운 삶의 방향을 만들어 내는 막강한 힘을 가졌다고 하여 모든 순간을 우연에만 의지하여 살아가는 것은 올바르지 않다고 생각한다. 아무리 우연이 인생의 많은 부분들을 결정한다고 하더라도, 그러한 결정을 위한 기반을 만들어 가거나 우연의 힘이 망쳐 놓은 부분들을 되돌려 내는 힘은 부단한 노력과 계획에서 솟아나는 것이기 때문이다.

만일 소피가 겨울을 나기 위하여 보다 능동적인 태도를 갖고 노력했다면, 교도소에 들어갈 꿈을 꾸는 대신 보다 건강한 방식으로 인생을 살아갔다면 우연히 마주친 경관에게 의심받는 일 자체는 일어나지 않았을 것이다. 소피를 교도소에 갇히게 한 것은 우연의 힘이지만, 그 우연을 불러 온 것은 소피 자신이었던 것이다. 그가 보다 일찍 자신의 잘못을 깨닫고, 자신의 힘을 발휘하여 자기 자신을 인생의 구렁텅이에서 건져 낼 노력을 했었다면 우연히 교도소에 갇히게 되는 일 따위는 일어나지 않았을 것이라고 생각한다.

우연에만 의존하여 살아가는 것은 결국 자기 자신의 힘과 의지를 포기하는 나약한 방식이다. 우연이 지닌 긍정적인 힘을 수용하여 자신의 인생을 보다 개선시키려고 노력하는 것은 바람직하지만, 무조건 우연의 힘만을 기대하거나 우연으로 인해 불행해졌다며 비관하는 것은 좋지 않다고 생각한다. 즉 우리는 우연을 피할 수는 없겠지만 우연에 연연하지 말고 그것에 대해 초연해질 필요가 있는 것이다. 소피가 이처럼 우연에 대해 초연한 태도를 갖게 된다면 우연히 얻게 된 값진 깨달음을 실천에 옮겨 그 겨울이 지나고 난 후 성실하고 건강한 시민으로 살아갈 수 있을 것이다. 우연이 아무리 인생에서 막강한 힘을 발휘한다고 하더라도, 그 우연을 불러 오거나 막아 내게 하는 계획과 노력을 게을리 하지 않는다면 우연 때문에 삶의 방향을 부정적인 쪽으로 내몰게 되는 일은 없을 것이다.

이반 일리치의 죽음

톨스토이

작품을 읽기 전에

〈이반 일리치의 죽음〉은 주인공 이반 일리치가 죽음을 앞두고 마음의 갈등을 일으키다가, 농민 게라심의 간호를 받으며 평온한 죽음을 맞는다는 이야기다. 이반 일리치가 심리적 갈등을 일으키는 원인은 무엇이며, 진정한 삶이란 무엇인가를 생각하며 읽어 보자.

이반 일리치의 죽음

1

굉장히 큰 재판소 건물 안에서 메빈스키 공판 휴식 시간에 판사들과 검사는 이반 예고로비치 세베크 방에 모였다. 화제[1]는 유명한 크라소프 사건으로 옮겨 갔다. 표도르 바실리예비치는 불기소의 이유를 논증하려고 열을 올리고 있었고, 이반 예고로비치는 끝까지 자기 의견을 고집하고 있었다. 그러나 표트르 이바노비치만은 처음부터 논쟁에 끼어들지 않고, 그 일에 상관하지 않겠다는 태도로 조금 전에 배달된 신문을 읽고 있었다.

잠시 후 표트르 이바노비치가 입을 열었다.

중요 어구 풀이

1) 화제 : 이야깃거리. 이야기의 제목.

"여러분! 이반 일리치 군이 죽었어요."

"정말입니까?"

표트르 이바노비치는 아직도 잉크 냄새가 나는, 갓 인쇄된 신문을 내밀면서 표도르 바실리예비치에게 말했다.

"여기 이것을 읽어 보시오."

검정 테두리 안에는 다음과 같은 부고가 실려 있었다.

'가장 사랑하는 남편이자 항소[2] 법원 판사 이반 일리치 고로빈이 1882년 2월 4일에 사망했으므로 심심한 애도의 정으로 친지 여러분께 삼가 알립니다. 고별식은 오는 금요일에 있습니다. 프라스코비야 표도로브나 고로비나.'

이반 일리치는 지금 이 방에 모인 사람들의 동료이며 그들 모두가 호감을 가지고 있는 인물이었다. 그는 벌써 여러 주 전부터 병석에 누워 있었고 불치병이라는 소문이 돌고 있었다. 그의 자리는 공석으로 있었지만 그가 죽으면 알렉세예프가 그 자리에 임명될 것이고, 알렉세예프 후임자로는 비니코프나 쉬타베리가 임명될 것이라는 것은 오래 전부터 거의 확실시되어 있었다. 그 때문에 이반 일리치가 죽었다는 부고는, 그 방에 모여 있던 사람들에게 한결같이 그의 죽음이 그들 자신과 친지들의 이동이나 승진에 어떤 영향을 줄 것인가 하는 점을 떠올리게 했다.[3]

'이번에는 틀림없이 쉬타베리나 비니코프의 차지가 되겠군.'

표도르 바실리예비치는 생각했다.

'그 자리는 오래 전부터 내 자리로 정해져 있었어. 그 자리로 승진만 되

중요 어구 풀이

2) 항소 : 하급 법원에서 받은 제1심의 판결에 불복할 때, 직접 상급 법원에 그 판결의 취소·변경을 위해 법률상 또는 사실상의 복심을 청구하는 일.
3) 그의 죽음이 ~ 했다 : 남의 불행과 무관하게 자기 중심적인 인간의 모습.

면 독방에다 임금이 8백 루블 인상된다. 그렇게 되면 반드시 처남을 카루가로부터 전임하게 해야지.'

표트르 이바노비치는 생각했다.

'그대로만 되면 아내도 무척 좋아할 거야. 나도 이제는 처갓집 식구를 위해 아무것도 한 게 없다는 원망도 듣지 않아도 되고.'

"나도 그 친구가 얼마 살지 못할 거라는 것은 짐작했어."

표트르 이바노비치는 서운한 목소리로 말했다.

"거참 안됐군."

"도대체 무슨 병이었어요?"

"여러 의사들에게 진단을 받았지만 의사마다 진단 결과가 틀려서 확실한 진단을 내리지 못했다고 하더군요. 내가 처음 병문안을 갔을 때만 해도 회복할 거라고 생각했는데……."

"나는 제일(祭日) 이래로 줄곧 문병을 가지 못했어. 가 봐야겠다고 항상 생각은 하고 있었지만……."

"그건 그렇고, 재산은 있대요?"

"부인이 저축해 놓은 것이 조금 있는 모양인데, 그것도 얼마 안 되나 보더군."

"문상은 가야죠. 그런데 우리 집에서는 너무 멀어서……."

"자네 집에서 가려면 멀다는 말이군. 하긴 자네 집에서는 어디나 다 멀잖아."

"이 친구는 내가 강 건너에 살고 있는 것이 도무지 못마땅한가 보군."

세베크 쪽으로 미소를 던지면서 표트르 이바노비치는 말했다. 그런 다음 일동은 시내 거리가 멀다는 얘기를 나누고 법정으로 돌아갔다.

그들은 이반 일리치의 죽음으로 자신들에게 일어날 자리 변동에 대한 생각 이외에 절친한 친구가 죽었다는 사실을 접하고는 '죽은 사람이 내가 아니라 그여서 참 다행이야!' 라는 안도감을 느꼈다. 누구나 '결국 죽고 말았구나, 그렇지만 나는 이처럼 거뜬하게 살아 있으니 고맙지 뭐야.' 라고 생각하고 있었다.[4]

이반 일리치의 친한 친구들은 동시에, 예의상 귀찮은 의무를 다하기 위해 '문상을 가야 하며, 미망인을 위문하러 가야 한다.' 라는 생각이 드는 것 또한 어쩔 수 없었다.

그 중에서도 이반 일리치와 가장 친했던 사람은 표도르 바실리예비치와 표트르 이바노비치 두 사람이었다. 표트르 이바노비치는 법률 학교 동창이며, 이반 일리치에게 여러 가지 신세 진 일이 있음을 인정하고 있었다.

그는 집으로 귀가해 저녁 식사를 하면서 아내에게 이반 일리치의 죽음과 처남을 이 곳으로 전근시킬 수 있을지도 모른다는 자신의 생각을 말했다. 그러고 나서 표트르 이바노비치는 곧바로 연미복으로 갈아입고 이반 일리치의 집으로 마차를 몰았다.

이반 일리치 집 현관 앞에는 고급 마차가 한 대, 역마차가 두 대 서 있었다. 아래층 응접실 외투걸이 옆 벽에는 분칠해 놓은 금몰 — 금으로 도금한 장식용의 가느다란 줄 — 의 장식술이 달린 무늬 없는 비단 관 덮개가 세워져 있었다. 검은 상복 차림의 두 여인이 외투를 벗고 있었다. 한 사람은 안면이 있는 이반 일리치의 누이동생이었으며, 다른 한 사람은 처음 보는 부인이었다. 표트르 이바노비치의 동료인 슈바르츠가 이층에서 내려오면서 집 안으로 들어오는 그를 보자 잠깐 걸음을 멈추고 계단에 서서 눈짓

중요 어구 풀이

4) 죽은 사람이 ~ 있었다 : 세상이 모두 연결되어 있고 같은 경험을 공유할 수 있음을 간과하고 남의 불행과 내가 별개라고 생각하는 인간의 안이함.

으로 이렇게 말하는 듯했다.

'이반 일리치는 어리석었어. 그에 비하면 자네와 나는 달라, 우리는 어리석지 않아.'

영국식 구레나룻을 길러서 잘 가꾼 슈바르츠의 얼굴과 연미복을 입은 그의 호리호리한 몸매는 여전히 우아하고, 세련되고, 장중했다. 슈바르츠의 이런 장중한 풍모는 평소 때처럼 그의 떠벌리는 성격과는 어울리지 않았지만, 이런 장소에서는 특별한 효과를 주었다.

표트르 이바노비치는 두 여인들이 먼저 지나가도록 비켜섰다가 그 뒤를 따라 천천히 계단을 올라갔다. 슈바르츠는 내려오지 않은 채 위에 가만히 서 있었다. 표트르 이바노비치는 그의 뜻을 즉시 알아챘다. 오늘 밤에 트럼프 놀이를 할 장소를 의논하려는 것이었다. 두 여인들은 계단을 지나 미망인 방으로 들어갔다. 그러나 슈바르츠는 진지한 듯 입술을 굳게 다물고는 눈과 눈썹을 장난치듯 움직이며 표트르 이바노비치에게 오른쪽에 있는 빈소를 가리켰다.

표트르 이바노비치는 별로 내키지 않았기 때문에 어떻게 하면 좋을까를 생각하면서 방 안으로 들어갔다. 이런 경우에는 성호를 긋고 절을 하면 틀림없다. 그렇다고 하더라도 머리까지 숙여 절을 할 것인지의 여부에 대해서는 확신이 서지 않아서 중용[5]을 취하기로 했다. 그는 방으로 들어가면서 성호를 긋고 약간 고개를 숙여 절하는 흉내만 냈다. 그러면서 그는 손과 머리가 자유롭게 움직일 수 있는 범위 내에서 방 안을 둘러보았다. 고인의 조카인 듯한 젊은 두 청년, 한 사람은 중학생이지만 성호를 그으면서 방에서

중요 어구 풀이

5) 중용 : 지나치거나 모자라지도 아니하고 한쪽으로 치우치지도 아니한, 떳떳하며 변함이 없는 상태나 정도.

나가려던 참이었다. 곁에는 한 노파가 꼼짝도 하지 않은 채 가만히 서 있고, 유별나게 눈썹이 올라간 부인이 소곤소곤 귓속말을 하고 있었다. 프록코트를 입은 건강하고 활발한 반승(伴僧)이 어떤 반대라도 물리치겠다는 표정으로 무언가를 크고 낭랑한 목소리로 읽고 있었다. 식당지기인 게라심은 가벼운 발걸음으로 표트르 이바노비치 앞을 지나가면서 마룻바닥에 무엇인가를 뿌렸다. 그것을 본 순간 표트르 이바노비치는 썩어 가는 시체의 희미한 냄새를 맡았다. 마지막으로 이반 일리치에게 문병을 왔을 때 서재에서 이 식당지기를 보았다. 그 때 게라심은 간호사 일을 맡고 있었으며, 이반 일리치는 유난히 그를 좋아하고 있는 듯했다. 표트르 이바노비치는 줄곧 성호를 그으면서 관과 반승과 한쪽 구석에 있는 탁자 위에 안치된 성상과 그것들의 중간쯤 되는 방향을 향해 가볍게 머리를 숙이는 절을 계속했다. 그러나 성호를 긋는 손동작이 너무 길었다는 생각이 들어 그는 손동작을 멈추고 고인을 바라보았다.

영원히 굳어 버린 목을 베개에 눕히고 움푹 파인 관자놀이와 대머리가 된 밀랍 같은 이마와, 윗입술에 덮일 듯이 삐죽한 코를 가진 이반 일리치의 시체는 차갑게 굳어 버린 사지를 관 바닥에 펴고 다른 시체보다 더 무거워 보이게 누워 있었다.

표트르 이바노비치가 마지막으로 만났을 때보다도 훨씬 더 야위어서 외모는 너무 달라졌지만, 모든 시체가 그렇듯이 그 얼굴은 그가 살아 있을 때보다 더 아름답고 의젓해 보였다. 그 얼굴은 해야 할 일은 다 했으며 그것도 훌륭하게 했다는 표정이었다. 그뿐만 아니라 그 표정에는 살아 있는 자들에 대한 힐책이나 경고 같은 것도 섞여 있었다.[6] 표트르 이바노비치는

중요 어구 풀이

6) 그 표정에는 ~ 있었다 : 죽기 전 이반의 상태와 현재 표트르의 심리를 동시에 반영한다.

그런 경고가 담긴 표정은 이 장소와 어울리지도 않고 자신과는 아무런 관계가 없다는 생각이 들었다. 그러자 왜 그런지 불쾌해져서 다시 한 번 성호를 긋고 좀 경망스러울 만큼 허둥지둥 몸을 돌려 빠른 걸음걸이로 문 쪽으로 향했다. 슈바르츠가 두 다리를 크게 벌리고 버티고 서서 뒷짐진 손으로 실크 모자를 만지작거리면서 통로로 사용하고 있는 방에서 그를 기다리고 있었다. 단정하고 우아한 슈바르츠의 모습을 보자 표트르 이바노비치는 불쾌했던 마음이 금세 사라졌다. 이 슈바르츠란 녀석은 이런 일에 초연해서 언짢은 인상 따위에는 아랑곳하지 않는다는 생각이 들었다. 그의 얼굴은 이렇게 말하는 듯 보였다.

'이반 일리치의 장례식도 평상시의 관례를 깰 만한 근거는 될 수가 없지. 다시 말하면, 오늘 저녁에 하인이 새 촛불을 네 개 세워 놓는 동안, 새로 뜯은 트럼프를 가지고 하는 트럼프 놀이를 방해할 수는 없지. 장사를 지내는 일 때문에 오늘 저녁 우리가 모여서 즐거운 시간을 보내는 것을 망칠 수는 없다는 거야.'

실제로 자기 옆을 지나가는 표트르 이바노비치에게 귓속말로 표도르 바실리예비치 집에서 열리는 트럼프 놀이에 참석하라고 했다. 그러나 표트르 이바노비치는 오늘 밤 트럼프 놀이를 할 수 없는 처지인 모양이다. 이 때 키가 작고 뚱뚱하며 기름진 프라스코비야 표도로브나가 — 어떻게 해서든지 자신의 본 모습과는 반대로 보이기 위해 갖은 애를 다 썼음에도 불구하고 어깨 밑으로 갈수록 더 뚱뚱하게 살쪄 보이는 — 검은 상복을 입고 레이스가 달린 모자를 쓰고 조금 전 관 앞에서 묘하게 눈썹을 치켜올린 여인처럼 눈을 치켜뜨고 두세 명의 부인과 함께 방에서 나와 "지금부터 제가 시작됩니다. 들어가시죠." 하며 빈소로 그를 들여보냈기 때문이다.

슈바르츠는 빈소에 들어가겠다는 건지, 들어가지 않겠다는 건지 애매한 몸짓으로 묵례를 하면서 멈추어 섰다. 프라스코비야 표도로브나는 표트르 이바노비치를 보더니 '후' 하며 한숨을 푹 쉬고는 그에게 몸을 바짝 붙이고 손을 잡으며 말문을 열었다.

"표트르, 저는 당신이 그이의 진정한 친구였다는 걸 잘 알고 있어요."

그녀는 자신의 말에 어울리는 반응이 나타나기를 기대하면서 그의 얼굴을 바라보고 있었다. 표트르 이바노비치는 아까 빈소에서 성호를 그은 것처럼 지금은 이 여인의 손을 잡고 한숨을 쉬며 동조해야 한다는 것을 알고 있었다. 그래서 그는 자기 생각대로 말했다.

"그럼요."

그의 말이 끝나자마자 기대했던 효과가 즉시 나타났다. 그는 자기가 그렇게 말한 것에 감동했고 그녀도 감동한 것이다.

미망인은 말했다.

"아직 시작되지 않은 모양이니 저쪽으로 잠깐 가요. 당신에게 꼭 드릴 말씀이 있어요. 저, 팔을 좀 빌려 주세요."

표트르 이바노비치는 팔을 내밀었다. 두 사람은 장난기 어린 웃음을 참으며 눈짓을 하는 슈바르츠 앞을 지나 방 안으로 들어갔다. 그의 짓궂은 눈은 말하고 있었다.

'트럼프는 못 하게 되었군! 다른 사람을 구해야겠네. 빠져 나올 수 있으면 오게. 다섯 명이 놀아도 상관없으니.'

표트르 이바노비치가 한층 더 깊은 비탄의 한숨을 짓자 프라스코비야 표도로브나는 감격해서 그의 손을 부여잡았다. 두 사람은 장밋빛 사라사로 갓을 씌운 흐릿한 램프가 켜져 있는 객실로 들어가 탁자 옆에 앉았다. 그녀는 긴 의자에, 표트르 이바노비치는 스프링이 망가진 불편한 낮은 안락의자에 앉았는데, 그가 앉은 의자는 몸무게 때문에 이상한 모양으로 푹 꺼지고 말았다. 프라스코비야 표도로브나는 다른 의자에 앉으라고 말하려고 했지만 지금 상황에서는 어울리지 않는 일이라는 생각에 그대로 내버려 둔 것이다.[7] 그 의자에 앉자 문득 그는 이반 일리치가 이 응접실을 설계할 때 이 푸른색 잎이 있는 장밋빛 벽지 때문에 자신에게 여러 가지로 의논을 한 기억이 났다. 미망인이 긴 의자에 앉으려고 탁자 옆을 지날 때 — 대체로 이 방은 가구와 소도구들이 가득 차 있었다 — 옷에 달려 있는 검은 레이스 장식이 탁자의 조각에 걸렸다. 표트르 이바노비치가 걸린 것을 떼 주려고 몸을 일으키자 의자를 누르고 있던 무게가 없어져서 스프링이 튀어 오르며 그의 엉덩이를 쳤다. 미망인은 스스로 걸린 레이스를 떼 내려고 했다. 표트르 이바노비치는 마구 튀어 올랐다 내려갔다 하는 스프링을 꽉 누르며 의자에 앉았다. 그러나 미망인이 걸린 것을 제대로 떼 내지 못해서 표트르 이바노비치가 다시 일어나자 이번에는 의자가 '삐걱' 소리까지 냈다. 그가 의자 스프링과 실랑이를 하는 동안 미망인은 레이스를 떼 냈다. 이런 일들이 마무리되자 미망인은 깨끗한 흰 삼베 손수건을 꺼내 들고 눈물을 흘리며 소리 없이 울기 시작했다.

그러나 표트르 이바노비치는 레이스 사건과 의자 일 때문에 기분이 상해서 미간을 찡그리고 앉아 있었다. 이런 어색한 분위기는 이반 일리치의 식사를 담당했던 사카로프의 출현으로 사라졌다. 그는 프라스코비야 표도로브나가 지정한 장소의 묘지는 2백 루블이나 한다는 것을 알려 주러 온 것이다. 그녀는 울음을 그치고 불행한 표정과 슬픈 눈매로 표트르 이바노비치를 보며 프랑스 어로 말했다.

중요 어구 풀이

7) 어울리지 않는~ 것이다 : 모든 행동들이 진심에서 우러난 것이 아니라 남의 이목 때문에 이루어진다.

"정말 큰일입니다. 저는 도무지 참을 수가 없어요."

표트르 이바노비치는 '그건 정말 어쩔 수 없는 일'이라는 듯이 말없이 고개를 끄덕여 보였다.

미망인은 그에게 말했다.

"담배라도 한 대 태워요."

그러더니 그녀는 너그러우나 비탄[8]에 젖은 듯한 목소리로 사카로프와 묘지 가격에 대해 의논하기 시작했다. 표트르 이바노비치는 담배에 불을 붙이면서 그녀가 묘지 가격을 상세히 물어 보고 결정하는 것을 듣고 있었다. 묘지를 정하고 난 뒤 그녀는 합창대 일에 관해서까지 일일이 지시했다. 이윽고 얘기가 끝나 사카로프가 나가자 그녀는 탁자 위의 앨범을 한쪽으로 치우면서 표트르 이바노비치에게 말했다.

"일일이 제가 다 해야 해요."

그런데 그녀는 담뱃불이 탁자 위에 금방이라도 떨어질 것을 알아차리고 재빨리 표트르 이바노비치에게 재떨이를 주고 다시 말을 이어갔다.

"저는 너무 슬퍼서 아무 일도 할 수 없다는 말은 거짓말이라고 생각해요. 저는 그 반대죠. 제게 위안이 될 만한 것이나 기분 전환할 만한 것이 있다면, 결국 그건 그이를 위해 마음을 써 주는 일이죠."

이렇게 말하더니 그녀는 다시 울려는 듯이 손수건을 꺼냈다가 갑자기 억지로 참는 기색을 보이며 몸을 한 번 떨더니 차분한 목소리로 이야기를 꺼냈다.

"당신에게 한 가지 말씀드릴 것이 있어요."

표트르 이바노비치는 또 요동치려는 의자를 간신히 눌러 가라앉히면서

중요 어구 풀이

8) 비탄 : 슬프게 탄식함.

고개를 숙여 꾸벅 절을 하고 자세를 고쳐 앉았다.

"그이는 죽기 전 2, 3일 동안 몹시 괴로워했답니다."

"고통이 심했나요?"

"말도 마세요. 죽기 전 몇 시간 동안은 고통스러워하면서 쉬지 않고 계속 고함을 쳤답니다. 사흘 밤낮은 숨도 안 쉬고 신음을 했답니다. 정말 제가 어떻게 견뎌 냈는지 모르겠어요. 세 칸이나 떨어진 저쪽에서 다 들릴 정도였으니. 그 때의 제 심정은 말로는 표현하지 못한답니다."

"의식은 있었나요?"

"네. 마지막 순간까지 있었어요. 숨을 거두기 15분쯤 전에 우리를 부르더니 마지막으로 작별까지 하고 오르자를 저쪽으로 데리고 가라는 말도 했어요."

어려서는 쾌활한 소년, 성장해서 학생, 그리고 어른이 된 후에는 트럼프 친구로서 그렇게 친근하게 지내던 사람의 고통스러운 죽음을 생각하자, 자신과 이 여인의 위선에 대한 불쾌한 감정에도 불구하고 갑자기 표트르 이바노비치는 공포를 느꼈다. 그는 다시 한 번 죽은 이의 얼굴을 보았다. 그러자 어쩐지 무서움이 자기 자신에게 덮쳐 오는 것 같았다.

'3일 밤낮을 겪은 고통, 그리고 이어진 죽음. 이건 지금 당장 내게도 일어날 수 있는 일이 아닌가.'

그는 이런 생각이 들자, 그 순간 소름이 끼치며 공포를 느꼈다. 그러나 이내 별 뚜렷한 근거는 없지만 평소에 생각하던 것이 떠올랐다.

'이건 이반 일리치에게 일어난 일이지 내게 일어난 일이 아니야. 나는 그런 일을 겪을 리도 없으며 그런 무서운 일이 내게 일어날 리가 없어.[9] 이런 생각이 든 건 너무 침울한 분위기 때문이야. 슈바르츠의 표정에서는 그런 기색을 전혀 느낄 수 없었잖아. 나도 기분이 가라앉지 않도록 해야지.'

표트르 이바노비치는 이런 생각을 하며 자기 기분을 다스리고, 급기야 그는 흥미롭다는 듯이 이반 일리치의 임종 당시의 모습을 상세히 물어 보기 시작했다. 마치 죽음이 이반 일리치에게만 있는 특수한 사건으로, 자기와는 아무런 관계도 없는 일인 것처럼 말이다.

미망인은 이반 일리치가 참고 견딘 그 무서운 육체적 고통을 여러 가지로 상세하게 이야기하고 나더니 ― 사실, 표트르 이바노비치가 들은 상세한 이야기란 이반 일리치의 고통이 프라스코비야 표도로브나의 신경에 작용한 범위 내의 것에 지나지 않았다 ― 이제부터는 자기가 말하려던 용건을 이야기할 때가 되었다는 기색을 비추었다.

"표트르 이바노비치 씨, 정말 무섭고 괴로운 일이었어요. 이렇게 괴로운 일이 있을 수 있다니……."

그러더니 미망인은 또 소리 없이 울기 시작했다.

표트르 이바노비치는 한숨을 쉬고, 그녀가 코를 풀고 나자 말했다.

"저를 믿으세요."

미망인은 기다렸다는 듯이 그에게 의논하고 싶었던 용건을 말하기 시작했다. 그것은 남편의 죽음으로 어떻게 하면 나라에서 돈을 더 타낼 수 있겠냐는 것이었다.[10] 그녀는 유가족 연금에 관해 표트르 이바노비치의 의견을 물어 보려는 척했다. 그러나 그는 그녀가 이쪽에서 알지도 못하는 것까지, 즉 남편의 죽음을 빌미로 정부로부터 타낼 수 있는 금액이 얼마나 될지 정확히 알고 있으면서 그것말고도 어떻게 좀더 많은 돈을 받아 낼 방도가 없는지에 대해서 알고 싶어한다는 것을 알아챘다. 표트르 이바노비치는 방법

중요 어구 풀이

9) 나는 그런 ~ 없어 : 이반의 죽음이 불안감을 가져다 주기도 하지만 한편으로는 내 일이 아니라는 데서 오는 얄팍한 안도감을 갖게 한다.
10) 그것은 남편의 ~ 것이었다 : 부인의 위선적 태도. 앞에 나타난 슬픔이나 걱정과는 대조된다.

이 있는지 생각하다가 이내 귀찮아져서 그저 정부의 인색함을 탓하고는 아무래도 그 이상을 바라는 것은 어렵겠다고 말했다. 그러자 미망인은 한숨을 쉬었다. 그러더니 이 손님에게서 빨리 풀려날 것을 궁리하는 눈치였다. 그는 그런 기미[11]를 눈치채고 서둘러 담뱃불을 끄고 일어나서 위로하는 표현으로 미망인의 손을 한 번 잡아 주고는 다른 사람들이 모여 있는 방으로 갔다.

이반 일리치가 언젠가 골동품점에서 샀다며 무척 좋아하던 시계가 걸려 있는 식당에서, 표트르 이바노비치는 목사 한 명과 장례에 참석하기 위해 온 몇몇 친지들과 마주쳤다. 그들 중에는 아름다운 처녀로 성장한 이반 일리치의 딸도 있었다. 그녀는 검은색 상복을 입고 있었는데, 가뜩이나 날씬한 허리가 그 때문인지 더욱 가늘어 보였다. 그녀는 어둡지만 의연한 표정이었다. 그러나 그녀는 골난 얼굴로 마치 표트르 이바노비치가 무슨 죄라도 저지른 것처럼 인사했다. 그녀의 등 뒤에 표트르 이바노비치와도 안면이 있고, 그녀의 약혼자라고 소문이 난 부유한 예심 판사 청년이 골난 것 같은 표정으로 서 있었다. 그 사나이는 표트르 이바노비치에게 가볍게 목례를 하고는 시신을 안치해 놓은 방으로 들어갔다. 그 때 계단 뒤에서 이반 일리치와 꼭 닮은 중학생인 아들이 나타났다. 그는 표트르 이바노비치가 기억하고 있는 법률 학교 시절의 이반 일리치의 모습과 똑같았다. 그의 눈은 울어서 부어 있었는데, 그는 이미 세상의 더러움을 아는 열서너 살의 소년들에게서 볼 수 있는 그런 눈을 하고 있었다. 소년은 표트르 이바노비치를 보자 신경질적으로 인상을 썼다. 표트르 이바노비치는 그를 향해 가볍게 고개를 흔들어 보이고는 그대로 시체가 있는 방으로 들어갔다.

중요 어구 풀이

11) 기미 : 낌새.

고별식이 시작되었다. 촛불, 신음 소리, 향 연기와 냄새, 눈물, 흐느끼는 울음소리. 표트르 이바노비치는 앞에 서 있는 사람의 발을 보면서 미간을 찌푸린 채 서 있었다.

그는 한 번도 시신을 들여다보지 않고 마지막까지 기분을 상하게 하는 분위기에도 영향을 받지 않은 채 앞장서서 나오는 사람들에 섞여 그 곳을 나왔다. 마음을 약하게 만드는 그 자리의 분위기에 휩쓸려 들어가지 않았다. 그리고 누구보다도 먼저 밖으로 나왔다. 대기실에는 아무도 없었다. 식당지기 농부인 게라심이 시체를 안치해 놓은 방에서 나와, 자신의 억센 두 팔로 다른 사람들의 외투를 들쑤시며 표트르 이바노비치의 외투를 찾아서 그에게 주었다. 무슨 말이라도 해야 할 것 같아서 표트르 이바노비치는 말했다.

"요즘 어떤가, 게라심? 많이 슬프지."

게라심은 하얗고 고르게 난 이를 드러내면서 말했다.

"하느님의 뜻이죠. 결국에는 누구나 죽으니까요."

그러더니 문을 열고 밖으로 나가서 큰 소리로 마부를 불러 표트르 이바노비치를 마차에 태워 주고는 아직 할 일이 많이 남은 사람처럼 곧바로 다시 계단을 뛰어 올라갔다.

표트르 이바노비치는 향, 시체, 석탄산의 냄새가 뒤섞인 공기에서 벗어나 신선한 바깥 공기를 마시는 것이 매우 좋았다.

마부가 물었다.

"어디로 갈까요?"

"아직 늦지는 않았을 테니, 표도르 바실리예비치 집에 들러야겠다."

예측한 대로 첫 판이 끝날 무렵에 도착해서 그가 카드 놀이에 끼어들기는 안성맞춤이었다.

2

이반 일리치의 과거 개인사는 극히 단순하고 평범하지만 한편으로는 무서운 면이 있었다. 이반 일리치는 마흔다섯에 항소 법원 판사로서 사망했다. 그는 페테르부르크 지역에서 본질적으로 일을 수행할 능력이 없음이 분명함에도 불구하고 — 본질적으로 그 직무에 적합하지 않음을 알면서도 — 과거의 오랜 경력과 고위 직책 덕분에 파면당하지도 않고, 거기다 하는 일 없이 직위만 차지하고 앉아서 6천 내지 1만 루블의 연봉을 받으며, 늙어서 쇠약해질 때까지 편안히 살 수 있도록 마련해 주는 지위에 있던, 출세의 길을 개척한 한 관리의 아들이었다.

불필요한 시설에 필요하지도 않은 인원 중의 한 사람이었던 삼등관 일리야 예피모비치 고로빈도 그런 범주에 속하는 인물이었다. 그에게는 세 아들이 있었는데, 이반 일리치는 둘째였다. 장남은 다른 관청에 있었지만 아버지와 마찬가지로 출세의 길을 더듬어 올라와서 이제는 타성적으로 봉급을 타 먹을 수 있는 근무 연수에 이르고 있었고, 막내아들은 실패자였다. 그는 여러 가지 일에 종사해 보았지만 모두 실패하고 지금은 철도 일을 하고 있다. 그래서 아버지와 형들, 특히 형수들까지도 그를 탐탁하지 않게 생각하고 마주하기도 꺼릴 뿐만 아니라 여간해서는 그의 존재를 생각하는 것조차도 싫어할 정도였다. 그들의 누이동생은 페테르부르크 시의 관리인 그레그 남작에게 시집을 갔다.

이에 비해 이반 일리치는 집안의 자랑스러운 존재였다. 그는 형처럼 냉정하고 융통성 없는 딱딱한 성격도 아니며, 남동생처럼 줏대[12] 없는 사람

중요 어구 풀이

12) 줏대 : 먹은 마음의 중심.

도 아니었다. 이반 일리치는 형과 남동생의 중간쯤으로 슬기롭고 활발하며, 사귐성이 좋고 예의 바른 사람이었다. 그는 동생과 함께 법률 학교에서 공부했는데, 동생은 졸업하지 못하고 5학년 때 퇴학당했지만 이반 일리치는 우수한 성적으로 졸업했다. 이반 일리치는 유능하고 쾌활하고 서글서글하고 사교적이었지만, 자신의 의무라고 생각하는 일은 엄격히 실천하는 사나이였다. 그런데 그가 자신의 의무라고 여기고 있는 것들은 모두 최고위층 사람들이 생각하는 그런 종류의 것이었다.[13]

이반 일리치는 법률 학교 시절부터 죽을 때까지 큰 변화가 없는 한결같은 사람이었다. 소년 시절에도 어른이 된 후에도 절대로 남에게 아첨하는 일은 없었지만, 대신 어릴 때부터 마치 파리가 빛을 따라 모여들 듯이 사회에서 최고위층에 있는 사람들에게 끌려드는 경향이 있었다. 그래서 자연히 그는 그런 사람들의 태도와 인생관에 영향을 받았고 그들과 친근한 관계를 맺어 갔다. 유년 시절과 청년 시절에 유혹받고 열중했던 일들도 그에게 큰 흔적을 남기지 않고 지나갔다. 그는 한때 정욕과 허영, 마지막에는 자유 사상에도 빠진 적이 있었으나, 그가 올바르다고 정해 놓은 자기의 감정이 지시하는 한계를 넘는 일은 없었다. 그는 법률 학교 시절에 자기 스스로도 몹시 추잡하다고 여겨지는 일을 할 때, 그 일을 하는 자신에게까지 혐오스러움을 느꼈다. 그러나 지위가 높은 사람들 사이에서도 그런 행동이 행해지고 있는 것을 알고 난 후부터는 그런 일에 대해서 자신이 가졌던 생각을 깨끗이 잊어버렸다. 간혹 다시 생각이 나더라도 괴롭게 생각하거나 후회하지는 않았다.

이반 일리치는 십등관으로 법률 학교를 졸업했다. 그는 부친이 양복을

중요 어구 풀이

13) 그가 자신의 ~ 것이었다 : 안정적인 출세가도를 달리는 데 아주 적합한 성격이다.

사라고 준 돈을 받아서 샤르멜 가게에서 양복을 맞추고, '유종의 미를 거두라.' 고 하는 글이 새겨진 메달을 장식으로 시곗줄에 달아맸다. 그리고 교장과 교사들에게 작별 인사를 드린 후, '돈' 이라는 식당에서 동창생들과 친구들과 송별연을 가졌다. 그리고 최고급품 상점에서 최신 유행의 가방, 내의, 양복, 면도 기구, 화장 기구, 수건 등을 장만해서, 부친이 마련해 준 자리인 주지사의 촉탁 관리 일을 하러 지방으로 떠났다.

그 곳에 가서도 이반 일리치는 이내 법률 학교 시절과 마찬가지로 자신을 위해 경쾌하고 명랑한 분위기를 만들었다. 그는 열심히 근무해서 출세할 길을 마련하는 한편, 오붓하고 품위 있게 놀았다. 이따금씩 상관의 명령을 받고 군으로 출장도 갔지만 그 곳에서도 윗사람이나 아랫사람에게 위엄 있는 태도로 응대하고, 스스로 자신의 자랑으로 삼고 있는 정확성과 결백함으로 자신의 임무를 수행했다.[14] 그런 일들은 주로 분리파 교도에 관한 것이었다.

그는 젊음과 가벼운 즐거움을 좋아하는 성품이었지만 직무 수행에 관해서는 매우 조심스럽고 공식적이어서 오히려 엄격할 정도였다. 그런 반면에 친구들 사이에서는 농담을 즐기고 기지도 풍부하며, 항상 선량하고 예의가 바르며 몸가짐을 단정히 했다. 그래서 지사 부부는 그를 꽤 괜찮은 사람이라고 평가했다.

지방에서 근무하는 동안, 그는 자기에게 호감을 가지고 있던 여인 중 한 사람과 사귀었고 여자 디자이너와도 친해졌다. 그리고 자신이 근무하는 곳으로 온 시종무관들과 술자리도 같이하고 야식 후에 다른 마을로 구경도 갔다. 이 곳 지사와 그의 부인까지 그를 아꼈기 때문에 이러한 그의 행동을

중요 어구 풀이

14) 그 곳에서도 ~ 수행했다 : 근면하고 호감을 주는 성격의 이반.

나쁘게 말하지는 않았다. 왜냐하면 이런 모든 것들은 '젊을 때는 한때 방탕해도 좋다.' 는 프랑스 속담에 있기 때문이었다. 그리고 예쁘장한 손에다 청결한 셔츠를 입고 프랑스 어를 지껄이며 그가 하고 다니는 행동은 이 곳에서는 가장 상류 계급에 속하는 사람들이 하는 행동이었기 때문에 상류 계급 사람들의 승인을 받은 것과 같은 것이었다.

이반 일리치가 이런 식으로 5년 동안 근무하고 있을 때, 새 사법 제도가 실시되어 새로운 인물이 필요하다는 연락이 왔다. 그가 그 새로운 자리에 필요한 인재였다. 이반 일리치에게 예심 판사 자리가 제의되었다. 예심 판사 자리를 맡게 되면 다른 지방으로 가야 했다. 여태껏 친분을 맺어 온 사람들과의 관계를 정리하고 다시 새로운 환경에서 처음부터 다시 쌓아 가야 했지만 이반 일리치는 그 자리를 받아들였다. 친구들은 그를 위해 송별회를 열어 주었고 함께 기념 사진도 찍었다. 그리고 그는 선물로 은제 담뱃갑을 받고 새로운 임지[15]로 출발했다.

예심 판사가 된 이반 일리치는 촉탁 관리 시절과 마찬가지로 단정하고 예의 바르게 행동하고, 공과 사를 구별해 여러 사람들의 존경을 받았다. 이반 일리치는 예심 판사 일에서 이전에 했던 촉탁 관리 업무보다 더 큰 흥미와 매력을 느꼈다. 촉탁 관리 업무는 샤르멜이 재단한 양복을 입고 겁을 먹은 채로 접견을 기다리고 있는 청원자나 선망의 눈길로 자기를 바라보고 있는 관리들을 지나서 곧장 지사의 방으로 들어가 담배를 입에 문 지사와 차를 마시며 환담을 나누는 것이었다. 그런 촉탁 관리 일이 즐겁기는 했지만, 직접적으로 자기 뜻대로 다룰 수 있는 사람은 극히 소수였다. 그런 사람들은 지방 출장이나 가야 만날 수 있는 경찰서장이나 분리교 종파 사람

중요 어구 풀이

15) 임지 : 임무를 받아 근무하는 곳.

들 정도였다. 그는 자기 뜻대로 움직일 수 있는 이런 사람들에게 예의 바르고 겸손하게 거의 친구와 같은 태도로 대하기를 좋아했지만, 실상은 그들을 얼마든지 억누를 수 있는 자기가 친구처럼 격의 없는 태도로 대해 주고 있다는 것을 상대방에게 알려 주기 위한 것이었다. 예심 판사가 되고부터 이반 일리치는 아무리 거만하고 독선적인 사람일지라도 예외 없이 자기 손아귀 안에 있으며, 자기가 공용 용지 속에 적어 넣기만 하면 어김없이 피고인이나 증인으로서 자기 앞에 불러다 신문[16]할 수 있다는 것을 알았다. 그렇지만 이반 일리치는 절대로 이 권리를 남용하지 않았다. 오히려 태도를 부드럽게 가지려고 애쓸 정도였다. 이 권력 의식과 그 표현을 부드럽게 하려는 노력이야말로 그에게 있어서는 새로운 직무에 대한 흥미와 매력의 대부분을 가늠하게 했다. 한편 직무 그 자체, 즉 심리 사무에 있어서 이반 일리치는 아무리 복잡한 사건일지라도 자기의 개인적인 의견을 완전히 배제하고 요구된 모든 공식적인 형식과 방법에 비추어 매우 신속하게 해결하는 방법을 배웠다.[17] 이것은 새로운 일이었다. 이리하여 그는 1864년에 공포된 법률을 실제로 적용시킨 최초 사람들 중의 한 사람이 되었다.

이반 일리치는 예심 판사 직을 맡기 위해 새로운 도시로 이사를 한 뒤 그곳에서 새로운 사람들과 사귀고 새로운 지위를 만들었으며, 조금 달라진 생활 태도를 지니게 되었다. 그는 주 당국에는 일종의 경원책을 취하고, 그 고장의 부유한 귀족과 사법관들 중에서 실세들만 골라 그룹을 조직해 정부에 대한 불만을 토로하는 자유주의와 문화주의적인 태도로 대했다. 또 그는 자신의 우아한 몸가짐을 조금도 흩뜨리지 않았으며 새로운 직무를 시작

중요 어구 풀이

16) 신문 : 증인·피고인 등에 대해 말로 물어 사건을 조사함.
17) 한편 직무 ~ 배웠다 : 탁월한 일솜씨를 가지고 있기는 하지만 그 모든 일들을 자신과 무관하다는 생각으로 지극히 사무적으로 처리한다.

하고부터는 턱수염을 길렀다.

이반 일리치는 새로운 고장에서도 매우 원만하게 지냈다. 주지사에게 불만을 가지고 있는 친구들도 마음이 맞는 친근한 사람들이었고, 봉급도 올라 당시에 새로 시작된 트럼프 놀이도 그의 생활에 즐거움을 더해 주는 요소였다. 그는 민첩한 머리와 트럼프에 재능이 있어서 대체로 따는 편이었다.

이 곳에서 2년쯤 근무한 다음 이반 일리치는 지금의 아내를 만났다. 프라스코비야 표도로브나 미헤리는 그가 드나드는 서클 사람들 중에서 가장 매력적이고 현명하며 훌륭한 아가씨였다. 이반 일리치는 퇴근 후 휴식의 일종처럼 프라스코비야 표도로브나와 가벼운 관계를 맺었다.

그는 촉탁 관리 시절에는 춤을 많이 추는 편이었지만 예심 판사가 되고부터는 가끔씩만 추었다. 자신이 새로운 제도의 직분으로는 오등관에 지나지 않지만 남에게 뒤지지 않는 춤 실력을 가지고 있다는 것을 증명하는 의미로 춤을 추었다. 그래서 그는 저녁 파티가 끝날 무렵에 이따금씩 프라스코비야 표도로브나와 함께 춤추었는데, 춤을 추면서 그녀의 마음을 사로잡았던 것이다. 그녀는 그에게 흠뻑 반했다. 이반 일리치는 결혼하려는 확실한 뜻은 없었지만 여자 쪽에서 구애를 하자 이 문제에 대해 생각해 보았다.

'결혼해서 안 될 이유도 없지!'

프라스코비야 표도로브나는 훌륭한 귀족의 딸이고 외모도 수려하고 재산도 조금 있었다. 이반 일리치는 더 뛰어난 배우자를 고를 수도 있었지만 그녀도 좋은 배우자 축에 들었던 것이다. 그는 자신의 봉급만큼 그녀에게도 그 정도의 수입은 있을 것이라고 기대했다. 그녀는 가문도 좋고 귀엽고 예쁘며 나무랄 데 없는 여인이었다. 두 사람이 결혼할 때 주위 사람들이 그들이 잘 어울린다고 말한 것은 실수였다. 이반 일리치와 그녀는 쌍방의 합의하에 결혼했다. 말하자면 그는 이런 아내를 맞음으로써 자신에게 득이 되며, 동시에 보다 높은 지위에 있는 사람들이 옳은 것으로 생각하고 있는 대로 실행한 것이다.

결혼 과정부터 신혼 초기, 아내가 임신할 때까지는 두 사람의 생활이 매우 순조롭고 만족스럽게 진행되었다. 그래서 이반 일리치는 일찍부터, 결혼이란 것은 사회에서도 인정되고 있고 자신도 인생의 상사(常事)[18]로 생각하고 있었던 기분 좋고 흐뭇하며 항상 예절 바른 생활 분위기를 파괴하지 않을 뿐만 아니라, 오히려 그것을 더 강화시켜 주는 것으로 생각하기에 이르렀다. 그러나 아내가 임신한 지 2, 3개월째로 접어들면서 결혼이 무엇인지 새롭고, 생각하지도 않았던 불쾌하고, 침울하고, 답답하고, 전혀 예상할 수도 없고, 무슨 방도로도 다스릴 수 없는 것으로 변모하기 시작했다.

이반 일리치가 보기에 아내는 아무런 이유도 없이 생활의 즐거움과 예의를 무너뜨리기 시작했다. 그녀는 아무런 이유도, 뚜렷한 근거도 없이 이반 일리치를 질투하고, 자기의 비위를 맞추어 줄 것을 요구하고, 사사건건 대들었으며, 불쾌하고 난폭한 행동을 했다.

처음 얼마 동안 이반 일리치는 자신을 곤경에서 구해 주었던 점잖은 생활 태도로 이런 불쾌한 상태로부터 벗어날 수 있으리라 생각했다. 그래서 그는 아내의 감정에 무관심한 태도로 대하며 종전처럼 유쾌한 생활을 계속했다. 친구들을 초대해 집에서 트럼프 놀이도 하고 혼자서 클럽이나 친구에게 놀러 가기도 했다. 그러던 어느 날 아내는 노기등등해져서 그에게 마구 욕을 퍼붓기 시작했다. 그 후부터 자기의 요구를 들어 주지 않으면 그때마다 집요하게 남편에게 욕을 해댔다. 그야말로 그녀는 남편이 자기에게

중요 어구 풀이

18) 상사 : 예사.

순종할 때까지, 즉 남편이 자신처럼 항상 집 안에 틀어박혀 침울하게 시간을 보내게 될 때까지 절대로 그런 태도를 그치지 않으려고 단단히 결심한 것처럼 보였다. 그러자 이반 일리치는 소름이 끼치고 치가 떨렸다. 그제야 그는 부부 생활 — 적어도 그와 아내와의 생활 — 이 언제나 즐겁고 예의 바른 것이 아니며 반대로 이것을 무너뜨리는 것임을 깨달았다. 따라서 그는 이와 같은 파괴로부터 자신을 지켜야 한다는 것을 깨달았다. 그는 즉시 자신을 지킬 수 있는 방법을 모색하기 시작했다. 그 중에서 근무는 아내를 위압할 수 있는 가장 좋은 방도의 하나였다. 그래서 이반 일리치는 업무와 그에 따르는 의무라는 것을 방패로 삼아 자기의 독립 세계를 지키면서 아내와 힘 겨루기를 하기 시작했다.

아이들의 출생과 양육 및 그에 따르는 여러 가지 실패, 실제 또는 가상적인 아이들과 그 모친의 병 등등 — 여기에는 그 자신도 관련 있다고 강요되었지만, 그는 도무지 이에 대해 이해할 수도 없었고, 소질도 없었다 — 이 거듭됨에 따라 가정 밖에서 자신을 지키려는 그의 욕구는 더 커져 갔다.[19]

이반 일리치는 아내의 신경질이 늘어나고 고집이 세질수록 점점 더 자기 생활의 중심을 일로 옮겼다. 그는 전보다 더한층 일에 열중했고 명예심도 갖게 되었다.

결혼한 지 일 년이 채 못 되어 이반 일리치는 부부 생활이라는 것이 생활에 어느 정도의 편의를 줄 수 있지만 실제로는 복잡하고 무거운 짐을 지우게 된다는 것을 깨달았다. 그에 따라 자기의 의무를 다하기 위해서는, 즉 사회에서 인정받는 예절 바른 생활을 영위하기 위해서는 일할 때와 같은

중요 어구 풀이

19) 가정 밖에서 ~ 갔다 : 자신이 지금껏 꾸려온 삶의 영역을 지키려는 노력.

일정한 태도를 꾸며서 아내를 대하는 것이 필요하다는 사실을 깨달았다. 이반 일리치는 부부 생활에 대해서도 이러한 태도를 스스로 만들어 냈다. 그는 가정 생활에서 식사, 잠자리 등처럼 아내가 자기에게 줄 수 있는 편의와 주로 여론이 결정하는 외면상의 형식적인 품위만을 요구했다. 그 밖에 집에서 그는 유쾌하고 명랑하고 고상한 것을 바랐으며, 간혹 그런 것이 발견되면 무척 기뻐했다. 그러다가 저항이나 불평에 부딪치면 일이라는 별세계로 도피해 그 속에서 즐거움을 찾았다.

이반 일리치는 훌륭한 예심 판사로서 사람들에게 존경받았고 3년 후에는 검사보로 승진했다. 새로운 직무와 그 중요성, 모든 사람을 기소하고 투옥할 수 있는 권한, 논고의 공개와 이런 경우에 자신이 획득할 수 있는 성공, 이런 것들이 그를 더 직무에 충실하도록 했다.

아이들은 연이어 태어났다. 아내는 점점 더 말도 많고 성질도 사나워졌지만, 이반 일리치 자신이 생각하고 정해 놓은 가정 생활에 대한 태도는 아내의 잔소리에도 아무런 영향을 받지 않았다.

이반 일리치는 한 지역에서 7년 동안 근속한 뒤 승진해서 다른 주의 검사로 발령받았다. 그는 가족을 데리고 새 전임지로 옮겼지만 돈은 부족하고 새로운 임지는 아내의 마음에 들지 않았다. 봉급은 전보다 많아졌지만 물가가 훨씬 비쌌다. 더구나 아이를 둘이나 잃자 이반 일리치에게는 가정은 더 즐겁지 못한 곳이 되고 말았다.

프라스코비야 표도로브나는 새 임지에서 어떤 불행한 일이 일어날 때마다 남편을 탓했다. 아이들의 양육 문제로 부부가 대화를 나눌 때도 대부분 다투었고, 언제 어디서나 싸움이 폭발할 것 같은 분위기였다. 그래도 이들 부부에게 서로 사랑하는 마음이 조금은 남아 있었지만 그런 감정은 결코 오래가지 못했다. 두 부부의 소원[20]한 관계가 그가 원한 것이 아니었다면 슬퍼했겠지만, 그는 이제 이런 상태를 정상적인 것으로 인정하고 가정 생활을 자기가 해야 할 활동의 목표로까지 여기게 되었다. 그리고 그의 목표는 자기 자신을 해방시키고, 가족들과 함께 보내는 시간을 조금씩 줄여 가는 것과 만약 집에 있어야 할 경우에는 제삼자를 동석시켜 자신의 지위를 보장하도록 노력했다. 그에게 일이 있다는 사실은 정말 다행한 일이었다. 그는 일에 자신의 흥미와 열정을 쏟아 넣었다.[21] 자신이 마음만 먹으면 누구든 망칠 수 있는 권력, 법정에 들어갈 때나 부하 직원을 만났을 때 자신에게 나타내는 경의, 상관이나 동료들에 대한 성공, 특히 자신도 느끼고 있는 사무 관리상의 자기 수완 등 일과 관련된 이런 모든 것들이 항상 그를 즐겁게 했다. 그리고 동료들과의 잡담, 식사, 트럼프 놀이 등도 그의 생활을 만족시켜 주었다. 이반 일리치의 생활은 자신이 원하는 대로 흡족하고 품위 있게 흘러갔다.

그는 그 곳에서 다시 7년이란 세월을 보냈다. 그 사이 또 한 아이가 죽었고, 열여섯 살이 된 장녀와 항상 가정 불화의 원인인 중학생 아들이 있었다. 이반 일리치는 그 사내아이를 법률 학교에 보내려고 했지만, 아내는 남편이 미워서 그에 대한 복수로 중학교에 입학시켰다. 딸아이는 집에서 공부하고 훌륭하게 성장했으며 아들도 착실한 편이었다.

중요 어구 풀이

20) 소원하다 : 지내는 사이가 두텁지 않고 거리가 있어서 서먹서먹하다.
21) 그는 일에 ~ 넣었다 : 삶의 실제적이고 진실된 부분보다는 보이기 위한 부분을 더 좋아한다.

3

이반 일리치의 생활은 결혼하고부터 이렇게 17년이 흘러갔다. 그는 이미 고참 검사가 되어 보다 나은 자리를 기대하면서 두세 곳에서 들어온 전임[22] 제의를 거절하고 있었는데, 갑자기 그의 평온한 생활이 완전히 파괴될 만한 일이 벌어졌다. 이반 일리치는 전부터 대학이 소재해 있는 도시의 재판소장 자리를 바라고 있었는데, 어찌된 영문인지 후배인 포벨이 그를 제치고 그 자리를 차지하고 말았다. 이반 일리치는 몹시 화가 나 이유 없이 트집을 잡고 포벨은 물론이고 동료나 친한 상관들과 말다툼을 하고 말았다. 자연히 사람들은 그에게 냉담해졌고, 그 다음 인사 이동 때에도 그는 제외되고 말았다.

그것은 1880년의 일이었다. 그 해는 이반 일리치의 생애에서 가장 고통스러운 해였다. 봉급은 생활비로 쓰기에도 부족했고, 사람들은 그를 잊어버렸으며, 자신에게는 매우 중대하고 참혹하다고 여겨지는 것이 다른 사람들에게는 아무것도 아니라는 것을 깨닫게 되었다. 부친조차도 그를 돕는 것을 자신의 의무라고 생각하지 않았다. 그는 누구나 연봉 3천5백 루블을 받는 자신의 지위를 지극히 정상적이고, 오히려 행복한 것으로 여기고 그를 아예 돌봐 주지 않으려 한다는 생각이 들었다. 실제로 그는 자신만이 남들이 자신에게 불공평하게 대하는 것을 의식하고 아내의 끊임없는 잔소리에 골치가 아팠다. 그리고 수입보다 많은 소비로 인해 빚에 쪼들림을 받는 이런 처지가 결코 정상적인 것과는 거리가 멀다는 사실을 알게 되었다.

그 해 여름, 그는 생활비를 줄이기 위해 휴가를 받아 처남이 있는 시골집

중요 어구 풀이

22) 전임 : 다른 관직이나 임무·임지로 옮김.

으로 아내와 함께 내려갔다.

그러나 업무에서 벗어나 시골에서 지내는 동안 이반 일리치는 난생처음으로 따분하다는 기분을 느꼈고, 그뿐만 아니라 견딜 수 없는 우울함까지도 느꼈다. 그리고 이런 상태로는 살 수 없으며, 어떻게 해서든지 무슨 단호한 방법을 강구해야겠다고 결심했다.

이반 일리치는 발코니 위를 이리저리 왔다갔다하면서 뜬눈으로 하룻밤을 새우며 페테르부르크로 가서 다시 한 번 노력해 봐야겠다고 생각했다. 그들이 자신의 가치를 인정해 주지 않으면 그들을 벌주는 의미로 다른 관청으로 전속하리라고 결심했다.

다음 날 아내와 처남이 한사코 말림에도 불구하고 그는 마침내 페테르부르크로 출발했다.

그는 다만 한 가지, 5천 루블의 봉급을 받는 지위를 획득하겠다는 목적으로 먼 길을 떠난 것이다. 그는 이제 어떤 곳이라도 상관없었다. 관청이든 은행이든 철도든 또는 마리아 황후 학원이나 세관이라도 좋았다. 그에게 필요한 것은 5천 루블의 지위뿐이었다.[23] 솔직히 말하자면 그는 5천 루블이란 돈을 받을 수 있으며, 그를 높이 평가하지 않는 관청에서 떠나고 싶어 한 것이다.

그런데 이반 일리치의 이번 여행은 뜻밖에 놀랄 만한 성과를 거두었다. 쿠르스크 역에서 친구인 예프 일리인이 같은 일등차를 타고 있어서 그가 방금 쿠르스크 주지사로부터 조금 전에 전달된 전보 내용을 얘기해 주었다. 그 내용은 며칠 안으로 성(省) 내에 인사 이동이 있는데, 표도르 이바

중요 어구 풀이

23) 그에게 필요한 ~ 지위뿐이었다 : 일에서 만족을 얻던 이반은 급기야 일보다 돈 그 자체에 더 집착하게 된다.

노비치의 자리에 이반 세묘노비치가 임명될 거라는 것이었다.

이 인사 이동은 러시아에 미치는 영향 이외에도 이반 일리치에게도 특별한 의미를 지녔다. 신인 표도르 이바노비치와 그의 친구인 자하르 이바노비치를 발탁한 것은 이반 일리치에게 매우 유리한 일이다. 자하르 이바노비치는 이반 일리치의 동료이자 친한 친구이기 때문이다.

페테르부르크에 도착하자 이반 일리치는 자하르 이바노비치를 찾아가서, 자기가 전에 근무했던 사법성에서의 확실한 지위를 약속받았다.[24]

일 주일 후에 그는 아내에게 전보를 쳤다.

'자하르 이바노비치가 미르레르 씨의 후임으로 발령. 나도 곧 임명받을 것임. 제1차 보고.'

이반 일리치는 이 인사 이동 덕택으로 뜻하지 않게 동료들보다 2계급이나 높이 승진되어 5천 루블의 연봉과 부임 수당 3천5백 루블을 지급받게 되었다. 그래서 그는 이전의 적들과 성 전체에 대한 모든 원한은 깨끗이 잊고 아주 행복한 기분에 잠겼다.

이반 일리치는 오랫동안 볼 수 없었던 만족스럽고 쾌활한 사람이 되어 시골로 돌아왔다. 그의 아내도 옛날처럼 명랑해져서 두 사람 사이에는 휴전이 맺어졌다. 이반 일리치는 아내에게 페테르부르크에서 여러 사람들로부터 축하받은 일과 예전에는 적이었던 사람들이 체면을 잃고 이제는 자신에게 아첨하게 된 것, 모두들 자기의 지위를 부러워하며, 특히 페테르부르크에서 여러 사람으로부터 후한 대접을 받은 일 등을 들려 주었다.

프라스코비야 표도로브나는 남편의 그런 얘기를 열심히 들으면서 모두

중요 어구 풀이

24) 페테르부르크에 ~ 약속받았다 : 별다른 어려움 없이 승승장구하는 이반. 불행과는 거리가 멀다.

의심하지 않고 믿는다는 표정을 하고 전처럼 반박하는 말을 단 한 마디도 하지 않았다. 그저 부임해 갈 새로운 고장에서의 생활에 대한 여러 가지 계획을 세워 보았다. 이반 일리치는 그와 같은 계획이 아내와 완전히 일치되었음과 여태까지의 서먹서먹하고 씁쓸하기만 하던 생활이 다시 즐겁고 점잖은 생활로 되돌아갈 기미가 엿보이자 흐뭇해졌다.

이반 일리치는 잠깐 들렀다 갈 생각으로 돌아왔던 것이다. 9월 10일에는 새 임무를 맡아보아야 했으며, 그 밖에도 새로운 임지에서의 생활을 준비하고, 시골로부터 이삿짐을 전부 옮기고, 여러 가지 살림살이도 새로 장만해야 했기 때문이다. 한 마디로 말해 모든 것이 자신이 마음속으로 그렸던 대로, 또 아내의 결심대로 정비되어야 할 시간이 필요했다.

모든 것이 아주 순조롭게 진행되고 두 사람의 목적이 완전히 일치되었다. 더구나 함께 지내는 시간이 짧았던 탓도 있지만, 결혼 초부터 지금까지 없었을 만큼 부부는 의좋게 지낼 수 있었다.

이반 일리치는 당장 가족들을 데리고 출발하려고 했지만 갑자기 친척들이 자기와 가족들을 대하는 태도가 친절하게 바뀌고 처남이 만류하는 바람에 하는 수 없이 혼자서 먼저 떠나기로 했다.

이반 일리치는 출발했다. 근무상의 성공과 아내와의 화합으로 흐뭇하고 즐거운 기분은 점점 더 커져서 한시도 그의 마음에서 떠나지 않았다.

멋있는 집을 발견했는데, 그것은 그들 부부가 전부터 생각하던 것과 비슷했다. 천장이 높고 고풍스러운 넓은 응접실, 편리하고 장엄한 느낌을 주는 서재, 아내와 딸의 방, 아들을 위한 공부방 등 이 모든 것이 그들을 위해 일부러 만들어진 것 같았다.

이반 일리치는 몸소 집 정리에 나섰다. 벽지를 선택하고 가구를 사들였다. 특히 고풍스러운 것을 사서 그것이 매우 우아한 모습을 갖추도록 덮개를 장만해 마음속에 그린 것과 가깝게 꾸몄다.

집 정리가 반쯤 진행되자 그 성과는 그가 예상하던 것보다 훨씬 컸다. 집 정리가 완전히 끝날 무렵에는 아주 우아하고 고상한 느낌이었다. 밤에 잠들기 전에도 그는 머지않아 완성될 넓은 응접실의 모습을 상상했다.

아직 완성되지 않은 손님방을 둘러보며 그는 벌써부터 벽난로와 칸막이, 선반, 여기저기 흩어져 있는 의자와 벽에 걸린 큰 접시, 청동 장식품들이 제각기 자리에 놓인 모습을 상상해 보는 것이다. 자신과 같은 취미를 가진 바샤나와 리자니카가 얼마나 놀랄 것인가를 생각하니 좋아서 견디지 못할 지경이었다. 그들은 설마 이렇게 해 놓을 줄은 생각하지도 못했을 것이다. 특히 그는 방 전체에 고상한 품위를 갖추어 줄 오래된 물건들을 찾아 내어 싸게 사들였다. 그는 아내에게 보내는 편지에도 나중에 그들의 놀라움을 더 크게 하기 위해 일부러 사실보다 나쁘게 써서 보냈다. 그의 관심사가 온통 이런 일들로 옮겨가자 원래 좋아했던 새로운 직무에 기대했던 만큼의 흥미를 느끼지 못할 지경이었다. 법정에서도 딴 생각을 하기도 했다.

'커튼 위에는 어떤 식으로 주름을 잡을까? 직선이 나을까? 단순한 것이 좋을까?'

가끔 너무 심취한 나머지 직접 가구도 옮기고 커튼을 바꿔 달아 보기도 했다. 어느 날은 말귀를 알아듣지 못하는 미장이에게 '자기가 생각하고 있는 것은 바로 이런 것이다.' 라고 가르쳐 줄 작정으로 사닥다리를 올라가다가 그만 실수를 해서 발을 헛디뎌 떨어지고 말았다. 그러나 워낙 몸이 민첩하고 튼튼해서 옆구리를 모서리에 부딪친 것으로 그쳤다.[25] 옆구리 상처는 조금 아팠지만 곧 나았다. 이반 일리치는 이런 준비를 하는 동안 늘 즐겁고

중요 어구 풀이

25) 사닥다리에 올라가다가 ~ 그쳤다 : 이반이 병을 앓게 되는 시작점.

건강하게 지냈고, 아내에게 편지를 썼다.

'나는 15년이나 젊어진 것 같소.'

그는 9월 중으로 모든 것을 끝낼 작정이었지만 10월 중순까지 걸렸다. 그 대신 아주 훌륭하게 완성되었다. 이반 일리치만 그렇게 생각한 것이 아니라 보는 사람들 모두가 그에게 그렇게 말했다.

그렇지만 그것은 실상 별로 부유하지 못하면서 부유한 척 보이려는 사람들에게서 공통적으로 볼 수 있는 그런 것에 지나지 않았다.[26] 즉 비단 커튼, 흑단으로 만든 가구, 화초, 융단, 청동, 검고 번쩍번쩍 빛나는 것들 모두가 특정 계급의 사람들처럼 보이기 위해 장식해 놓은 것에 불과했다. 그의 집에 있는 것도 다 그런 종류의 것이어서 다른 사람들의 관심을 끌 정도는 아니었지만 그에게는 그 모든 것이 특별한 것처럼 느껴졌다.

그는 정거장으로 가족들을 마중나가 완벽하게 정리가 된 새 집으로 그들을 데려왔다. 불이 환하게 켜져 있는 저택으로 그들을 안내하자, 흰 넥타이를 맨 하인이 여러 가지 화초로 장식된 응접실의 문을 활짝 열어젖히고, 모두들 객실을 지나 서재로 가서 저도 모르게 '와!' 하고 감탄의 함성을 지르자 그는 다시없이 행복해졌다. 그는 가족들을 여기저기로 계속 끌고 다니며 그들의 찬사를 실컷 받아 기분이 매우 들떴다. 그 날 밤, 차를 마시며 이야기를 나누던 중에 프라스코비야 표도로브나는 남편에게 사닥다리에서 떨어졌을 때의 상황을 물었다. 그러자 그는 웃음을 터뜨리며 자기가 사닥다리에서 떨어져 미장이[27]를 놀라게 했던 모습을 몸짓까지 섞어 가며 이야기해 주었다.

중요 어구 풀이

26) 그렇지만 그것은 ~ 않았다 : 속 빈 가정. 내실을 다지기보다는 허영을 채우기에 급급하다.
27) 미장이 : 건축 공사에서 벽이나 천장, 바닥 등에 흙이나 회, 시멘트 등을 바르는 일을 업으로 하는 사람.

"다른 사람 같았으면 죽었을지도 몰라. 나는 몸이 단단하기 때문에 조금 다쳤을 뿐이야. 아직 만지면 아프지만 이제는 거의 다 나았어. 가벼운 타박상 정도니까."

그들은 새 집에서 생활하기 시작했다. 그러나 누구나 그렇듯이 방 하나 더 있었으면, 5백 루블쯤 더 있었으면 하는 마음이 들 때가 있었지만 대체로 모든 것이 아주 순조로웠다. 특히 처음 얼마 동안, 아직 부족한 것을 보충하고 이것저것 장만하고 고치기도 하고 자리를 바꿔 놓을 때가 가장 좋았다. 부부 사이에는 다소 의견이 맞지 않는 일도 있었지만 둘 다 흡족해했으며, 할 일도 많았으므로 별로 크게 싸울 거리가 없었다.

이제 더 이상 손댈 것이 없어지자 약간 지내기가 심심하고 불만스러운 생각이 들기도 했지만, 그 무렵에는 사람들도 사귀고 생활도 안정되어 갔다.

이반 일리치는 점심을 집에 와서 먹었다. 처음 얼마 동안 그는 기분이 좋았다. 집안일로 약간 골치 아프기도 했지만 — 탁자 커버나 커튼에 생긴 얼룩, 커튼의 끊어진 끈 등이 그를 불쾌하게 했다. 그는 집을 가꾸기 위해 심혈을 기울였기 때문에 아무리 작은 파손일지라도 고통스러웠던 것이다 — 전체적으로 볼 때 이반 일리치의 생활은 그가 생각했던 대로 흘러갔다. 상쾌하고, 유쾌하고, 고상하게.

그는 아침 9시에 일어나서 커피를 마시고 신문을 읽은 다음 제복을 입고 재판소로 나갔다. 거기에는 이미 그가 달고 일해야 하는 목걸이가 마련되어 있어서 그는 오자마자 그것을 목에 걸었다. 사무실에서 청원자들 조사, 사무실 그 자체, 공판[28]과 공판 준비 회의 등등 이런 온갖 일을 하려면 언제나 직무의 올바른 수행을 방해하는 회색분자를 배제하는 수완이 필요했다. 바꿔 말하면, 사람을 다룰 때 직무 이외의 어떠한 관계도 허용해서는 안 되는 것이다. 이러한 일의 동기는 오로지 직무상의 것이다. 가령 누가 무엇인가를 알아보고자 왔다고 하자. 이런 경우에 직무를 떠난 자연인 이반 일리치는 그 사람과 아무런 관계를 가질 수 없지만, 만약 그 사람과의 관계가 관리에 대한 것이며 공문 용지에 기재될 만한 성질의 것이라면, 이반 일리치는 그 관계의 범위 내에서 허용되는 모든 일을 자세히 알아봐 준다. 그리고 그럴 때 그는 인간적으로 깍듯이 예의를 지킨다. 그러나 직무상의 관계가 다 끝나면 다른 일체의 관계도 끝나는 것이다.

그는 이와 같이 직무를 분명히 구분해서 자신의 생활과 혼동하지 않도록 하는 수완을 가지고 있었으며, 그것은 실생활에서의 오랜 경험과 재능에 의해 잘 다듬어진 것이다. 때때로 그는 그와 같은 수법의 명수[29]인 양 농담 삼아 인간적인 관계와 직무상의 관계를 일부러 혼동시켜 보았을 정도였다. 그가 이처럼 스스로를 풀어 놓는 것은 결국 자기는 언제든지 필요하면 다시 직무상의 관계를 구별하고 인간적인 면을 떼어 버릴 역량이 준비되어 있음을 잘 알기 때문인 것이다. 이런 것쯤은 이반 일리치에게는 손쉽고 유쾌하고 의젓하게 처리될 뿐만 아니라 실제로는 명인의 기술로 처리되었다. 일하는 틈틈이 그는 담배를 피우고 차를 마시며 정치 문제나 일상 생활이나 트럼프 놀이에 관해 얘기하기도 했다. 그 중에서도 대부분은 임명 문제에 관한 이야기를 하고 의견을 교환했다. 그러다가 자신의 역할을 재치 있게 끝마친 음악의 명인인 양, 이를테면 오케스트라의 제일 바이올린의 한 연주자처럼 피로해져서 집으로 돌아갔다. 집에 돌아와 보면, 딸은 아내와 함께 외출해서 없을 때도 있고, 혹은 방문객이 있을 때도 있었다. 중학생인

중요 어구 풀이

28) 공판 : 기소된 형사 사건을 법원이 심리하는 일. 또는 그런 절차. 검사, 피고인, 변호인들이 입회하여 증거를 제출하면 법원이 유죄 혹은 무죄를 판단하는 형사 소송의 중심 절차이다.
29) 명수 : 어떤 일에 훌륭한 소질과 솜씨가 있는 사람. 명인.

아들은 가정교사와 함께 상급 학교에 진학하기 위한 준비를 게을리하지 않는 동시에 학교에서 배운 것을 열심히 공부했다. 모든 것이 잘 풀려 가고 있었다.

저녁 식사 후에 손님이 없을 경우에는, 이반 일리치는 틈틈이 좋은 책을 읽었다. 그리고 밤에는 일에 열중했다. 서류를 들여다보면서 진술을 법률과 대조해 보고 법조문과 맞추어 보곤 했다. 이런 일은 그에게는 따분한 일이었다.

그는 트럼프 놀이를 할 때도 지루하긴 했지만 아내와 얼굴을 맞대고 있거나 혼자 우두커니 있는 것보다는 나았다. 이반 일리치에게 즐거운 일이란 조촐한 만찬회를 마련해 사회적으로 훌륭한 지위에 있는 신사 숙녀를 만찬에 초대해서 그들과 함께 시간을 보내는 것이었다. 어떤 때는 저녁 모임까지 열고 댄스파티를 한 적이 있었다. 이반 일리치는 흐뭇했지만 톨트(파이의 일종)와 케이크로 인해 아내와 크게 싸웠다. 프라스코비야 표도로브나는 나름대로의 계획이 있었는데, 이반 일리치가 전부 비싼 과자 집에서 사 오라고 우겨서 결국 많은 톨트가 남았을 뿐만 아니라 과자 집에 45루블이라는 외상값이 남았기 때문이다. 아내는 남편에게 똑똑하지 못한 고집쟁이라고 했고, 남편은 자기의 머리칼을 쥐어뜯으면서 홧김에 이혼을 연상시키는 말을 했다. 그러나 저녁 모임은 화려하고 성대했다. 모인 사람들은 최고위층이었다. 이반 일리치는 토르포노바 공작부인과 춤을 추었다.

직무상의 기쁨은 자존심의 기쁨이며, 사교적 기쁨은 허영심의 기쁨이었지만, 이반 일리치의 진짜 기쁨은 트럼프 놀이가 주는 기쁨이었다. 그는 항상 이렇게 말했다.

"생활 속에서 재미없는 일이 일어난 뒤에 어두운 밤길을 밝혀 주는 등불과 같이 기쁨을 주는 것은 솜씨가 좋고 조용한 친구들 넷이 — 다섯 명은 좋지 않아. 그래도 나는 다섯 명이 노는 것도 좋다고 말을 하지만 — 트럼프 놀이판을 벌이고, 현명하고 착실하게 논 다음 — 좋은 패가 돌아왔을 때의 이야기지만 — 간단한 야식을 먹고 한잔 술을 기울이는 것이다. 트럼프 놀이 다음에 특히 조금 땄을 때는 — 많이 따면 불쾌하다 — 기분 좋게 잠자리에 드는 것이다."

이것이 그들의 생활이었다. 그들에게는 사교계에서도 일류에 속하는 사람들로 조직된 서클이 있어서 고위 고관이나 젊은 사람이나 잘 드나들었다.

이 서클에 관해서는 남편과 아내가 의견을 같이해서 미리 약속한 것도 아니지만, 그들은 일본제 접시가 장식물로 벽에 걸려 있는 객실에서는 입에 발린 말을 하며 몰려드는 귀찮은 친구와 차림새가 허술한 이들과는 모두 어울리지 않기로 했다. 그러자 그런 친구들은 자연히 멀어지고 최상류층 사람들만이 드나들었다.

젊은 친구들은 리자니카를 화제로 삼았고 개중에서도 드미트리 이바노비치 페트리시체프의 아들이며 그의 유일한 상속자이고 예심 판사인 페트리시체프도 제일 먼저 리자니카에 대해 얘기를 꺼냈으므로, 이반 일리치는 진작부터 아내와 개 세 마리가 끄는 썰매를 타고 놀러 가자거나 소인극[30]을 열어 보면 어떨까를 의논했다. 이런 식으로 그들의 생활은 변화 없이 그대로 흘러갔으며 만사는 아주 순조로웠다.

중요 어구 풀이

30) 소인극 : 전문가가 아닌 사람들이 출연하는 연극.

4

가족들은 모두 건강했다. 이따금 이반 일리치가 입 속에서 야릇한 냄새가 난다든가 왼쪽 배가 좀 이상하다고 말했지만 아무도 그런 것을 병으로 여기지 않았다.

그러나 이상한 기분은 점점 더 뚜렷해져서 아직 아픈 정도는 아니었지만 옆구리에 아픔을 느껴 기분이 점점 나빠졌다. 이 기분 나쁜 상태는 나날이 더해져, 급기야는 고로빈 가에 이룩되어 있는 품위 있고 명랑한 생활 분위기를 해치기 시작했다. 부부 싸움은 잦아졌으며, 마침내는 유쾌한 기분은 사라지고 체면을 유지하는 데 급급했다. 부부가 화합할 수 있는 경우는 드물어졌다. 이렇게 되고 보니 프라스코비야 표도로브나가 전부터 남편이 까다로운 사람이라고 말한 것이 이유가 전혀 없는 것이 아니었다. 그녀는 무엇이든지 과장해서 말하는 편이어서, 남편에게 "당신은 언제나 이렇게 까다로운 성격이었죠, 내가 사람이 좋아서 20년이나 그 꼴을 참고 견뎌 왔어요."라고 퍼부었다. 실제로 요즈음은 그가 먼저 싸움을 걸어왔다.[31] 언제나 식사를 시작하려고 할 때, 즉 그가 식사를 하기 위해 수프를 먹을 때쯤에 잔소리가 시작되었다. 그것도 그릇의 이가 빠졌다거나, 음식이 맛이 없다거나, 또는 아들애가 팔꿈치를 식탁 위에 올려놓았다거나, 딸애의 머리가 어떻다는 둥 트집을 잡는 것이었다. 거기다 그는 만사를 아내의 잘못으로 돌렸다. 처음에는 프라스코비야 표도로브나도 참다못해 말대답도 하고 험한 말도 했지만, 그가 식사하기 전에 두세 차례나 미친 사람과 같은 행동을 보여서 그 후부터는 그녀도 그가 병에 걸린 것이 틀림없다고 생각하고, 자

중요 어구 풀이

31) 실제로 요즈음은 ~ 걸어왔다 : 좋지 않은 징조의 시작.

신의 기분을 가라앉히고 잠자코 식사를 끝마치기로 했다. 그녀는 그와 같은 온순한 태도를 자신의 큰 공적으로 삼았다. 그리고 자기 남편이 아주 까다로운 성격의 소유자여서 자기 생활까지 불행하게 만들었다고 단정하고 자신을 불쌍하게 여겼다. 또 자신이 불쌍하다는 생각이 들수록 남편에 대한 증오가 더 커졌다. 차라리 그 사람이 죽어 주었으면 좋겠다는 생각이 들기도 했지만 그것은 바랄 수도 없는 일이었다. 그렇게 되면 봉급이 그 즉시 끊어지기 때문이었다.[32] 이런 점들이 한층 그녀의 마음을 상하게 했다. 설사 남편이 죽는다고 하더라도 그것이 자기를 구해 주지는 못한다고 생각하자 자신의 처지가 더 가여워졌다. 그녀는 속을 태우면서도 남편에게는 내색하지 않으려고 했다. 그러나 이렇게 억지로 숨기고 있는 초조감이 남편을 더 초조하게 만드는 원인이 되었다.

하루는 한바탕 소동이 일어난 후에 이반 일리치는 자신이 잘못했으며 요즘 화를 잘 내는데, 그게 다 병 때문이라고 말했다. 그녀는 남편에게 유명한 의사에게 가 보라고 성화를 했다. 그는 의사를 찾아갔다. 그러나 그가 예상했던 대로 형식적인 것에 불과했다. 의사라는 가면을 쓰고 "당신은 나만 믿으면 되는 거요, 내가 다 고쳐 줄 테니까."라고 하며 상대방을 납득시키려는 듯한 엄숙한 표정을 지었는데, 이 모든 것이 법정에서 그가 피고를 대하는 태도와 같았다.[33]

의사는 말했다.

"이런저런 징후는 당신의 내부에 병이 있기 때문이며, 만약 이것이 이러이러한 연구에 의해 결정되지 않는다면 이 병은 결국 이러이러한 것이라고

중요 어구 풀이

32) 차라리 그 사람이 ~ 때문이었다 : 사랑으로 맺어져야 할 부분이지만 이들 부부는 실제적인 필요에 의해 맺어진 관계일 뿐이다.
33) 이 모든 ~ 같았다 : 모두 비슷한 형식적인 관계로 얽혀 있는 세상.

가정하지 않으면 안 된다. 만약 이러이러하다고 가정한다면 그 때는…….”

그러나 이반 일리치에게 중요한 것은 오직 한 가지 문제, 즉 자신의 상태가 위험한 것이냐 아니냐 하는 것뿐이었다. 그렇지만 의사는 그런 엉뚱한 질문에 마이동풍 격인 태도를 보였다. 의사의 입장으로 본다면 그것은 무익한 문제여서 이러쿵저러쿵 고려할 가치도 없으며, 다만 유주신이냐, 만성 카타르냐, 맹장염이냐, 그런 질병의 가능성을 고려해 볼 문제가 있을 뿐이었다. 거기에 있는 것은 이반 일리치의 생명에 관한 문제가 아니고 그저 유주신이냐 맹장염이냐 하는 것뿐이었다. 그리고 의사는 이반 일리치의 눈앞에서 맹장염에 유리하도록 이 문제를 해결하려고 했다. 그러나 소변 검사를 해 보면 새 증거가 나올지도 모르므로 그 때는 또 진단이 바뀔 것이라는 조건을 붙였다. 그런데 그것은 모두 당사자인 이반 일리치가 기막히게 멋진 방법으로 몇십 번이나 피고에게 써먹은 일이 있는 방법과 꼭 같았다. 이 의사도 그와 마찬가지로 멋있게 적요(摘要)를 날조해 승자처럼 명랑한 태도로 안경 너머로 피고를 힐끔 보았다. 이반 일리치는 의사가 작성한 적요에서 다음과 같은 결론을 끄집어냈다. 확실히 나쁘다. 그렇지만 저 의사는 아니 어쩌면 모든 사람들이, 아무렇지도 않게 생각하고 있는데도 나 혼자서만 나쁘다고 생각하고 있는지도 모른다라고. 이 결론은 이반 일리치에게 강한 충격을 주었으며, 그의 내부에 늘 자기 자신에 대한 한없는 연민의 정과, 이런 중대한 문제에 태연할 수 있는 의사에 대한 한없는 증오감을 불러일으켰다. 그렇지만 그는 한 마디도 하지 않고 일어서서 테이블 위에 돈을 놓았다. 그리고 한숨을 푹 쉬고, 그는 말했다.

“우리 환자란 것은 대개가 돼먹지 않은 질문을 하는 법입니다만, 도대체 이건 위험한 병인지 그렇지 않은지 말입니다.”

의사는 안경 너머 한쪽 눈으로 엄숙히 그를 지켜보았지만 그 태도는 이렇게 말하는 것 같았다.

'피고인![34] 만약 그대가 허용할 수 없는 질문의 한계를 넘는다면, 본인은 부득이 퇴정 처분을 하지 않을 수 없다.'

의사는 말했다.

"필요한 일, 적당하다고 생각되는 것은 이미 말씀드렸습니다. 이 이상은 연구 결과를 기다리지 않으면 안 됩니다."

의사는 이렇게 말하고 가볍게 고개를 숙였다.

이반 일리치는 천천히 밖으로 나와서 맥없이 썰매를 타고 집으로 돌아갔다. 돌아오는 도중에 그는 줄곧 의사가 한 말을 검토하고 그 불분명하고 까다로운 과학상의 술어를 보통 말로 번역해서, '내 병은 몹시 심각한 것인가, 그렇지 않으면 그리 대단하지 않은 것일까?' 라는 질문에 대한 대답을 그 말 중에서 캐내려고 노력했다. 의사가 한 말의 뜻은 모두가 매우 나쁜 것 같은 기분이 들었다. 그래서 이반 일리치에게는 거리에 있는 모든 것이 쓸쓸해 보였다. 역마차도 쓸쓸했으며, 집들도 쓸쓸하고, 통행인들도 상점도 모두 쓸쓸했다. 이 아픔, 한 순간도 그치지 않고 쿡쿡 쑤시는 아픔은 의사의 애매하고도 종잡을 수 없는 말과 결부시켜, 전연 별개의 더 중대한 의의를 지니고 있는 것처럼 생각되었다. 이반 일리치는 이제야 새로운 답답한 느낌으로써 이 아픔에 마음을 집중했다.

그는 집에 당도하자 아내에게 여러 가지 설명을 하기 시작했다. 아내는 귀를 기울였다. 그러나 얘기 도중에 딸이 모자를 쓰고 들어왔다. 그녀는 딸과 함께 외출 준비를 하고 있었다. 딸은 마지못해 앉아서 잠깐 이 따분한 얘기를 들으려고 하기는 했지만, 오래 참지 못했다. 아내도 끝까지 듣고 있

중요 어구 풀이

34) 피고인 : 형사 책임을 져야 할 자로 공소 제기를 받은 사람.

지 않았다.

아내는 말했다.

"잘되셨군요. 그럼 앞으로는 당신도 조심하셔서 약을 꼬박꼬박 잡수세요. 처방전을 주세요. 게라심을 약방에 보낼 테니까요."

이렇게 말하고 그녀는 옷을 갈아입으러 나갔다.

아내가 방에 있는 동안 그는 숨도 쉬지 않고 있었지만, 그녀가 밖으로 나가자 한숨을 푹 내쉬며 혼잣말을 했다.

"아니야, 뭐. 아마 아직은 아무렇지도 않을 거야."

그는 약을 복용하고 의사의 지시대로 따르기 시작했다. 그 약과 지시는 소변 검사의 결과에 따라 변경되었다. 그러나 마침 그 때 이런 일이 일어났다. 다름아니라 그 검사와 그것에 따라 당연히 일어나야 할 사실과의 사이에 무엇인가 이해할 수 없는 혼란이 일어났다. 의사에게 책임을 추궁할 수는 없었지만, 그가 환자에게 얘기한 것과는 다른 현상이 일어났다. 의사는 잊어버렸다거나 거짓말을 했거나 그렇지 않으면 환자에게 무엇인가 숨기고 있거나 그 중의 한 가지여야만 했다.

그러나 이반 일리치는 여전히 의사의 명령을 정확히 따랐다. 그리고 처음 얼마 동안은 그것을 실행함으로써 자신을 위로했다.

의사를 찾아간 후로 위생에 관한 의사의 명령과 약을 먹는 것을 정확히 지키는 일과 몸의 아픔과 내장의 여러 기관의 작용에 대해 주의를 하는 일 등이 이반 일리치의 주요한 일이 되었다. 그리고 인간의 병이나 건강 상태가 이반 일리치의 흥미의 중심이 되었다. 환자나 죽은 사람이나 병이 완쾌한 사람의 이야기, 특히 그의 병증과 비슷한 병 이야기가 나오면 그는 가슴이 두근거리는 것을 억눌러 숨기면서 귀를 기울이고 들었으며, 여러 가지 질문을 하기도 해서 그것을 하나하나 자신의 병과 비교해 보았다.

그러나 아픔은 조금도 가시지 않았다. 그렇지만 이반 일리치는 자기의 마음을 채찍질하여 전보다 훨씬 좋아졌다고 억지로 자신이 믿도록 애썼다. 그리고 이렇다 할 흥분의 재료가 없는 한 그는 자신을 속일 수 있었다. 그러나 아내와의 사이에 유쾌하지 못한 일이 일어나거나, 근무상에 실책을 저지르거나, 트럼프에 좋은 패가 오지 않거나 하면 홀연히 증상이 더해졌다. 이전에는 이런 경우라도 곧 이 좋지 않은 상태를 회복하고 말겠다, 이겨야겠다, 성공하고야 말겠다, 느닷없이 큰일을 해내고 말겠다는 희망에 불타면서 그런 실패를 참고 견뎠다. 그러나 지금 와서는 모든 실책에 발목이 잡혀 곧 절망의 밑바닥으로 떨어지고 말았다.

'겨우 조금 회복하고 약효도 나타나기 시작했는데, 이런 분한 실패 — 또는 불유쾌한 일 — 를 저지르다니…….'

그는 종종 이렇게 혼자 중얼거렸다. 그는 자신에게 불쾌감을 주고 목숨을 깎는 듯한 작용을 하는 인간과 불행에 대해 화를 냈다. 그리고 이 분노 때문에 목숨을 빼앗기게 되리라고 느끼면서도 그것을 억제할 수가 없었다. 주위의 환경이라든가 여러 사람에 대한 이런 분노가 자신의 병을 더 중하게 만들므로 불쾌한 일에는 주의를 기울이지 않도록 해야 한다는 것은 너무나 잘 알고 있을 텐데도 불구하고 정반대의 판단을 내려 다음과 같이 생각했다.

'내게는 안정이 필요하다. 그러므로 이 안정을 어지럽게 하는 모든 것을 감시해야 한다. 다소라도 안정이 흐트러지면 나는 틀림없이 초조해진다.'

여러 가지 의학서를 읽어 보고, 몇 사람의 의사와 의논한 것이 도리어 그의 상태를 악화시켰다. 악화는 매우 규칙적으로 진행되었으므로, 어제와 오늘을 비교해서 두드러지게 달라진 것은 없다고 생각하면서 그는 자기 자신을 그럴듯하게 속일 수 있었다. 그렇지만 의사와 의논하면 점점 악화되고 있으며, 그것도 매우 급속하게 악화되는 것같이 생각되었다. 그럼에도 불구하고 줄곧 의사에게 의논했다.[35]

그 달의 일이지만, 그는 또 한 사람의 명의를 찾아갔다. 이 명의도 전의 명의와 거의 같은 말을 했다. 다른 것은 문제의 중점을 어디에 두느냐 하는 문제였다. 따라서 이 명의에게 진찰을 받았다는 것은 이반 일리치의 의혹과 공포를 깊게 했을 뿐이다. 그의 친구의 친구 중에 용한 의사가 있어서, 전과는 다른 진단을 내렸으며 더욱이 완치할 수 있다는 것까지 보증해 주었다. 그러나 그럼에도 불구하고 이 명의 역시 여러 가지 질문과 추측을 해서 이반 일리치를 깊은 혼란에 빠뜨렸으며, 의혹을 더해 줄 뿐이었다.

같은 치료 방법을 행하는 의사들이 제각기 다른 진단을 내리고 다른 약을 주었다. 이반 일리치는 일 주일쯤 아무도 모르게 약을 먹어 보았다. 그러나 일 주일이 지났는데도 조금도 좋아진 것 같지 않았으므로 전의 치료법과 이번의 치료법도 전혀 사용하지 않게 되었으며, 점점 더 기분이 우울해질 뿐이었다. 어느 때, 잘 아는 모 부인이 성상으로 치료하는 방법을 가르쳐 주었다. 이반 일리치는 주의 깊게 귀를 기울였으며, 자기 자신이 그 사실의 진실성을 믿기 시작했다는 것을 깨달았다. 여기에는 그도 놀라지 않을 수 없었다.

그는 자신에게 말했다.

'내 의지력은 그렇게도 둔해졌단 말인가? 부질없는 일이다! 모든 것이 어리석은 짓이다. 공연히 의심하지 말고 누구든지 한 사람 똑똑한 의사를 고른 다음 그 치료법을 엄수하지 않으면 안 된다. 한번 그렇게 해 보자. 좋

중요 어구 풀이

35) 그럼에도 ~ 의논했다 : 약간의 결벽증이 있다고 생각될 정도로 자기의 일과 생활에 대해 완벽을 추구한다.

아, 그렇게 하기로 결정했다. 이제는 다른 것은 생각하지 말고 여름까지 그 치료법을 지키도록 애쓰자. 다음 문제는 또 그 때 가서 결정할 일이다. 이제는 이런 일로 갈팡질팡하는 것은 그만두어야겠다.'

그러나 이렇게 생각하기는 쉬웠지만 막상 실행하기는 어려웠다. 옆구리의 아픈 곳은 줄곧 쑤셔서 점점 더 통증이 심하고 빈번해지는 것 같았다. 입 안의 그 고약한 맛도 점점 더 심해졌다. 입 안에서 고약한 냄새가 나는 것만 같고, 식욕도 기력도 몹시 쇠약해졌다. 이제는 자기 스스로를 속일 수는 없었다. 무엇인가 무섭고 새로운, 그의 생애에서 여태껏 한 번도 없었던 중대한 일이 내부에서 일어나고 있었다. 그렇지만 이것을 알고 있는 것은 자기 혼자뿐이며, 주위 사람들은 그것을 알지 못하고, 혹은 알려고도 하지 않고 매사가 예전처럼 아무 탈 없이 진행되고 있는 것으로 인식하고 있는 듯이 여겨졌다. 이반 일리치를 괴롭힌 것은 무엇보다도 바로 그러한 주위 사람들의 일상 태도였다.[36] 그가 보는 바로는 집안 사람들 — 특히 열에 들떠 있는 아내와 딸 — 은 아무것도 모르고 그가 불쾌하며 잔소리가 심한 데 대해 그것은 마치 그의 죄이기나 한 것처럼 못마땅한 태도를 보였다. 그들은 이런 눈치를 보이지 않으려고 노력했지만, 그는 자신이 귀찮은 존재로 취급당하고 있다는 것을 알아차렸다. 아내가 자기의 병에 대한 일정한 태도를 스스로 만들어 내고 그가 뭐라고 말하건 상관없이 그것을 지켜 나가고 있다는 것을 알아차렸다. 아내의 그 일정한 태도라는 것은, 요컨대 이런 태도였다.

그녀는 아는 사람에게 말을 건다.

중요 어구 풀이

36) 이반 일리치를 ~ 태도였다 : 가장 가까운 가족조차 모두 진심으로 자신을 대하지 않는 데서 오는 심적 고통.

"정말이지, 우리 집 주인은 보통 사람들처럼 의사가 시키는 대로 치료법을 지키지 못한단 말이에요. 오늘은 제대로 약을 먹고 시키는 대로 식사를 하고 시간표대로 잠을 자는가 하면, 내일은 그만 제가 조금만 방심하고 있으면 약 먹는 것을 잊어버리고 가자미를 먹어요(가자미는 의사가 먹지 못하게 하는 거예요!). 게다가 새벽 한 시까지 트럼프를 하곤 하는 판이니까요."

"이봐, 엉터리 같은 소리 하지 마. 내가 언제 그런 짓을 했단 말이야?"

마땅치 않다는 듯이 이반 일리치가 다시 말한다.

"꼭 한 번 표트르 이바노비치 군의 집에서 했을 뿐이야."

"그렇지만 어제 세베크 씨와 하지 않았어요?"

"해 보았자 결국 마찬가지야. 나는 아파서 어차피 잠을 잘 수가 없으니까……."

"그렇지만 이유가 어떻든간에, 그렇게 해서는 절대로 병을 고칠 수 없어요. 그렇게 언제까지나 우리를 괴롭힐 작정이시군요?"

남편의 병에 대해 프라스코비야 표도로브나가 남이나 남편 자신에게 보이는 표면상의 태도는 '이 병의 원인은 당사자인 이반 일리치에게 있는 것이요, 이 병은 전부 남편이 저를 괴롭히기 위해 연구해 낸 새로운 방법입니다.' 라는 식으로 생각될 수 있었다. 아내가 이런 태도를 취하게 된 것도 지극히 당연한 일이라고 이반 일리치도 느끼고는 있었지만, 그렇다고 해서 마음이 가벼워질 리는 없었다.

이반 일리치는 재판소에서도 사람들이 자신에 대해 이와 같은 태도를 보이는 것을 깨달았다. 아니 그렇게 생각했을지도 모른다. 어떤 때는 머지않아 자리를 양보해 줄 사람이구나 하는 눈초리로 모두들 힐끔힐끔 자기 쪽을 바라보는가 하면, 또 어떤 때는 친구들이 갑자기 아주 다정한 말투로 그의 병에 대한 지나친 걱정을 해 대며 마치 그의 몸 속에 번식해서 쉬지 않고 그의 피를 빨아먹으며 그를 죽음으로 몰고 가는, 이 무섭고 두려운 병이 그들에게는 다시 없이 재미난 농담거리인 것같이 이야기하는 것이었다. 특히 그중에서도 슈바르츠는 이반 일리치에게 10년 전의 자기를 회상하게 하는 명랑하고 생기 발랄한 의젓한 태도로써 그의 비위를 긁어놓는 것이었다.

친구들이 이따금씩 트럼프를 하러 찾아왔다. 새로 산 트럼프 봉함을 뜯고 나눈다. 다이아에 다이아가 겹쳐서 모두 일곱 장이 된다. 그의 한 패가 으뜸 패가 없다는 것을 언명하고 다이아를 두 장 원조해 준다. 이 이상 무엇이 필요하겠는가? 명랑하고 활기를 띠지 않을 수 없다. 대역을 할 수 있게 되었다. 전승할 것은 의심할 나위도 없는 판국이다. 그러나 돌연 이반 일리치는 그 빨아들이는 것 같은 통증과 입 안의 이상한 미각을 느끼기 시작한다. 그리고 이런 경우에 있어서조차도 '대역' 을 맡게 되었다는 기쁨을 맛볼 수 있다는 것이 기괴한 일로 생각되었다.

그는 한패인 미하일 미하일로비치 쪽으로 눈을 돌린다. 그런데 이 사람은 다혈질인 듯한 손으로 탁자를 똑똑 치고는 은근하면서도 동시에 대범한 태도로 승패를 잡는 것을 보류하고, 이반 일리치가 애써 멀리까지 손을 뻗치지 않더라도 긁어모을 수 있도록 마음을 쓰면서 그 앞으로 패를 밀어주었다. 도대체 이 사나이는 내가 손을 멀리까지 뻗칠 수도 없을 정도로 쇠약해졌다고 생각하고 있는 것일까?[37] 이렇게 이반 일리치는 생각한다. 그래서 으뜸 패를 떼는 것을 깜박 잊고 자기와 한패인 사람의 패를 더 떼었으므로, 세 패가 부족해져서 모처럼의 '전승' 경기를 무너뜨리고 만다. 그러나 무엇보다도 무서운 것은 미하일 미하일로비치가 몹시 괴로운 표정을 하고

중요 어구 풀이

37) 도대체 이 ~ 것일까? : 몸의 고통으로 인해 심적으로 위축되고 있다.

있는 데에 반해 자신은 그와는 정반대로 태연하게 있는 것이다. 무슨 이유로 자신은 태연할까? 그것을 생각하는 것은 무서웠다.

모두가 그의 괴로운 듯한 모양을 보고 이렇게 말을 건다.

"혹시 피곤하시다면 우리는 그만두어도 좋습니다. 쉬시는 게 어떻겠습니까?"

이반 일리치가 "쉬라고? 나는 조금도 피곤하지 않아."라고 말하므로 그들은 다시 승부를 끝까지 계속하게 된다. 모두 음침한 표정을 띠고 잠자코 있다.

'나는 이 사람들을 이렇게 음울하게 만들어 버렸다. 그러나 이런 공기를 일소해 버린다는 것은 나로서는 할 수 없는 노릇이다.'

이반 일리치는 이렇게 생각한다. 모두가 야식을 마치고 각각 흩어져 갔다. 혼자 남은 이반 일리치는 '나는 내 생활을 해쳤을 뿐만 아니라 남의 생활까지도 해치고 있는 것이다. 더욱이 이 해로움은 약해지지 않을 뿐만 아니라, 점점 더 깊이 내 존재를 해칠 뿐이다.' 라는 의식으로 스스로를 괴롭히고 있었다.

이러한 의식과 육체적인 고통과 공포를 품으면서 잠자리에 들어가지 않으면 안 되는 그였다. 아픔 때문에 거의 잠을 자지 못하고 밤을 새우는 일도 자주 있었다. 그러나 아침이 되면 또 일어나 제복으로 갈아입고 재판소에 나가서 얘기를 하고 글을 써야 했다. 나가지 않으면 일 분 일 초가 고통으로 가득 찬 스물네 시간을 집에서 보내야 했다. 더욱이 멸망의 구렁텅이에 빠지게 되었음에도 누구 하나 이해하고 동정해 주는 사람도 없는 채로 오직 홀로 이런 나날을 보내지 않으면 안 되었다.

5

이렇게 해서 1, 2개월이 지났다. 새해를 맞이하기 전에 처남이 이 도시로 와서 그들 집에 여장을 풀었다. 이반 일리치는 재판소에 나가 있었으며, 프라스코비야 표도로브나도 물건을 사러 나가고 집에 없었다. 이반 일리치가 집으로 돌아와서 무심코 서재에 들어가려고 했을 때, 그 속에서 직접 가방을 열려고 하는 억세고 다혈질의 열혈남아다운 처남의 모습이 눈에 비쳤다. 이반 일리치의 발소리를 듣자 그는 문득 고개를 들었다. 그리고 잠시 말도 하지 않고 이쪽을 지켜보고 있었다. 이 눈초리가 이반 일리치에게 모든 비밀을 털어놓았다. 처남은 입을 벌리고 '앗' 하고 고함을 칠 뻔했지만 겨우 그것을 억제했다. 이런 동작이 모든 것을 설명해 주었다.

"어떤가, 내가 많이 달라졌지?"

"네, 달라진 것 같군요."

계속해서 이반 일리치는 자신의 외모에 대한 이야기로 화제를 옮기려고 매우 애썼지만 처남은 끝내 침묵을 지킬 뿐이었다. 그러는 동안에 아내가 돌아왔으므로, 처남은 그쪽으로 가 버렸다. 이반 일리치는 문에 자물쇠를 잠그고, 처음에는 정면으로 다음에는 옆얼굴을 비추어 보면서 거울 속을 들여다보았다. 그는 아내와 함께 찍은 사진을 들고, 그 모습과 거울 속의 자기와 비교해 보았다. 무서울 만큼 달라졌다. 그리고 그는 팔꿈치까지 팔을 걷어올려 한참 동안 들여다보고는 소매를 내리고 긴 의자에 앉았지만, 그 얼굴은 밤보다도 더 어두웠다.

'안 돼, 이건 안 되겠다.'

그는 스스로에게 말하고는 벌떡 일어났다. 그리고 책상 쪽으로 성큼성큼 걸어가서, 서류를 펼치고 읽으려고 했으나 허사였다. 그는 문을 열고 응접실로 나갔다. 객실로 통하는 문은 잠겨져 있었다. 그는 발끝으로 걸어서 그쪽으로 다가가서, 귀를 기울이기 시작했다. 아내가 말하는 소리가 들렸다.

"아니야, 그건 네가 너무 과장해서 하는 말이야."

"어째서 과장이란 말이에요? 누님은 모르시나요? 그 사람은 마치 죽은 사람과 같단 말이에요. 그 눈을 보세요. 도무지 빛이 없어요. 대관절 어떻게 된 겁니까?"

"아무도 모른단다. 니콜라예프 씨 — 이건 다른 의사 — 가 뭐라고 말씀하셨지만, 나는 하나도 무슨 뜻인지 모르겠어. 레시체스키 씨 — 이것은 그 유명한 의사 — 는 또 정반대의 말을 하시니."

이반 일리치는 그 자리에서 떠나 자기 방으로 돌아갔다. 그리고 드러눕자 그는 이런 것을 생각하기 시작했다.

'신장, 유주신.'

신장이 찢어져서 왔다갔다하고 있다고 한 의사의 말이 생생하게 떠올랐다. 그래서 그는 상상력을 동원해서 이 신장을 붙잡아 이것을 한 군데로 밀어 넣고 단단히 못질하려고 노력해 보았다. 그렇게만 할 수 있다면 하고 그는 생각하는 것이었다.

'아니다, 다시 한 번 표트르 이바노비치 군을 찾아가 보자.'

이 사람은 의사 친구를 둔 그의 동료였다. 그래서 그는 벨을 눌러 마차를 준비시키고, 외출 준비를 하기 시작했다.

"여보, 어디를 가시는 거예요?"

특히 수심의 빛을 띠고 여느 때보다 친절한 듯한 표정으로 아내가 이렇게 물었다.

그러자 여느 때보다 다른 이런 친절한 표정이 그의 비위를 건드렸다. 그는 어두운 얼굴로 아내를 바라보았다.

"나는 표트르 이바노비치 군의 집에 가 봐야겠소."

그는 의사 친구를 둔 동료의 집으로 찾아갔다. 다행히 그 의사도 거기에 와 있었다. 그래서 그는 두 사람을 상대로 오랫동안 이야기를 나누었다.

의사의 의견에 따라 그 내부에 발생하고 있는 것을 해부학적, 생리학적으로 자세히 검사받음으로써 그는 모든 것을 이해할 수가 있었다.

맹장 속에 있는 조그만 덩어리 — 아주 조그만 덩어리 — 가 원인이었다. 그것을 완치하기란 쉬운 일이다. 갑의 기관의 정력을 강하게 하고, 을의 기관의 작용을 약하게 하면 거기에 흡수 작용이 생겨 모든 것이 잘 되어 간다는 것이었다.

그는 식사 시간에 조금 늦었다. 그러나 식사를 끝내고 가족들과 유쾌하게 담소했다. 잠시 동안 일을 하러 서재로 갈 마음이 생기지 않았지만 용기를 내어 서재로 들어가 곧 일에 착수했다. 그는 서류를 읽기도 하고 무엇을 적기도 했다. 그렇지만 이 일이 끝나는 대로 당장 시작하지 않으면 안 될, 지금까지 미루어 왔던 힘든 중대한 일이 있다는 의식이 잠시도 머릿속에서 떠나지 않았다. 그리고 일이 끝났을 때, 이 답답하게 느껴지는 일이라는 것이, 사실은 맹장에 대해서 차근차근히 생각해 보는 일이었다는 것을 그는 비로소 깨달았다. 그렇지만 그런 생각에 골몰하지 않고 차를 마시러 객실로 나갔다. 손님들 중에는 이야기에 열중하고 있는 사람도 있었고, 피아노를 치고 있는 사람도 있었으며, 노래를 부르고 있는 사람도 있었다. 딸의 사윗감으로 바람직한 예심 판사 모습도 보였다. 프라스코비야 표도로브나의 의견에 의하면, 이반 일리치는 다른 누구보다도 가장 쾌활하게 그 하루 저녁을 보냈다. 그렇지만 미루어 오던 중대한 일, 즉 맹장에 관한 일에 대해 잘 생각해 보아야겠다는 생각을 한순간도 잊을 수가 없었다. 그는 11시에 여러 사람과 헤어져서 자기 방으로 갔다. 병에 걸린 후로는 서재에 붙은 조그만 방에서 혼자 자고 있었다. 그는 자기 방으로 가서 옷을 갈아입자 졸라의 소설을 손에 들었지만 그것을 읽지 않고 생각에 잠겼다. 그랬더니 항상 원하고 있듯이 맹장염을 완치한 것만 같은 느낌이 왔다. 흡수 작용이 일어나고 배설 작용이 일어나서 규칙적인 운동이 회복된 것이다.

'그렇다, 이래야만 된다.'

그는 스스로에게 말했다.

'이렇게 된 바에는 자연에 의지할 수밖에 없다.'

그는 약에 대한 것이 생각났으므로 몸을 일으켜 약을 먹었다. 그리고는 드러누워 약이 어떻게 잘 듣는지 또 그것이 어떻게 아픔을 구제해 주는지 그 상태에 대하여 마음을 집중시켰다.

'그저 규칙적으로 약을 먹고, 몸에 해로운 것들을 피하기만 하면 된다. 벌써 조금 좋아진 것만 같다. 아니 훨씬 좋아진 것 같다.'

그는 옆구리를 슬쩍 만져 보았다. 별로 아프지 않았다.

'어, 아픔이 느껴지지 않는다. 상당히 좋아진 것 같군!'

그는 촛불을 끄고 옆으로 누워 보았다. 맹장이 좋아지기 시작해서 흡수 작용을 일으키고 있다. 그런데 갑자기 어제오늘에 느껴 오던 그런 아픔 — 둔하고 쑤시는 듯한 아픔 — 이 아닌 집요하고 심한 통증이 일어났다. 입 안에는 여전히 고약한 맛이 난다. 심장이 콱 오그라들고 머리가 혼란해졌다.

'아아, 어떻게 하면 좋을까?'

그는 생각했다.

'또 시작되었군. 그리고 이 아픔은 절대로 멎지 않을 거야.'

사태는 돌연 급전직하로 변했다.

'맹장! 신장!'

혼자 중얼거렸다.

'아니, 맹장이나 신장 따위는 문제가 아니다. 죽느냐 사느냐 하는 것이 문제다. 그렇다, 전에는 생명이 있었지만 지금은 그것이 꺼져 가고 있다. 더욱이 그것을 막을 수는 없다. 그렇다, 자기 스스로를 속였댔자 별수없을 것이다! 내가 죽어 가고 있다는 것은 나 이외의 사람은 누구나 분명히 알고 있는 것이 아닌가. 그러므로 앞으로 몇 주일 내지 며칠 생명을 유지하느냐 하는 것이 문제일 뿐이다. 어쩌면 지금 당장 죽을지도 모른다. 과거에는 빛이었지만 지금은 어둠뿐이다. 전에는 이 세상에 살고 있었지만 지금은 저쪽으로 가는 일밖에 남지 않았다. 그러나 대관절 어디로?'

그는 전신에 오한을 느끼고, 호흡이 멎어 버렸다. 그의 귀에 들리는 것은 심장의 고동뿐이었다.

'내가 없어지면 대관절 그 뒤는 어떻게 될 것인가? 아무것도 남지 않는다. 그렇지만 도대체 어디로 간단 말인가, 언제 죽는단 말인가, 나는? 내가 정말 죽는 것일까? 싫다! 죽는 것은 싫다.' [38]

그는 벌떡 일어났다. 양초에 불을 붙이려고 부들부들 떨리는 두 손으로 여기저기 더듬다가 촛대를 방바닥에 떨어뜨리고 말았다. 그래서 그는 다시 벌렁 베개 위에 쓰러지듯 드러누웠다.

'무엇 때문이냐! 어느 쪽이든 마찬가지가 아니냐?'

부릅뜬 두 눈으로 어둠 속을 지켜보면서 그는 이렇게 자신에게 말했다. 죽음! 그렇다, 죽음이다! 더구나 저들은 누구 하나 이 사실을 모르고 있을 뿐 아니라, 알려고도 하지 않는다. 불쌍하다고 생각하지도 않는다. 문 저쪽에서 말소리와 노랫소리가 희미하게 들려 왔다. 그놈들은 음악을 즐기

중요 어구 풀이

38) 내가 정말 ~ 싫다 : 이반이 가진 삶에 대한 애착을 솔직하게 표현하고 있다.

고 있다.

'그놈들은 태평스럽다. 그렇지만 놈들도 역시 죽는다. 바보 같으니라고! 내가 한발 빠르고 너는 조금 늦을 뿐이 아니냐? 결국 죽기는 마찬가지가 아니냐? 그런데도 놈들은 좋아하고 있단 말이야. 제기랄!'

증오로 질식할 것만 같았다. 괴로웠다. 견딜 수 없을 만큼 고통스러웠다. 누구나 이러한 무서운 공포를 겪어야만 하는 운명일 리는 없다. 그는 벌떡 몸을 일으켰다.

'무엇인가 잘못되었다. 냉정해져야겠다. 처음부터 다시 생각해 볼 필요가 있다.'

그래서 그는 생각하기 시작했다.

'그래, 이번 일의 시초는 옆구리를 부딪친 것이었다. 그러나 별로 달라진 것은 없었다. 그 날도 그 이튿날도 다만 조금 쑤실 뿐이었다. 그러나 그 후 점점 심해져서 그 다음부터는 의사, 비관, 우울, 그리고 또 의사. 이렇게 해서 나는 점점 심연[39]으로 다가갔던 것이다. 힘이 점점 약해지고 심연은 시시각각으로 다가온다. 그리고 지금처럼 나는 아주 초췌해져서 눈에서 빛이 없어지고 말았다. 결국 죽음이다. 그럼에도 불구하고 나는 맹장에 대해서만 생각하고 있다. 맹장을 고칠 방법을 생각하고 있다. 그러던 판에 죽음이 닥쳐온 것이다. 그런데 정말 죽음이 닥쳐온 걸까?'

또다시 공포의 포로가 되고 말았다. 숨을 끊고 몸을 굽히면서 성냥을 찾기 시작했다. 그러다가 무슨 막대기에 팔꿈치를 '쿡' 하고 부딪혔다. 그것이 자기를 방해하고 아프게 했다고 해서 그는 까닭 없이 화를 내고 홧김에 더욱 세게 밀어서 그 막대기를 쓰러뜨렸다. 그리고 절망적인 기분으로 헐

중요 어구 풀이

39) 심연 : 좀처럼 헤어나기 힘든 깊은 구렁의 비유.

떡이면서 벌렁 드러누웠다. 지금 이 자리에 죽음이 닥쳐오리라고 예상했다.

마침 손님들이 돌아가는 참이었다. 프라스코비야 표도로브나는 손님들을 배웅하다가 무슨 물건이 쓰러지는 소리가 들리자 그의 방으로 들어왔다.

"여보, 무슨 일이에요?"

"아무것도 아니야. 실수를 해서 떨어뜨렸어."

그녀가 나가서 촛불을 들고 와서 보니, 거기에는 그녀의 남편이 마치 십 리나 되는 길을 달려 온 사람처럼 숨을 헐떡이면서 괴로워하며 누워 있었다. 움직이지 않는 두 눈으로 아내 쪽을 바라보면서.

"어떻게 된 거예요, 여보?"

"아무것도 하지는 않았어. 떠, 떨어뜨린 거야."

그는 생각했다.

'무슨 말을 해 보았자 결국 소용없다. 어차피 저 여자는 알아듣지 못할 테니까 말이야.' [40]

아닌 게 아니라 그녀는 도무지 알아듣지 못했다. 그래서 양초를 주워 올려서 불을 켜고 그녀는 총총히 사라졌다. 손님을 배웅하지 않으면 안 되었기 때문이다. 그녀가 다시 돌아왔을 때도 그는 여전히 드러누운 채 천장만 우두커니 바라보고 있었다.

"아니, 왜 이러구 계세요? 기분이라도 나쁘신가요?"

"음!"

그녀는 알 수 없다는 듯이 고개를 흔들면서 잠시 남편 옆에 앉았다.

중요 어구 풀이

40) 무슨 ~ 말이야 : 가장 가까운 사이인 사람들과도 온전히 소통하는 데 어려움을 겪고 있다.

"여보, 그 레시체스키 씨에게 왕진을 부탁하면 어떨까요?"

돈을 아끼지 말고 명의를 부르자는 뜻이었다. 그는 독기 있는 미소를 띠고 "싫어."라고 말했다. 그녀는 한참 동안 잠자코 있었지만 이윽고 옆으로 다가가서 남편의 이마에 키스했다.

아내가 키스하고 있는 동안 이반 일리치는 진심으로 미워서 견딜 수 없었다. 그래서 그녀를 밀어젖히지 않기 위해 자기를 억제하지 않으면 안 되었다.

"그럼 안녕히 주무세요."

"응."

6

이반 일리치는 죽음이 임박하고 있다는 것을 깨달았다. 그리고 줄곧 절망 속에서 헤매고 있었다.

이반 일리치도 마음 속으로는 자신이 죽어 가고 있다는 것을 알고 있었지만, 이런 생각에 익숙하지 않았을 뿐만 아니라, 어째서 이것을 이해할 수 없는지 그 이유조차도 납득할 수 없었다.

그는 전에 키제테르의 논리학에서 배운 삼단 논법의 일례인 '가이우스는 인간이다. 인간은 죽어야 하는 것이다. 그러므로 가이우스도 죽어야 하는 것이다.'의 예도 오늘까지 항상 가이우스에게만 정당한 것이었지 자기 자신에게는 전혀 관계가 없는 일처럼 생각되었다. 왜냐 하면 가이우스는 인간, 즉 일반이고 추상적인 인간이기 때문에 이 논법은 더없이 정당했지만, 그는 가이우스도 아닐 뿐 아니라 일반적 인간도 아니며, 항상 — 그야

말로 항상 — 다른 모든 사람과는 다른 존재였다. 즉 마마, 파파, 미챠, 볼로샤, 장난감, 마부, 유모, 그리고 카첸카, 거기다 또 유년, 소년, 청년 시절의 모든 환희, 비애, 감격, 이런 종류의 것들과 함께 있는 바냐(이반의 애칭)가 틀림없었다. 바냐가 가장 좋아하던 무늬 있는 가죽공의 그 냄새를 과연 가이우스 따위가 알 수 있을까? 과연 가이우스는 그런 식으로 어머니의 손에 키스를 했을까? 또 가이우스의 귀에도 과연 어머니의 옷깃 스치는 소리가 그렇게 들렸을까? 그는 과연 법률 학교에서 고기만두 때문에 소동을 일으켰을까? 가이우스는 과연 그런 식으로 연애를 했을까? 가이우스는 과연 그런 식으로 재판을 할 수가 있었을까?

가이우스란 것은 마땅히 죽어야 한다. 그에게 있어서는 죽는다는 것이 정당한 것이다. 그렇지만 자신, 바냐, 즉 무수한 감정과 사상을 가진 이반 일리치에게는 그것은 전혀 다른 문제이다. 바로 내가 죽어야 한다는 것은 도저히 있을 수 없는 일이다. 그것은 너무나 무서운 일이다.

이것이 그의 실감이었다.

그는 자신에게 말했다.

'만약 나도 가이우스처럼 죽어야만 한다면 나는 그것을 다 알고 있어야 한다. 내부의 소리가 내게 그것을 말해 줄 것이 틀림없다. 그러나 나의 내부에는 그것과 비슷한 아무것도 없다. 나는 물론 우리 친구들도 모두 이런 것을 이해하고 있다. 즉, 우리는 가이우스의 경우와는 전혀 다르다는 사실을 말이다. 그런데도 나는 현재 이 꼴이란 말이다!'

'그럴 리가 없다! 그러나 그럴 리가 없다!' 라고 해 보았자 그것은 확실히 있는 것이다. 이건 도대체 어떻게 된 노릇이냐? 어떻게 풀면 될까?

그는 아무래도 납득이 가지 않았으므로 허위이고 부정하고 병적인 것으로 그런 사상을 쫓아내 버리고 이것을 아주 다른 — 바르고 건전한 — 사상과 바꾸어 넣으려고 노력했다. 그러나 그런 사상은 그저 단순히 하나의 사상으로만 머물러 있지 않고 마치 현실인 것처럼 다시금 그의 눈앞으로 돌아와서 버티고 앉아 있었다.

그는 이 상념[41] 대신에 다른 여러 가지 상념을 차례대로 불러내어 그들 속에서 마음을 의지할 지주를 찾아내려고 했다. 혹은 전에 자기를 위해 죽음의 상념을 은폐해 주었던 여러 가지 상념으로 되돌아가려고도 했다. 그러나 이상하게도 전에 죽음의 의식을 은폐하고 또 짓밟아 주던 모든 것이 이제 와서는 그런 작용을 해주지 않았다. 최근 이반 일리치는 전에 죽음의 사상을 차단해 주던 여러 가지 감정을 회복하려고 노력하는 데에 대부분의 시간을 소비하고 있었다.

'근무에 전력을 기울여 보자. 이전에는 그것이 내 생명이었으니까 말이야.'

때로는 이렇게 혼자 중얼거릴 때도 있었다. 그래서 그는 자기의 머릿속으로부터 모든 의혹의 상념을 쫓아 버리고, 부지런히 재판소에 가서 동료들과 이야기를 나누고, 오랜 습관대로 의자에 걸터앉아 무슨 의미 있는 듯한 눈으로 모인 사람들을 둘러보고 야윈 두 팔을 회전의자의 팔걸이에 올려놓고 언제나와 같이 동료를 향해 가슴을 굽혀 서류를 밀어주면서 한두 마디 작은 소리로 주고받은 뒤, 이윽고 눈을 똑바로 뜨고 꼿꼿이 고쳐 앉은 다음 늘 하던 말들을 쓰면서 심문을 개시했다. 그러나 공판 도중에 갑자기 옆구리의 아픔이, 빨아들이는 것처럼 느껴지는 그 활동을 시작한다. 재판 진행이 어떻게 되었건 그런 것과는 일체 상관없이 말이다. 이반 일리치는 정신을 집중해서 아픔에 대한 것은 되도록 생각하지 않으려고 한다. 그렇

중요 어구 풀이

41) 상념 : 마음 속에 품고 있는 여러 가지 생각.

지만 아픔은 여전히 자기의 일을 계속한다. 그놈의 것 — 죽음이란 것 — 이 다가와서 정면에 버티고 앉아 이쪽을 지켜보고 있다. 그의 몸은 막대기처럼 굳어지고 눈에서 빛이 사라져 버린다.

그래서 그는 다시 자신에게 물어 본다.

'도대체 그놈만이 진실하단 말인가?'

그와 같은 훌륭하고 섬세한 재판관이 당황하고 실수를 저지르는 것을 보고 동료나 부하들은 놀라기도 하고 동정하기도 한다. 그는 몸부림치면서 의식을 회복하려고 한다. 그리고 이럭저럭 재판을 끝까지 해치우고 나면, 이제 전처럼 '재판이란 일도 자기가 숨기려고 생각하는 것을 숨겨 주지 않는다. 재판이란 일도 그놈으로부터 빠져 나오는 수단이 되지는 못한다.' 라는 슬픈 의식에 흠뻑 젖으면서 그는 귀로[42]에 올랐다. 그렇지만 무엇보다도 나쁜 것은 그놈이 그를 자기 쪽으로 계속해서 끌어당기는 것이었다. 그것은 그에게 무슨 일을 시키기 위해서가 아니라 그저 그를 몰아 덮어놓고 자기를 지켜보도록 하기 위해서 — 정면으로부터 들여다보도록 하기 위해서 — 였다. 그렇다! 아무것도 하지 못하게 해 놓고도 말로는 이루 다 표현할 수 없는 고통을 맛보게 하기 위한 것임에 틀림없었다.

그래서 이런 상태로부터 자기 자신을 구해 내기 위해 이반 일리치는 위로 — 새로운 눈가림 — 를 찾아 헤맨다. 그 새로운 눈가림이 생겨, 이것으로 잠시 동안 구제를 당한 것처럼 생각되기는 하지만 그것 역시 곧 찢어지고 만다. 아니 오히려 투명해지고 마는 것이다. 마치 그놈이 모든 것을 관통해서 어떤 것이라도 그것을 가로막을 힘이 없는 것만 같았다.

그 무렵에 흔히 있었던 일이지만, 그가 장식을 한 객실, 그가 사닥다리에

중요 어구 풀이

42) 귀로 : 돌아오는 길.

서 떨어졌던 방이며, 또한 생각하기만 해도 화가 치밀 정도로 턱없는 얘기지만 이 객실을 장식하기 위해 그는 생명을 희생했다. 왜냐 하면 그의 병은 본인이 잘 알고 있듯이 그 타박상이 시초가 되었기 때문이다. 이렇게 말썽이 있는 객실로 들어가자, 니스 칠을 한 탁자에 무엇인가로부터 찔린 것 같은 상처가 눈에 띄었다. 그래서 그 원인을 알아본 결과 앨범 끝의 구부러진 청동 장식품이 바로 그 원인인 것으로 판명되었다. 그는 자신이 애정을 깃들여 만들어 놓은 소중한 앨범을 손에 들었다. 그러자 딸이나 그 친구들이 단정하지 못한 것이 한없이 못마땅해졌다. 어떤 곳은 찢어져 있었으며, 어떤 곳은 사진이 거꾸로 붙어 있었다. 그래서 그는 열심히 그것을 정돈하고 구부러진 장식을 전처럼 고쳤다.

그렇게 하자 그는 앨범과 다른 것이 놓여 있는 탁자를 꽃이 장식되어 있는 구석 쪽으로 옮기고 싶은 생각이 들었다. 그래서 하인을 불렀다. 딸과 아내도 도우려고 왔다. 그러나 그들은 탁자를 옮기는 것을 반대했다. 그는 다투다가 화를 벌컥 냈다. 그래도 만사는 순조로웠다. 그는 그놈의 일을 잊어버릴 수 있었기 때문이며, 그놈의 모습이 보이지 않았기 때문이다.

그렇지만 그가 제 손으로 옮기려고 할 때, 아내가 '그만두세요. 일하는 사람들이 하면 되잖아요. 또 몸이 나빠지시면 어떡해요.' 라고 말참견을 했다. 그러자 갑자기 그놈이 눈가림을 통해 흘끗 모습을 보였다. 그는 그놈을 알아보았다. 그렇지만 그놈에게 잠깐 눈을 돌렸을 뿐이므로, 곧 자취를 감추리라 하고 이제 와서도 그런 일을 기대했다. 그러나 저도 모르게 옆구리로 마음을 집중했다. 그러자 거기에는 여전히 같은 것이 잠복하고 있었다. 역시 전처럼 쑤신다. 이 이상 잊고 있을 수는 없게 되었다. 더욱이 그놈이 꽃 뒤에서 공공연히 이쪽을 지켜보고 있다. 도대체 이것은 어떻게 된 것일까?

'그렇다! 여기서, 이 커튼 옆에서 나는 생명을 잃어버렸다. 마치 태풍을 만난 것처럼. 그러나 정말 그럴까? 참으로 무섭고 턱없이 말이야! 그럴 리가! 있을 수 없다! 있을 까닭이 없다. 그럼에도 불구하고 그것이 있다!'

그는 서재로 가서 드러누웠다. 그리고 또다시 그놈과 마주했다. 그놈과 얼굴을 마주 보고 있다고는 해도[43] 그놈을 어떻게 할 힘도 없다. 그저 그놈을 잠자코 바라보면서 조마조마해하고 있을 뿐이었다.

7

이반 일리치가 병이 난 지 3개월째의 일이었다. 어째서 그렇게 되었는지, 조금씩 눈에 띄지 않게 진행되었으므로 뭐라고 말할 수는 없지만, 아내도 딸도 아들도 일하는 사람들도 친구들도 의사도, 아니 그렇게 말하는 그 자신까지도 다음과 같은 것을 알게 되었다. 그것은 다름 아니라 그가 저 지위를 내놓을 날이 언제이며, 그의 존재로 인해 생기는 압박감으로부터 살아 있는 자들이 풀려날 날은 언제이며, 또한 그가 자신의 고통으로부터 풀려날 날은 언제일 것인가[44]에 대해 주변 사람들의 모든 흥미가 집중되어 있었다.

잠을 점점 조금씩밖에 잘 수 없게 되어 아편을 쓰기도 하고, 모르핀 주사를 맞기도 했다. 그러나 그것으로도 좀처럼 편해지지 않았다.

반수 상태에서 맛보는 듯한 애수[45]가, 처음에는 무엇인가 새로운 것처럼

중요 어구 풀이

43) 그놈과 얼굴을 ~ 해도 : 이반에게 점점 가까워 오는 죽음을 의미한다.
44) 그가 자신의 ~ 것인가 : 주변 인물들에게 부담거리로 전락하고 마는 이반.
45) 애수 : 가슴에 스며드는 슬픈 근심.

약간 기분을 가볍게 해 주었지만, 그 애수도 곧 노골적인 고통보다도 더 괴로운 것이 되었다.

의사의 처방에 따라 특별한 음식을 만들어 달라고 했다. 그렇지만 그런 음식은 모두 그에게 점점 맛이 없고 매우 싫어졌다.

배변을 위해서도 특별한 설비가 마련되었다. 그러나 이것도 그 때마다 고통으로 변했다. 이 고통은 불결하고 꼴불견이었다. 냄새와 다른 사람이 매번 입회해 주어야만 된다는 의식으로부터 다가왔다.

그러나 불쾌하기 짝이 없는 이 일을 하는 중에도 이반 일리치에게는 위로가 되는 사람이 한 명 나타났다. 그를 위해 언제나 뒤처리를 하러 와 주는 취사 담당 하인 게라심이었다.

게라심은 도시의 음식으로 살이 뚱뚱하게 찌고 깨끗하고 건강한 젊은 농부였다. 언제나 명랑하고 밝은 표정을 하고 있었다. 매일 깨끗한 러시아 식 옷을 입고 있으면서도 그와는 반대로 이런 일을 하고 있는 사내의 모습이 처음에는 이반 일리치를 당황하게 했다.

어느 날, 이반 일리치는 변기에서 일어섰지만 바지를 끌어올릴 힘도 없어서, 보드라운 안락의자에 쓰러지듯 앉아 힘줄이 불룩불룩 솟아오른 힘없는 벌거숭이 넓적다리를 무서운 듯이 내려다보았다.

그런데 두툼한 장화를 신은 게라심이 그 장화에 바른 타르와 겨울 공기의 상쾌한 냄새를 사방에 발산시키면서 가벼우면서도 힘 있는 발걸음으로 들어왔다. 말쑥한 굵은 삼베 앞치마를 걸치고, 역시 말쑥한 사라사의 루바슈카를 입고, 소매를 걷어올리고 튼튼하고 젊은 팔을 드러내 놓고, 그는 이반 일리치 쪽에는 눈도 돌리지 않고 — 병자에게 모욕을 주지 않기 위해 자기 얼굴에 빛나고 있는 삶의 기쁨을 억제하려는 태도가 역력히 보였다 — 변기 쪽으로 뚜벅뚜벅 걸어갔다.[46]

이반 일리치는 약한 목소리로 그를 불렀다.

"게라심."

게라심은 움찔 놀랐다. 무슨 실수나 저지르지 않았나 하고 놀라 겨우 수염이 나기 시작한 생기가 넘치는 선량하고 단순한 젊은 얼굴을 재빨리 환자 쪽으로 돌렸다.

"네."

"기분이 몹시 좋지 않겠지? 미안하네. 나는 할 수 없으니까."

"당치도 않은 말씀입니다."

게라심은 두 눈을 반짝이고 튼튼한 흰 이를 보이며 웃었다.

"제가 이렇게 하는 것은 당연한 일입니다. 나리는 몸이 불편하시니까요."

그는 튼튼한 두 손을 사용해서 언제나처럼 그 일을 해치우자 경쾌한 발걸음으로 나갔다. 그러나 5분 가량 지나자 역시 경쾌한 발걸음으로 되돌아왔다. 이반 일리치는 여전히 안락의자에 앉아 있었다.

"게라심."

상대방이 깨끗이 씻은 변기를 놓았을 때 그는 말했다.

"미안하지만 여기로 와서 좀 도와 주게."

게라심이 옆으로 다가왔다.

"나를 좀 일으켜 주지 않겠나. 아무래도 혼자서는 괴로워서 말이야. 드미트리는 심부름을 보냈거든."

게라심은 옆으로 다가와 튼튼한 두 팔로 주인을 가볍게 끌어안더니 솜씨 있게 가만히 일으키고 그대로 부축해 주면서 한 손으로 바지를 끌어올려

중요 어구 풀이

46) 그는 이반 ~ 걸어갔다 : 게라심의 따뜻하고 배려 가득한 태도.

다시 거기에 앉히려고 했다. 그렇지만 이반 일리치는 긴 의자로 데리고 가 달라고 부탁했다. 그래서 게라심은 껴안다시피 하면서, 물건을 나르듯이 힘들이지 않고 그를 긴 의자 옆으로 데리고 가서 그 위에 앉혔다.

"고마워. 너는 정말 솜씨 있게 잘 해 준단 말이야."

게라심은 또 한 번 방긋 웃고는 그대로 나가려고 했다. 그러나 이반 일리치는 이 사내와 함께 있는 것이 기분이 좋았으므로 그대로 내보내고 싶지 않았다.

"저 미안하지만, 그 의자를 이쪽으로 좀 밀어 주지 않겠나? 아니 그쪽의 것 말이야. 발밑에 놓아 주게, 발이 높으면 조금 편하거든."

게라심은 의자를 가지고 와 바닥에 닿을 때까지 소리가 나지 않도록 가만히 놓았다. 그리고 이반 일리치의 두 발을 그 위에 올려놓았다.[47] 게라심이 다리를 높이 쳐들자, 그 순간 이반 일리치는 훨씬 편해진 것 같은 기분이 들었다.

그는 말했다.

"다리가 올라가 있으면 상당히 편해. 기왕이면 그 베개도 갖다 놓아 주지 않겠나?"

게라심은 그대로 했다. 다시 다리를 들어 베개 위에 올려놓았다. 게라심이 다리를 들고 있는 동안 이반 일리치는 기분이 훨씬 좋아진 것같이 생각되었다. 동시에 그가 다리를 내려놓으면 전보다 훨씬 기분이 나빠진 것처럼 느껴졌다.

"게라심, 지금 바쁜가?"

"아니요."

중요 어구 풀이

47) 게라심은 의자를 ~ 올려놓았다 : 일하는 것에 상당히 익숙한 게라심.

읍내 사람들로부터 주인과 말하는 것을 들어 배운 게라심은 이렇게 말했다.

"아직도 할 일이 남아 있나?"

"아무것도 없습니다. 다 끝냈으니까요. 내일 땔 장작을 패기만 하면 됩니다."

"그럼 이 다리를 들고 있어 주지 않겠나, 어떤가?"

"쉬운 일입니다. 좋습니다."

게라심은 다리를 높이 들었다. 그러자 이반 일리치는 그렇게만 하고 있으면 고통을 하나도 느끼지 않는 것처럼 생각되었다.

"그렇지만 장작은 어떻게 하지?"

"걱정하실 것은 없습니다. 적당히 해치울 테니까요."

이반 일리치는 앉아서 다리를 들고 있어 달라고 게라심에게 말하고는 잠시 동안 그를 상대로 얘기를 했다. 그런데 이상하게도 게라심이 그 다리를 들고 있는 동안 그는 전보다 편하게 느껴졌다.

그 때부터 이반 일리치는 가끔 게라심을 불렀다. 그리고 두 다리를 어깨에 올려놓게 하고는 그를 상대로 얘기하기를 좋아했다. 한편 게라심 또한 가벼운 기분으로 기꺼이 아무렇지도 않게, 그리고 친절하게 — 이것은 이반 일리치를 감동시켰다 — 자기의 일을 해냈다.

주위의 다른 모든 사람들이 지닌 건강이나 힘, 생기 같은 것들은 이반 일리치에게 모욕감을 주었으나 게라심의 힘이나 생기만은 이반 일리치를 괴롭히지 않을 뿐만 아니라 오히려 그의 마음을 위로해 주었다.[48]

이반 일리치의 주된 고통은 기만이었다. 어째서인지 모두들 승인하고 있

중요 어구 풀이

48) 주위의 다른 ~ 주었다 : 진심에서 우러난 행동이냐 아니냐의 차이이다.

는 기만, 즉 너는 그저 병에 걸려 있을 뿐이지 빈사 상태에 있는 것은 아니다. 그러므로 냉정한 태도로 치료만 게을리하지 않는다면 금방 좋아질 수 있다라는 기만적인 태도였다. 그러나 다른 사람들이 아무리 손을 쓸지라도 오히려 견디기 어려운 고통과 죽음밖에는 별다른 결과를 가져오지 않는다는 것을 그는 뻔히 알고 있었다. 이런 기만이 그를 괴롭혔다. 모든 사람이 자기도 알고 있으며 환자도 알고 있는 사실을 인정하려고 하지 않으며, 또한 이런 무서운 사태에 임하면서도 환자를 거짓말로 속이려고만 할 뿐 아니라, 환자 자신에게까지 이 기만에 한몫 거들 것을 강요하려는 사실이 그를 고뇌의 밑바닥으로 쓸어 넣었다.

기만, 허위. 자기의 죽음 직전에 행해지는 이 허위. 무섭고 엄숙한 이 죽음이란 사실을 보통 때 일반적인 방문이라든가 커튼이라든가 식사 때의 가자미 따위와 같은 수준으로까지 끌어내리려는 이 기만이 이반 일리치에게는 무서운 고통의 원인이었다. 그런데 이상하게도 그들이 그런 기만을 행할 때마다 '거짓말을 하는 것은 그만둬. 내가 죽어 가고 있다는 것은 너희들도 알고 있고 내 자신도 알고 있어. 그러니 제발 거짓말을 하는 것만은 그만두게.'[49]라고 그들에게 당장 고함을 치려고 했지만 그것을 입 밖에 낼 기력도 없었다. 자신을 전율하게 만드는 죽음이라는 사실도 자기 주위의 사람들과, 더욱이 자신이 평생을 두고 오로지 봉사해 온 '의례'라는 것에 의해 하나의 우연한 불쾌한 일이나 또는 그저 대단하지 않은 실례라는 정도의 것으로 끌어내려지고 말았다. 이를테면 객실로 들어가면서 고약한 냄새를 풍기는 인간으로 취급되었고 그도 그것을 알고 있었다. 또 누구 하나

중요 어구 풀이

49) 거짓말을 하는 ~ 그만두게 : 이반에게 필요한 것은 서툰 위로가 아니라 그의 죽음을 인정하고 그 과정을 함께 해 줄 사람이다.

자기의 상태를 이해하려고도 하지 않으므로 자기를 동정해 주는 사람이라고는 한 사람도 없다는 것을 그는 알고 있었다. 그런데도 게라심만은 이 상태를 이해하고 그를 동정해 주었다. 그러므로 이반 일리치는 게라심과 함께 있을 때만 기분이 좋은 것이었다. 게라심은 때때로 밤새도록 주인의 발을 든 채 자러 가려고도 하지 않았다. 그리고 '걱정하지 마십시오, 나리. 아직도 잘 시간은 얼마든지 있으니까요.' 라고 말할 때도 있으며, 또 어떤 때는 느닷없이 '나리께서 만약 병에 걸리시지 않았더라도 제가 돌봐 드리는 것은 당연한 일이 아니겠어요?' 라고 매우 친근한 말투로 이렇게 덧붙였다. 이런 경우에 이반 일리치는 참으로 기분이 좋았다. 게라심만이 거짓말을 하지 않았고, 그만이 일의 진상을 이해하고 있다. 그리고 이것을 숨기려고도 하지 않고, 말라빠진 약한 주인을 진심으로 불쌍하게 생각하고 있다는 것이 모든 점으로 미루어 분명했다. 어느 날, 이반 일리치가 그를 무턱대고 나가라고 했더니 그는 노골적으로 말했다.

"누구나 인간은 죽는 법입니다. 그렇다고 해서 도와 주지 않을 수는 없습니다."

그러나 이 말 가운데 그는 다음과 같은 뜻을 나타내고 싶었던 것이다.

'제가 수고를 무릅쓰고 도와 드리는 것은 죽어 가는 사람을 위해서입니다. 그리고 제가 아플 때 다른 누군가가 저에게 같은 일을 해주기를 바라기 때문입니다.'

이 기만 이외에, 혹은 이 기만의 결과로 자기 자신이 바라듯이 자신을 동정해 주는 사람이 한 사람도 없다는 것은 이반 일리치에게는 가장 큰 고통이었다. 이반 일리치는 오랫동안 고통을 겪은 후, 어떤 때는 한 가지 소원을 무엇보다도 강하고 격렬하게 가졌다. 그것은 털어놓기도 쑥스러운 일이었지만, 마치 병든 아이라도 가엾게 여기듯이 누군가가 불쌍히 여겨 주었으면 하는 소원에 지나지 않았다. 아이를 쓰다듬거나 위로하듯이, 모든 사람으로부터 애무를 받거나 키스를 받거나 그들이 자신을 위해 동정의 눈물을 흘려주기를 바라고 있었다. 자기는 당당한 관리다. 벌써 수염도 희어져 가고 있기 때문에 그런 일은 있을 수 없다는 것을 알고 있으면서도 역시 그렇게 해주기를 바라는 것이다. 게라심과의 관계에는 그것과 가까운 무엇인가가 존재하고 있었다. 그러므로 게라심과의 관계는 그에게 위안이 된 것이다. 이반 일리치는 소리를 내어 울고 싶었다.[50] 모든 사람으로부터 위로를 받거나 동정을 받고 싶었다. 그러나 마침 그 자리에 동료인 판사 슈베크 같은 사람이 참석한다면, 이반 일리치는 울거나 어리광을 부리는 대신에 정색을 하고 엄숙하며 그럴 듯한 표정을 짓고 정세에 끌려가면서 대심원 판결의 의의에 대해 자신의 주장을 말하고, 어디까지나 그것을 고집했을 것이다. 그의 주위와 그 자신의 내부에서의 이 기만은 이반 일리치의 마지막 며칠 남지 않는 나날을 무엇보다도 심하게 해쳤다.

8

아침이었다. 게라심이 나간 다음, 하인인 표트르가 들어와서 촛불을 끄고 한쪽 커튼을 열고 조용히 청소를 하려 했으므로 아침이라는 것을 알 수 있었다. 아침이건 밤이건, 금요일이건 일요일이건 어차피 마찬가지였다. 아무런 변화도 없었다. 일 분 일 초도 진정되는 일이 없는 쑤시는 듯한 견

중요 어구 풀이

50) 이반 일리치는 ~ 울고 싶었다 : 권위나 이목 때문에 자신을 숨기거나 감추지 않고 죽음 앞에서 인간이 느끼는 솔직한 감정을 표출하고 있다.

딜 수 없는 아픔, 끊임없이 절망의 낭떠러지로 나아가면서도 여태껏 사라지지 않는 삶의 의식, 유일한 현실인 끈덕지게 엄습해 오는 언제나 무섭고 미운 죽음, 그리고 항상 변함없는 기만, 거기에 무슨 날이 있으며, 주가 있으며, 또한 시간이 있을 수 있겠는가?

"차를 드시겠습니까?"

이반 일리치는 생각했다.

'이놈에게는 매일 아침 주인에게 차를 가져다 놓는 습관이 있어.'

그래서 그는 딱 한 마디 이렇게 말했다.

"필요 없네."

"긴 의자 쪽으로 옮기시면 어떻겠습니까?"

'이놈은 방을 치워야 하므로 내가 방해가 된단 말이구나. 불결하고 단정하지 못하니까.'

이런 생각이 들자 그는 딱 한 마디 했다.

"아니, 그대로 둬."

하인은 아직도 무엇인가 부스럭거리고 있었다. 이반 일리치는 손을 약간 뻗쳤다. 표트르가 충실하게 곁으로 다가왔다.

"무엇이 필요하십니까?"

"시계."

표트르는 곧 가까이 있는 시계를 들어 내밀었다.

"8시 반이다. 저쪽에서는 아직 일어나지 않았나?"

"네, 아직 일어나시지 않았습니다. 바실리 이바노비치 도련님 — 그는 아들이었다 — 은 학교에 가셨습니다만, 마님께서는 나리께서 부르시거든 깨워 달라고 분부하셨습니다. 깨워 드릴까요?"

"아니 그럴 필요는 없어."

'차나 마셔 볼까?'
하고 그는 생각했다.
"그럼 차, 차를 가져와 주게."
표트르는 문께로 걸어갔다. 그러자 이반 일리치는 홀로 남아 있는 것이 무서워졌다.
'어떻게 저놈을 붙잡아 둘 방법은 없을까? 그렇다, 약이다.'
"표트르, 약을 줘."
'어쩌면 약의 효과가 나타날지도 모른다.'
이렇게 생각하면서 그는 숟가락을 들고 꿀꺽 삼켰다.
'아니야, 효과가 있을 리 없다. 모두 어리석은 짓이다. 거짓말이다.'
혓바닥에 익숙한 아무런 희망도 없는 맛을 보자마자 그는 이렇게 단정하고 말았다.
'이제는 믿지 않겠다. 그렇지만 이 아픔, 이 아픔은 어찌된 까닭일까? 단 일 분 동안이라도 좋으니 아픔이 좀 진정되어 주었으면 좋겠다.'
그는 끙끙 앓기 시작했다. 표트르가 다시 들어왔다.
"나가 봐. 가서 차를 갖고 와."
표트르는 밖으로 나갔다. 이반 일리치는 혼자 있게 되자 다시 신음하기 시작했지만, 그것은 고통 때문이라기보다도 — 비록 그것이 아무리 무서운 것일지라도 — 오히려 외롭고 쓸쓸했기 때문이었다.
'언제나 똑같은 일의 연속이다. 끝없이 되풀이되는 밤과 낮. 차라리 빨리, 아니 무엇이 빨리란 말이냐? 죽음, 암흑, 싫다, 싫어. 어떤 것이든지 죽음보다는 낫다!'
표트르가 쟁반에 차를 받쳐 들고 오자, 이반 일리치는 마치 누구인지 모르는 것처럼 멍청한 눈초리로 잠시 동안 그를 바라보고 있었다. 표트르도

이 눈초리에는 당황했다. 그러나 표트르가 어리둥절해하는 찰나 이반 일리치는 겨우 제정신으로 돌아왔다.

"참 그렇지. 차를 가져왔나, 거기에 놓아두게. 그리고 좀 도와 주게. 몸을 닦고 셔츠를 갈아입고 싶으니까."

이반 일리치는 몸을 닦기 시작했다. 그는 쉬엄쉬엄 손과 얼굴을 씻자 이빨을 닦고 다음에는 머리에 빗질을 하려다가 거울을 잠깐 들여다보았다. 그러자 그는 공포에 휩싸이기 시작했다. 특히 무서웠던 것은 머리카락이 창백한 이마에 찰싹 들러붙어 있는 모습이었다.

셔츠를 갈아입을 때 자기의 몸을 바라보면 더 무서워지리라는 것을 알아차렸으므로, 그는 자기의 모습을 보지 않도록 했다.[51] 그래서 그 자리는 어떻게 무사히 넘겼다. 그는 어깨걸이로 몸을 감고 차를 마시기 위해 안락의자에 앉았다. 그 순간 그는 상쾌한 기분을 느꼈다. 그렇지만 차를 한 모금 마시자마자 또다시 그 고약한 맛과 그 아픔이 시작되었다. 그는 억지로 또 차 한 잔을 마시고 나서는 드러누워 두 다리를 뻗고 표트르에게 나가라고 했다.

모든 것이 똑같았다. 희망의 물방울이 번쩍이는가 하면, 또다시 절망의 바다가 미친 듯이 날뛴다. 끊임없는 아픔, 끊임없는 우수! 모든 것이 똑같았다. 혼자 있는 것은 견딜 수 없이 쓸쓸하므로 누구든지 부르려고 생각해도 다른 사람이 있으면 더욱 좋지 않다는 것을 미리 알고 있는 그였다.

'또 모르핀이라도 맞을까? 모든 것을 잊을 수만 있다면 얼마나 좋겠는가. 그 사람에게, 그 의사에게 말해 좀더 좋은 방법을 연구해 달라고 해야지. 이래 가지고는 견디지 못하겠어. 견딜 수가 있어야지.'

중요 어구 풀이

51) 셔츠를 갈아입을 ~ 했다 : 죽음을 앞두고 변해 가는 자신을 지켜보는 일을 두려워함.

한두 시간은 이렇게 지나갔다. 그러자 대기실에서 벨이 울렸다. 의사일지도 모른다. 의사였다. '당신은 말이요, 당신은 무엇에 놀란 모양인데 내 손으로 당장 고쳐 드리지.' 라고 말하고 싶은 듯한 표정을 띠고 있는, 발랄하고 건강하고 기름기가 도는 명랑한 의사였다. 그렇지만 의사는, 자기의 표정이 이런 장소에는 어울리지 않는다는 것을 알고 있으면서도, 이미 그런 표정이 영원히 얼굴에 굳어 버렸으므로 이제 와서 벗을 수는 없었다. 그것은 마치 아침부터 연미복을 입고 여기저기 뛰어다니는 인간과 마찬가지였다.

의사는 원기 있게 그리고 위로하는 듯한 태도로 두 손을 비비고 있었다.

"몹시 추워졌습니다. 무서운 추위랍니다. 잠깐 몸을 녹이도록 해주십시오."

'마치 내가 몸을 녹일 동안 잠깐만 기다려 주시오, 몸을 녹이고 나면 모든 것을 깨끗이 고쳐 드리겠소.' 라고 말하고 싶은 듯한 표정을 보이면서 그는 말했다.

"그런데 좀 어떻습니까?"

이반 일리치의 직감에 의하면, '어떻습니까, 요즈음 경기는?' 하는 정도로 의사는 말하고 싶었던 것이지만 그렇게 말해서는 안 된다고 깨달았으므로 다음과 같이 말을 바꾸었다.

"어젯밤에는 어땠습니까?"

이반 일리치는 의사 쪽으로 흘끔 눈을 돌렸지만 그 표정은 이렇게 물어보고 싶은 듯했다.

'당신이란 사람은 언제나 자기 자신에게 부끄럽지가 않군요. 거짓말을 그렇게 한다는 것이 말이오.'

그러나 의사는 이 힐문에 대해 해명하려고 하지 않았으므로 이반 일리치는 말했다.

"여전히 아픕니다. 아픔이 사라지지를 않는군요. 도무지 낫지 않습니다. 적어도 무슨 기미라도 나타나 주었으면 고맙겠습니다만!"

"당신 같은 일반 환자들은 말입니다, 언제나 그런 마음을 가지는 법입니다. 그건 그렇고, 나도 몸이 좀 녹은 것 같군요. 이 정도라면 그 꼼꼼하신 부인 — 프라스코비야 표도로브나를 가리킴 — 께서도 내 체온에 대해 이러쿵저러쿵 말씀하시지는 않겠지요. 그럼 어디 좀 볼까요?"

이렇게 말하고 의사는 손을 잡았다.

그리고 의사는 지금까지의 농담 섞인 태도는 완전히 떨어버리고, 진지한 태도를 보이면서 환자의 맥과 열을 조사하기 시작했다. 다음에는 타진[52], 청진이 이어졌다.

이반 일리치는 확실히 그리고 똑똑히 알고 있었다. 그런 것은 모두 어리석고 헛된 기만에 지나지 않으며 무의미한 짓이었다. 그렇지만 의사가 무릎을 꿇고 자기 위로 상반신을 뻗으면서 아래위로 키를 대어 보기도 하고, 자기 몸에 덮어 누르듯 하면서 심각한 얼굴로 여러 가지 체조 같은 동작을 함에 이르자 어느 결에 이반 일리치도 그의 태도에 휩쓸려 들어갔다. 그것은 마치 법정에서 변호사들이 거짓말을 하고 있다는 것도, 무엇 때문에 거짓말을 하고 있는가 하는 것도 이쪽에서는 이미 다 알고 있는데도 불구하고 그들의 변론에 결국 굴복하고 마는 것과 같았다.

긴 의자에 무릎을 꿇으면서 의사가 아직도 무엇인가 똑똑 두드리고 있을 때 방문 쪽에서 프라스코비야 표도로브나의 옷자락 스치는 소리가 나더니,

중요 어구 풀이

52) 타진 : 손가락이나 타진기로 가슴이나 등을 두드려서 그 소리로 내장의 이상 유무를 진찰하는 일.

'너는 어째서 선생님이 왕진을 오셨다는 것을 알리지 않았느냐?' 고 표트르를 나무라는 소리가 들렸다.

방 안으로 들어와서 남편에게 키스하고 나서 그녀는 곧 자기는 벌써 오래 전에 일어났지만 선생님이 왕진을 오셨을 때는 잠깐 착각했기 때문에 그만 인사도 드리지 못했노라고 변명을 하기 시작했다.

이반 일리치는 아내 쪽으로 눈을 돌려 그 전신을 훑어보았다. 그녀의 흰 피부도, 통통한 살집도, 손과 목덜미가 예쁘다는 것도, 머리털이 윤기나는 것도, 두 눈이 생기로 가득 차서 반짝반짝 빛나고 있는 것도, 모두 그가 그녀를 비난하는 대상이 되는 것이었다.[53] 그는 진심으로 아내를 미워했다. 그 몸에 조금만 닿아도 그녀에 대한 증오의 정 때문에 가책을 받지 않을 수 없었다.

남편과 남편의 병에 대한 그녀의 태도는 시종일관 아무런 변화도 없었다. 예를 들면, 의사는 환자에 대해서 스스로 일정한 태도를 만들어 내고, 이미 만들어 낸 이상 다시는 이것을 떼어 낼 수가 없는 것과 마찬가지로, 그녀도 남편에 대해서 어떤 한 가지 태도 — 즉 이러이러한 것은 꼭 필요한데도 남편은 이것을 해주지 않는다. 그러므로 상대방이 나쁜 것이다. 그러므로 나는 애정을 다해 이것은 나쁘다고 책망하는 것이다라는 태도 — 를 만들어 내고 있는 것이었다. 그리고 그녀도 또한 그에 대한 그런 태도를 새삼스레 없앨 수가 없었던 것이다.

"그렇지만 말이에요, 이렇게 말을 듣지를 않거든요. 약도 제시간에 먹지 않고요. 그리고 무엇보다도 저렇게 다리를 들고 누워 있어요. 저래 가지고

중요 어구 풀이

53) 이반 일리치는 ~ 것이었다 : 부인의 생명력에 대한 일종의 질투. 진실하지 못한 관계에서 비롯된다.

는 몸에 해로울 것이 뻔하잖아요."

이렇게 그녀는 의사에게 언제나 남편이 게라심을 시켜 다리를 쳐들게 하고 있다는 것을 이러쿵저러쿵 얘기해 주었다.

의사는 경멸과 동정의 빛이 엇갈린 미소를 띠었다. 이렇게 말하고 싶은 듯한 표정이었다.

'그건 어쩔 수 없습니다. 이런 환자는 가끔 그런 어리석은 일을 생각해 내는 법입니다. 너그럽게 봐주셔도 좋습니다.'

진찰이 끝나자 의사는 시계를 보았다. 그 때였다. 프라스코비야 표도로브나는 이반 일리치를 향해 이렇게 선언했다. "당신이 어떻게 생각하시든 저는 오늘 유명한 선생님을 부르기로 했으니까, 그 선생님과 미하일 다니로비치 씨 — 평상시의 단골 의사 — 와 두 분이 대진한 다음 협의를 해 달라고 해야 되겠어요."라고 말했다.

"이제는 제발 고집을 부리지 말아요. 부탁이에요. 이것은 제 자신을 위해서 하는 일이니까요, 네!"

그녀는 비꼬아서 이렇게 말했지만 그것은 바로 이런 뜻이었다. 즉 '나는 모든 것을 당신을 위해서 하는 것이랍니다. 그러므로 내 말에 대해서 이러쿵저러쿵 거부하는 것을 절대로 용서하지 않습니다.' 라는 것을 깨우쳐 주기 위한 말이었다. 이반 일리치는 무언중에 얼굴을 찌푸렸다. 그는 자기를 둘러싼 이런 기만적인 상황이 엉망진창으로 얽혀 있으므로 이제는 뭐가 뭔지 분별을 할 수 없는 기분이었다.

그녀는 자기를 위해서만 남편의 시중을 드는 것이었다. 그리고 자기는 자신을 위해서 이런 일을 한다든가, 당신으로서는 반대로 생각하지 않을 수 없는 꼭 거짓말 같은 일까지도 자기가 해왔다는 것도 그저 오로지 자신을 생각해서였다는 것 등을 남편에게 얘기해 주는 것이었다.

마침내 10시 반에 그 유명한 의사가 들이닥쳤다. 또다시 청진이 시작되고 그의 옆과 별실에서 신장이라든가 맹장에 관한 그럴듯한 대화가 오고 갔으며, 역시 거드름을 피우는 듯한 표정을 띤 채 여러 가지 질문과 대답이 교환되었다. 그 표정으로 미루어 보면 언제나처럼, 지금은 벌써 그의 바로 눈앞에 닥쳐 온 삶과 죽음에 관한 현실 문제 대신에 신장, 맹장 문제가 제일선으로 뛰쳐나오고 있는 것이었다. 그런데 이 신장과 맹장이 아무래도 지나치게 표준에서 벗어나 있기 때문에 미하일 다니로비치와 그 유명한 의사는 이에 대해 충분한 탄압을 가하여 시정시켜 보려고 하는 것이었다.

유명한 의사는 점잔을 빼고, 아직도 한 가닥의 희망이 있는 듯한 표정으로 작별 인사를 했다. 그래서 이반 일리치가 공포와 희망으로 번쩍이는 눈을 들어, 완치될 희망이 있느냐고 조심스레 물어 보자, 장담은 하기 어렵지만 희망은 있다고 그는 대답했다. 이반 일리치가 의사를 바라본 희망에 찬 눈초리가 너무나 가엾었으므로 프라스코비야 표도로브나는 그것을 보자, 의사에게 사례금을 주려고 서재 문을 나가면서 저도 모르게 울음을 터뜨리고 말았다.

의사가 일시적으로 그를 안심시키기 위해 한 말로 회복된 듯했던 원기도 오래가진 못했다. 또다시 같은 방, 같은 그림, 커튼, 벽지, 약병, 그리고 여전히 아프고 고통스러운 육체……. 이반 일리치는 다시 신음하기 시작했다. 주사를 맞고 그는 혼수상태에 빠져들었다.

의식을 회복하니 벌써 해가 저물어가고 있었다. 식사가 왔다. 억지로 참고 고깃국을 마셨다. 그리고 또 같은 일이 되풀이되고 다시 밤이 찾아온다.

식후 7시 경에 프라스코비야 표도로브나가 남편 방으로 들어왔다. 야회에라도 나가는지 살찐 가슴을 불룩하게 튀어나오게 하고 얼굴에는 분을 칠한 흔적이 보인다. 그녀는 벌써 아침부터 오늘 밤에는 연극 구경을 간다는 의사를 남편에게 비치고 있었다. 마침 순회중인 사라 베르날이 공연하고 있었으며, 그의 주장으로 전부터 자리를 잡아 놓고 있었던 것이다. 그러나 그는 그 일을 까맣게 잊어버리고 있었으므로 그녀의 옷차림에 울컥 모욕을 느꼈다. 그렇지만 그는 그 모욕감을 꼭 눌러서 밖으로 표시하지 않았다. 이것은 아이들에게도 교육의 자료가 되며 미적 향락이기도 하므로 모두 자리를 예약해서 가 보는 것이 좋다고 자기 자신이 주장했던 것이 생각났기 때문이다.

프라스코비야 표도로브나는 아주 만족한 표정으로 들어왔지만 미안한 것 같기도 했다. 그녀는 잠깐 앉아서 "기분은 어때요?"라고 물었지만, 그의 눈으로 본다면 그것은 그저 물어 보기 위해 물어 본 것에 지나지 않으며 알고 싶어서 물어 본 것은 아니었다. 알고 싶은 일이라고는 하나도 없다는 것은 처음부터 알고 있었기 때문이다. 그러고 나서 그녀는 용건을 말하기 시작했다. 내용은 별로 가고 싶지는 않았지만, 기왕 자리를 예약해 놓았으며, 예렌도 딸도 페트로비치(사위가 될 예심 판사)도 가겠다고 해서 젊은 것들을 제멋대로 보낼 수도 없고……. 그렇지만 남편 곁에 있는 편이 나로서는 얼마나 기분이 좋은지 모른다, 그저 내가 집에 없는 동안 의사의 명령을 지켜 주기를 바란다는 것이었다.

"참, 표도르 페트로비치 씨(사위)가 이리로 와 뵙겠다고 하더군요. 만나 보시겠어요? 그리고 리자도."

"아, 와도 좋아."

젊은 육체를 드러내 보이면서 아름답게 치장을 한 딸이 들어왔다. 그러나 이 젊은 육체는 그를 몹시 괴롭히는 것이었다. 그런데도 불구하고 그녀는 그것을 자랑스럽게 보이는 것이었다. 힘이 넘치고, 건강하며, 사랑에 빠져 있다는 것을 분명히 알 수 있으며 또한 자기의 행복을 방해하는 병이라든가 고뇌라든가 죽음 같은 것에 대해 까닭 없이 화를 내고 있는 딸이었다.

표도르 페트로비치도 들어왔지만, 이 사람은 연미복을 입고 머리를 커플식으로 구불거리게 하고, 가늘고 긴 목을 흰 칼라로 꼭 조이고, 가슴을 펴고, 탄력 있는 기운찬 허벅다리에 날씬한 검은 바지를 입고, 한쪽 손에는 흰 장갑을 끼고, 한쪽 손에는 오페라 글라스를 들고 있었다.

그의 뒤를 따라 중학생인 아들도 살짝 들어왔다. 이 중학생은 새 제복을 입고 장갑까지 끼고 있었지만 그 모습은 몹시 비참했으며, 눈 밑에 푸른 멍 — 이반 일리치는 그 이유를 알고 있었다 — 이 들어 있었다.

그는 언제나 이 아들이 불쌍해서 견디지 못할 지경이었다. 그와 동시에 겁을 집어먹은 듯한, 그러면서도 아버지를 동정하고 있는 듯한 그 시선이 무서웠다.

이반 일리치에게는 게라심 이외에는 아들 바샤만이 자기를 이해하고 동정하고 있는 것같이 생각되는 것이었다.

모두 자리에 앉자 또다시 기분은 어떠냐고 물었다. 침묵이 왔다. 그러자 리자가 모친에게 오페라 글라스가 어디 있느냐고 물었다. 누가 어디에 그것을 치웠느냐 하는 문제로 모녀 사이에 입씨름이 시작되었다. 불쾌한 기운이 감돌았다.

표도르 페트로비치가 이반 일리치에게, '사라 베르날을 보신 일이 있습니까?' 하고 물었다. 이반 일리치는 처음에는 무엇을 묻는지 그 뜻을 몰랐지만 한참 후에 말했다.

"아니 보지 않았어. 자네는 보았는가?"

"네, 아드리엔 루크불을 했을 때요."

그 사람은 그런 것을 특히 잘한다고 프라스코비야 표도로브나가 말참견을 했다. 그러자 딸이 이 말에 반대했다. 그리고 사라 베르날의 연기는 우연하면서도 현실적이라는 얘기가 시작되었다. 그러나 그것은 언제나와 마찬가지로 천편일률적인 대화에 지나지 않았다.

얘기 도중 표도르 페트로비치는 흘끔 이반 일리치를 돌아보고 입을 다물었다. 다른 사람들도 마찬가지로 그쪽을 보더니 입을 다물고 말았다. 이반 일리치는 그들에게 불만의 불길을 태우면서 두 눈을 번뜩이고 자기 앞을 노려보고 있었다.

그 자리를 어떻게 해서든지 수습해야만 되었지만, 그것은 도저히 불가능한 일이었다. 어떻게든지 해서 침묵을 깨뜨려야만 했으나 아무도 이것을 결행하는 사람은 없었다.

방에 있는 사람들은 어떤 계기로 갑자기 의례의 가면을 쓴 기만이 깨어져 사실이 그대로 모든 사람들 앞에 폭로되지 않을까 하고 공포에 떨고 있었다.

그것을 맨 먼저 결행한 것은 딸인 리자였다. 마침내 그녀는 침묵을 깨뜨렸다. 그녀는 모두가 느끼고 있는 것을 가슴 속에 간직해 두려고 생각했지만 무의식중에 말이 튀어나오고 말았던 것이다.

"그건 그렇고, 벌써 갈 시간이 되었어요."

그녀는 아버지가 선물로 준 시계를 잠깐 들여다보면서 말했다. 그리고 자기들만이 알고 있는 무엇인가를 눈짓으로 하듯이 엷은 미소를 청년에게 보내더니 옷자락 스치는 소리를 내면서 몸을 일으켰다.

그들은 자리에서 일어나 인사를 한 다음 나갔다.

그들이 나가자 이반 일리치는 몸이 편해진 것만 같았다. 기만이 없어졌다. 기만도 그들과 함께 가 버린 것이다. 그러나 아픔만은 뒤에 남았다. 여전히 계속되는 통증과 공포는 크게 무거워지지도 않았으며 가벼워지지도 않았다. 그러면서도 점점 악화되기만 했다.

시간이 계속해서 지나갔지만 어디까지 가도 마찬가지였다. 한이 없다. 그렇지만 피할 수 없는 최후는 점점 더 공포를 더할 뿐이었다.

"게라심에게 들어오라고 일러라."[54]

그는 옆에 서 있는 표트르에게 일렀다.

9

밤늦게 아내가 돌아왔다. 그녀는 발끝으로 걸어서 들어왔지만 그는 곧바로 알아차릴 수 있었다. 그래서 그는 잠깐 눈을 뜨기는 했지만 급히 또 감아 버렸다. 그녀는 게라심을 물러가게 하고 자기가 환자 옆에 붙어 있으려고 했다. 그러나 그는 눈을 뜨고 이렇게 말했다.

"안 돼, 당신은 저쪽으로 가 있어."

"몹시 괴로우신가요?"

"마찬가지야."

"아편을 좀 드세요."

그는 그 말에 동의한 다음 아편을 마셨다. 그녀는 나가 버렸다.

3시경까지 괴로운 망아[55]의 경지를 방황했다. 아픔과 함께 좁고 답답하며, 캄캄하고 깊숙한 포대 같은 물건 속에 틀어박힌 것 같은 기분이 들었다. 점점 안쪽으로 밀려들어가고 있었지만, 아무래도 그것에서 빠져 나갈 수 없다. 더욱이 무서운 일은 대단한 고통이 수행된다는 것이다. 그는 공포

중요 어구 풀이

54) 게라심에게 ~ 일러라 : 이반에게 있어서 게라심은 곧 상처의 치유이자 위로이다.
55) 망아 : 어떤 사물에 마음을 빼앗겨 자기를 잊어버림.

에 떨면서도 최후의 장소까지 조금이라도 빨리 떨어져 버리고 싶어서 발버둥치기도 했다. 그러자 돌연 추락을 해서 '쿵' 하고 떨어지는 바람에 잠에서 깼다. 여전히 게라심이 침대 위에 책상다리를 하고 앉아서 꾸벅꾸벅 졸고 있었다. 참을성 있는 일이다. 그런데 그는 어떤가 하면, 양말을 신은 가늘고 말라빠진 두 발을 게라심의 어깨에 얹어 놓은 채 드러누워 있었다. 전과 마찬가지로 갓을 단 양초, 전과 조금도 다를 것 없는 아픔이었다.

그는 속삭이듯 말했다.

"게라심, 이제는 물러가도 좋아."

"전 아무렇지도 않습니다, 조금만 더 이렇게 하고 있겠습니다."

"아니야, 이제는 물러가도 좋아."

그는 발을 내리고 팔을 베고 옆으로 누웠다. 그러자 자신이 가엾어졌다. 게라심이 옆방으로 물러가기를 기다리고 있던 그였지만, 이제는 그 이상 참을 수가 없어서 아이처럼 소리를 내어 울기 시작했다. 자신의 믿음직스럽지 못함을, 자신의 무서운 고독을, 인간의 잔인함을, 신의 잔혹함을, 신이 이 세상에 있지 않음을 그는 한탄하고 울었다.

'신이여, 당신은 어째서 이런 일을 하신단 말입니까? 어째서 나를 이 세상에 태어나게 하셨습니까? 나를 이렇게도 괴롭게 하는 것은 무엇 때문입니까?'

그러나 그는 대답을 기대하지 않았다. 대답이란 없다, 있을 수가 없다고 생각하니 또 울음이 나왔다. 다시 아픔이 덮쳐 왔다. 그렇지만 그는 꼼짝도 하지 않았으며 사람도 부르지 않았다. 그는 또 홀로 울었다.

'나를 더 때려 주십시오! 그러나 무엇 때문인가요? 도대체 당신에게 내가 어떤 일을 했단 말입니까? 정말 무엇 때문입니까?'

그러는 동안에 그는 조용해졌다. 울음을 그쳤을 뿐만 아니라 호흡까지 멈추었다. 그러자 온몸의 신경이 어떤 소리를 듣기 위해 한곳으로 옮겨갔다. 그것은 소리로써 전해지는 목소리가 아니고, 내부에 발생한 사상의 흐름 — 혼의 목소리 — 에 귀를 기울이고 있는 것만 같았다.

'도대체 무엇이 필요하단 말이냐, 너는?'

이것이야말로 그가 비로소 귀로 들은, 말로 표현할 수 있는 뚜렷한 관념이었다.

그는 자신에게 말했다.

'네게 필요한 것은 무엇이냐? 도대체 무엇을 갖고 싶다는 것이냐, 너는?'

그는 이렇게 대답했다.

'무엇이냐? 그렇다. 고통을 면하는 일이다. 사는 일이다.'

그리고 다시, 아픔조차도 그것을 방해하지 못할 정도로 긴장한 주의력에 온몸을 맡겼다.

마음의 소리가 물었다.

'사는 일이라고? 어떻게 사는 것이냐?'

'그것은 지금까지 살아온 것과 같이 사는 것이다. 순조롭고 유쾌하게!'

마음의 소리가 되물었다.

'지금까지 살아온 것처럼 순조롭고 유쾌하게라고?' [56]

그래서 그는 마음 속으로 과거의 즐겁던 생활 중에서도 특히 즐겁던 순간들을 골라내기 시작했다. 그런데 이상하게도 즐겁던 순간들도 지금 와서 생각하니 모두가 그 모습을 잃고 있는 것 같았다. 유년 시절의 최초의 인상 이외에는 모든 것이 그러했다. 그 무렵, 유년 시절에는 무엇인가 매우 즐거

중요 어구 풀이

56) 사는 일이라고? ~ 유쾌하게라고? : 죽음 앞에서 이반은 지난 자신의 삶을 반성하게 된다.

운 것이 있었으므로 만약 그 시절이 다시 돌아온다면 그 즐거움과 함께 살아갈 수도 있을 텐데……. 그렇지만 이 즐거움을 맛본 사람은 이미 없다. 그래서 그것은 마치 누군가 다른 사람의 기억인 것처럼 생각되었다.

이반 일리치는 자신을 현재처럼 만든 근본적인 원인을 캐내기 시작하자, 당시에는 즐겁게 생각되던 모든 일이 지금은 시야에서 모습을 감추거나, 아니면 보잘것없고 지저분한 것으로 변해 버리고 말았다.

유년 시절로부터 멀어져서 현재에 가까이 다가가면 다가갈수록 즐거움은 점점 시시한 것이 되고, 점점 더 의심스러운 것이 되었다. 그것은 그 법률 학교 시절부터 시작되었다. 그 무렵에는 그래도 무엇인가 좋은 것이 있었다. 거기에는 명랑함이 있고, 우정이 있으며, 희망이 있었다. 그러나 상급으로 올라감에 따라 이런 좋은 순간은 점점 줄어들었다. 그 후 처음으로 지사 밑에서 촉탁 관리로 근무했을 당시, 다시 좋은 순간이 찾아왔다. 그것은 여성과 있었던 사랑의 추억이었다. 그러나 조금 지나자 그런 것은 모두 뒤범벅이 되어 좋은 순간은 더 줄어들었다. 그리고 그 후로는 좋은 순간이 더욱 줄어들어 세월이 흐르면 흐를수록 줄어들었다.

결혼, 그리고 뜻하지 않던 환멸, 아내가 내는 입 냄새, 성욕, 위선! 그리고 죽음과 같은 근무, 금전에 대한 여러 가지 번뇌, 이렇게 해서 1년, 2년, 10년, 20년이 지났지만 모든 것은 여전히 마찬가지였다. 해를 거듭하면 거듭할수록 생기는 점점 없어질 뿐이었다. 자기는 언덕을 올라가고 있다고 생각했는데, 실제로는 규칙적으로 언덕을 내려오고 있었다. 정말 그렇다. 사회적으로 보면 자기는 언덕을 올라가고 있었음에 틀림없다. 그러나 사실은 그와 정비례해서 생명이 발 밑에서 도망쳐 가 버린 것이었다. 그리고 지금은 보다시피 죽음을 기다리고 있을 뿐이다. 죽는 게 낫다!

그런데 도대체 이것은 어떻게 된 것일까? 무엇 때문일까? 인생이 그렇게도 무의미하며 더구나 더럽다니, 그런 일이 있을 수 있는가? 비록 이 인생이 이렇게도 더럽고 또한 무의미하다고 할지라도, 도대체 무슨 이유로 죽지 않으면 안 되는가? 괴로워하면서 죽어야만 될 까닭이 무엇인가? 뭔가 착오가 있었음에 틀림없다.

문득 머릿속에 떠오르는 것이 있었다.

'혹은 내 생활 태도가 잘못되었는지도 모른다.'

그는 이렇게 혼자 중얼거렸다.

'그렇지만 어째서 잘못되었다고 할까? 당연히 해야 할 일을 했을 뿐인데…….'

그리고 곧 삶과 죽음의 수수께끼에 대한 이 유일한 해답을 도저히 있을 수 없는 것이라고 생각해서 자기 스스로 쫓아내고 말았다.

그러면 너는 대관절 무엇을 바라고 있는 것이냐? 사는 것이냐? 그러나 어떻게 사는 것이냐? 정리가 '개정!' 하고 포고하는 것을 들으면서 내가 재판소에서 지내 온 것처럼 그렇게 살고 싶은가? '개정', '개정' 하고 그는 마음 속으로 되풀이했다. 아아, 재판이 시작되었다! 그러나 '내게는 아무런 죄도 없지 않은가!' 하고 그는 증오심을 가지고 부르짖었다. 무엇 때문에! 그리하여 그는 울음을 그치고 벽 쪽을 향해 돌아눕자, 한 가지 일만 생각하기 시작했다. 무엇 때문에, 무엇 때문에 이렇게 형벌을 받아야 하느냐 하고 생각했다. 그렇지만 아무리 생각해도 그 대답은 발견되지 않았다. 그리고 이것은 결국 자기의 생활 태도가 잘못된 데에서 일어난 것이라는 생각 — 이렇게 생각하는 일은 전에도 가끔 있었다 — 이 머리에 떠오르자, 그는 당장 자신의 생활이 옳았다는 것을 상기하고, 그런 기괴한 상념은 지워 버리고 말았다.[57]

10

다시 2주일이 지났다. 이반 일리치는 긴 의자에서 일어나지 않았다. 그는 침대에서 자는 것을 좋아하지 않아 긴 의자에서 자고 있었다. 거의 언제나 벽 쪽을 향해 누운 채로 여전히 해결할 수 없는 고민에 괴로워하고 있었다. 그리고 여전히 해결할 수 없는 상념에 홀로 빠져 있었다. '이것은 무엇이냐? 실제로 이것이 죽음인가?' 그러자 내부의 소리가 이렇게 대답한다. '그렇다. 이 고통은 무엇을 위해서냐?' 그러자 같은 소리가 이렇게 대답한다. '그저 괴로워하면 되는 것이다. 무엇을 위해서가 아니다.' 그리고 그 다음에는, 이것 이외에는 아무것도 없었다.

병은 애당초부터, 즉 이반 일리치가 처음으로 의사를 찾아갔을 당시부터, 그의 생활은 항상 서로 뒤바뀌는 두 가지의 상반된 기분으로 분리되었다. 예를 들면 이해할 수 없는 무서운 죽음에 대한 기대와 절망에 빠지는가 하면, 때로는 희망이 솟아올라 자기의 육체 작용에 대한 흥미 있는 관찰 같은 것을 행하는 것이었다. 또 무엇보다도 자기의 의무 수행을 잠시 태만히 하고 있는 신장이나 맹장에 대해서만 마음에 걸리는가 하면, 때로는 또 아무래도 피할 수 없고 이해하지 못 하는 무서운 죽음에만 마음이 사로잡혔다.

이 두 가지 기분은, 병에 걸렸을 당초부터 서로 교차했다. 그러나 병이 진행됨에 따라, 신장이 이러니저러니 하는 생각 같은 것은 점점 엷어졌으며, 닥쳐오는 죽음의 의식만이 점점 더 현실적인 색채를 짙게 했다.

실지로 석 달 전의 자기는 어떠했으며 지금의 자기는 어떤가, 자기는 어

중요 어구 풀이

57) 그리고 이것은 ~ 말았다 : 죽음 앞에서 자신의 삶을 정리하는 과정 중의 혼란.

떤 식으로 언덕을 내려왔는가 하는 것을 생각만 해 보아도, 희망의 모든 가능성이 무너지기에 충분했다.

최근 이반 일리치는 긴 의자의 등받이 쪽으로 얼굴을 돌리고 누워서 잠기고 있는 고독 — 무수한 인간들이 붐비고 있는 도회, 많은 친지들에 둘러싸인 속에서 느끼는 고독! 비록 바다 밑이든, 또 땅 속이든, 어디라도 이 이상 심각한 것은 없으리라 생각되는 그 고독! 실로 가공할 그 고독! — 속에 그저 과거를 추억하며 살고 있었다. 그의 눈앞에는 잇달아 과거의 여러 가지 광경이 떠올랐다. 추억은 가장 가까운 날로부터 시작해서 가장 멀리 떨어진 유년 시절에 이르러서 멎었다. 오늘 먹은 서양 자두를 생각만 해도 그는 벌써 어릴 때 먹은 맛이 시고 주름이 잡힌 프랑스 자두의 그 특별한 맛이라든가, 씨까지 먹었을 때 입 속에 넘쳐 흐른 침 같은 것을 생각해냈다. 그러자 이 맛에 관한 추억과 함께 유모라든가, 형제라든가, 장난감이라든가, 그러한 당시의 추억이 꼬리를 물고 떠올랐다.

'이런 일을 생각해서는 안 된다. 너무나 괴롭다.'

이반 일리치는 자신에게 말하고는 다시 현재로 옮겨갔다. 긴 의자의 등받이에 붙은 단추와 모로코 가죽의 주름.

'모로코 가죽은 비싸지만 오래 쓸 수가 없다. 이것 때문에 싸움을 한 적이 있었지. 그리고 이와는 다른 모로코 가죽이 있었으며, 다른 일로 싸움도 했다. 그것은 우리가 아버지의 접는 가방을 갈기갈기 찢어서 그 때문에 벌을 받았을 때 있었던 일이지만. 그 때 어머니가 만두를 가져다 주었지.'

이렇게 해서 또 생각은 유년 시절에서 정지했다. 이반 일리치는 또 괴로워졌으므로, 그것을 뿌리치고 다른 일을 생각하려고 노력했다.

그러자 이 일련의 추억과 함께 또 다른 추억이 머리를 들었다. 자기의 병은 어째서 더해졌는가, 어떻게 악화되었는가 하는 데 대한 추억이었다. 그리고 이 경우에도 역시 멀리 과거로 거슬러 올라갈수록 생명은 풍부해졌다. 생활에 좋은 일이 많으면 많을수록 생명 그 자체도 풍요했다. 이것저것이 하나로 엉켜 있었다. '고통이 심해지면 심해질수록 생활 자체도 점점 나빠져 간다.' 고 그는 생각했다. 인생의 입구에서 배후로부터 한 줄기 광명은 있었지만, 나중에는 생명이 점점 어두워질 뿐이고, 점점 더 빨라질 뿐이었다. '죽음과의 거리는 제곱에 반비례한다.' 고 그는 생각했다. 가속도를 더해 가면서 돌멩이처럼 떨어져 가는 생명의 모습만이 그의 가슴에 파고들었다. 차차 심해지는 고통의 연속인 생명이 쉬지 않고 빠름을 더해 가면서 최후의 일점인 가장 무서운 고통의 정점으로 달음질친다.

'나는 떨어지고 있다!'

그는 소름이 끼칠 만큼 겁이 났다. 몸부림치며, 그것에 저항하려고 생각했다. 그러나 저항할 수 없다는 것을 그는 이미 알고 있었다. 그는 보는 것에 지쳤지만 역시 앞에 있는 것을 보지 않을 수 없다는 눈빛으로 긴 의자의 등받이를 지켜보고 있었다. 그 무서운 추락과 충격, 분쇄를 기다리고 있었다. '거역할 수는 없다.' 고 그는 자신에게 말했다.

'그렇지만 어째서 이렇게 되었는지, 그 이유만이라도 알고 싶다. 아니 그것도 불가능한 일이다. 내가 사는 방법이 잘못되었다고 말한다면 일단 증명은 되는 것이다. 그렇지만 이런 것을 도저히 승인할 수는 없다.'

자신의 생활이 어디까지나 법에 어긋나지 않았으며, 규칙적이고, 또 법칙에 맞았다는 것을 생각하면서, 그는 이렇게 자기 자신에게 말했다.

'절대로 이런 것을 인정할 수는 없다.'

입가에 미소를 띠면서 그는 혼자 이렇게 중얼거렸지만, 만약 누군가가 이 미소를 볼 수 있었다면 틀림없이 그 웃음에 속아 넘어갔을지도 모른다.

'설명할 방법이 없다! 고통, 죽음…… 무엇 때문인가?'

11

이렇게 해서 2주일이 지났다. 그 동안 이반 일리치 부부가 전부터 원하던 일이 실현되었다. 페트로비치가 딸에게 정식으로 청혼했던 것이다. 저녁 무렵에 있었던 일이다. 이튿날 프라스코비야 표도로브나는 어떤 방법으로 표도르 페트로비치의 청혼을 설명하면 좋을지 궁리하면서, 남편 방으로 들어갔다. 그러나 마침 그 날 밤, 이반 일리치의 얼굴은 갑자기 더 악화되었다. 프라스코비야 표도로브나는 언제나처럼 긴 의자에 남편이 누워 있는 것을 발견했지만, 그 모양은 지금까지와 판이하게 달랐다. 남편은 벌렁 드러누워 신음 소리를 내면서 치뜬 눈으로 앞만을 바라보고 있었다.

그녀는 약에 대한 것을 말하기 시작했다. 그러자 그는 시선을 아내 쪽으로 돌렸다. 그녀는 말을 끝까지 다할 수가 없었다. 참을 수 없는 증오—말할 것도 없이 아내에 대한—가 그 시선 속에 노골적으로 떠올랐기 때문이었다.

그는 말했다.

"제발 나를 조용히 죽게 해 주오."

그녀는 밖으로 나가려고 했다. 그러나 그 때 딸이 나타나서 아침 인사를 하기 위해 뚜벅뚜벅 아버지 곁으로 다가갔다. 그는 아내를 볼 때와 마찬가지 눈초리로 딸을 보았다. 그리고 "기분이 어떠세요?" 하는 그녀의 물음에 대해, "나도 곧 너희들을 자유롭게 만들어 주겠다."고 퉁명스럽게 말했다.

이 말을 듣더니 아내가 말했다.

"어머나, 우리가 무슨 나쁜 짓을 했다는 거예요? 마치 우리가 무슨 나쁜 짓이라도 한 것 같군요. 저 역시 당신이 불쌍해서 견디지 못하겠어요. 우리를 학대할 필요는 없다고 생각해요!"

언제나처럼 의사가 왔다. 이반 일리치는 의사로부터 독살스러운 시선을 떼지 않으면서, 그저 '그렇소.' 라든가 '아니오.' 라든가 대답할 뿐이었다. 그러는 동안에 마침내 이렇게 내뱉었다.

"이제는 어떻게 할 도리가 없다는 것은 당신도 알고 계실 것입니다. 그러니 내버려 두십시오."

의사는 말했다.

"고통을 경감시킬 수가 있습니다."

"그런 정도의 일밖에 할 수 없다면 내버려 두세요."

의사는 객실에서 나갔다. 그리고 프라스코비야 표도로브나에게 이렇게 전했다.

"용태[58]가 대단히 나쁩니다. 무서워 몸서리쳐지는 고통을 경감하자면 오직 아편만이 있을 뿐입니다."

야만인이 느끼는 육체적인 고통은 무서워 몸서리칠 정도의 것이라고 의사는 말했는데, 실제로 그러했다. 그렇지만 그의 육체적 고통보다 훨씬 무서운 것은 정신적 고통이었다. 그리고 여기야말로 그의 고뇌의 주체가 존재하고 있는 것이다.

그의 정신적인 고통이란 것은 이러했다. 그 날 밤에 졸리는 듯하고, 성질이 좋으며, 광대뼈가 튀어나온 게라심의 얼굴을 바라보는 동안에, 그의 마음에 문득 이러한 생각이 떠올랐다.

'정말 내 모든 생활이, 의식적인 생활이 잘못되었다고 하면 어떨까?'

전에는 전혀 있을 수 없다고 생각되던 일, 즉 자기는 지금까지 잘못 살아왔다고 하는 것이 사실일지도 모른다는 의심이 문득 떠올랐다. 사회에서

중요 어구 풀이

58) 용태 : 병의 상태.

최고의 지위를 차지하고 있는 사람들이 옳다고 생각하고 있는 일에 대해, 그가 반대하려고 했던 극히 희미한 마음의 움직임, 그가 항상 곧 몰아내자, 몰아내자고 했던 극히 희미한 마음의 움직임, 오직 그것만이 진짜이며 나머지 것은 모두 가짜일지도 모른다라는 생각이 문득 마음에 싹트기 시작했다. 직무도, 생활도, 가정도, 사교나 업무의 흥미도, 모두가 가짜일지도 모른다! 그는 이러한 모든 것들을 자신을 위해 변호하려고 했다. 그러나 갑자기 자신이 변호하고 있는 것이 너무나 취약하다는 것을 감지했다. 변호해야 할 것은 아무것도 없었다.

'만약 그렇다면.'

그는 이렇게 자신에게 말했다.

'아니, 내게 부여된 모든 것을 망가뜨리면서도 이것을 회복할 수는 없다는 의식을 가지고 이 세상을 떠난다고 한다면 그 때는 도대체 어떻게 될 것인가?'

그는 반듯이 누운 채로 완전히 새로운 눈으로 자신의 생애를 다시 한 번 회상하기 시작했다. 이튿날 아침에, 하인을 보고 이어서 아내 그리고 딸 그 다음에 의사를 차례로 보았을 때 그들의 일거수일투족이, 말 한 마디 한 마디가 밤 사이에 계시되었던 무서운 진리를 그에게 확증했다.

그는 그런 것들 중에 자기 자신의 모습을 보았다. 자신의 생활을 형성하고 있는 모든 것들을 보았다. 그것들은 모두 가짜이며, 삶과 죽음을 덮어 가리고 있는 무섭고 또 거대한 기만이란 것을 똑똑히 알 수 있었다.

이러한 의식은 그의 육체적인 고통을 증대시켰다. 열 배나 더 고통을 가중시켰다. 그는 신음하기도 하고, 자꾸만 이불을 끌어올리곤 했다. 이불이 자기를 압박하고 질식시키는 것같이 생각되었기 때문이다.

그리고 그는 그 일 때문에도 그들에게 증오의 불길을 태우고 있었다.

그는 다량의 아편을 먹고 인사불성이 되었다. 그러나 식사 때가 되자 또 다시 같은 일이 시작되었다. 그는 주위의 사람들을 모두 내쫓고, 몸부림치며 괴로워했다.

아내가 곁으로 다가와서 이렇게 말을 걸었다.

"여보, 그렇게 해주시지 않겠어요, 저를 위해서요. 해롭기는커녕 오히려 잘 듣는 수가 있으니까요. 정말 아무것도 아니에요, 그런 것은. 건강한 사람들도 흔히 하는 일이니까요."

그는 두 눈을 크게 떴다.

"뭐, 성찬식을 하란 말인가? 필요 없어! 그렇지만……."

그녀는 훌쩍훌쩍 울기 시작했다.

"괜찮지요, 여보? 그럼 우리 집에 사제를 부릅시다. 참 상냥한 분이니까요."

"좋아, 매우 좋소."

사제가 와서 참회 의식을 올리고 있는 동안 그는 훨씬 마음이 부드러워지고 여러 가지 의혹도 줄었으므로, 그에 따라 고통도 가벼워졌다는 것을 깨달았다. 그는 잠시 동안 희망을 발견할 수 있었다. 그래서 또다시 맹장에 대한 일이라든가, 그 치료는 가능한가 어떤가 하는 것을 그는 생각하기 시작했다. 그는 두 눈에 눈물을 글썽이면서 성찬을 받았다.

성찬식이 끝난 다음 침대에 눕혀졌을 때, 그는 잠시 동안 조금 기분이 편해졌다. 그래서 삶에 대한 희망이 다시 그의 가슴 속에 솟아올랐다.

그는 언젠가 권고받은 적이 있는 수술에 대해 생각하기 시작했다. '살고 싶다, 살고 싶구나.' 하고 그는 자기 자신에게 말했다. 아내가 축하하러 왔다. 그녀는 틀에 박힌 말을 늘어놓은 다음에 이렇게 덧붙였다.

"여보, 제 말이 맞았지요, 마음이 편해지셨지요?"

그는 아내 쪽으로는 눈도 돌리지 않고 그저 "음." 하고 말했을 뿐이었다.

그녀의 의상, 체격, 얼굴 표정, 목소리의 울림, 이런 모든 것들이 그에게 오직 한 가지 일을 말했다.

'아니야, 그게 아니다. 과거와 현재에 있어서 네가 사는 보람으로 알아 왔던 모든 것은 너의 눈으로부터 삶과 죽음을 덮어 가리고 있던 허위이며 기만에 지나지 않았다.'

이렇게 생각하자마자, 증오심이 무럭무럭 고개를 쳐들었다. 그리고 이 증오의 감정과 함께 견딜 수 없는 육체적 고통이 닥쳐왔다. 더욱이 이 고통과 함께 피할 수 없는 임박한 종언 의식이 떠올랐다. 무엇인가 새로운 변화가 일어난 모양이었다. 심하게 조르는 것만 같았다. 마구 쑤시고 아프기 시작했다. 숨이 막힐 것만 같았다.

"음." 하고 말했을 때의 그의 표정은, 소름이 끼칠 정도로 무서웠다. 이렇게 정면으로 아내를 보면서, "음."이란 말을 하고 나자, 그는 그 쇠약함에 어울리지 않게 재빠른 동작으로 홱 하고 고개를 돌리고는 이렇게 고함을 치기 시작했다.

"저쪽으로 가 줘, 저쪽으로 가! 날 좀 내버려 두란 말이야!"

12

이 순간부터 시작해서 그 후 사흘 동안 쉴 새 없이 계속된 그 고함 소리는, 두 칸이나 떨어져 있는 저쪽에서 들어도 소름끼칠 정도로 무서웠다. 아내에게 대답했던 순간 자기는 이제 다 틀렸다, 회복할 가능성은 없어졌다, 마지막이, 진짜 최후가 온 것이다라는 걸 깨달았다. 그렇지만 여전히 의혹은 해결되지 않고 그대로 남아 있었다.

"아! 아! 앗!" 하고 그는 여러 가지 음조로 고함을 쳤다. '죽기는 싫다.' 고 고함치기 시작했던 것이지만, 그대로 '아' 소리만 외치게 되었다.

자기에게 있어서 시간이란 것이 존재하지 않았던 그 사흘 동안, 그는 눈에 보이지 않는, 이겨낼 수 없는 힘으로 밀려들어간 어두운 포대 속에서 몸부림치고 있었다. 사형수가 형리의 수중에서 발버둥치듯, 어차피 살아날 길이 없다는 것을 알고 있으면서도 그는 자꾸만 발버둥치고 괴로워했다. 그러나 아무리 저항해도 '겁내고 무서워하는 쪽으로 점점 접근해 갈 뿐이다.' 라고 그는 순간마다 느꼈다. 또 그는 이렇게도 느꼈다.

'이 괴로움은, 이런 어두운 구멍 속에 들어와 있기 때문이다. 아니 오히려 이 구멍을 저쪽으로 뚫고 나갈 수가 없기 때문이다.'

그가 저쪽으로 뚫고 나가는 것을 방해하는 것은, 바로 자기의 생활이 옳았다는 의식이었다. 자신의 생활을 긍정하는 이 의식이 그를 꼭 붙잡고 앞으로 가지 못하게 하는 주체였다. 그는 그것으로부터 가장 심한 고통을 맛보았다.

돌연 정체를 알 수 없는 힘이 쾅 하고 가슴이나 옆구리를 찔러, 더욱 호흡을 압박했다. 그러는 바람에 그는 구멍 속으로 뚝 떨어졌다. 그랬더니 거기에, 구멍 끝에 무엇인가 번쩍번쩍하는 것이 있었다. 기차를 타고 있을 때 흔히 맛보는 그런 기분이었다. 앞으로 나가고 있는가 하면 반대로 뒤로 가고 있는 것 같기도 했다. 그러는 동안에 홀연히 진짜 방향을 알 수 있었다.

"그렇다, 모두 잘못되었다."

이렇게 그는 혼자 중얼거렸다.

'그렇지만 그다지 대단한 일은 아니다. 문제없다, 아직 진실한 것을 행할 수가 있으니까 말이야. 그러나 진실이란 무엇일까?'

이렇게 그는 자기 자신에게 물어 보았다. 갑자기 조용해졌다.

그것은 사흘째가 끝날 무렵이었으며, 죽기 두 시간 전의 일이었다. 마침 그 때, 중학생인 아들이 살짝 아버지의 방으로 들어와서 아버지의 침대로 다가갔다. 빈사 상태에 있는 환자는 쉴 새 없이 필사적인 고함을 지르며, 두 손을 휘두르고 있었다. 그런데 한쪽 손이 중학생의 머리에 맞았다. 아들은 그 손을 붙잡고 입술에 대더니 "와" 하고 울기 시작했다.

이반 일리치가 구멍 속으로 빠져 들어가서 거기에서 광명을 발견한 것은 이 때였다.[59] 자기의 생활은 잘못되어 있었다, 그렇지만 아직 이것을 시정할 수는 있다는 생각이 그에게 계시되었다. 진실이란 무엇일까 하고 그는 자문하고는 갑자기 조용해져서 귀를 기울였다. 그러자 누군가가 자기의 손에 키스하고 있는 것만 같았다. 그는 눈을 뜨고 자기 아들의 모습을 발견했다. 아이가 불쌍해졌다. 아내가 옆으로 다가왔다. 그는 그쪽으로 흘끔 눈을 돌렸다. 그녀는 입을 벌리고, 코나 볼에 흐르는 눈물을 닦지 않은 채 그대로 두고는, 절망을 나타내면서 남편을 지켜보았다. 그러자 그는 아내가 불쌍해졌다.

그는 생각했다.

'그렇다. 나는 이 사람들을 괴롭히고 있는 것이다.'

그는 말했다.

"여러 사람들에게 미안하다. 그렇지만 죽으면 편해진다."

그는 이렇게 말하려고 생각했지만 말을 꺼낼 기력이 하나도 없었다.

'그렇지만 무엇 때문에 그런 말을 한단 말이냐! 실행을 하면 되지 않느냐!'

중요 어구 풀이

59) 이반 일리치가 ~ 이 때였다 : 고민의 결과, 자신을 괴롭혔던 이유를 알게 됨.

그는 이렇게 생각하며, 아내에게 아들 쪽을 턱으로 가리키면서 이렇게 말했다.

"데리고 가 줘, 불쌍하다, 그리고 당신도……."

그는 또 "용서해 줘."라고 말할 작정이었지만, 그만 "늦추어 줘."라고 말해 버렸다. 그리고 이제는 다시 말을 고쳐 할 힘도 없으므로, 필요한 사람은 이해해 주리라 생각하면서 그저 손을 흔들었을 뿐이었다.

그랬더니 지금까지 자기를 괴롭히면서 도무지 밖으로 나가려고 하지 않는 것이 갑자기 사방팔방으로 한꺼번에 튀어 나가는 것이 똑똑히 보였다.

'모두가 불쌍하다. 괴롭히지 않도록 해야지. 그들을 구해 주자. 그리고 나 자신도 이런 고통으로부터 벗어나고 싶다.'

그러면서 '참으로 기분이 좋다.' 라고 그는 생각했다.

'그런데 아픔은?'

이렇게 그는 자신에게 물어 보았다.

'아니 어디로 갔을까? 이것 봐, 아픔의 신은 어디에 있는가?'

그는 주의를 기울이기 시작했다.

'아아, 여기 있었던가? 아니 상관없어, 마음대로 하는 것이 좋다. 그런데 죽음은? 그놈은 어디에 있을까?'

그는 오랫동안 친숙해진 죽음의 공포를 찾았지만 찾을 수가 없었다. 죽음은 어디로 갔을까? 죽음이란 무엇인가? 두려워할 것은 하나도 없다. 죽음이란 것은 없으니까.

죽음 대신에 광명이 있었다.

그는 큰 소리로 말했다.

"아, 이거다, 이거야! 참으로 기쁘다!"

이러한 모든 것들은 그에게 있어서 한순간의 일이었다. 그러나 이 순간의 의미는 이제는 변할 수 없는 것이었다.

그렇지만 그 자리에 있는 사람들의 눈에는, 그의 임종의 고민은 그 후에도 두 시간이나 계속되었다. 그의 가슴 속에서 무엇인가 '똑똑' 하고 울렸다. 살이 쑥 빠진 몸이 꿈틀꿈틀 떨었다. 이윽고 그 '똑똑' 하는 소리도, '그르렁그르렁' 하는 목구멍 소리도 점점 줄어들었다.

누군가가 그의 머리 위에서 말했다.

"임종입니다!"

그는 이 말을 듣자, 자신도 그것을 마음 속으로 되풀이했다.

'이제는 죽음도 다 끝났단 말이군.'

이렇게 그는 자신에게 말했다.

'이 이상 죽음이란 것이 있을 리 없다.'

그는 '흐윽' 하고 바깥 공기를 들이마셨다. 그러나 그것도 중도에서 멎어 버렸다. 그리고 몸을 쭉 뻗는가 싶더니 그대로 눈을 감고 말았다.

작품 이해 및 논술 다지기

핵심 정리

- 갈래 : 단편 소설
- 시점 : 전지적 작가 시점
- 배경 : 시간적 — 19세기 후반
  공간적 — 러시아의 도시들
- 구성 : 순행적 구성
- 제재 : 이반 일리치의 죽음
- 주제 : 허위와 기만에 가득 찬 삶에 대한 반성과 진실된 삶에 대한 희구

구성 단계

- 발단 : 재판소 사람들에게 이반의 죽음이 알려지자 지인들은 장례식 참여에 대한 의무만을 느낀다.
- 전개 : 판사가 되어 활발한 사회 활동을 하고, 결혼을 하여 화목한 가정을 꾸렸던 이반.
- 위기 : 병에 걸렸다는 사실을 알고 여러 병원을 찾아다니는 이반과 가족들의 무관심.
- 절정 : 주위 사람들의 냉담한 태도와 다가오는 죽음으로 절망하던 이반에

게 게라심이 위로가 됨.

- 결말 : 게라심을 통해 평안해진 이반은 자신에게 닥친 현실을 서서히 받아들이게 되고 평온하게 죽음을 맞는다.

등장 인물

- 이반 일리치 : 사회적인 지위는 높으나 가정 생활에 충실하지 못한 인물로 죽음을 맞이하며 삶의 진실을 발견하는 인물.
- 게라심 : 병자의 신분과 지위에 상관없이 정성껏 환자를 돌보는 인물.

줄거리

관리의 집안에서 성장하여 판사로 일했던 이반 일리치는 병으로 오랫동안 고통을 받다가 죽는다. 그는 항상 주위 사람들에게 인기 있는 활달한 성격을 가지고 있었고, 화목한 가정을 이끌며 가족을 위해 헌신해 왔으나, 막상 그가 병에 걸려 죽을 날을 기다리는 신세가 되자 모두 등을 돌린다. 가족들은 그의 병을 화려한 사교 생활에 방해되는 장애물이라고 여기고, 친구들은 그의 장례식에 참석해야 한다는 의무조차 짐스럽게 생각하며, 의사는 그를 건성으로 다룬다. 주위 사람들의 그런 태도를 보면서 이반 일리치는 분노와 고통을 느끼고, 자신이 죽어야 한다는 사실을 부정하고 싶어한다. 그러나 농민 게라심의 꾸밈없는 간호를 받게 되면서 그는 점차 평온을 되찾고, 그의 진실을 발견하며, 더 이상 죽음은 없다는 계시를 받으며 죽음을 맞는다.

이해와 감상

〈이반 일리치의 죽음〉은 평범한 한 인간이 죽음 앞에서 어떤 자세를 보이고,

그 주변 사람들이 또한 어떻게 행동하는지에 초점을 맞춘 작품이다. 주인공 이반 일리치는 극히 평탄한 삶을 살아온 사람이다. 관리 집안의 둘째 아들로 태어난 그는 어려서부터 집안의 기대이자 희망이었는데, 그 희망을 저버리지 않고 관리로서 출세 가도를 달린다. 처음에는 주지사의 촉탁 관리로, 그리고 다른 주의 예심 판사로, 검사로 근무하는 동안 그는 누구에게나 호감을 샀으며, 아름다운 아가씨와 사랑하여 결혼도 한다. 그는 단 한 번 승진의 기회를 빼앗기는 불운을 겪었으나, 곧 좀더 조건이 좋은 자리를 구하는 등 그의 인생에는 어떤 장애도 없는 것처럼 보인다. 그러나 이 때 갑작스런 병이 그를 습격한다. 아이러니컬하게도 이것은 그가 새 직장을 얻고 행복에 가득 차 새 집을 손질하던 그 때 처음 자각하게 된 병이다. 적어도 이반 일리치는 집을 손질하다 떨어져 옆구리를 다친 것이 병의 원인이 되었다고 믿는다.

그러나 이반 일리치의 주변에 있는 사람들은 그렇게 생각하지 않는다. 그들은 이반 일리치를 사랑하기는 하지만, 그들에게 있어 무엇보다도 중요한 것은 자기 자신의 행복이다. 이반 일리치에 대해 느끼는 연민의 정이 그들을 연애의 열정으로부터, 회합의 즐거움으로부터, 혹은 도박의 쾌감으로부터 떼어 놓지는 못한다. 심지어 그들은 이반 일리치를, 분위기를 흐려 놓는 귀찮은 존재처럼 느끼기도 한다. 주위 사람들의 이런 반응은 이반 일리치에게 당연히 '부당하다' 고 느껴진다. 그는 자신을 건성으로 다루는 의사의 모습에서 사무적으로 피고를 다루던 판사로서의 자기 모습을 떠올리면서도, 자신을 대하는 의사의 태도가 부당하다고 느낀다. 병이 낫지 않는 데 대한 책임을 회피하는 가족에 대해 느끼는 감정 역시 이와 비슷하다. 그러다가 점차 이반 일리치는 자신의 지나온 삶을 회의하는 데 이르게 된다. 죽음을 눈앞에 두고 보니 그에게 남는 것은 아무것도 없다. 이런 허무감은 생기발랄하게 살아 있는 이들에 대한 질투 · 배신감과 뒤섞여 이반 일리치의 마음을 더욱 비참한 것으로 만든다. 하지만 이에 대한 구원은 뜻하지 않은 곳에서 온다.

이반 일리치의 마음을 괴롭히는 중요한 이유는 아무도 자신을 진심으로 대하지 않는다는 것이었다. 교육받은 상류층인 그 주변의 사람들은 죽어 가는 병자에 대한 예의를 차리기에 급급한 나머지, 그에게 진심으로 마음을 쓰거나 솔직한 이야기를 털어놓지 못한다. 그러나 순박한 농민 게라심은 달랐다. 그는 병자라면 보살핌을 받아야 한다고 진심으로 믿으며, 그런 믿음에 따라 정성껏 이반 일리치를 간호한다. 이반 일리치는 그의 손길에서 비로소 안정을 맛보고, 자신의 삶을 진지하게 반성하게 된다. 그리고 자신의 삶이 허위에 가득 찬 것이었음을 발견한다. 어떻게 해야 참된 삶을 사는 것인가에 대한 고민은 이 때야 비로서 이반 일리치의 것이 된다. 죽음을 맞이하면서 이반 일리치는 그 문제에 대한 답을 발견하지만, 그것은 이미 다른 사람들과 공유할 수 없는 것이었다. 다른 사람들은 그의 죽음을 신문에 실린 기사의 하나로, 장례식에 참여해야 한다는 귀찮은 의무가 따르는 사건으로 받아들일 뿐이다. 그들은 그들 자신의 죽음을 맞을 때만이 이반 일리치가 죽음 앞에서 생각하고 깨달았던 많은 일들을 이해하게 될 것이다.

작가 소개

L. N. 톨스토이(1828~1910)

러시아 작가. 야스나야폴랴나에서 명문 귀족의 4남으로 태어남. 16세 때 카잔 대학에 진학했으나 중퇴하고, 고향으로 돌아가 농민 생활의 개선을 시도했으나 실패. 1852년, 처녀작 《유년시대》를 발표함으로써 등단. 1862년, 결혼 이후 본격적으로 창작에 몰두, 최초의 장편 《전쟁과 평화》를 썼으며 4년 후에는 제2의 대작 《안나 카레니나》 착수. 그 동안에도 그는 농민 자제들의 교육과 기근 구제 사업에 힘썼으나, 내면적 생활의 갈등에서 사상적 동요를 일으켜 과학, 철학 등에 관심을 갖게 되고 자살의 유혹에까지 빠지며, 마침내 종교에 관심을 갖게 됨. 이 무렵 그의 고뇌가 《참회록》에 잘 나타나 있는데, 이는 톨스토이주의의 근간을 이루고 있음. 자신의 모든 사유재산을 희사하고 농업에 종사하면서 그는 민담 《바보 이반》, 희곡 《어둠의 힘》·《산 송장》. 소설 〈이반 일리치의 죽음〉·〈크로이체르 소나타〉, 평론 〈예술이란 무엇인가〉 등을 발표. 이러한 작품의 기초가 되는 세계관은 악에 대한 저항, 선과 사랑에 의한 세계 구제, 사회 생활에서 발생하는 모든 강제적 형식의 부정 등이며, 이것은 혁명의 부정과 결부되어 있음. 그러나 이후의 《부활》·《하지 무라트》에서는 혁명 운동이나 소수민족의 투쟁을 긍정하는 태도를 보임. 재산 문제에 대한 가족과의 의견 차이 때문에 딸과 의사를 대동하고 방랑의 길에 나섰던 그는, 병을 얻어 시골 정거장의 역장 관사에서 사망.

연관 작품 더 읽기

- 《부활》(톨스토이) : 한 귀족 청년이 과거의 잘못을 반성하고 영혼의 부활을 이룩하는 과정을 그린 작품이다. 우연히 배심원으로 출정한 법정에서 만나게 된 한 소녀를 통해 자신의 잘못을 깨닫게 된다. 그 소녀는 자신의 유혹으로 인해 인생을 망친 사람이었다. 이후 청년은 소외되고 가난에 시달리는 민중의 삶을 통해 사회적 모순을 깨닫고 참된 가치를 찾아나간다.

좀더 알아보기

- 톨스토이주의 : 톨스토이의 사상 및 주장, 특히 그의 무정부주의 · 인도(人道)주의를 일컫는 말.

논술 맛보기

1. 이반 일리치가 자신의 삶을 반성하게 되는 이유는 무엇인가?

⇨ 아무도 이반 일리치에게 진심으로 대하지 않는데, 순박한 농민 게라심은

진심으로 그를 간호한다. 농민 게라심이 그를 순수하게 인정하고 정성껏 간호했기 때문에 이반 일리치는 자신의 삶이 허위에 가득 찬 것임을 깨닫고 반성하게 된다.

2. 이 작품에 등장하는 게라심이라는 인물 유형에 대해 써라.

⇨ 게라심은 허위에 가득 찬 상류층 인간들과는 달리, 꾸밈없이 진실하고 소박한 인물로 사회적으로 보면 농민의 한 전형이라고 할 수 있다. 그는 이반 일리치에게 진실한 삶의 태도를 생각케 하고 지나온 삶을 반성하게 해 준다.

3. 이반이 병에 걸리기 전의 모습과 병든 이반을 대하는 가족과 지인들의 태도를 통해 우리가 반성할 수 있는 것은 무엇인가?

⇨ 병에 걸린 이반이 가장 힘들어했던 것 중의 하나는 사람들이 자신의 상황을 진심으로 이해해 주지 못하고 귀찮게 여기면서 가식적으로 대한다는 사실이었다. 하지만 이반 역시 죽음을 앞두기 전에는 그들과 다름없이 살아왔다. 진정한 삶과 진정한 인간관계에 대한 고민이 우리 삶의 질을 높일 수 있을 것이다.

논술 다지기

제시문은 독을 위해 가마 속으로 뛰어들어 자살하는 인물 '송 영감'의 이야기이다. 제시문의 '송 영감'과 〈이반 일리치의 죽음〉에서의 '이반 일리치'의 죽음을 비교해 설명해 보고, 진정한 삶의 태도에 대해 논술하라.

그냥 감은 송 영감의 눈에서 다시 썩은 물 같은, 그러나 뜨거운 새 눈물줄기가 흘러내렸다. 그러는데 어디선가 애의 훌쩍훌쩍 우는 소리가 들리는 듯했다. 눈을 떴다. 아무도 있을 리 없었다. 지어 놓은 독이라도 한 개 있었으면 싶었다. 순간 뜸막 속 전체만한 공허가 송 영감의 파리한 가슴을 억눌렀다. 온몸이 오므라들고 차 옴을 송 영감은 느꼈다. 그러는 송 영감의 눈앞에 독가마가 떠올랐다. 그러자 송 영감은 그리로 가리라는 생각이 불현듯 일었다. 거기에만 가면 몸이 녹여지리라. 송 영감은 기는 걸음으로 뜸막을 나섰다. 거지들이 초입에 누워 있다가 지금 기어 들어오는 게 누구라는 것도 알려 하지 않고, 구무럭거려 자리를 내주었다. 송 영감은 한옆에 몸을 쓰러뜨렸다. 우선 몸이 녹는 듯해 좋았다. 그러나 송 영감은 다시 일어나 가마 안쪽으로 기기 시작했다. 무언가 지금의 온기로써는 부족이라도 한 듯이. 곧 예삿사람으로는 더 견딜 수 없는 뜨거운 데까지 이르렀다. 그런데도 송 영감은 기기를 멈추지 않았다. 그렇다고 그냥 덮어놓고 기는 것은 아니었다. 지금 마지막으로 남은 생명이 발산하는 듯 어둑한 속에서도 이상스레 빛나는 송 영감의 눈은 무엇을 찾고 있는 것이었다. 그러다가 열어제친 결창으로 새어 들어오는 늦가을 맑은 햇빛 속에서 송 영감은 기던 걸음을 멈추었다. 자기가 찾던 것이 예 있다는 듯이. 거기에는 터져 나간 송 영감 자신의 독 조각들이 흩어져 있었다.

송 영감은 조용히 몸을 일으켜 단정히, 무릎을 꿇고 앉았다. 이렇게 해서 그 자신이 터져 나간 자기의 독 대신이라도 하려는 것처럼.

황순원, 〈독짓는 늙은이〉 중에서

예시 답안

제시문은 한평생 독을 지으며 살아가는 '송 영감'이 자살하는 장면이다. 그는 조수(助手)와 함께 달아난 아내를 원망하면서도 어린 아들을 위해 독 짓는 일에 전념하지만, 결국 아들을 떠나보내고 독을 위해 가마 속으로 뛰어들어 자살한다. '송 영감'의 죽음은 전통적인 가치 체계의 붕괴를 겪는 세태에 대항하려고 하는 한 노인의 집념과 좌절을 의미한다. 한편으로는 독을 위해 자신의 목숨까지 버리는 장인 정신을 의미하기도 한다. 〈이반 일리치의 죽음〉에서 '이반 일리치'는 사회 생활에 전념하다가 가정 생활에 충실하지 못했고, 끊임없는 근심과 걱정, 경쟁 때문에 자신의 몸이 상하는 것도 눈치채지 못했다. 그러다가 병을 얻었고 죽음을 맞이하게 된다.

'송 영감'과 '이반 일리치' 두 사람은 자신이 하는 일에 최선을 다했지만 가정 생활에는 그다지 충실하지 못했던 인물이다. 그리고 두 사람은 삶의 마지막 순간에 가족의 관심과 사랑을 받지 못한 인물들이다. 모두들 그들의 곁에서 떠나버렸고, 죽는 순간에 외로움을 느낀다. 하지만 '송 영감'은 자신이 평생 해 오던 독을 짓는 일에 자신의 마지막 목숨을 바치면서 진정한 삶의 의미를 찾고자 한다. '이반 일리치'는 농민 게라심의 간호를 받으며 자신의 삶이 허위와 기만에 가득 차 있었다고 반성하면서 삶의 진실을 찾고자 한다. 마지막 죽음의 순간 '송 영감'은 예술혼을 불태우며 죽어 가고, '이반 일리치'는 삶의 진실을 찾으면서 죽어 간다.

이 두 사람의 죽음은 삶에 대해 많은 생각을 하게 한다. 진정한 삶의 의미는 무엇일까? 아마도 자신을 사랑하는 일이 가장 중요할 것이다. 자신을 사랑할 줄 알아야 남을 배려할 줄도 알고 더욱 자신을 사랑하게 된다. 허위와 기만에 가득 찬 삶은 자신을 죽음의 길로 내모는 일이다. 자신을 사랑하듯 가족을 사랑하고, 또한 이웃을 사랑한다면 죽는 순간이 외롭지는 않을 것이다. 남들도 자신을 사랑하기 때문이다. 자신의 입신양명만을 위해 살아간다면 남들의 비난을 받을 것이며 죽는 순간까지도 다른 사람의 사랑을 받지 못할 것이다. 항상 자기보다 못한 사람을 위해 도움을 주고 아낌없는 사랑을 주는 것이야말로 진정한 삶의 방식이며, 아울러 삶의 진정한 가치를 깨달을 수 있는 일이다.